U0553188

清安稚语

清安稚语

渲泅 著

北京联合出版公司
Beijing United Publishing Co.,Ltd.

**图书在版编目（CIP）数据**

清安稚语 / 渲洇著 . -- 北京：北京联合出版公司，
2016.11（2023.8 重印）

ISBN 978-7-5502-8046-5

Ⅰ.①清… Ⅱ.①渲… Ⅲ.①长篇小说－中国－当代
Ⅳ.① I247.5

中国版本图书馆 CIP 数据核字 (2016) 第 148059 号

**清安稚语**

作　　者：渲　洇
出 品 人：赵红仕
责任编辑：夏应鹏
封面设计：赵银翠

北京联合出版公司出版
（北京市西城区德外大街83号楼9层 100088）
北京新华先锋出版科技有限公司发行
涿州汇美亿浓印刷有限公司印刷　新华书店经销
字数188千字　787毫米×1092毫米　1/16　17印张
2016年11月第1版　2023年8月第2次印刷
ISBN 978-7-5502-8046-5
定价：49.00元

# 目錄

# 第一章　北宫

雷声初响起时仿佛在很远的地方，而后一声声地沉闷，一声声地迫近，云霄不流不散，堆积在苍穹，压出乌青的颜色，从远处吹来了风，风中是属于夏日的湿热。阿惋紧紧抱着膝缩在屏风后，睁大了眼睛看见的是一片昏暗混沌——其实还未至酉时，可因为暴雨将临，所以雨云蔽日，万物如坠夜中。

又一声闷雷响起，阿惋用力捂住耳朵，七岁的女孩有哪个不畏雷雨闪电，只是她咬紧了唇，不敢哭出声。屏风的另一边躺着她的父亲，那个年过四旬的男子这一回病得很重，阿惋上一次见他清醒地说话还是半月前的事了。

窗外雷声轰鸣，而屏风后头则静到可怕，有好几次阿惋都疑心自己的父亲是否已无声无息地死去，无人知晓。几个兄姊都未在父亲病榻前侍疾，阿惋知道他们此时定是集于一处神色忧虑地商议父亲后事，父亲要死了，诸家所有人都在害怕着。

阿惋明白死是什么意思，就像三岁时阿母那样，睡着了就再也醒不来，然后被埋进土里，从此看不见人世的花开花落月圆月缺——想到这里她忍不住打了个寒噤。

现在父亲也要同阿母一起埋进土里了，她不知道父亲害不害怕，反正她是害怕的，几日前乳母阴恻恻的话语仿佛还在耳畔，乳母说她苦命，说父亲死后她在人世就再也没有仰仗了，她会如秋天树上的叶子一般风吹就落。

后来大哥不知从哪儿知道了乳母这番话，再后来，阿惋就再也没有见过乳母。

诸府内，从此再也没有肯理会阿惋的人了。

一家之主将死，所有人都在为自己的将来谋划，谁会去管一个孩子。阿惋想找父亲说会儿话，可到了父亲这儿才想起，其实父亲平日里并不是很愿意见她，父亲讨厌她。

门被豁然推开的声音狠狠吓了阿惋一跳，接着她听见的是大哥略带谄媚的声音："邱中官里边请，家父病重，承蒙太妃挂念，不胜荣幸之至。"

有个尖尖细细的嗓音说："光禄大夫与太妃同为诸姓，兄妹一家，骨肉亲情自不需外人多言。"

然后阿惋听见二姊在唤父亲，父亲似乎醒了，隔着屏风阿惋听见他含糊的咳嗽声。

那尖细的声音又响起："太妃的诸位子侄可都在吧——咦，最小的那位娘子何在？"

沉默了一会儿才听二姊说："阿惋素来顽劣，此时怕是又在哪处胡闹了，中官可需我遣人将她寻来？"

阿惋正犹豫着要不要走出去，便听见邱中官说不必了。然后他似是上前了几步，道："太妃有几句私下里的话嘱咐奴婢说与光禄大夫。"

大哥会意："既然是长辈们的谈话，我等小辈不该旁听，这便退下了。"说着阿惋听见脚步和裙裾窸窸窣窣的声音渐远，然后大门轰然关上。

屋内只剩宦者、父亲与阿惋，阴云沉积黛色浓郁，新燃起的火烛倒是明亮，映着巨大的影子一步步逼近。阿惋愈发紧紧地抱着膝盖，她害怕这个影子，她不自觉地想起乳母故事中的厉鬼和索命的无常。

那鬼影停下，宦者在父亲榻边俯身，介乎男女之间的嗓音尖锐而轻柔："太妃让奴婢对光禄大夫说……"

说什么呢？阿惋下意识将耳朵凑近。

"你该死。"她听见这三个字，冰凉的，像是有一条极细极细的蛇猝然钻进了她的耳中，她感觉到了刺痛和可怕，阴森森的冷从心底扩散，将她整个人都冻住。

她又听见父亲的笑声，沙哑的笑声间杂着咳嗽气喘，听起来分外凄厉，丝纳屏风上一道颤抖而扭曲的影子，是父亲拼尽残力举起的手臂，他指着邱中官——不，他并不是在对邱中官说话："报应，这世上果然有报应——"

这句话，他应当是想对很多年前的自己说。

然后，阿惋看见那道影子猛地晃了一下，父亲的手垂了下去，然后——然后整个内室再无声息。

恰此时电光破云，雪亮的光映照孩子盛满泪与惊恐的眼眸。阿惋眼睫颤了颤，终于无声无息地哭了出来。

夏雨淅沥而落。


七岁的阿惋有许多事情都不懂，比方说她不懂为何阿父阿母在活着时总对她不冷不热，不懂同是在天子脚下为臣，为何"诸"这个姓氏总会让人不屑，不懂兄长姊姊们对她的恨，不懂上辈人之间究竟有什么恩怨。

阿惋七岁时，她那个甚少见面的姑母已在康乐宫做了将近九年的太妃，阿惋隐约知道诸家现在的地位都是拜这个姑母所赐，如果没有姑母入宫获宠，那她的父亲或许还只是平南郡的一个商户而已。

其实阿惋觉得商户也没什么不好，可是许多人都说行商乃是贱事，她父亲能有今日实在是三世积德，然而阿惋这些年来看着阿父身居官位却似乎从未笑过。

如果阿父平日里多笑笑，或许就不会死得那么早了吧，大夫说他是多年之怨郁结于心，抑郁而亡。

父亲下葬后的第三日，邱中官再度莅临。

上次他来时，带来太妃的口信，送去了父亲的命，此番他再至，是带来太妃的旨意，接阿惋入宫。

光禄大夫诸成一生有二子三女，唯有阿惋年纪最幼十岁不满，做姑母的肯怜悯侄女将其接入宫中，那是再好不过的了。兄长与姊姊都忙不迭地谢恩，好似将妹妹送去太妃身边是莫大的荣耀。

只是当邱中官抚摸着阿惋的头发慈爱地说出"光禄大夫生前唯一的嫡女，自当送进宫中好生教养着"这句话时，几位兄姊的脸色都瞬间难看非常。

阿惋知道这是为什么，原本几位兄姊才是阿父名正言顺的嫡出子嗣，而原本，她是不该降生在这个世上的。

父亲在寒微时曾娶妻甄氏，发迹之后便由于种种缘故休妻，再娶了蒙陵关氏的女子为妻，生下了幼女阿惋。

旧人去，新人来，她的阿母占据了他们阿母的位子，或许这便是他们恨她的缘故吧。

阿惋虽是年幼，但她不是察觉不到旁人对她的爱恨。

在邱中官的催促下换下了斩衰孝服，稍整仪容，略略收拾了些东西便跟随着他登上了前往皇宫的马车。马车晃晃悠悠行得不急不缓，阿惋挑开了帘子一角，回望了眼宁永巷深处的诸府，那年夏时的花木生得刚好，她只看见青翠槐叶将她生活了七年的地方埋藏，露出几点黑瓦，算是她最后的凭吊。

那是清安八年，诸家幼女入宫，在过往岁月中上辈人种下的因，在这一年悄然破土萌芽，一切故事开始。


马车驶近历胜门后，是一番不一样的景象。

历胜门城楼高大门洞幽深，阿惋在车中掀帘偷偷远远眺望了一眼，便觉得那里好似是妖魔的洞窟要将人吞噬了去——想到这里，她不由害怕。

到历胜门下车，由手执铁戟的赤甲卫士盘查，邱中官递上了一方帛书，经人仔细核查后为首之人一声令下，交错的铁戟依次打开，邱中官领着她走过狭长的历胜门掖门，阿惋走过那些卫士时因兵戈的肃杀之意而胆战心惊，愈发不安地埋下了头。

走出历胜门后眼前豁然扑来的亮光险些让她睁不开眼，时值午后，烈日下不远处的湖面波光粼粼刺目。

"那是涤兰湖。"邱中官告诉她。

她点点头。

"涤兰湖水源自御河，最宽处有数十丈，长数十里，形似弯月——在这里是望不到头的。"这时肩舆传来，他服侍着阿惋登舆，"这是曦桥。"走过一架贯穿涤兰湖的长桥时，他又对她道。见阿惋木木点头的样子他不由笑了一下，"若是日落时，立于曦桥中央倒是可以看到'日融兰池'的美景——不过日后诸娘子若想出来游玩，须女官陪伴，请示过太妃方可。"

他看了眼阿惋略显局促惶恐的神情复又宽慰道："诸娘子也不必太过紧张，毕竟娘子是太妃的侄女，太妃将娘子接进宫来是希望娘子能将皇宫当作自家一样安然——只是天家的规矩自然是比寻常庶户要多的，还望娘子谨记——皇宫分南北，南宫为朝会之地，官署及太学也俱在南宫，若是接见使者、庆典、祭祀，也都是在南宫了。娘子是女子，南宫是不需要去的。"

"那，北宫呢？"阿惋小心问道。

"咱们此时就是行于北宫之中。"邱中官慢条斯理道，同时意味深长地瞥了阿惋一眼，"北宫是天子、太后、皇后、太子、妃嫔的居所，故而在北宫要格外谨言慎行。"略顿，笑道，"虽说而今陛下年少，六宫空置，但皇宫依旧是皇宫，规矩依旧是规矩。"

阿惋忙颔首："记下了。"

说话间早已过了曦桥沿湖走了好一阵子，阿惋凝神听着邱中官的话，根本无暇顾及眼前的景色，只记得自己被肩舆抬着经过了许多形式相仿的亭台楼阁，一座座宫殿皆掩于碧翠的花木之间，一色地庄严，一色地精巧，又一色地寂寥，紧闭的门窗如幽幽的眼，看着初入宫门的孩童茫然地经过，素银的绦带随风如柳枝飘扬，拐入转角又不见。

邱中官絮絮说了些宫中的规矩礼仪以及北宫诸位主子的近况及喜好，他说诸太妃而今居于康乐宫，治下严明颇有天子之母的威仪；当今陛下为人温和有仁君之象，他还说端圣宫里住着先帝幼子赵王，告诫阿惋赵王顽劣骄矜切不可招惹。

他说的这些，阿惋一一用心记下，不知不觉一路，就到了一座富丽庄严的宫殿之侧，鎏金的脊兽在阳光下光芒熠熠夺目，梁栋上龙纹凤画栩栩如生，殿阶高数尺，白玉砌成云纹连绵，整座宫殿占地极广，望之似无尽头，午阳下朱瓦灿灿。

"这是……承宁宫？"阿惋被这宫殿的宏伟气势所慑，不由低声喃喃。

"正是呢。"邱中官笑道，"北宫之中，再无比这更尊贵的地方。天子居承宁宫中的昭明殿。"

"我须去拜见君王吗？"阿惋睁大了眼睛问。

"那是自然的，但不是现在。"他领着抬肩舆的宦者绕到殿后一条石径，樟木夹道而栽，翠色迫人，不知行了多久，一晃眼阿惋见到了笼于青碧之后的阁楼。

"这是织云阁。"邱中官将她自肩舆上扶下来时这样告诉她，"也是娘子日后的居所。"

织云阁……似乎离昭明殿太近了些。阿惋无暇细看织云阁的构造是否合宜，布置是否舒适，只是暗暗地这样想道。

织云阁中有宫女五名，宦者两名，阿惋到时他们一一出来见了礼，其中青玉、珠儿、银华三人约莫十五六岁，口齿伶俐，与邱中官看起来格外熟络的样子，衣饰亦出挑些，阿惋猜她们或是这织云阁掌事侍史，于是上前叫了声姊姊，引得她们三人笑得花枝乱颤。

由这三人为她换了身衣裳，梳洗一番后邱中官又领着她往另一处方向去了。

"去哪儿？"她忍不住问。

"康乐宫。"邱中官答。

康乐宫，那是当今天子生母的居所。

康乐宫的奢华远胜阿惋一路所见，她从前就听闻这位姑母最喜铺张，今日所见果如传闻。

她恍惚想起自己年幼时似乎也见过几次姑母，但她只依稀记得那是个笑起来百媚横生的贵妇，走近时会有熏人的香风迫来。

你该死——阿惋又忽然想起了这句话，轻轻柔柔如毒蛇吐芯的声音，让她猛地心中一凛。


"我从前还总以为帝都高门的贵女都是一副神气至极的模样呢。"花庭内，莳花宫娥一面修剪着花枝，一面偷偷看着堂内坐着的阿惋，压低声对女伴笑道，"你瞧她那手脚都不知该往哪儿放的局促样子。"

另一人亦低低地笑，笑间是淡淡的鄙薄："这女孩儿姓诸，诸氏哪里就是什么世族大家了，十余年前不过就是商贾之户罢了。前几回咱们见过卫家娘子、承沂翁主那才是真正的贵女呢。"

"话虽这么说……"四下一觑，声音又低了几分，"可这到底是太妃的娘家侄女，咱们还是放小心些。"

可那人犹嗫着嘴愤愤的模样："什么太妃，不过是比咱们还要低贱的出身，若端圣宫那位还在，哪里轮到她得意……"话未说完便被身旁女伴捂住了嘴。

"不要命了是不是，就算你当年在端圣宫伺候过心念旧恩，可现在却是康乐宫的奴婢！呀……唐御侍。"

从花厅西侧走出一浅青袍服的女子，才及双十，面容秀婉，可这却已是太妃的心腹，天子御前侍奉的女官，也不知她是否听见了方才这二人的谈话，她的笑容一如往日宽和温柔倒是让这二人稍稍定心，"太妃今日身子乏了想要小憩片刻，你们去通报诸娘子，请她多等一会儿。再去端几盘糕点果子给她，毕竟那还是个孩子。"

"诺。"二人齐齐应下，却又在唐御侍离开后齐齐面露不屑之色。

"好端端的怎就忽然身子乏了？"

"啧啧，连自家姑母都没将她当回事。"

独自坐在殿内等候的阿惋猛地颤了颤睫，方才那两名宫女的笑言，她听得很清楚。

她咬了咬唇，有些想哭，但终究是忍住了。

宫娥上前含笑嘱咐她耐心多等，一转身便换了副面孔，轻哼一声再不见踪影。

阿惋孤独地坐在康乐宫前堂，她也不知自己是坐了多久，但她觉得是很久了，暗花罗的袖角被她紧了又松松了又紧地攥着，皱成了一团。康乐宫的华美于她而言只是一种冷硬，这是一个全然陌生的环境，住在这里的是她所谓的亲人。

坐立难安的紧张之中，她的听觉格外灵敏，忽然响起的那一声轻轻异响，她肯定那不是自己的幻听，侧头望向窗外，她看见碧蕤间一闪而过的浅蓝袍角。

阿惋下意识走出了堂门，步入庭院往方才衣袍消失的方向走了几步，但又顿住，她想起宫内森严的规矩，不由得有了退缩之意。

但她没有退缩的机会，有一双手桎梏了她，一只捂住了她的嘴，一只将她圈在了一个陌生的怀中。

她呼吸一滞，而一个脆脆的声音在她耳边轻声道："别动，不许说话。"

这应当还只是个与阿惋年岁相仿的孩子，阿惋于是并不十分害怕了，她听得出孩子的声音中并无恶意。她嗅到了极浅的香气，悠长而柔和，是上品的沉水香。

"怎么连挣扎一下都没有。"那声音又轻轻响起，带着些许懊恼与不满，他松了手，阿惋回头，然后她看见了皎如明月的一双眸。

那果然是个与阿惋差不多大的男孩，生得极好，似玉琢成，眉如二月时新裁的柳叶，肤若初冬时枝头的新雪，他的容颜，是一种尊贵的精致。

阿惋看向他时，他亦以审视的目光打量着阿惋："我好像从未见过你，你是谁？"

他的话语并不友善，但口吻中听不出咄咄逼人的意味，尚未长成的男孩声音清如山涧泉流，冲散了阿惋心中的阴郁与不安，她试着对男孩笑了一笑："我姓诸。"

"哦……"男孩若有所思，"光禄大夫家的女儿吗？"

"诸箫韶。"她说出了自己的名。

男孩的眼神瞬时有些惊讶："你知不知道仕宦家的女子是不可以将闺名随意告

诉陌生男子的吗？"

阿惋赧然垂下头嗫嚅："我并非士族女……"

"那也不能把闺名轻易说与人。"男孩正儿八经地教训她，"知道你闺名的该是你未来的夫婿，你须日后成婚时由'问名'礼告之——你记着些，可别犯这样的错了。"

他说得严肃，但不知怎的阿惋就是听不出训斥的意味。阿惋三岁丧母，礼节之事少有人教给她，她不懂士族贵女该有如何的仪态优雅，但她知道男孩的话语中并没有鄙薄她的意味。

男孩顿了顿："你方才说你叫什么来着？"

"你不是说不能随意告诉男子吗？"

"你先前说都说了还能怎样，再者你多大我多大，谈婚论嫁早不早！"他倒是理直气壮。

"箫韶……"阿惋只好轻轻吐出自己的名。

"箫韶……"男孩念出这两个字时腔调有些古怪，"箫韶九成，凤凰来仪。"

阿惋七岁时识不得几个字，读不过几本书，所以她不会知道这句出自《尚书》的句子是什么含义，她这个名字背后意味着什么，她只觉得男孩的声音很好听，抑扬顿挫将包含着自己名字的句子念出时，别有古雅的韵致。

男孩没有再多说什么，转身沿着花径往深处走。

阿惋不由得跟在他身后："你要去做什么？"

"我同人玩藏钩戏，然后输了。"男孩漫不经心地答。

"然后呢？"

"他们要我去摘最好看的花给赢的人做彩头。"

"然后呢？"

男孩停住脚步，停在了一泊莲池之前："然后，这不是找到了吗？"

康乐宫占地极广，庭院亦是十分宽敞，诸太妃在这里植了许多花木，更凿了一口池塘，种上了粉白菡萏。

男孩卷起衣袖，在驳岸蹲下伸长了手去够池中芙蕖。阿惋忙道："这可是康乐宫！"

男孩回首看了阿惋一眼："康乐宫又如何？"

阿惋从前以为姑母贵为天子之母，应当是天底下最尊贵的女人，可她方才触到男孩冰凉的眼眸，眸中分明是不屑。

这样的年纪，却这样的高傲……阿惋忽然意识到了什么，记忆中的一些传闻和眼前人相合，她匆忙行礼："赵王殿下！"

阿惋曾听人说过：举萧国之人，莫有贵甚天子之弟者。意思是说，萧国那么多人，没有一个血脉高贵过赵王——包括皇帝。阿惋也知道，如果先帝晚驾崩一年，现在坐在皇帝位子上的人，绝不会是自己的表哥。

八年前的隆熹十三年二月，先帝坠马而亡，诸淑仪所生的皇子谢珣时年五岁，是当时先帝膝下唯一的子嗣，不得已的情况下这个皇子被推上帝位，由太傅卫之铭及承沂侯辅政。先帝的皇后姓卫，是太傅的长女，她曾育有一子一女，但皆早殇，若非如此皇位也绝轮不到一个妃嫔所出的皇子。可就在新帝登基一月后，卫太后被查出有孕，是先帝的遗腹子，于是一场嫡庶之争就此展开。桑阳卫氏是百年的名门士族，亦是萧国举足轻重的外戚之家，文帝、先帝两代帝王俱流着卫姓血脉。于是当时的诸氏迅速与承沂侯结盟，共同抗击卫氏一族的咄咄逼人。隆熹十三年的最后一日卫太后诞下一个男婴后血崩而亡，次日，清安元年正月初一，由承沂侯掌控的南军与卫姓人掌控的北军互为对峙，一场宫变几乎发生。据说当时刀戟肃杀的氛围让整个帝都贵胄庶人都陷入了惶恐之中，直到很多年后回忆依旧会觉得心惊。

后来卫太傅与承沂侯相商了足足一日，各自妥协，仍尊先帝第三子珣为帝，但也迫使诸太妃代新帝立誓，答应谢珣身死之后传位于嫡母所出的弟弟或其子嗣。而那个才出生不过一日的男婴被封为了赵王，食邑封地远广于其余诸王，太傅亲为其起名为，玙，赵王谢玙。

一朵浅粉的莲花被送到了阿惋面前，她愣了一下。

"你不要吗？"

她飞快地摇摇头。

谢玙撇撇嘴，攥着手里的三四朵莲花莲蓬往另一个方向走，而就在此时，阿惋隐约听见了一阵笑声。

笑声并不近，似乎源自一间居室之内，谢玙的眉心微微蹙了一下，他绕过牡丹花丛，贴着藤萝架子朝那笑声所在的方向走去。下意识地，阿惋依旧跟着他。

走近之后笑声渐渐清晰，甚至连谈话也能依稀听到——那是姑母的声音，阿惋听得出来。她似乎是在与一人说笑，但那笑声——娇嗔放肆，实在不似一个未亡人。

"卿卿，你可别再闹了……"试探着又往前走了几步，又听清了这样一句话，是一个男子的声音。

阿惋也听见了，刹那脸色煞白，她明白宫中是不该有成年男子的，更何况这句话中含着的暧昧明显到孩子都无法忽视。

阿惋不敢说话。她小心翼翼地觑着谢玙的神色，而谢玙脸上什么表情也没有，只剩冰冷。

没有再多停留，谢玙大步离开，直到走了很远后才停下，身后有细细的脚步声，他意识到那个女孩仍跟在自己身后。

"你干吗跟着我？"他毫不客气道。

"我……"

"别跟着我，也不要乱看乱走，你以为北宫是什么好地方吗？处处肮脏，你要是不想一不小心摔进泥坑里再也出不来，就安安分分地做个聋子、瞎子、哑巴！"

阿惋被他吓到，呆愣了好一会儿，那种熟悉的恐惧感再度将她笼盖。

是的，北宫是个很可怕的地方，每个人都是陌生的，每个人都有另一张嘴脸。

方才她还撞见了那样可怕的一个秘密，可她现在无依无靠，没有谁可以帮她……

谢玙往前走了几步，回头，看见午阳下女孩闪烁的泪，忽然有些心软，走回去，又不知该说什么来安慰，只好把手中的莲蓬塞进她手里，她怯怯地又还了回去。

"拿着！"谢玙有些不耐烦了，胡乱抠出几颗莲子塞进阿惋手里。

他打量了一下萧墙，将莲花莲蓬什么的一起丢出墙外，攀上墙边的一株桐木，援着枝干爬上了墙头。

"给了你吃的，可别说我欺负你啊。"他坐在墙头对阿惋说道。

阿惋愣愣地点头，黑亮的瞳仁中映出男孩在碧穹白云下的影，微风偶然过，拂起的几缕鬓发染上了金阳，模糊了他的面容。

## 第二章　太妃

太妃诸氏有着秾丽的眉眼，她与阿惋生得并不十分像，举手投足间都有一种慵然的风情，纵年近三十，仍是艳色如桃李。她着织金妆花罗的上襦，金丝织绣的花纹繁复且流光熠熠，紫丝绮的下裙拖曳尺余长的裙摆，远望时如凤凰尾羽。

"你就是阿惋？"她的声音懒懒的，有如一匹丝绸轻而滑，略扬的尾音有一种妩媚的韵味——与阿惋之前听到的笑声相似，却又不同。

"是的。"阿惋恭恭敬敬地朝她下拜行礼，眉目低敛温顺。

"很好。"诸太妃笑得意味不明。

阿惋见到太妃时已是黄昏，落日西斜铺洒整个殿堂，阿惋跪在金阳当中，双目微微有些刺痛。

诸太妃并没有对自己的侄女表现出十分热络的态度，她慢慢剥着葡萄，偶尔会与阿惋说一两句话。

"你今年满七岁了？"

"回太妃，是的，阿惋是二月的生日。"

"你阿母……是在你三岁时去的？"

"是的……"

"这些年，与你外祖家的联络可还勤吗？"

阿惋摇摇头。

"这样啊……"诸太妃似乎有些失望。

阿惋知道自己母族蒙陵关氏虽日趋落寞但好歹仍是士族之家，当初阿父之所以娶了阿母，也是因为姑母希望以联姻的方式提升诸家的地位，只可惜结果并不如人意。

过了一会儿诸太妃又问："那阿惋你识字吗？"

阿惋将头垂得深了一些："从前乳母教过一点，并不多。"

太妃黛眉微蹙，声音也似乎有些严厉了："桑阳卫氏一族，就连奴仆都能诵诗书，你身为诸氏的嫡女，莫非还及不上奴婢？"

阿惋吓得噤声，又是很长一段时间的沉默。

沉默之中的每时每刻都熬人，康乐宫挂月殿中设有巨大的冰块降温，可阿惋额上还是有一滴滴的汗珠坠落，黏腻的汗水眯住了眼，让人难受。

"哀家会请来女官为你授课，教你礼乐、琴棋、书画、闺训，希望你不会让哀家失望。"终于，诸太妃开口。

"诺。"阿惋道。

"你很乖巧。"诸太妃满意地弯了弯唇，"孩子，上来，让哀家看看你。"

阿惋听话上前，七岁的阿惋远不及她姑母那般容色冶丽，姑母尖长的指甲慢慢划过她的面容，她忍不住打了个寒噤。

"哀家没有女儿，想把你当女儿。"诸太妃口吻甚是慈爱，然而阿惋看着她的眼，觉得她眸中的自己像是什么货物一般，"昭明殿里住着你的表哥，他虽是皇帝，却也是你的中表之亲，你们还都只是孩子，可以一起玩。珣儿会很乐意自己有个妹妹的。你既然无父无母，在宫中或许会更好些，等你大些了，我会让你做女尚书，统管北宫文书之事，只要你一直这样乖巧。"

阿惋自然会乖巧，无依无靠的她除了乖巧外什么也做不到。

回到织云阁时已入夜，隔得很远时她便听见织云阁内传来的嬉笑声，下了肩舆，她自己推开院门走进去，看见一屋子笑闹的男女，那是本该服侍她的宫人。

见她进来，几人暂息玩闹，懒懒散散地朝她行了个礼，唤她一声诸娘子。

她不说话，只盯着珠儿的双丫髻，朦胧月下珠儿髻旁的珠钗皎如月光。

珠儿也察觉到了她的目光，略有些尴尬地一摸鬓旁的钗子："奴婢觉得娘子这支发钗很好看，就暂时拿来戴一戴了。"

阿惋没有说话，目光也不曾移开半分，一旁的青玉忙帮腔道："娘子年幼，这样的钗子戴在娘子头上只怕不合宜，娘子不如赏给珠儿好了，金钗上嵌着明珠，正好与珠儿的名字相配。宫里的珠宝奇珍多了去了，等娘子大了，太妃自然会赏给娘子更好的。"

阿惋抿了抿唇，终究什么话都没说。这钗子的确算不上名贵，只不过是她阿母生前留下的遗物。

她知道她们是不会将东西还给自己的。

独自走进室内，她仍可以听到外头的笑声。她为自己倒了一碗水喝，又走到自己房里把东西好好收拾了一番，但她也知道不会有什么用的，别人想从她这里拿走什么，还是会拿走的，上天夺去她父母的性命她无能为力，在北宫中，她又能反抗什么？

她找到一方小小的罗帕，将从怀中摸出的莲子包裹在帕里——这是今天下午那男孩送她的。她小心翼翼地藏好，想了想，将这几枚莲子贴身收了起来。


仍是那间昏暗的屋子，阴森森仿佛是破败多年的鬼屋。

但阿惋知道，卧于黑暗之中的那个人并不是妖鬼而是病重的妇人，这间屋子，是诸府主母的居所，只是久病之人受不得风，所以幔帐帘幕无一不被紧紧拢合，偶有阳光从经纬线中流泻浅浅几脉金色，阳光纤细如妇人悬于一线的残命。

阿惋知道自己是在做梦，可在梦里她好似还能嗅到那种苦药味与腐败气息混合的味道。她不受控制地往深处走去，走着走着，她就成了三岁的孩子，她伏在病榻前看清了将死者的眼眸，清清冷冷一双眼，至死都含着洞穿一切的悲戚——这是她的母亲关氏。

"阿惋。"母亲轻声唤着自己的女儿，"你知道我为什么要叫你阿惋吗？"母亲病重那年也不过是双十年岁，韶华正好，纵然被病痛折磨得形容枯槁，仍有昔日的丽色存余，就如一株脱水的白兰，在枯落前哀戚而脆弱的美丽。

然后她缓缓地笑了，凄怆冷厉，似是脆弱面容上的一道裂痕："因为——你可怜啊！"

阿惋浑身一震，眼中有泪涌出。

阿母漆黑空茫的眼眸映着她素白的影，泪水浮动："阿惋，我是在为你叹息。"她说。

悲哀有如浪潮翻涌，阿惋在梦中几乎窒息，猝然惊醒。她望向窗外，看见天际晨光熹微，浅灰的云边划出几缕耀眼的光芒，磅礴旭日将远处的金殿宫阙都融成一片。

阿惋迷糊了好一会儿才意识到自己已不在诸家而在北宫。

她又记起梦里的情形，有很多细节随着梦的破碎飞快流逝，可她总还没遗忘母亲悲怆的话语和最后那一声叹息。

她不记得母亲是否在死前真的说过梦里的那番话，但她知道她的小名的确是母亲起的。

她用手巾擦拭额头上的汗，径自去梳洗。

清安八年时阿惋还只是个孩子，看不清当时，也望不见未来，而她早逝的母亲却目光锐利地洞悉了命运，诸关氏的话，成了后来的谶言。

清安八年，帝都各方势力、萧国十九郡以及天下的局势都尚是平静的，如冬日被冻住的湖。

洗漱后她被带去了昭明殿，在那里见到了年少的君王。

萧国现今的国君还只有十三岁，玄色的帝王常服披于他单薄的身上略显宽大，他坐于高处的金座，神情木然空茫。

阿惋在行礼之后趁机抬头看了一眼君王的形貌，这个才十三岁的少年面颊是一种近乎病态的苍白，许是长年幽居深宫所致。他的五官很秀气，只是却有几分淡淡的疏冷，阿惋意识到他精致的眉眼有几分像她昨日遇到的赵王，只是赵王神韵清朗而皇帝却给人一种阴郁的感觉。

"这是陛下母舅家的小娘子，故光禄大夫的遗女。"穿着浅青袍服的女官在皇帝身后恭谨道，阿惋认得这是唐御侍，昨日她在康乐宫见过她的身影。

"光禄大夫的女儿，何以要入宫中来？"少年的声音暗哑、偏凉，"朕记得朕的几个表兄表姊都已成人，难道不能抚养幼妹吗？舅母出身士族，关氏是蒙陵的世家，莫非连个女孩都养不起？"

阿惋尴尬地垂下头，她未曾想到皇帝的话竟如此不留情面。

唐御侍柔柔劝道："三娘子的兄姊非同母所出，而蒙陵关氏到底是不同姓的外家。太妃有慈爱之心，矜悯幼女，将诸三娘子接入宫中抚养虽不合规矩，却也是情有可原。再者太妃也是希望能多使陛下与表亲之间常联络，互为陪伴。"

"陪伴？不需要。"皇帝的面上始终无悲无喜，可阿惋总觉得他是在冷笑，他离席一步步朝阿惋走来，停在距她三步远的地方，看着她，"你是自愿进宫的吗？这里……并不是个好地方。"

皇帝话语中叹息的意味让阿惋心惊，她不由想起那个沉抑的梦，梦里哀伤的母亲。

她豁然抬起头，然后撞见了皇帝的眼眸——他的眼是琥珀一般的浅褐色，眸底空荡荡的一片仿佛什么也没有，可就是这样茫然的神色，才透出一种让阿惋惊讶的孤独。

阿惋忽然明白皇帝先前那句话是什么意思了，在北宫这样一个地方，人再多，也是孤独。

"阿惋自愿入宫。"她想了想，答道，"阿惋伶仃无所依，唯愿太妃与陛下怜悯。"

"罢了，你也是个可怜的。"皇帝摇摇头，默然片刻后喟然道，"天地浩浩，活在这世上的人，谁不如飞絮般无依？"

十三岁的谢珣是整个萧国的主人，他手握着至高的权柄，可他却说人生在世谁不无依。七岁的阿惋尚是懵懂，但很多年后她就会懂，会懂她与她的表兄是如此相像。

从那日之后阿惋就常被带去昭明殿见这位表兄。表兄在昭明殿的书房铺展素白的茧纸练字，阿惋便在女官的指引下为他研磨——据说这是太妃的意思，是想让他们兄妹多熟络些。只是皇帝不爱说话，她便也不开口，不知不觉间，往往一个上午就熬过去了。

皇帝虽然是个冰冷的人，但阿惋后来渐渐也就不怕他了。都说天子威仪使人颤怖惶恐汗出如浆，可相处时日久了，阿惋是真的觉得他像自己的哥哥。

其实后来回忆起来，阿惋在北宫最惧怕的人，是负责教导她的女官。

教阿惋诗书的女先生姓苻，面容清癯，目含威仪；教礼仪的女先生姓裴，圆脸细眉，面相精明；还有一女先生姓蔡，教阿惋琴艺，她已年过五十枯瘦得如一根竹竿，十指尤为瘦长，像是在竹枝上覆了一层蜡黄的皮。

据说这三位女先生都是从宫中各司调来的有贤才之人，阿惋不敢怠慢，有很长一段时间都是战战兢兢地跟着三位女先生学那些她不知有何用处的东西。

阿惋在诸府长到七岁，从未有过正式的姆师教导，以至于她在最初的那段时日里总是背不熟《诗》与《女诫》，分不清六律六吕，而她的一言一行一举一止都会被裴先生冷嘲热讽。

清安八年的大半岁月阿惋都觉得是生活在阴云之中，几乎每日都会被先生责罚，皇帝待她不冷不热，织云阁的仆役们惯于欺辱她，至于诸太妃，她的姑母，自她进宫那日后就再未召见过她……在康乐宫偶遇的那个男孩，她也再未见过。

想想也有些奇怪，那个男孩是赵王，身后代表的是外戚卫氏，而卫氏自从先帝驾崩后便与诸氏明争暗斗不断。她姓诸，却莫名觉得一个流着卫家血脉的赵王可亲——这或许是因为她长这么大身边都没有什么同龄人的缘故。谢玙生于隆熹十三年十二月三十，不过比她长两个月而已。

可是纵然她有意与谢玙亲近，堂堂赵王也未必看得上她一个商户出身的弱女。听说他住的端圣宫是金玉铺就绫罗包裹，服侍他的宫女内侍更是多达百人。

端圣宫与织云阁的距离有多远，阿惋清楚。

她安安分分在织云阁学着姑母让她学的一切，关于那段岁月，阿惋最记得便是有一日她被罚着通宵抄写《女诫》，原因不过是一件琐屑小事。那时满腹委屈，偏生哭不出来。

到了黎明时分终于熬不住枕着自己的手臂睡下，她在梦中见到了大片大片的浓雾，雾水将她包围。

她在雾中踽踽独行，她的路还很长。


在萧国清安八年时，九州烽烟犹未散去，然战乱中的血腥味却渐淡，乱世已逾百年。

在蜀地的萧国占得天险，已是数百年不见烽火，上自公卿下至黎民，都在安乐中渐渐忘了自己处于乱世之中。

乱世始于百余年前宣朝覆灭之时，这是最后的大一统王朝，亡于胡人的铁蹄之下，而后便是诸王割据，各自称雄。百年前蜀地的士族先是拥立了宣朝宗亲，然后又废帝争夺王位，皇座几番易姓，直到谢氏称帝，改国号为萧后才争斗渐息。自萧元帝到当今天子谢珣，国祚已传至第四代。

可天子之位看似平稳，实则不然。萧清安初年，外患虽不起，内忧却已频发，早在萧国建国之前，蜀地就是各方士族盘踞之地，蜀中富饶，地方上往往生豪强。

谢氏昔年之所以得以建国，仰仗各方士族的支持，但也为士族把持朝政埋下了隐患，自元帝末年起历代萧国皇帝都重用桑阳卫姓中人，先帝时卫氏一族的锋芒已盖过皇族谢氏，蜀中才俊皆卫姓，帝都中人只知卫而未闻谢。

卫，每每听到这个字，康乐宫中的诸太妃总免不了恨得咬牙切齿，或许桑阳城中，再无人比她更憎恶卫氏人，因为这些人，随时随地会威胁到她儿子的皇位及她的荣华。

若非运气，她的儿子谢珣成不了帝王；可即便她的儿子成为了帝王，也依旧是手无实权的傀儡。

挂月殿中，黄门令小心翼翼地将今日朝会上的所见说与诸太妃，声音愈来愈低，他虽没有抬头，却也可以料到此时诸太妃面上的怒容。

诸太妃从来不是什么和善之人，她的狠戾性情自她成为太妃后便日渐显露，六宫皆知。

"照你这么说，卫之铭那厮果然目无尊卑，竟敢在朝堂上公然斥责天子，真是放肆！"诸太妃狠狠拧眉，抄起桌上的青瓷水注劈手一砸。

瓷器就碎在黄门令脚边，他努力按捺住后退瑟缩的念头，赔笑道："太妃息怒，卫太傅哪里敢真的犯上，不过是因卫太傅说话太直了，先帝在时都还私底下怨过卫太傅进言不留情面呢。"

诸太妃冷笑："我看卫之铭是倨傲难驯，连天子都可以不放在眼里！先帝尚在时他便气焰嚣张咄咄逼人，这些年来更是欺我孤儿寡母朝中无人！为臣者若连尊君都不懂，哪堪为臣！良臣谏言皆是拟表上疏，循循导君，他却在济云殿当着满朝文武疾声厉色地斥责皇帝，岂不是存心要折了君王的威严？"

黄门令噤声不敢言。

诸太妃又重重"哼"了一声："卫之铭在朝堂上公然指责皇帝言行无状，治学不勤，修身不精，无帝王之风仪……呵，可笑，珣儿不过是个十三岁的孩子，再说他们又何尝将珣儿当作过帝王！"

"不管他们心底有多少不甘，陛下终究是行过登基礼的萧国天子，国之正统。"有人乍然开口，音色冷如铁，似是漫不经心的口吻，却字字不容置疑。

听他说话，诸太妃悬着的一颗心便好似找到了依靠，她软声开口："君侯，我孤儿寡母能否在诡谲险恶的帝都活下来，便全仰仗君侯垂怜了！"

云翳渐浓日头渐暗，坐于轩窗边的男子抬眼看了看天色，放下手中书卷，转过头平淡道："蒙太妃青眼，然而愔区区闲散宗室，恐难托社稷大任。"

这是一个极英俊的男子，约莫三十有余，已不再年轻，但眉目间仍有少年一般的锋锐桀骜，他侧首时阳光镀在他斜飞漆黑的眉上，熠熠如金。

诸太妃挥手示意黄门令退下，抿唇笑了笑，年近三十的妇人妩媚远胜少女，她袅袅婷婷走向男子，与他同坐一席："君侯是先帝之弟，文帝之子，手握南军，受先帝托孤遗命，你若不能帮我，还有谁能帮我。"

承沂侯谢愔听闻此言也只是勾了勾唇，并不言语，漫不经心翻过一页书。

诸太妃又试探道："卫姓人欺凌少帝，君侯既是谢氏宗室，又是天子叔父，真要置之不理吗？"

承沂侯轻哂，玩味地瞥了诸太妃一眼："此时你倒不用担心什么，也不用和卫家计较，至少现在，卫姓人并没有和你作对的意思。陛下登基之初他们没有废帝，现在陛下做了近九年的皇帝，他们更不会妄动。至于卫之铭，他又给谁留过情面？你莫忘了，先帝崩前托孤之人可不只我，还有他。他贵为太傅，录尚书事，这是先帝的意思，先帝给了他教训你儿子的权力，你还有什么好说的。"

诸太妃还想再说什么，承沂侯不耐地打断她："何况卫之铭说的也没错，你儿子在许多方面都不如人意。"

诸太妃立时拧眉："珣儿不过十三岁，莫要太过苛刻了。呵，我知道坐皇位的本该是卫家皇后生出的嫡子，我的珣儿是庶出，所以活该处处不如人。"

"赵王近来如何？"承沂侯对方才诸太妃话语中的怒意恍若未闻，云淡风轻地问。

"还不是老样子。"诸太妃"哼"了一声，"成日里肆意玩闹，宫墙内外横行无忌，偏又没有人敢约束他。当年他出生时卫太后死了，卫家人便险些杀了我，又将这个皇子带去卫家养到四岁才带回北宫，生怕我会对这个孩子不利，端圣宫卫太后留下来的那一大帮宫人内侍成日里都是小心翼翼地防着我，可这个孩子对我无礼却是没人管了。"

"你也知道阿玙那孩子是卫家人手里的宝，又凭什么让他对你恭敬有礼？"承沂侯的神色平无波澜，"卫姓人生来就自以为高人一等，你一个商户女生下的儿子登基本就是对他们的一种侮辱。你就算有一日真的斗倒了卫家人，他们到死也不会高看你一分。"

诸太妃的脸色有些难看，继而又清脆地冷笑一声，换了副柔媚模样凑近承沂侯："妾可是君侯府里出来的人，受了委屈，还望君侯替妾做主。"

承沂侯低低笑了声，侧过身去捏住她小巧的下颏："我自然不会忘了你是从哪儿来的。十六年前你是伏波将军妾侍的小妹，穿蓝花布衫梳双螺髻，模样要多惹人怜就有多惹人怜，我心许于你将你收入府中为家姬，你倒好，借着机会踩我做垫脚就往我兄长怀里爬了。"

诸太妃将头靠在他肩上，黛眉轻蹙楚楚可怜："天子龙威妾焉敢不从？可妾多年来一直心念君侯从未忘。君侯——"她的手轻佻而又灵敏地拂过男子的胸膛，"不信吗？"

"自然——不信。"承沂侯吐出的话语冰冷，可他面上却是温柔的笑，叫人摸不清他究竟是在想什么。诸太妃觉得有些冷，下意识想要缩回去，承沂侯却在此时揽住她，"其实你现在所受的所谓侮辱并不可怕，你知道可怕的是什么吗？"

"是什么？"

"是帝都兵权握于卫家之手，是朝中要职尽是卫姓中人，是太学诸生以卫氏儒为师，是士子名门以卫士族为长——桑阳卫氏虽在乱世中做不到门生故吏遍天下，却也是根基深故足以撼动蜀地萧国。"承沂侯好似没有看见诸太妃苍白的脸色，语气依旧淡然，"想赢他们，首先要学会隐忍。三番五次跳出来与他们作对，只会让他们察觉出你的肤浅。卫氏绵延百年在萧国如参天古木，唯有待时机恰到，以烈火焚之。"

"谢君侯赐教。"诸太妃道，飞快抬眸觑了眼他的面容，敏锐地捕捉到了他清黑瞳孔中一瞬的黯然。

许多人都已经忘了，承沂侯谢惜曾在卫家人的手下输得有多么惨痛。二十余年前的谢惜是文帝最疼爱的皇子，虽不是嫡出，却因他母亲关贵人的盛宠而张扬肆意地活着，直到十五岁那年关贵人死于文帝皇后卫氏所赐下的鸩酒，直到他的父亲在皇后及外戚的胁迫下含泪将他撵去蛮荒西陲封王。

十七岁那年文帝病重，他与母族关氏密谋夺位，却败得惨不忍睹。那时的太子流着卫家人的血，娶了卫姓的表妹为妻，身后是庞大的桑阳卫氏作为靠山。十七岁的少年满怀雄心，却只能在凄惨的现实中哭泣。

当年的太子岳丈后来的太傅卫之铭及太子妃卫明素都反复劝他的兄长杀了他，可最终那个平素里与他并不怎么亲近的长兄只是在登基后将他贬为承沂侯，永世拘于帝都。

年少气盛的他曾对兄长说，与其苟活，不如让我死。

已披上帝王冕服的兄长在回答这句话时眼眸中的悲哀神色让他心惊，兄长说，我无意杀你，桑阳城中，唯有你我是手足。

后来他的兄长改元隆熹，做了十三年的帝王，浑浑噩噩庸庸碌碌地活在北宫，又猝然逝去，他死后人们为他加上谥号为"孝惠"，然后又转瞬忘了他，帝位易主，帝都的权贵投入新的角逐。

十三年来一直待在帝都的谢惜在兄长死时忽然明白了十七岁时他所听到的那句话的真正含义。

那是属于傀儡的悲伤与孤独。

桑阳是九姓公卿的桑阳，萧国是蜀中士族的萧国。昔年他不是输给了兄长，而是输给了卫姓士族，输了的代价就是他永远失去了发妻，母族关氏元气大伤不得不迁往蒙陵。

可在帝都的角逐之中，连输的资格都是吝惜的，有许多人若是败了，就直接死去了，这个道理他懂，所以他选择静静地蛰伏。


紫罗华服的妇人领着十余名侍女一齐站在了复道中央，挡住了他的去路，他无须抬头，也知道妇人秀丽的眉目间蕴着怎样的严厉。

谢玙往后退了半步，又退了半步，挤出笑脸正要同那妇人问安，便听她冷冷开口。

"后生可畏，焉知来者之不如今也？"

谢玙飞快地接了下去："四十、五十而无闻焉，斯亦不足畏也已。"

"君子义以为质。"

"礼以行之，孙以出之，信以成之。"

"是故古之王者。"

"建国君民，教学为先。"

“鹏之徙于南冥也。”

谢玙愣了一下：“姑母，太学博士是不教《庄子》的。”

妇人挑了挑纤细的黛眉。

谢玙咬咬牙，苦思片刻朗朗背诵而出：“水击三千里，抟扶摇而上者九万里，去以六月息者也！”

“很好。”妇人抚掌，语调轻快而不见严肃，“看来阿玙你死记硬背的功夫倒还不差，你外祖在我入宫前托我考校你的功课看来是多余的。”

“谢舅姑母夸。”谢玙笑道，而后正儿八经地长揖行礼，“见过临庆大长公主、北军中候夫人、舅姑母。”

“哟，这头衔名号够长的呀。”她眨眨眼，“不过……舅姑母是什么？”

“您是萧国的临庆大长公主，先帝胞妹，阿玙自然该唤您姑母，可您又是阿玙三舅之妻，我又得唤您舅母，故而将两称谓合并。”

“你个就知道耍小聪明讨巧的。”染了浅红凤仙花汁的指甲轻轻戳了下谢玙的额头，被世人称为临庆太主的女子口吻间满是亲昵。

“舅姑母好久没回宫看我了。”谢玙噘嘴。

“姑母虽姓谢，可如今已是卫家妇，总往宫里跑像什么话。”临庆太主说着牵起谢玙的手往北宫方向走去，“若在民间出嫁的女儿老回娘家，是要被休掉的。”

谢玙满不在乎道：“三舅才不会休了姑母呢，何况姑母是大长公主，为何要将自己与民妇相提并论？”

“越处于高位，就越须在意自己的言行。”临庆太主抚摸他的头，“因为你站得高，所以有许多人正仰望着你呢，就好比你外祖，虽说位极人臣，可他老人家的一言一行非得慎之又慎不可，因为他是天下士子的表率。就好比你，你外祖对你严苛，是因为卫家上下甚至萧国上下的目光都在你的身上，你不能让他们失望。”

“是——”彼时不满八岁的孩童拖长了嗓子应道，有些怏怏的，“我若是不学好，外祖一定又罚我。”

“你也知道你外祖会罚你呀。”临庆太主掩面而笑，“可我还是听闻你又胡闹了。太学是国之学邸，培育的是栋梁之材，你三岁开蒙，七岁时你外祖便让你去太学旁听，可不是让你在那里飞鹰走马的。”

谢玙忙拽着临庆太主的广袖一脸央求：“舅姑母你可别向外祖告状。”

"你外祖早就知道了，若不是你舅舅姨姨们拦着，只怕早冲进北宫用竹杖揍你了。"临庆太主揶揄笑道，"可别说在太学你年纪最小是旁人带坏了你。太学生虽大多出身膏粱之家，但没有人能如你一般，小小年纪生来便带着一肚子坏水。"

谢玙委屈道："怎么就说我坏呀，洪博士也坏，怎么就没人说他了。你不是不知道洪老头每次讲经时都故意挑我的刺，他……好好，尊师重道、尊师重道，我不说他坏话了，你别瞪我。可是他老这么为难我，舅姑母你就不心疼吗。而且……"他攀着临庆太主的胳膊踮起脚努力凑近她耳畔低声道，"我听说洪博士在朝中政见与外祖多有相悖，外祖何以让他来任五经博士，教导诸生？"

临庆太主谆谆道："洪博士实乃饱学之人，不可因朝堂上的交恶而断送了当世鸿儒。"

"哦。"谢玙点点头。

"人要学会克制私情，因私情而扰乱心智是不该的。"临庆太主似有深意，"阿玙，你纵然是厌恶谁，也不要因为厌恶之情而做出什么不对的事。"

谢玙自然明白她是什么意思，低下头，声音有些闷闷的："可宋内傅还有余姑姑她们都说我母亲是被诸太妃给害死的。"

临庆太主的步子略顿，怅然一叹："惠文皇后的死，的确令人伤心。"不知不觉已走近承宁宫一带，百尺宫阙雄壮威严，托着一轮金日，气势磅礴，宝殿如山巍峨。

"九重宫阙，深不可测。"她轻声喃喃，"很多年前我就住在这儿，那时我还是文帝一朝的临庆公主。我看着你的母亲沿着这条路走进了这里，那时她很年轻，也很美，一双眸子寒凉却温柔。不久后我嫁出北宫得到了新的天地，而身为皇后的她却永远留在了这儿，直到她死去，尸身从景和门抬出葬入泰陵。"她眼眶有些酸，忙吸了吸鼻子看着谢玙，"我不该同你说这些的……阿玙，你太小了。"

"年纪小又怎么了。"谢玙不服道。

临庆太主的目光温柔而深沉："你还是孩子，有很多事，你可以不用去面对，你的前方站着你的长辈，他们会护住你，你要做的，是干干净净安安宁宁地长大。"等你长大了，再在这个残酷的世上拼杀也不迟——这句话太主并未说出口。

"舅姑母的意思是说，长辈们的恩怨，我现在不要去理会？"

"是的。"临庆太主说，"不论你母亲的死与太妃有没有关系，她都是你的长辈，你不可无礼于她。还有承沂侯，他终究也是你父亲和我的弟弟，你的叔父。"

谢玙的眉头忽然又蹙起，神情古怪："舅姑母……"他拽着临庆太主的胳膊迫使她俯身与他同高，"我上回又从诸太妃那听到她和叔父很狎昵的笑声。"

孩童清亮的眼眸中映着高鬟贵妇满脸的惊惶，她匆匆捂住谢玙的嘴，扫视了一眼跟在身后的侍女："可不要乱说话！"

"我没有！"谢玙掰下她的手低呼，"而且这已经不是第一次了。"

临庆太主深深吸了口气："阿玙，此事你万万不能透露给别人。你要明白，这种事情若是传出去了，伤的只会是皇家颜面，何况咱们也抓不到证据，非但治不了他二人的罪，还可能会逼急承沂侯与咱们彻底翻脸。须知自你出生南北军对峙起，这些年来的平静便如初冬的薄冰一样脆弱。"

谢玙点点头，似懂非懂。

"除了你之外还有别的什么人知道吗？"

谢玙想起了在康乐宫遇到的那个女孩，瘦瘦的、小小的、孱弱可怜的模样，看着临庆太主肃冷的眼神，他不知怎的摇了摇头。

## 第三章　手足

　　皇帝很少笑，无论是阿惋初次见到的十三岁的他，还是后来二十三岁的他，眉眼间总是凝着化不开的忧郁，记忆中皇帝的眉似乎总微微蹙起，他的唇总用力抿着。

　　可今日阿惋在为皇帝研墨，却听他扑哧一声笑了出来，原本是在临摹名家字帖的他手一抖，一幅好字便生生毁了，可他似乎全然不在意。

　　皇帝应是心情不错，竟笑着同阿惋道："朕方才是想起了今日收到的一封上疏，是太学博士洪知写的。"

　　阿惋不知道皇帝为什么要说这些，她只知道裴先生告诉过她女子是不能过问政事的。

　　皇帝却并不介意说了下去："洪知在上疏中弹劾了一人，你猜是谁？"

　　阿惋摇摇头。

　　"阿玙，是阿玙。"皇帝又乐不可支地笑出了声，"洪博士一状将阿玙告到朕这来了，说阿玙在昨日的太学问难中屡次捣乱，有意让他下不来台。"所谓问难，便是太学诸生向博士提出学中所见的疑问，而博士与学生辩难解疑，原是极严肃的一事。

　　"来来来，阿惋，你且听听阿玙在昨日问难时提的都是些什么古怪问题。"他想了想清清嗓子道，"《论语泰伯篇》中子曰：巍巍乎，舜禹之有天下而不与焉。意思是舜禹有了天下也不谋求私利。于是阿玙便问：子乃禹乎？阿玙的意思是说，孔子不是舜禹，怎么知道他们不想谋求私利。"

"这还不算什么。"皇帝饶有兴致地继续道，"《诗经》有'溯游从之，道阻且长'之句，于是阿玙问，何不以舟楫渡之？"

这下就连阿惋也笑了。

"《诗经》还有'窈窕淑女，君子好逑'之句，世人多以淑女与君子相配成偶，阿玙在听到这句话后当即泣涕，洪博士问他何故，他怆然道：哀哉！怜我师娘，将蒙休弃之辱！"

阿惋不懂，皇帝便憋着笑解释："洪博士之妻是他微寒时所娶的农妇，为人粗野，是桑阳城中出了名的河东狮，这样的女子，可是远远算不得淑女。而洪博士虽正直古板，却是畏妻之人。"

阿惋哭笑不得。

"阿玙打小就是这样的性子。"皇帝无可奈何地摇摇头，"朕就没见过他安分规矩的时候。"

不知怎的，阿惋竟从皇帝的口吻中听出了一丝丝的怅然。

"陛下……似乎很羡慕赵王？"同皇帝相处了有一段时日，她也就大胆地将这句话问出了口。

皇帝一愕，茫然的神情如雾气丝丝缕缕翻涌在他眼底，笼住了方才的欢欣，他眼睫半垂："或许吧，朕一直觉得阿玙活得比朕肆意自由些。如果他早出生些，或者先帝没有死，那一切都会不一样了……"

阿惋没有应声。

皇帝自顾自地说了下去："小些时候朕同阿玙要更亲厚些，朕那时不需要看什么臣子上表，尚有闲时陪他玩耍。许多人都以为阿玙骄纵顽劣，其实我知道，那是因为北宫太大、太冷清，他不得不想出很多稀奇古怪的法子来打发时光。"

皇帝的声音凉凉的，略有些惆怅感慨的意味。

阿惋心底有几分感同身受，他说得没错，北宫的确是太大、太冷了。

"小时候朕身子不好，有一次病了，他很着急。五岁的孩子去司药局偷偷抓了大把的药材藏在怀里，然后跑过来一样样地掏出问朕能不能治病。"他的唇微微勾了一下，"可后来，我们还是渐渐生分了。"

为什么会生分，皇帝不说，可答案不言而喻。

阿惋只好将话岔开："洪博士向陛下告状，那陛下是如何处置的呢？"

"处置？"皇帝摇头，"朕并没有处置什么的资格，所有的朝中政务，不论大小，皆是由太傅批示完，再交由朕过目而已。何况阿玙是太傅的亲外孙，这事自然是交给太傅了。"皇帝说这话时面无表情，瞧不出什么喜怒。

"那……太傅是怎么做的？"

"太傅自然是好言宽慰了洪博士几句，然后处置了阿玙。据说罚阿玙将《诗经》《论语》各抄三遍。"

"这罚得也太重了些！"阿惋忍不住惊呼。

"是啊，也太重了些。"皇帝点头，"人皆道阿玙是卫家外孙受尽宠溺，可依朕看卫太傅对这个外孙反倒尤为严苛些。"

阿惋见皇帝面有忧色，提议道："不如派个人去探望一下赵王？"

"那你代朕去一趟端圣宫？"皇帝问道。

"我？"

"阿母不许朕同阿玙来往太近。"皇帝低声说。

阿惋明白了，这承宁宫大半的宫人，都是效忠于诸太妃的。

"正好方才送上来的玉带羹朕还没动过，阿玙小时候很喜欢这个，你带去给他吧。"

"诺。"阿惋颔首，想了想，"谢陛下信任。"

提着食盒从承宁宫侧门而出，一路向东行。端圣宫位于北宫东北角，距承宁宫并不近，阿惋也不十分熟路，但她只能用脚走，走得很快，怕盒中的玉带羹凉了，每到一个岔路口便绞尽脑汁地思索路径，也是她运气好，竟是一路顺顺利利地找到了谢玙所居的地方。

端圣宫本该住着皇太后，可萧国的太后早已死在了八年前，而今是卫太后的独子谢玙暂居于此。

端圣宫前栽着桐木数排，高达数丈，似能参天。走出林荫后豁然展露在人前的宫阙宏伟庄严，气势逼人。宫殿已经不新了，朱漆暗老成了凝郁的绛色，檐上的脊兽亦在风霜下斑驳了几层鎏金，夕阳下别有古朴的意味，让人不由心生肃然。

宫外守卫井然，阿惋向内侍仔细通报了来意，方得被引入偏殿等候。她坐下歇了歇脚，同时暗暗打量这里——其实宫中的布局大同小异，阿惋只是有些惊讶，太后的宫殿竟不如太妃的奢华。

不过姑母的康乐宫的确是太奢华了，哪里像个未亡人——想到这里她又不自觉想起了初至康乐宫时遇到的事，面颊微烫。

很快走出了一位锦袍高鬟的妇人，年岁已高，气度雍容，身后还跟着几名宫娥。阿惋知她身份不凡，忙起身行礼。

"老身姓宋，故惠文皇后之内傅。"妇人不苟言笑，吐字清晰沉稳，很是端庄，"听说娘子奉陛下之命前来送羹汤？"

"是的。陛下遣我来探望殿下。"

宋内傅使了个眼色，身后一名宫人便上前打开了食盒，从袖中掏出了一枚银针。

阿惋自然知道这是要干什么，下意识道："这羹汤原是进给陛下的，无须再验了，断然不会有毒。"

宋内傅只淡淡一笑："殿下乃千金贵体，不可有半分闪失。"

阿惋讪讪住口，她想起了皇帝说他们兄弟已然生分，想起了他们各自母族的剑拔弩张，也想起了这对兄弟所在的位子和身份。


阿惋听见了脚步声，轻快急促，由远至近，而后湘妃门帘被豁然掀起，有人闯了进来："听说三哥派人来看我了？"

来者是赵王谢玙，他的模样与阿惋初见时并没有什么不同，仍是清清朗朗的眉，熠熠生辉的眸，只是急匆匆来少了沉稳从容的气度，堂堂殿下像是个被追赶的小贼一般。

意识到了他口中的"三哥"指的是皇帝后，阿惋屈膝应下，未曾想到赵王对皇帝遣人探望竟是这样热切。

"咦——我见过你。"看清阿惋的容貌后，他更是欣喜地眨了眨眼。

"陛下欲兴孝悌之义、念棠棣之情，故遣萧韶至端圣宫探赵王……"

阿惋的套话虚辞没能说完谢玙便打断了她："三哥有什么话要你带来吗？"

阿惋回忆了下，似乎没有，只好摇头道："陛下命萧韶给殿下带来羹汤一盏……"

"那我有话要说给三哥。"谢玙再次打断她，扫了眼这屋子里站着的十余人，对阿惋道，"速与我至书房，我在那里告诉你。"

阿惋不明其意，只得跟着他往书房走，前脚才踏进去，谢玙便将门关上，对其余想跟进来的宫人说："我与三哥要说的话不许你们听。"

谢玙将门仔细锁好，然后转过脸问了阿惋一个问题："会写字吗？"

"会。"她有些局促，"但不多。"她后悔为何不在苻先生讲课时更认真些。

"不多也不要紧。"谢玙满不在乎地摆摆手，"会握笔吗？"

阿惋用力点头。

黑亮的眼珠转了转，狡黠藏于眸中，"我外祖罚我抄书一事，你可知道？"

"知道。"

谢玙清清嗓子故做严肃状叹息："你们都只道我外祖待我严苛，实则你们都会错意了。"

阿惋愣愣地看着他，不知他究竟想要说些什么。

"外祖他老人家私底下其实是很疼我的。当然，私底下的事，是不能弄得尽人皆知的，以至于许多人都错解了外祖的意思，就好比这次。"

"这次怎么了？"阿惋依旧没懂他的话中话。

谢玙再度清清嗓子，漫天扯谎时面容依如白玉："此番我外祖明面上是罚我很重，但私底下他会忍心吗？洪博士是当世大儒，脾气臭了些，这也是为了安抚他。可偏偏旁人都当我外祖是真的要重罚我，却不知外祖实际是心疼我的。这些日子来她们就知督促我抄写，我这胳膊都快废了。"

阿惋被谢玙这一副委屈至极又无奈至极的神情逗得扑哧一笑。

"你既然是三哥派来的，那你也该知道，三哥也是心疼我，不愿见我受苦的对吗？"

"那殿下是要我将这事告知陛下？"阿惋睁大一双杏眼。

"三哥是皇帝，以国为家，这样的小事怎么可以打搅他。"他牵着阿惋的衣袖将她领到桌案前，"这时便需要你来帮忙，为三哥分忧了。"

案上凌乱摆着一方砚台一本《论语》，还有散乱的一沓纸，几乎每张纸上都有扭曲如蚯蚓一般的墨痕，阿惋认了好一会儿才认出这抄的是《论语》上的句子，看来谢玙对她说得没错，他的确是抄书抄得辛苦了，否则一个自幼师承名家的王孙贵胄，字哪里会这么丑。

阿惋在打量字迹时手里被塞了一支狼毫笔，谢玙对她说："你接着下面再抄几句试试。唉，字要和我的差不多才行。"

阿惋依言，写了几句后停笔，不安地抬眼看了看谢玙，从他眼里看到满满的窃喜之色。

"仿得真像！"谢玙仔细对比了一下二人的字，"别说洪博士那双昏花老眼，就连我都轻易辨不出呢。"不待阿惋说什么，他又转过脸来问，"你明日还来吗？后日还来吗？"

阿惋面颊微红："我是奉皇命而来，若陛下明日……"

"三哥自然会许你来看我的。再说你又不是他的婢女，想去哪儿还须听他的吗？"他眼眸一亮，"你是三哥的表妹对吗？三哥的表妹那也是我的妹妹了，我认你做妹妹，你帮我个忙不亏吧。"

阿惋自是受宠若惊："怎敢怎敢！殿下有吩咐但说无妨。"

谢玙先前啰唆了一大堆，此时也是说累了，当下简洁明了道明目的，说："你帮我将书抄完，借着每日来端圣宫送东西的机会给我，行吗？"

阿惋之前被他唬得晕头转向，被大串大串的话绕昏了头，稀里糊涂地应下了。

很多年后阿惋想起那个孩提时呆呆愣愣的自己时都会觉得有趣，轻声依语笑言某人，我那时竟不知你是如此狡诈之辈。

某人为她的远山眉添上最后一笔翠黛，亦是笑道："可我那时却已知你——"

"知我什么？"

"笨！"

清安八年时的阿惋的确是笨，谢玙闯的祸，谢玙领的罚，可受罪的却是她。此后十几日她认认真真替谢玙抄书，然后每日都寻着法儿送去端圣宫。

《论语》《诗经》是她从皇帝那讨来的古卷，织云阁的仆婢成日总在嬉闹故而也无人管她抄这些是为什么，倒是教她识字的苻先生撞见后赞了她几句，又埋怨她为何不多习《内则》。

阿惋自入了北宫以来总觉得时光难熬，模仿着谢玙的笔迹抄写书卷于她而言倒是一种打发时光的好途径。

后世史官在记述安顺皇后诸氏时不会忘记写一句：皇后性贞静，好诗书，年少时倒背《论语》如流——这自然是与她昔年为谢玙抄书的这段经历有关。

只是当阿惋挑灯挥毫，手腕、胳膊乃至指头都酸痛到麻木时，她并不知道谢玙正因为卸了担子而玩得不亦乐乎。

每日阿惋去端圣宫送抄写时谢玙会送她些吃的，再同她聊几句——但也仅限于此了。那时的谢玙对呆呆木木的阿惋并没有多大兴趣，同他一块玩的都是比他更能胡闹的孩子，比起那些人，阿惋实在太闷，若不是他记忆好，可能第二次见面时他连阿惋是谁都不会知道。

当阿惋抄完所有的书，原本的交集也该止于此了，如果不是她那次去端圣宫时脸上还有泪痕的话。

"你哭过？"谢玙好奇地问。

她点点头，在来之前她的确哭过，因为思家，因为女先生的责骂，因为织云阁中那些总想着法捉弄她的宫人。

"你为什么哭？"谢玙又问。

阿惋摇摇头，什么都没说。

谢玙也就没有再问下去，于他而言，阿惋不算什么值得他挂在心上的人。很快，他便将这事给忘在脑后。

很快，便是冬至。


谢玙自小就不是很喜欢自己的叔父承沂侯，这或许是亲缘上的隔阂使然，他知道承沂侯与自己的父亲并不同母，也知道自己父亲最初登基时承沂侯曾试图谋反，若他的父亲还活着，他很想问问父亲是否后悔当年赦免了这个弟弟。

谢玙清楚自己在康乐宫中听到叔父的声音绝不是错觉，所以当他在冬至这一日见到承沂侯时，听见他说话便会不自觉微微蹙眉。

冬至时天子不临朝，百官不理事，天下同乐，互为拜访，养生修性，谢玙在这一日无须去太学，正满北宫瞎溜达，便好巧不巧遇上了正在御河小亭内赏雪的叔父。

承沂侯既然是长辈，那谢玙自然是要上前行礼的，尽管他不喜欢承沂侯，承沂侯也并不喜欢他。

他们二人也说不上几句话，只不过是一个静静赏雪，一个无聊发愣。

谢玙随口赞了一句此处的梅花开得好，承沂侯便随口答道："这还是先帝在时栽下的。"

"我父亲喜欢梅花吗？"谢玙谈起从未谋面的父亲，并不称先帝却是自然而然地说是"我父亲"。

承沂侯的唇角浮起几丝笑，略带些惆怅："先帝年少时多情，最喜欢折花去哄佳人。"

谢玙听说父亲年轻时的德行，一时无语，正胡思乱想自己母亲是否也是被父亲用几枝花哄回来做皇后的，却见承沂侯忽然变了脸色，抬手做了个噤声的手势。

细听片刻，可以听见梅林深处似乎有女子放肆的嬉笑声。在场几人出门时身旁的侍从跟随的都不多，故而只侍立在亭旁而未进入梅林之内。北宫规矩森严，宫人仪态端庄最是紧要，从来不许笑闹谑浪，也只有谢玙肯纵着他手底下那些年轻的宫人嬉戏罢了，但那也该是在端圣宫一带才是。

不消片刻那声音便靠近了，听清是两个女子似乎在庆贺什么。

"可算把那傻丫头甩掉了，你说她一会儿会哭吗？"

"我猜一定会，她平日里躲起来哭的次数还少吗？"

"若是她向太妃或陛下告状怎么办？"

"不会，就她那比针眼儿还小的胆子……啊！"那两个宫人一走出梅林看见了亭中的几人，立时吓得魂不附体，猛地跪下浑身发抖。

承沂侯无意去处理这种后宫琐事，于是谢玙问道："你们是什么人？何故大声喧哗？"

两宫人彼此对视一眼，其中一个战战兢兢答道："奴婢珠儿，是织云阁的宫人，这是青玉。"

"织云阁？"谢玙想起来什么，"织云阁不是住着诸太妃的侄女吗？"

"正、正是。"

谢玙此时还记得阿惋，到底她曾替他抄过那么些日子的书："你们方才嬉嬉闹闹，是在笑谁呢？"

两名宫人面色煞白俱不敢回话，谢玙也懒得逼问，想想也猜到是发生了什么事，"你们将诸家娘子故意丢在了梅林中好看人家的笑话？"

两人伏跪在地一味地流泪并不说话，已是默认，谢玙皱了皱眉："你们二人竟如此作弄她人，若在先帝时尔等刁婢就该受鞭笞才是！"

"殿下恕罪！"两人忙哭着求饶，"我等只是与诸娘子玩笑而已，并无恶意，还望殿下宽恕！"

谢玙挥挥手不耐道："行了，宽不宽恕由不得我，你们既然奉命服侍诸娘子，非但未尽本责还目无尊卑且看看诸娘子愿不愿宽恕你们吧。"他今日是随性出门乱逛，身后并没有带几个宦官，想了想朝承沂侯一拜，"还请叔父借几个人手，帮忙进林中寻找这诸娘子。"

"阿玙似乎很少对不相干的人如此在意。"承沂侯抬了抬眉。

谢玙揉了揉鼻子："倒不是不相干的人，我欠她个人情。"

"最难消受美人恩。"承沂侯淡淡一笑，倒也不问谢玙欠下的人情是什么，挥挥手，示意自己的随从去找人。

谢玙道了声谢，便向他再拜告辞。

"不见见那位诸娘子吗？"

"不了，帮了她一次我就心安了。"谢玙摇摇头道。他想起上一次见面时阿惋脸上的泪痕，不知道为什么，他觉得如果再看到她那副模样他会心里堵很久。

再过了一会儿，有纷乱的脚步逼近，是方才派去的人簇拥着一个小女孩走了过来。梅林本就不是很大，派去的人又多，不多时便找到了人。

女孩着鹅黄缥夹长袍，外罩鹿裘，鬓发肩膀上沾了不少雪花，鼻尖和眼角红红的，不知是哭过还是因天寒，见到承沂侯一声不吭地拍去了身上的雪，理好衣裳朝承沂侯行礼。

先前跪在地上的两名宫人忙过来求她开恩，而承沂侯使了个眼色，示意下人堵住了这两人的嘴。

"你姓诸，是诸太妃的侄女？"承沂侯问道。

"是。"阿惋点头，眉眼低敛而胸中却是惊骇万分，她认出了这个声音，她初入宫时便在康乐宫中听到过！

"你的母亲姓关，蒙陵人氏？"

这下阿惋便有些奇怪的，阿母去世多年，已有许多人不曾问起她了。

"是。"

趁着答话，她壮着胆子抬头看了承沂侯一眼——听人说承沂侯手握禁军，杀伐决断，在朝堂上翻手为云覆手为雨，是可与卫太傅比肩的人物。可这一眼，阿惋看见的并不是一张凶煞冷厉的面容，承沂侯是个俊秀的男子，轮廓如刀刻斧削，眼眸冰凉而寥落。

"你很怕我？"她的小动作被承沂侯敏锐发觉，"你无须害怕我，我只是想要问你几个问题罢了。"

"君侯请问。"阿惋垂首道。

"你的母亲，可是在四年前去世的？"

"嗯。"阿惋忍不住好奇，"君侯认得阿母？"

"认得。"承沂侯不知在想什么，双眸空茫映着漫天的冰雪纯白，"我初次见她时她还只是个孩子，可如今她也不在了。你阿母，是我妻子的妹妹。"

"君侯夫人？"阿惋迷惑，众人都知道承沂侯的妻子姓楚，是太史令庶女，承沂侯膝下一女一子，皆是楚夫人所出的。

"我的结发原配，姓关。"他轻轻道，阿惋觉得他说这句话时声音就像冬夜卷起白雪的风一样寂寞萧瑟。

"阿惋能唤君侯一声姨父，不胜荣幸。"此时的阿惋尚不能理解承沂侯的情绪，只好照着裴先生的教导说奉承的话。

"没什么好荣幸的。"承沂侯摆摆手，似是有些疲倦，"你姑母接你进宫，是因为什么缘故？"

阿惋更深埋首："父丧，无所依。"

"原来是这样，我想起来了，半年前换了新的光禄大夫，原来是你父亲死了。"承沂侯低声道，过了一会儿他又开口，"你姑母接你进宫，想必是怜你孤弱，希望能好好教养你，你却在北宫任宫人欺凌，未免也太折你姑母颜面。"

阿惋讷讷不知该如何回答。她知道，自己的确是懦弱了些，就算是遇上了欺辱她的人，她也不敢还击，只盼着忍忍便好，可往往换来的是对方的变本加厉，就好比她在家中受兄姊的排挤，在宫中遭刁婢的捉弄。

"我会替你将这两个婢子所做的事告诉你的姑母，给她们应有的处罚。"承沂侯冷冷地开口，"但下一次，你就得靠你自己了。你阿母生下你，不是为了给人折辱的。"

"诺。"阿惋忙伏拜，"谨记君侯教诲。"

承沂侯没有再说话，他静静望着被冰封的河面，望着层层叠叠覆盖上天地万物的雪。

阿惋看着他的侧颜，忽然觉得万人之上的承沂侯在雪光映辉下看起来竟是无比地落寞。

"君侯在瞧什么？"她的胆子稍稍大了些，方才聊了几句话，她觉得承沂侯并非她想的那样可怕。

"赏雪。桑阳城中，只有北宫最是寂静，也只有寂静的地方，才少有人打扰。"


帝都中的百姓惯于将帝都门阀世家出身的少年称作西城公子，因桑阳城西北角的多为贵胄达官府邸所在。市井间曾有人戏言，宁辱南巷七尺儿，不欺西城三岁郎。

太学之中，十有八九是出身显贵的西城公子，谢玙长于宫闱之中，与他为友的，也大多是这些贵胄世家的少年。

很难说谢玙的顽劣性子究竟是生来就有，还是近墨者黑，总之谢玙跟着这些人，这些年来愈发地将帝都及皇宫搅得鸡飞狗跳。

桑阳城中的人都知道，若是在哪撞见赵王和他这些好友聚在一起窃窃私语，那么很快就会有坏事发生。

譬如今夜。

今夜冬至，广德殿设有宫宴。

其实以谢玙的话来说，宫中的宴席大多无聊，不过是一群官员穿得正儿八经些，去广德殿朝他三哥说几句吉利话。然后三哥写份诏书念一些无聊的套话，再给些赏赐，表彰一下老臣，然后一群人一起吃吃喝喝而已。偏生规矩还很多，什么时候该喝酒，什么时候该动什么菜都有礼制，麻烦至极。

于是这些无聊的纨绔一合计，决定让今年的宫宴，好玩些。

入夜时分，广德殿前文武百官分列，虎贲、羽林郎执戟护卫在侧，伶人击编钟、磬、鼓为乐，广德殿前燃灯千盏明亮恍如白昼。

灯火微芒，映照谢玙一张还带着稚气的面容，还有不怀好意的笑。他身后还有几个少年，眼眸中的跃跃欲试与谢玙如出一辙。

钟宣门扼守南北宫交界，素来是禁军重地，也不知谢玙是如何打通了关节，将他们几个带到了这处最高的城楼之上。

钟宣门距广德殿有数百步之遥，从最高的瞭望城楼上俯视，可以看到广德殿高耸的飞檐广德殿远处依次向前的朝臣。

"防卫森严又如何，我们有归南。"十四五岁的少年容姿不俗，一袭寻常的深灰胡服不掩贵气，这是尚书令的嫡子，典城柳氏的第四郎，柳祎，他将一张牛角弓递给了站在一旁的墨色胡服的少年。

那少年略矮些，看起来更为年幼稚嫩，却是永乡侯的孙儿白归南，出身萧国曾最能征善战的武将世家泰定白氏，虽到了他这一代时已人丁凋零，时年十三的白归南也身高不满七尺，却膂力不输成人。

白归南接过弓，试了试弦，颔首。另一旁的大司农幼子贺谈元递给他一支箭，箭上紧紧缚着一节竹筒，他将箭搭在弦上，蓄力引弦待发。

"接下来可是关键时刻了，务必小心。"贺谈元神色凝重地嘱咐。

"哎，等等。"谢玙忽然唤住白归南。

"怎么了，你出的主意，自己又怕了？"柳祎做了个鬼脸。

"倒不是怕，咱们这样会不会有些过了。我不是怕自己受罚，朝中有不少老臣都是白胡子白眉毛走起路来颤巍巍，若是他们在乱中……"

"就是啊。"贺谈元忍不住面露犹疑，"我阿父都七十了，还有你们、你们家中也有路都走不稳的老者吧。"

"所以——"谢玙将白归南的箭头往旁边推了几分，"咱们去作弄武将如何？"

白归南扬扬眉，示意谢玙瞧好，另几人一副迫不及待的神情。

谢玙的表哥卫樟做事最为稳妥，虽然是跟着这些人一块胡闹也不忘谨慎，引燃了火折，挥了挥手示意谢玙退下，然后举着火折子点着了竹筒。

"快放！"

去了箭头的羽箭斜射向苍穹，箭上的竹筒遇火便炸开，被箭带着飞向西边的武官们，尖锐的爆破声及四溅的火星惊得人们慌张失色。

"快，再来！"谢玙又递上一支箭，点燃后又是一声惊雷起。

之后又是两支。

广德殿前究竟混乱成什么模样他们看不大清，只是人群的喧闹盖过庄严的鼓乐传到城楼时逗得少年们大笑连连。

"别笑了，别笑了！"谢玙顾不上得意匆匆推了同伴一把，"过不了多久那些武官就会反应过来，到时候必定会派人来追的！"

"好！那咱们快按原定计划逃。"卫樟当机立断吩咐，"阿玙你呢？"

"你们走，不用管我！记住，咱们几个不论是谁被捉住了，都不能把剩下的人供出来！"谢玙道，"我往北宫跑，就不信他们还敢追。"

五人立时往不同的方向逃去，谢玙是径直由钟宣门向北宫而去。凭他赵王的身份，的确没人敢往北宫去捉他。

只可惜他的算盘终究是打错了。

广德殿前的百官因方才那突如其来的爆竹而人人慌乱，不少公卿失了往日仪态大呼有刺客至，吓得跌坐在原地。却有一戴进贤高冠，着文绣袍服的老者神色沉定，大步行至天子身前，扫了一眼面色惊惶的诸黄门侍从，而后长揖对皇帝道："赵王素来顽劣，是臣教导无方之过。今日闹剧，必是赵王所为，臣请陛下差人捉拿赵王，待臣严加约束，以挽臣之过失。"

皇帝先前也受了惊吓，此时心神未定，见老者态度强硬，忙颔首："便依太傅所言。"

一句话出口，即刻便有黄门内侍五十余人受老者调遣，朝北宫方向追了过去。

广德殿前的喧哗，远在织云阁的阿惋自然听不到。可她在雪地里找寻自己丢失的笔砚时，却意外听到了不寻常的嘈杂之音。

北宫一直是个很静的地方，被重重宫规束缚下的人都学会了沉默。北宫那么大，而天底下的人能住进北宫的，实在不多，所以承沂侯才会说，北宫是静赏冬雪的好地方。

可在这个本该宁静的月夜，阿惋却听见吵吵嚷嚷如市井争闹的声音，再细听，似乎是一群人呼喝着在追什么。阿惋心下生疑，正在思索之际便看见不远处有人朝自己跑来，身后跟着一大群的人。

"殿下？"明月之下看清一个人的形貌不算难事，但阿惋却几乎以为是自己眼花了。她从未见过如此狼狈的赵王，鬓发松散，神情慌乱，而身上穿着的竟是一身便于行动的墨色窄袖胡服——与平日里阿惋所见的那个赵王判若两人。

"殿下你……"阿惋还没来得及问什么，谢玙便擦着她跑远，甩下一句，"追着我的当然是刺客！救命啊——"

阿惋心中一凛，也顾不得要找什么了，忙跟着他一起跑。

"唉，就算有刺客，要杀的也是我，你跑什么？"谢玙见她跟了上来，纵然气喘吁吁，也忍不住道。

阿惋不说话，心一横，拽着谢玙便往暗处的灌木丛钻了进去。

## 第四章　琴学

路旁灌木茂密，虽说到了冬日花叶都零落，但好在处于暗中，阿惋带着谢玙一起钻了进去，倒也躲过了那些追上来的人。

待脚步远去，阿惋稍稍松了口气，这时才发现谢玙一直在发抖。

"殿下是害怕吗？不用怕，他们都已经走远了。"阿惋小声说。

谢玙抖得更厉害了，他的脸转向一边，阿惋看不清他是什么表情，只听得他的声音有些含糊不清，像是在极力憋着什么："不、不是害怕……扑哧……我冷……"

"确实很冷啊，殿下怎么穿得这么少？"阿惋在灌木丛中和他紧紧缩在一起，感觉他抖得更厉害了。

"你……你被刺客追杀时还记得多穿、穿几件衣服再跑啊……"谢玙把整个脸都埋在膝盖中，声音闷闷的，他抓起阿惋的手，"走，这里冷死了，去找几件衣裳。"

"不行！"阿惋又将他重新拽回来，一脸的严肃和紧张，"那些刺客还未走远，若是此时突然返回，他们会杀了殿下的！"

谢玙终于憋不住了，压低声音笑得浑身发颤。

"殿下笑什么？"阿惋迷惑道，又小心地望了眼那些人远去的方向，"快别笑了，把那些人引来了怎么办？"

"好好好，我不笑了。"谢玙摆手，可脸上的笑意还是怎么也止不住，"唉，如你所言，他们若是回来可是会杀了我的，你不怕吗？"

阿惋怯怯地点头。

"那你还不快跑，小心等会儿他们把你也一块儿杀了。"谢玙忍着笑做出一副凶样。

阿惋往后瑟缩了一下，拉住谢玙的手："殿下，我和你一块儿跑。"

她的手冰冷且汗湿，纤弱如蒲苇且微微发颤，谢玙不动声色地将手挣开："你干吗要和我一块儿跑，如果刺客要杀我，你一个人跑岂不是安全些？"

"不，我和殿下一块儿，如果他们追上来了，我可以帮殿下挡住他们一会儿。"女孩摇摇头。

谢玙愣住，冬夜的月色苍白浅淡一如女孩的面容的颜色，她是恐惧的，清澈的眸子盛满惶恐不安，瘦弱的身躯如纸单薄。

谢玙慢慢敛了笑。

阿惋想了想又道："他们有可能往回找，殿下请随我来，我住的织云阁就在不远，那里还有几名宫人，应当可以帮忙护驾。"

"不用了不用了！"谢玙忙摆手。

"殿下请随我来吧！否则等会他们过来可就不好了！"

"说了不用了！"

"这样吧，殿下往织云阁方向跑，我去找侍卫，这样或许能更快地抓住刺客！"

"哎呀，真的不用了！"谢玙拗不过她，索性将实话一口气吐出，"他们就算追上来了，也绝没有胆子杀我的！"

"什么？"

"他们不是刺客，是一些黄门内侍，奉了不知道是谁的命令，想抓我去受罚呢。"

"殿下……是犯了什么事？"阿惋已然清楚自己被谢玙作弄了一番，愣愣地问道。

"放爆竹咯。"

"宫内……不许放爆竹吗？怎么这也要罚？"

"是啊，还派这么些凶神恶煞的家伙来追杀孤。"谢玙满脸愤愤，全然不提自己放爆竹的地点是在百官群集的广德殿。

"殿下会被罚得很重吗？"阿惋显然还记得谢玙被罚抄书的经历，只是她却忘了《论语》大半是由她自己替谢玙抄完的。

"大约吧。"谢玙目含悲戚，"所以只好躲一躲，或许等到一夜过去，那些人也就气消了。"

"可殿下要躲哪儿呢？连端圣宫都不能回了吗？"

"当然不能回端圣宫，那些胳膊肘往外拐的一定会帮着外祖对付我。"谢玙起身拍拍衣上的碎雪和泥污，"我知道该藏哪儿。"

"藏哪儿？"

谢玙摇摇头，故作神秘缄口不答。

他带着阿惋熟练地走过隐蔽于树丛间的小道，躲过巡逻的侍卫及提灯走过的宫人，也不知拐拐绕绕走了多久，终于停在了一座宫殿前。

"到了。"

"这是哪儿？"黑暗中阿惋瞧不清这座宫殿的模样，但她能猜到这是一座很大的宫殿，月亮都被宫殿高耸的屋脊遮蔽，宫殿的影子铺得很广，阿惋站在巨大的阴影下感受到了一种森然的庄严威仪。

"中宫。"

"中宫……"阿惋不自觉地喃语。萧国女子千万，能有幸入主中宫的唯有一人，住在这里的是凤凰，是母仪天下的国母，与帝王比肩，受万民伏拜。

"中宫已经空置许多年了。"阿惋想起了这一点。

"我知道。"谢玙说着，领着阿惋朝偏门走去，"自从我的父亲去世，我母亲搬去端圣宫后，这里就空了许多年了。"他朝偏殿一扇不起眼的侧门轻轻一推，门无声无息打开，"但是，这儿的门并没有落锁。"

"为什么？"

"你小声点。"谢玙将她拉进门内，"中宫虽因无人而守卫不算森严，但这里毕竟是皇后居所，每隔半时辰就会有一轮侍卫巡逻的。"

阿惋吓得立时闭嘴，安安静静地跟在谢玙身后往里走。

"这里好黑啊！"才关门的那一瞬阿惋尚未适应黑暗，只觉得伸手不见五指，不由得害怕，下意识攥住了谢玙的手。

谢玙瞥了她一眼，将手抽出，反手牵住她的衣袖领着她往前："那你可要小心了，据说中宫里常飘荡着历代皇后的幽魂，也许皇后们见你可爱，将你掳去阴间做侍女也不一定。"

"你、你……你不怕吗？"阿惋磕磕巴巴说了三个"你"，声音都略略发颤。

"骗你的啦，怎么这么胆小。"谢玙鄙夷地咂咂嘴，"哎，你胆子这么小，那你先前还说要替我挡刺客，为什么？"

"因为……"阿惋想了想，没有答案，只好答他，"因为殿下是殿下啊。"

谢玙不满地瞪了她一眼："这算什么答案。殿下来殿下去的，你不拗口吗？"他用力拽了阿惋一把带她绕过一面屏风，"别叫殿下了，换个名字！"

"不叫殿下，那叫什么？"他步子偏大，阿惋不得不快步跟着他。

"萧国不知我姓名的大概只有乡野鄙夫。我名玙，熟悉的人都唤我阿玙。"谢玙理所当然的口吻。

"可是——"阿惋讶然，"可是这是不敬之举，裴先生知道了会责骂我的。"

"笨！"谢玙终于忍不住回头骂了她一句，"你姑母那样精明怎会有你这种侄女，裴先生知道了会责骂你，你就不会当面一套背地一套吗？"

"知、知道了……"

"你叫诸箫韶？"他们正走过殿与殿之间相连的复道，复道悬空如虹，夜雾茫茫似云，星光铺洒而来，落在跟前男孩笔直的脊背。

"原来殿下还记得！"阿惋有些受宠若惊。

"我像是记性不好的人吗？"谢玙翻了个白眼，"这名字是谁给你起的。"

阿惋摇头："我也不知道，阿父阿母还活着时，我都没有想过去问，不过与我熟悉的人都唤我阿惋。"

"阿惋……"谢玙轻声念出这两个字。

"嗯，阿惋。"

"这是凤元殿。"谢玙带着她走进了后殿，"皇后的寝殿。"

本以为没人住的地方应当会很空落，但借着模糊的月光阿惋看见这里的东西一应俱全，甚至桌案上都放着一张被镇纸压住的桑皮纸。

"我一出生就被接去了卫家在平县的庄子养着，叔祖母说，是因为北宫……不大干净。"谢玙似是看穿了阿惋的疑惑，低声开口，"四岁时我回宫，由宋内傅、薄姑姑这些母亲生前在宫内的心腹照看。我回来时求他们将中宫复原成了母亲从前住在这时的布置，让他们给我开了一道侧门，有时候我想母亲了，我就会来这儿看看。"

他这番话说得很平淡，而阿惋却忍不住心下恻然，赵王谢玙看似众星捧月，说到底也是个无父无母的孤儿——同她一样的孤儿。

屋内没有点灯，谢玙却极熟悉这里的布置，不曾磕绊便走到了一张琴案前。案上放着一张琴，阿惋认得是响泉式桐木纯阳七弦琴。

"这是我母亲生前遗物。"谢玙坐下，轻轻抚摸了一下琴弦，"他们都说我母亲生前擅琴。"

这个阿惋也依稀听帝都中人说过，惠帝惠文皇后生前的确是有一曲惊九天挥毫成墨香的才名。

只可惜斯人已逝，佳人长绝。

"他们都说，我母亲是因为我才死的。如果我不出生，她就不会死。"他伸手轻抚琴上的白玉琴徽。

阿惋听得出他话语中的哀伤，却不知该如何安慰他，只好坐在了他身旁与他并肩。

"说起来你为什么大晚上出来？"谢玙不愿多谈自己的母亲，岔开了话头问她。

"符先生交代了功课，可我的笔和砚不见了。"阿惋咬咬唇，答道。

"笔砚不见了你跑到雪地里找什么找？"

"织云阁里的那些人同我玩笑，将东西藏进了雪地中。"阿惋低着头答道。

"他们又同你玩笑了？"谢玙冷笑一声，"上回是将你丢在梅林，这回将你的东西丢在雪中。是你得罪了他们吗？"

"我不知道。"阿惋有些难过，"从一开始他们就不大喜欢我，梅林那回承沂侯替我惩治了珠儿和青玉，后来他们就愈发不喜欢我了。"

"他们欺负你，说到底还是你的错。"谢玙说话毫不留情，"世上有些人总喜欢欺软怕硬，有些人也总愿为虎作伥！"

"可我不知道该怎么做。"阿惋皱着眉，忍不住将这半年来的委屈都说了出来，"姑母将我接进宫，可她却再也没有管过我，我每日可以见到天子，但陛下日理万机，我总不能用小女孩的烦心事去打搅他，何况他与我并不亲近。我知道我阿父从前是商户，他们轻视我，我也知道我现在在宫里既无品阶又无地位，说不好听便是寄人篱下……我实在不知该怎么办。"

谢玙看着她的眼睛，默然，过了一会儿他将头偏过去："我要睡了。"

"你今夜就睡这儿了吗？"

"不然呢？"

"那我怎么办？"阿惋有些茫然不知所措。

谢玙笑了出来："说起来我也很奇怪呢，为什么你总要跟着我呢？"

阿惋这才意识到谢玙来中宫是为了躲避追捕，她好好的为什么跟过来？

"那、那我走了。"她局促地转身想要离开。

"那慢走不送。中宫有含音、德音、紫桐、长极、凤元五殿，但愿你识得出去的路。还有啊，北宫中有禁令不许夜间随意行动，中宫外有巡逻的侍卫，你可要小心别被捉住了，不然他们会将你当作刺客的。还有，我说宫里鬼魂飘来飘去，兴许是真的，你别撞见了……"

谢玙的话没说完，阿惋已经哭丧着脸扑了回来，死死攥着谢玙的衣袖不松手。

"你不回织云阁了吗？"谢玙故意问。

阿惋死命摇头。

"那你和我一起睡凤元殿？"

阿惋死命点头。

谢玙慷慨地挥了挥手："既然如此，我勉为其难替我母亲同意你住这儿了。"

看着阿惋一副感激涕零的模样，谢玙决定无论如何也不告诉她，若让他一个人待在这儿他也会怕。


次日谢玙终究还是老老实实前往昭明殿谢罪，规规矩矩地跪在兄长、外祖及几位舅父面前，眉目低敛一副听君处置的可怜样。

以弓弩射爆竹的法子他一人决计是做不到的，既然捉住了，那也免不了用他来审问出从犯。不过赵王殿下倒是够义气的，任几位舅父轮番威逼利诱，也誓不将剩下的人供出。

"何须再多问他。"年近花甲的卫太傅目光如炬，冷冷瞥了一眼便将他的心思悉数洞穿，侧首对北军中候卫昒道："樟儿年少跳脱，你日后还是多加管教为好。"

卫昒及谢玙立时红了脸颊。

卫太傅又开口道："永乡侯家的孙儿是习武的少年郎，日后若加以磨炼可为护国之栋梁，却万万不可年少时便沾染了纨绔习气。我会择日拜访，陈明利害。至于大司农和柳尚书，我想他们皆是文人，当明白'近朱者赤'的道理，想必他们能约束各家子嗣。"

谢玙苦着脸，他半个字都没有说，可外祖还是将什么都猜得清清楚楚。

"陛下。"卫太傅又转而向皇帝一揖，"妇孺尚知何为'子不教父之过'，臣身为殿下外祖，承先帝托孤之责，奉惠文皇后教养之令，却未使殿下明理知义，反屡次为祸京中，是臣之过错，还望陛下允臣严惩殿下，以慰先帝后在天之灵，安群臣庶民之心。"

谢玙闻言忙朝三哥拼了命地使眼色，可皇帝静默和卫太傅对峙片刻，终究还是败下阵来，无奈道："依卿意。"

谢玙见势不妙忙向几位舅父求助，这几人皆是卫太傅子侄、惠文皇后堂弟，私底下都宠爱谢玙更甚自家儿郎，纷纷开口为谢玙说话，劝卫太傅息怒。

谢玙见外祖正被几位舅父缠得烦，又趁势泣涕请罪，并不说自己犯了多大的事，只哭自己失怙丧母，未得父母悉心教养，既无严父管束，又少慈母爱怜，故成顽劣之人，实是不幸，苍天不悯云云。

卫太傅一生有五子二女，可除却长女明素及沉迷修道四处云游的四子昉外，皆早殇，偏生长女又死于难产，他白发人送黑发人本就是痛心事，念及长女生前聪慧更是常免不了叹息，此时听外孙声泪俱下说起自己的长女，纵是坚如铁石的心也免不了片刻柔软，原本要被罚去太庙反省一月的谢玙只被罚了一月内每日在定思门前跪一个时辰悔悟。

这已不是谢玙第一次以哭闹做戏的方式逃去责罚了，往往他在帝都闹出什么乱子，总能有法子使事情不了了之，这回亦然。

待送走了卫太傅及其余卫家诸人后，谢玙凑在皇帝面前做了个鬼脸，又马上装出一副可怜模样。

"三哥，外祖要罚我跪定思门呢。这天这么冷，三哥可怜可怜阿玙。"

"你少来。"皇帝忍不住揪了揪他的耳朵，"还不速速去领罚，小心你外祖回过头来又重罚你。"

谢玙嘻嘻笑着跑出了殿，看着他的身影消失，皇帝唇角淡淡的笑意一点点敛去。昭明殿的人都走了，又只剩下他，独自对着空荡而偌大的金玉殿堂。

"有时候，我真是想成为阿玙……"他低声说，轻轻浅浅的寥落。

"陛下无须羡慕任何人，陛下是陛下，赵王是赵王，不同的人走不同的路。"

女声温柔如上乘的软罗细纱，青袍的女官端着食案从屏风后走来，"陛下为了赵王连早膳都没有动，不妨先用些糕点。"

他回过头来看着陪伴了他多年的唐御侍："那么暗雪，朕的路会是怎样的呢？"

"奴婢不知。"唐御侍将食案放下，深深一拜，"奴婢只知陛下要走怎样的路，奴婢总该跟着的。"

皇帝轻轻笑了："那也很好。"


被罚跪在定思门前的处罚也不算轻，但定思门在北宫，北宫与太傅府有高大的宫墙阻隔，北宫，是任谢玙横行的北宫。

并不是说谢玙违背卫太傅的意思不去领罚，只是见过赵王罚跪的人，都要咋舌于他受罚时的排场。

首先在跪前会有人将定思门前的积雪除尽，接着在地上铺上厚厚的织花毡罽，然后在四周放上炭火暖炉，之后谢玙捧着紫铜手炉姗姗而来，跪坐在罽上就开始瞌睡，身旁还围着一大群的人为他撑伞挡风避雪，有人捧着装满吃食的漆盒侍立在侧，他若睡醒了觉着无聊还会有人在一旁陪他说笑话打发时间，如不是怕再度惹怒卫太傅，只怕还会将宫中的优伶请来吹拉弹唱为谢玙解闷。

谢玙挨罚挨得优哉游哉，只可惜定思门虽距阿惋所在的织云阁近，阿惋却见不到赵王挨罚时的盛大排场。先是冬至那日陪着谢玙夜不归宿的事让珠儿、青玉她们一状告到了她的授业先生那儿，阿惋自然免不了受罚，之后便是临近年关她的姑母亲自考核她半年来的课业，阿惋即便很努力想使姑母满意，仍免不了受了姑母一通不满的怒骂。之后半月阿惋未能出织云阁半步。

如果她只是一个寻常商户的女儿，或许就不用忍受这一切了。阿惋曾在夜里睡不着的时候不止一次地这样想过，可她的父亲是光禄大夫，她的姑母是萧国太妃，她活在桑阳城中的北宫，被硬生生推进了一个不该属于她的地方。

直到那日，她再度见到谢玙。

那日蔡先生正教她一曲《游春》，瑶琴朱弦在指尖的勾、抹、吟、揉间流泻泠泠清乐。蔡先生总是凝肃的模样，在教导阿惋弹琴时她会手持一支细长的柳条，若阿惋弹错音或是指法有误，她的柳条便会毫不留情地抽来。

蔡先生说《游春》轻快明朗，简练易学，又反复鄙夷阿惋的驽钝，大呼"朽木不可雕"。就在阿惋不知几百次听到这句话时，织云阁院门想起了擂门的声音。

原本在庭院中嬉戏的众位宫人都不由愣住，一来是因阿惋平日少有人记挂，故而来访织云阁的人少之又少；二来则是因这敲门的声音实在太过吓人，似乎是有一震怒的人在拼了命地砸门似的。

片刻后才有人反应过来，珠儿推开正为她指甲染凤仙花汁的银华，有些犹豫地去开门，才打开门闩院门就被人猛地推开，连带着珠儿也一个趔趄险些摔倒。

亭中练琴的阿惋不由好奇地朝门外望去，可来者被珠儿挡住她怎么也瞧不清，而因为这一时的分神，蔡先生的柳条又抽了过来。

门外的人这时大步闯了进来："孤倒要看看是谁弹琴这么难听，在定思门前日日听着，实在是受不了！"

阿惋愕然，难为情地涨红了脸。

满庭院的人都忙不迭地向方才闯进来的人行礼。

"赵王殿下。"

谢玙不理他们径直走到摆了两张琴的亭中，看了一眼阿惋满是伤痕的手，对蔡先生道："你是教她抚琴的人。"

"是。"蔡先生满是羞愧地颔首，"都怪奴婢教导不利，辱了殿下尊耳。"

谢玙指了指琴："你来奏一段，就方才那首《游春》。"

"诺。"蔡先生不知谢玙是何意，但既是赵王的吩咐，只得遵从。

然而才奏了小半段，便被谢玙不耐烦地打断："停停停！原来这些天来难听的琴声就是你弹的！"

"殿下、这——"蔡先生怔住，她一向自负琴技，却不想被一个孩子轻视。

"我说得有错吗？"谢玙直视她的眼睛，"你姓什么？"

蔡先生忍怒答道："奴婢姓蔡。"

"原来是你。"谢玙轻"哼"了一声，"我听闻惠文皇后生前曾点评乐部诸琴姬，有一蔡姓女资历最是深厚，可惠文皇后却是最不屑那蔡姓女的奏曲，说蔡姓女抚琴只得皮肉，难成筋骨，奏曲有如照猫画虎，全无精髓。"

这是很多年前的旧事了，自从蔡先生依仗抚琴四十余年的资历统领乐部后，便再无人敢提起，今日听惠文皇后的儿子再度说出此事，蔡先生不由恼得满面通红：

"殿下说的是十余年前的事情了，惠文皇后教诲，奴婢时刻谨记于心！"

"我看你却是忘得干干净净了，否则怎的十多年来还是这样的水平。听说你负责教导宫中乐伎琴艺——我说怎么这些年来乐部的琴奏越来越不入耳了，原来是你教坏了。"谢玙全然没有给蔡先生留脸面，"这诸太妃的侄女交到你手上，只怕也要被教坏了。我方才在门外就听得你责罚她，可是为何事？"

蔡先生气得枯瘦的十指都在不住发颤，然而不得不答："诸娘子愚钝，小半段曲子，指法错了不下十次！"

谢玙却是冷冷道："琴之道，指法虽是根基，却也算不得太过重要，你何须苛求？指法与你的不同又如何？"

蔡先生手中的柳枝在怒中被折断，她勉强勾了勾唇："那还请殿下指教！"

谢玙不答，将呆坐在席上的阿惋拽开，自己坐下，调弦正琴，修长的十指抚上了弦。


琴音如高山泉流，又似皓月清风，绵绵不绝，又清朗高远。

七岁时的阿惋不甚通琴道，但她也分辨得出，蔡先生弄琴数十载，却是真的不如谢玙一个八岁小儿。同样是《游春》之曲，蔡先生拨弦时阿惋听见的是声乐，而谢玙抚琴，阿惋是听见了风过春花翠漫原野，天地广阔。谢玙弹琴时状似随意，形容间有一种疏懒自在，更紧要的是，他的指法与蔡先生多有不同。

小半段后他罢手，而余音似犹在。他抬眼望着蔡先生，蔡先生哑口无言。

"《游春》为东汉蔡邕所作，与《渌水》《幽居》《坐愁》《秋思》并称'蔡氏五弄'，据说作于蔡邕入清溪访鬼谷子时，《游春》作于山之东，听闻那里常有仙人游。"谢玙端坐席上，正色道，"你方才之曲，只得形而未解意。琴由心意，意随神动，随意而行，或许方能解琴之真意。"

蔡先生面上怒容暂敛，垂首静听。

"眼下正是仲冬，待到春时，帝都外的山原会很美。你久居深宫，眼见的怕只是些金玉绮绣，待来年春，你可以出宫去看看。"

"受教。"蔡先生神情端肃，竟是向谢玙稽首一拜。而后她又对阿惋一拜，"蒙太妃青眼得以教导娘子，却不想奴婢无才，险些教坏了娘子。奴婢惭愧，还望娘子另请高人。"言毕抱起琴便离去，头也未回。

阿惋愕然，自始至终她都是局外旁观，不懂为何谢玙会突然出现在这里，然后几番交锋，她便没有了教琴的先生。

谢玙瞥了眼庭院中的宫人："方才叩门你们为何迟迟不开？是有意不将我放在眼里吗？"又牵过阿惋的手腕，"没见着诸娘子受了伤吗？还不快去拿药！真不知你们一个个在宫中如何办事？你们被诸太妃挑出来难道不是来照顾她侄女起居而是来享乐嬉戏的？"

织云阁中的宫娥内侍从来都是肆意妄为，甚少有人这样对他们疾言厉色，一个个都被吓得伏拜在地。

"殿下。"阿惋低低唤了谢玙一声，她也甚少见到这样的谢玙。

"没什么，就是无聊了过来看一看。"谢玙缓和了一下语气。

"听说殿下在定思门罚跪？"阿惋小心翼翼问道。

谢玙的脸色立时有些不大好看："跪得我无聊死了，不然我跑来做什么。"

"殿下跑来不会被罚吗？"阿惋忍不住问他。

"我怎么会被罚？"他颇为自得地轻哼一声，然后扭过头故意高声对阿惋道，"我明日还会来你这儿，后日也会来，总之只要以后无聊了，就来你这儿逛逛。"

跪在地上的宫人一颤，赵王殿下的意思很明显。

从那日谢玙来过织云阁后，织云阁上下从此不敢再欺凌阿惋，就连苻、裴先生二人，也再不敢对阿惋说重话。

这对阿惋而言，是一个好的开端，意味着她得以在北宫安然立足。

此时谢玙尚被罚跪在定思门，她便日日跑去将自己舍不得吃的点心送上，待到谢玙受完罚后她依旧每日往端圣宫跑，但凡好吃好玩之物，必定是会送给谢玙的。

最开始阿惋与谢玙的真正交情，便起源于此。


蜀地冬日阴寒，少有晴时，故而这一日的午后雪霁尤为难得。谢玙将胡床搬至廊下，趺坐床上懒懒看着一本古卷。

穿过花庭寻来的宋内傅看见他金阳晕染下的宁静侧颜，不由眼眶微酸，下意识地便想起了故去的惠文皇后。她定定神，大步走上前。

谢玧抬头看见是她来了，忙将古卷丢在一边，捂着膝盖痛呼。

"哎呀，我的腿好疼啊！定是跪得太久伤着了！"

"殿下不要再装模作样。"宋内傅板起面孔，"今日的事奴婢已尽然知晓。"

"你都知道啦。"谢玧讪讪松了手，"那你打算怎么样？向我外祖告状好加倍罚我吗？"

宋内傅与谢玧虽主仆有别，可这些年来她更像是谢玧的长辈："太傅罚殿下跪定思门是让殿下反省，殿下今日却未跪满一个时辰便中途逃去玩闹。"

"我没有去玩。"谢玧分辩。

"奴婢听说，殿下受罚时去了定思门不远的织云阁。"

"这倒是真的。"谢玧老老实实颔首，但又马上道，"可我真不是去玩的。你不知道织云阁每日都有人弹琴，难听死了，我真是受不了……"

"殿下四岁初学琴时，弹出来的曲子难听到鸟雀惊飞，怎么殿下自己就受下来了呢？"宋内傅挑挑眉。

"那时不是还小吗，再说哪有那么夸张……"谢玧撇撇嘴。

"若殿下真的难以忍受织云阁中的琴声，大可遣旁人登门说一声就好，何须亲自走一遭？奴婢还听闻不久后教阁中诸娘子的蔡琴师黯然离去，再不愿教诸娘子。殿下还替诸娘子将织云阁的一干刁奴都好好训斥了一番。可有其事？"

"确有其事。"谢玧垂头一脸丧气。

宋内傅道："不知为何殿下会去帮那诸姓的小娘子。"

谢玧坐直身子："内傅，她很可怜的。一个人孤零零进宫，诸太妃不理她，三哥不理她，她还总被人欺负。我要不帮她一把，她被欺负死了怎么办？"

"世间可怜人千千万，殿下何须去理会？殿下当自矜身份，不要让商户家的女孩污了殿下的袍角。"

"可是——"谢玧跳下胡床站起来分辩，"可是我帮了她又怎么了，我衣袍仍旧干干净净的。"

见宋内傅瞪着自己，他连忙改口："我知道人有三六九等，但诸氏不也是仕宦之家吗，诸成生前好歹也是光禄大夫，还有诸太妃。诸娘子的地位身份，也不算低了吧……"

"可也算不上高。"宋内傅打断他的话，"诸氏一族曾世代为平南郡贩布匹的商贾这是事实，诸太妃曾是承沂侯府上的家姬这也是事实。若不是诸太妃年轻时的狐媚及她的好运气，还有惠文皇后的心软，诸氏哪里会有今日。"

"可宫里这位诸三娘子的母族似乎是蒙陵关氏，这可是士族。"谢玙忍不住插嘴。

宋内傅面上的不屑之色并未稍减半分："蒙陵关氏早已没落，否则也不会自甘堕落与诸氏联姻。而且嫁与诸成的也不过是个庶女而已。"

"我阿母不也是庶出吗。"谢玙再次插嘴。

"殿下何出此言！"宋内傅立时厉色疾言，"惠文皇后虽非嫡女，可皇后生母颜氏却也是颇受人敬重，惠文皇后少年时名动帝都，能诗歌善骈赋，会通四书五经，精乐理，时人多以东晋谢道韫比之，殿下怎可将她与那些庸碌低浅的庶出相提并论？"

谢玙未曾想到宋内傅会因他的一句话而如此恼怒，愣愣了一会儿，终究还是垂头道："是，我知错了，以后再不会犯。"

宋内傅这才稍稍缓和了脸色，怅然一叹，伸手轻轻替阿玙理了理略散的鬓发："惠文皇后若看到殿下长成，当欣慰了。奴婢已年近半百，平生再无他愿，唯愿殿下安康一世。"

谢玙想起了什么，攥着宋内傅的衣袖道："姑母说让我不用理会上辈人的事，可我还是想要知道，阿母究竟是不是被诸太妃害死的？"

宋内傅的目光忽然阴森幽冷："临庆太主不愿殿下知道太多事，自然是为殿下着想，可杀母大仇，为子女者怎能不知？太后的死，与康乐宫那位绝脱不开干系。"她的手按上谢玙后背，"殿下还记得背上这道疤是怎么来的吗？"

谢玙脊背有一道长贯背部极浅的伤疤，那是他出生时便有的伤痕。"记得。"他颔首，"阿母生我时难产，可那时是除夕，由于种种缘故医术高明的女医都不在那日当值，冰雪封了道路。我若晚出世，或许就会死了。阿母没有办法，只好从枕下摸出了防身的匕首。"他深吸了口气，声音有些抖，"她用匕首剖开了腹部，我才得以被人抱出，可她却活不了了。背上的伤疤，是当时阿母剖腹时的误伤……"

宋内傅轻轻按着他的肩："可你阿母之所以会难产，是因为一个人的谋划。"

"诸太妃？"

"对，太妃，诸千英。"宋内傅轻轻说出这个名字，森寒凝于咬牙切齿之中，"你阿母得知怀上你时你哥哥已经登基一月，可若论嫡庶礼法，你才是最该承袭大统的那一个，诸千英生怕你阿母生下你来夺了她儿子的皇位。太后也知道这一点，于是严密防范，所以你一直没事。九个多月时，"她缓缓道，眼前仿佛又是隆熹十三年那一场掩没一切的大雪，冰霜绝望之中是新生与死亡，"你阿母忽然听到了一个消息——事后奴婢查出那个传消息的人是诸千英的人，原本听命于你阿母，后来被买通。"

"传的是什么消息？"

宋内傅的眼神闪烁了一下："奴婢也不知道，想来是诸千英捏造出来的谎言，但你阿母当时信了，匆匆备车要出宫，走过曦桥时，因冰雪路滑，连车带马跌入了湖中。湖面原本结了冰，但蜀中不算严寒，冰不厚，可碎裂的薄冰反倒更是碍事，好在太后会凫水，但救上来后便开始腹痛。"

谢玙凝神听着多年前惊心动魄的往事，不觉屏息。

"惠文皇后生你时诸千英也匆匆赶到，以挂念太后的名义始终赖在那儿，奴婢事后想，她根本是来搅乱人心的，稳婆还未说你阿母救不得了，她便在那里哭天抢地，扰得人心惶惶，东奔西跑似是帮忙实则是让局面愈发混乱。她当时一副与太后姊妹情深的嘴脸，现在想起都让人觉得恶心无比。"

谢玙沉默许久。

"到最后你和你阿母只能保下一个，诸千英一个外人在那拼命唆使太医保你阿母，恐吓那些太医，说卫太后死了卫氏一族不会放过他们，那几个胆小如鼠的当真犹犹豫豫。你阿母被逼没有办法，只好——"她闭上眼，溅了一室的鲜血再度浮现在脑海，"如果不是这样，她也许不会死。"

谢玙的眼眶有些泛红。

"所以殿下，不要忘了你的阿母。"宋内傅蹲下，双手搭在谢玙的臂上，"因为殿下你的命是惠文皇后换来的，你生下来，就承载着太多。有人为你而死，有人为你而战，有人将身家荣辱都押了上去。你一定要好好长大，拿回本该属于你的东西，把他们欠我们的，统统讨回来。"

谢玙觉得胸闷，好像有什么压在他的肩上，压在他的身上，他不知道宋内傅所说的那一切该如何实现，为了实现这一切该走多远的路。他想起那个孤独坐在金座上，冷冷冰冰却又总是私底下对他很温柔的三哥，又想起了那个说会挡在他面前的丫头。

"宋内傅，你这些年来不希望我去昭明殿找三哥，现在又不希望我帮诸姓的那个女孩，是因为他们都是诸太妃的血亲吗？"

"是。"宋内傅道，"难道殿下不恨诸千英？"

"恨。"谢玙毫不迟疑地颔首，"若她真是杀了我母亲的人，我必定会杀了她，可……"他后退两步，挣开了宋内傅的手，"可我只恨诸太妃。无辜的人我不愿牵连。"

说这话时是清安八年的年末，谢玙在这一年八岁，八岁的孩子，还有许多事不懂，许多路未看清，不知道人心是什么样，不知道人世并不简单。那时宋内傅只是看着孩子清澈的眼眸，无奈地一声叹息，她知道阿玙是个固执的人，固执的人要么在头破血流后悔悟，要么在一条路上走到死亡。

## 第五章　雅士

卫昉归来，是三月初三的前一日。三月初三上巳日，理应有文人雅士于帝都郊外的溪流之上曲水流觞。而三月初二那日，有一孤舟如流觞一般流于桑水之上，顺着贯穿桑阳城的桑水，缓缓漂入城中。

那一叶扁舟，宽窄不过容得一两人。舟上有一男子醉卧，发如泼墨，以银丝绦随意束起，一身素白襜褕，衣袂迎风如舞。他怀中抱着箜篌一只，懒懒散散地拨弦，乐声时断时续，如竹林深处幽谷之间泉流坠落潭涧，空灵悠远。

小舟因触到凸起的青石而停下，男子抬眼看了看街景，怔神了许久，低声忽叹："天意。"

此处是和辰街，小舟停下的地方，正对着岸上一处府邸，是太傅府。

他缓缓划桨靠岸，抱起一张七弦琴离舟。箜篌却留在了舟上，与不系的扁舟一起，顺着水流一道远去，他只是抱紧了怀中的琴望着眼前的宅邸。那是一张精美的瑶琴，朱漆纹凤，冰丝作弦，碧玉为轸，八宝灰胎，十三琴徽白玉镶成，流光点点如星。

他上岸之后往来的行人便纷纷驻足打量着他，忽而风起，扬起他散落的长发，有人窥见了他的侧颜，一瞬玉曜，风华刹那，不由惊呼。

"卫郎！"

昔年太傅独子名满帝都，上自天子下至庶民皆以"卫郎"呼之。

他慢慢走到了朱门之前，轻轻推了一下偏门，走了进去，无声无息，就好似他多年前的离去一样。

卫昉离开桑阳九年后归来的消息很快传遍桑阳，帝都之人将有关他的传言传遍街巷，说他在九年里走遍了列国，编撰出了一书记述各国山川形貌人情风土，名为《九国志》；说他踏足崇山求仙问道，已近乎仙人；说他携琴远游，九年间制曲百首……如此种种，虽不知真假，却为人津津乐道。

这些事情就连阿惋深居北宫都有所耳闻，这日她去端圣宫寻谢玙玩时，忍不住在他面前感叹卫昉竟如此受人追捧。

"这算得了什么。"谢玙倒是嗤之以鼻，"我听说二舅年轻时连出趟门都须小心翼翼呢。"

"为何？是怕如潘安一般掷果盈车的事发生吗？"阿惋起了好奇心，趴在谢玙躺下休息的高榻边，兴致勃勃等他说下去。

"何止。"谢玙翻了个身转向阿惋道，"听说二舅曾经在路上好好走着，就被人蒙着脑袋劫走了。"

"劫走了？"阿惋讶然。

"是啊，见他生得好，便将他抢去做女婿了呗。"谢玙憋着笑，"不过后来那家人知道二舅姓卫，吓得慌忙把二舅又送了回去，临走时那家的女儿还依依不舍呢。"

"有趣。"阿惋扑哧一笑，继而她又稍稍蹙眉，"可我听闻当年还有人因为你二舅死了……"阿惋也是生于帝都长于帝都的人，有些传言她或多或少还是知道的。

谢玙坐了起来，点点头："这倒也是真的。我二舅至今仍未娶妻，大舅说是因为二舅潜心修道。二舅年轻时曾去拜访当时的司徒，杜司徒的孙女在屏风后窥见二舅后便有心要嫁他，二舅不肯，那杜家的娘子便自尽了。"

"好个烈性的杜娘子！"阿惋忍不住倒吸口气。

"可她何苦如此。何况我二舅并未招惹她，是她自己痴缠于我二舅，就算我二舅迫不得已娶了她，只怕也不是什么好事。"

"倒也是。"阿惋想了想道。

"随阴杜氏也算得上是名望士族，当时这事在桑阳闹得满城风雨。后来我二舅就离开桑阳了，再后来就是现在，我二舅归来，人们都已忘记这事了。"

"哦。"彼时阿惋懵然地点点头，忽然又想起了什么，"你二舅离开桑阳，原来是因为这个缘故……"

"不知道，大概不是。大舅说二舅素来淡漠男女之事，也从不是惧事逃避之人。"谢玙复又重新躺下，双眼望着雕梁上垂下的幔帐，"大舅说二舅是走在我出生之后，他在我阿母的棺前取来我阿母生前的琴抚琴，曲意悲切，或许是巧合吧，一曲毕后便开始落雪，人们说那场大雪是上苍被打动而泣，雪落了一夜，我二舅弹了一夜，次日早晨便飘然离去。"

"你二舅与你阿母毕竟是姊弟，怎能不伤心。"阿惋感慨，"我猜天上的神明必定是知道了你二舅的悲戚，所以才会下雪的。"

"琴能抒意，曲可解心。我二舅的确是个极擅琴的人。"

"他弹琴比你还好吗？"阿惋问道。

谢玙瘪嘴："三舅说，若二舅是庭中古木，那我便是阶下苔苻。"

"啊？"

"真的。"谢玙颔首，"若你不信，可以去见他。如果我没记错的话，今日三哥在灵琼台召见他，你走快些，或许他还在。"

"阿玙你见过你二舅吗？"

"大概出生时见过吧。"谢玙幽幽道，"他回来后我倒是想见他，可太学的课业太忙，我想去外祖那找他，可近来我不大老实，怕是得罪了洪博士，想必洪老头已经去外祖那儿告了我不少黑状呢，我怎么敢去外祖那儿。"他嘟囔着，却蓦然意识到什么，从榻上蹿起，"我想起来了，今日三哥只召见了二舅，外祖和洪博士可是都不在。阿惋，咱们可以一起去灵琼台。"

"可……"阿惋却是犹豫了，"我是女子，怎能在陛下召见名士时冒冒失失地求见。"

谢玙轻描淡写地笑笑："你跟着我便是了。"


柴忠捧着食盒走在前往灵琼台的路上，一路战战兢兢，他已是宫里的老人了，可他做黄门内侍这么多年，都不曾如此惶恐。

快到灵琼台下时，他又忍不住回头低声训斥——说是训斥，不如说是小心翼翼地恳求，"两位等会可务必仔细些，千万别给老奴露什么马脚！"

紧跟在柴忠身后个子稍高些的小黄门有些不耐烦："放心好了，我们就只进去看一眼，看一眼就走，不给你添什么乱。"

"阿玙……"身量略小些的黄门有些怯怯地拽住身前人的衣袖，"这样似乎不大好，要不、要不咱们还是别去了。"

"前面又不是什么森罗地狱，至于那么怕吗。"谢玙将阿惋的手指一根根掰开。

柴忠走了几步，复又停下，转过身一脸焦虑："可欺君乃是大罪啊——"

谢玙板着孩子稚嫩的面孔一脸肃然："我问你，国君是我什么人？"

"这、这举国皆知殿下乃陛下兄弟。"柴忠赔着笑道。

"兄弟间玩笑，有何不可。"谢玙戳了戳柴忠，"君臣之间的诓骗叫欺君，我与三哥却是兄弟，你懂了吗？"

"是是是，老奴懂。"柴忠将身子躬得与九岁的谢玙一样高，"那老奴却是真的犯下了欺君罪哪……"

"出了什么事，尽管算我头上。"

柴忠这才略略松了口气，继续带着这俩孩子往前走。

"阿玙你听。"走近灵琼台下时阿惋忍不住轻声道。

台上有渺渺弦乐飘下，如薰风，如雨露。

"这是《水仙操》。"谢玙静听了片刻，辨出了琴曲，"据传是伯牙所作。他学琴多年无所成，于是他的师傅便将他带往山林，他在山间水畔感念天地，故成此曲。"

"我从未听过有人可以将一曲《水仙操》奏得如此绝妙……"阿惋已是痴迷，"我好像能听见雀鸟的清啼、山泉的涌动、风过长林、水击碣石。"

"早同你说了我二舅琴艺堪称国手。"谢玙颇有些自得道。

"阿玙，你同我说你二舅在你阿母死后抚琴，引得雪落纷纷，我现在觉得这不是巧合了。你看——"她抬手一指。

灵琼台附近载着的不高不矮的树木，此时有不少枝杈上都落着各色的鸟儿，可眼下分明还未到日落西斜鸟雀归巢的时候。

"万物有灵而知曲中真意，曲中有灵而与天地同归。"谢玙亦有几分欣喜兴奋的模样，"看来今日这一趟真是没白来。柴忠，你可走快些。"

柴忠耷拉着眉眼，脸上一副无奈。

灵琼台位于南宫，历代天子常在这里召见卿士，故而这里的守卫尤为森严，谢玙原是不想假扮阉人而是想带着阿惋直接躲过护卫溜上去的，他往日里在宫禁间肆意穿行，靠的便是躲避待卫翻墙爬树的好功夫。可灵琼台太过严密，他又带着阿惋，只好换上了黄门的衣服。不过于他而言这很新鲜，他也不介意什么。

一路有惊无险，侍卫们虽觉得柴中官今日里有些古怪，但终究说不出怪在哪里，问柴忠谢玙和阿惋是谁，他回答说是他新收的小徒弟，陪他一块儿来灵琼台给陛下送酒馔。

可蒙混到最后关头时，哆哆嗦嗦的老宦官终于是骗不了更多人。皇帝身边的黄门令石铨素来精明，谢玙看到这老头一本正经地守在灵琼台上的绿云殿前就有一种不好的预感，果然柴忠不正常的神色引起了石铨的怀疑。

"哟，这俩孩子是谁呢？"

"我两个小徒弟，跟着打杂的。"柴忠挡在谢玙和阿惋身前，满脸强作镇定，可微颤的嗓音只能更让人生疑。

"来，让我瞧瞧。"石铨轻推开柴忠，向他身后的人走去。

谢玙忙抬起手用袖子遮住脸，阿惋深深将头埋了下去。

"他二人没见过世面，怕羞……"柴忠干干地解释。

"没见过世面倒罢了，难道连让人见他们的面都不行吗？"石铨挑眉。

"他们……长得丑，不敢惊吓您。"柴忠咬咬牙继续扯借口。

石铨却是懒得再周旋下去，直接开口道："殿下，灵琼台风寒料峭，恐伤了贵体，还请殿下回吧。"

谢玙豁然放下手，瞪着石铨。

石铨脸上依旧挂着让人挑不出错的笑，身子纹丝不动地挡在了门口，显然是态度坚决。

谢玙同他僵持，过了一会儿便没了耐心，摆摆手："好了好了，我走就是了。"说罢愤愤牵起阿惋的手往回走，走前还不忘恨恨地对石铨说了一句，"下回我一定在三哥面前告你的状！"

石铨淡然一笑，不以为意。

阿惋是有些沮丧的，依她的身份，怕是以后都见不到这位萧国无双的名士了。她没有意识到谢玙始终握着她的手腕，一直没有松开。

忽然间，谢玙猛地拽着她往回跑，她还没有反应过来，便被带着一起撞开了门旁的黄门令石铨，闯入了绿云殿中。

绿云殿是肃雅之地，一室朴质不似宫阙反若文人雅舍，殿内香炉吐烟袅袅，宫人敛声屏息将香料添上，又无声无息退下。皇帝端坐席上，瘦削的脊背笔直，而客席上白衫男子弄弦操琴，音韵高雅。

却忽然有一人的大呼小叫打破了这一切："三哥！三哥救我！"

皇帝惊愕，然后便见有两团人影急速奔了进来，还什么都未看清便一头扑进了他怀中。

"阿玙？你怎么来了？"

接着是石铨匆匆奔入殿内，惶恐跪下："陛下恕罪！"

"对对对，就怪你。"谢玙缩在皇帝身后做了个鬼脸，"居然敢不让我见三哥。三哥，方才就是他欺负我，咱们兄弟见面难道还要让一个老阉人来左右吗？"

皇帝有些无可奈何，低声叱责："你也不看看这是什么场合。"

谢玙满不在乎地撇撇嘴："反正我已经进来了，三哥你要怎么处置随你便。"

"我原本猜想过许多次阿玙该是怎样的性情，却没想到先帝与我长姊竟是生出了一个无赖儿。"

谢玙呆呆看着讲话的这个人，人们说，这个人是他母亲生前最亲的弟弟，是与他血脉紧连的舅父。谢玙不由感觉到了几分亲切："舅父！"

"阿玙是携新妇来谒舅？"卫昉含笑打量了一眼谢玙身旁的阿惋。

新妇意指新娘，卫昉一眼认出了阿惋是女孩。

谢玙这才反应过来，自己一直都还攥着阿惋的手腕，忙松开。皇帝略带责怪地瞥了谢玙一眼。

阿惋羞得满脸绯红，谢玙看了她一眼，有些赧然："这、这是宫里陪我玩的丫头，我想见舅父，就把她也扯过来了。"

卫昉不语，似笑非笑的神情不由让谢玙后背发寒，继而想起了大舅说二舅相人极准的传言，只好硬着头皮赔笑。

"既然阿玙也来了，便不用朕着意安排阿玙同卫卿舅甥相见了。"皇帝示意谢玙和他同席而坐，接着又示意宫人将阿惋带走，"卫卿离开桑阳已有九年，想来还是第一次见到阿玙吧。"

谢玙扣住阿惋的手，瞪了一眼要扯走阿惋的宫人。

卫昉将这一切看在眼里："我曾在九年前见过阿玙，那时他还是被乳母抱在怀中的孩子，一去经年，他都已经这么大了。来，过来让舅父看看。那个小娘子也过来吧。"

谢玙得意地瞟了一眼要将阿惋带走的宫人，牵着阿惋的衣袖走到卫昉跟前，顿首行礼。

"你生得与我长姊很像。"他微笑着说，"她小时候便是你这副模样。"

"那二舅应当记得我阿母成人时的模样对吗？可否赠阿玙画像一幅？"谢玙忍不住请求道，"这些年来我总好奇阿母什么模样，可宋内傅每见一幅阿母的画像都说不像。听闻二舅亦善丹青，想来是可以画出阿母的模样了。"

"我其实并不善于书画。"卫昉道，"不过 —— 我可以应下你这个请求。画人像贵在神韵而非形貌。我曾是你阿母的亲人，我对她的了解，应当比只知惠文皇后容颜的画工要深。"

"阿玙谢过舅父。"谢玙欢欣道。

"这些年来你一直在思念你的母亲吗？"卫昉轻声问。

"自然。生育之恩大于天，阿玙怎么可能不想念自己的母亲。"谢玙道。

"好好记住她。"卫昉颔首，"你是她的儿子，你有资格记住她。只要她还被人记着，她就没有死去。"

卫昉的话说得有些古怪，身为孩子的谢玙一时半会儿还难以理解。卫昉目光偏转看向阿惋，笑着说："小丫头，你是哪儿来的呀？"

纵然先前谢玙说了阿惋是端圣宫的宫人，可卫昉显然没有相信。

阿惋站在他的面前，看见他的眼眸就好像是看见了山间清亮的泉，她放弃了说谎，行礼道："故光禄大夫第三女，太妃诸氏之侄女。"

诸氏……卫昉的眼眸中陡然有痛苦涌现，稍纵即逝。阿惋只看到他点了点头，轻声感慨了一句："都这么多年了……"

"是啊，卫卿的确是离开桑阳太久了。"皇帝接话道，"想必这些年来卫卿见闻颇广。"

"见闻……算不上广。"卫昉轻轻摇头，"天地之大，穷一生之力未能踏遍。然而无论是北疆的雪山、西陲的荒原、南蛮地的山林、东海的辽阔，抑或是中原的山明水秀 —— 其实都是一样的。"

"怎么个一样法？"

"生于天地，与人无关。"卫昉悠然道。

"山川不老，而人生百代。"皇帝忍不住喃喃，语调间有几分怅然。

谢玞拉着阿惋与卫昉同席而坐，这些话他们都不懂，谢玞百般无聊地打量着这个舅父的模样，阿惋专心盯着琴案上的瑶琴。

"卫卿周游列国山水多年，不知此番归来，有何打算？"皇帝问。

"并无。"卫昉垂目淡然，"我辈如浮尘，但凭风而游。"

"卿可愿仕宦故国？"皇帝紧接问道。

"陛下劝昉入朝，是陛下的意思，还是家父的意思？"

皇帝沉默半晌："太傅的意思如何，朕的意思又如何？"

"如果是陛下的意思，昉在此请陛下恕罪；如果是家父的意思，昉只好归家请家父恕罪。"

皇帝挑眉："卫卿就如此不愿为官吗？卿乃当时名士，朕很想重用卿。"

谢玞不由好奇地盯着卫昉，他自小认识的人多是高门显贵，而平素里与他玩得最好的那几人虽说与他一样顽劣胡闹，却也是个个心怀封侯志。卫家亲族无一不身处要职，而这位舅父却是断然拒绝了为官之请，这让他难以理解。

"外物扰心，俗事累身。"卫昉径自挑弦，疏懒而又随性，"昉这一生，已难堪重负，愿归山野，葬于天地。"


那日从灵琼台归来后，阿惋便一直在摆弄自己的那张七弦琴，她曾经随蔡先生学过几月的琴，后来因为谢玞的缘故再未教导过她。阿惋起初也不在意，可自那日在灵琼台听得卫昉一曲惊天后，阿惋再度萌生了学琴的渴盼。

若琴曲真能通天传灵，或许九泉之下的阿母也能从曲中听出她的思念；就算她没有这样的本事，在寂寥中好歹还可以抚琴慰己。有很多事情很多心思阿惋不想说不能说，但她希望琴音能替她开口。

阿惋自小便是执拗的性子，她想到要习琴，便当真在织云阁翻来覆去弹奏那日听到的《水仙操》，那时她也不解曲中意，只是觉得或许这样的执着可以让她熟于技巧。

换来的代价自然是她的手指被磨破，她没有告诉任何人，却还是在一次玩闹中被谢玙给发现："你的手是怎么回事？"

阿惋不惯于在谢玙面前说谎，老老实实道："练琴磨破的。"

"你这么说我倒是想起来了。"谢玙蹙眉回忆了一会儿，"这些日子我每每去你那儿，好像你都是在抚琴，而且每日都是同一支曲子？"

阿惋颔首："我想先学会一支，再去学下一支，可我天资愚钝，学了好久都不会。"

"你弹的是《水仙操》？"彼时他们正在涤兰湖畔游玩，谢玙索性捉着她的手腕往湖水里浸去，"疼吗？"

四月天的湖水仍是冰冰凉凉的，麻木的疼痛在水中抚慰渐息，阿惋摇摇头："不疼。"

"现将伤口洗了，等会我带你去上药包扎。"谢玙松开手站直身子，看着阿惋带了几分责备，"好端端的你练这个做什么？"

"我……我那日听到你二舅的琴声，觉得好听，就想学。"阿惋将头埋低了几分。

"我二舅的确善琴，阿母也是。据说我阿母还活着时有一位在九国中以琴技闻名的老者云游到萧国。他品评阿母与二舅不分伯仲，却又在末了时说：卫家贤媛嘉郎此时虽平分秋色，然十年之后，卫郎举世无双。"谢玙在阿惋身旁蹲下，有一下没一下划着湖水玩，"十年之后我阿母死了，二舅的确再无人可比肩，真不知他是神机妙算料到了我阿母短寿，还是真觉得二舅在琴学之上的天赋的确胜过阿母。"

阿惋有些感伤，她自小便觉得万事不如人："大概我是没有什么天赋的吧。"

"那也不一定。"谢玙安慰道，"你才学琴多久，谁知日后会如何呢？从前教你的那个女先生真是算不上高明。"他想了想，"既然你这么仰慕我二舅，你拜他为师岂不好？"

"这哪里是容易事。"阿惋有些丧气，"你二舅未必看得上我，何况他不是不愿留在桑阳吗？而且我是女子……"

"说得也是。"谢玙点点头，看了眼阿惋手上的伤，"先不想这些了，我带去你上药。这几日你别碰琴了。或许，"他勾唇笑了笑，"或许我会有主意呢？"


自卫昉归来，帝都中有不少公卿雅士意欲拜访，却都被拦在了太傅府之外，卫昉命人致歉来客，只说他自己多年在外，粗陋不识礼节，恐怠慢访者——谁都知道这是借口。他谁也不见，除了天子的诏命外偶尔与亲族小宴。

可谢玙记得在灵琼台时见到的卫昉分明不像一个孤僻的人。他忍不住问自己的外祖："二舅没有朋友吗？"

"他现已心如止水，风过不兴波澜。"

曾经的卫昉是帝都的天之骄子，是桑阳城中疏狂肆意的贵公子，然而时光匆匆经年过，任谁也会变了模样。

虽说别家的车驾均被挡下，可赵王殿下的仪仗还是无人敢拦。

无须人引路通报，谢玙径自走入后院，在牡丹花圃那儿看到了卫昉。

帝都人口中传得风雅无比的卫家二郎此刻在修剪花枝，长发松绾，衣袖高束，袍裾勒在腰带间，看起来竟与花农无异。

谢玙不由愕然："舅父是在做什么？"连礼节都全然忘了。

卫昉回头，很自然答道："我在莳花。"

"这个可以让下人来做啊。"谢玙上前几步，不解地抬头看着他。

卫昉笑着摇了摇头，将一瓢水仔细从花株根部淋下，而后对谢玙道："你看这花开得如何？"

谢玙对花草没有多大的兴趣，匆匆扫了一眼便含糊道："唔，很好看。"

"其实蜀地并不宜植牡丹。我见过最好的牡丹，是在洛水一带。"卫昉低下头细心将枯枝剪下，"世人多谓洛阳牡丹冠绝天下，若是到了那里，的确很难不被那倾国倾城的艳色震撼。"

"文帝延嘉年间，牡丹风靡蜀中，时帝都贵胄，多以千金栽植名花。"他淡淡地说，"如果是二三十年前，你或许可以看到满院都是这种绝丽雍容的花。"

谢玙好奇心起，低头摸了摸身边一株花的花瓣。

"这是魏紫。"

"魏紫？"

"对，魏紫。"卫昉又舀了一瓢水，"牡丹艳冠群芳，魏紫，是牡丹之首。"

"那这个呢？"谢玙又指着一片嫣红的问道。

"这是飞燕妆。枝叶修长，风姿曼丽，故世人以古时美人赵飞燕比之。"卫昉颇有耐心解释给他，"那边翠色的是豆绿与春水绿波，此两种最贵。那一边的是御衣黄、玉玺映月。而旁边杂色的是二乔。那与魏紫略似的名为胜葛巾。而这一种——"他指着西边素白的那一片，"名唤夜光白。"

"这花有什么特别吗？"谢玙听出卫昉说到这里略顿了一下。

"并没有什么特别的。"卫昉轻轻道，"只是你母亲生前很喜欢。"

"阿母很喜欢这种花？"谢玙跑到那边细看，看了一会儿又跑回来问，"我听说众人皆以牡丹中的紫、黄为贵，白色最贱，为何我阿母会喜欢这种寡淡无色的牡丹？"

"众人言是众人言，何须理会？任人说破嘴皮地品评，牡丹仍旧是牡丹。"卫昉不以为意，"夜光白素雅淡然，芳香远袭，我觉得很美。何况牡丹乃花中帝王，岂可以'寡淡'二字形容？说到底，我那个长姊，也是如夜光白一般的人哪。"

"阿玙还是不懂舅父的意思。"谢玙摇头。

"牡丹雍容为花中王，而你母亲端庄，有母仪之风。"卫昉领着他到一旁小亭休息，"你母亲活着时做了许多事，有对有错，可她是个值得敬佩的女子，一生作为萧国的皇后，无愧子民，身为卫家女儿，无愧宗族。可她那样清冷的人，本该在月下宁静，就好比夜光白衬着月华才能美得惊心动魄，若如别的牡丹一般拿到白日下赏，反倒是黯然失色。你母亲这一生，终究是被误了。"

谢玙并不知道自己母亲活着时是什么模样，卫明素于他而言，终究，也只是在梦里有个模糊的影子而已。

"舅父，你上回承诺过我的画像。"他拽着卫昉的衣袖问。

"你母亲的画像我过几日会给你。"卫昉浅浅莞尔，摸了摸孩童的头，"我过一阵子才走，你还不用太急。"

"舅父打算什么时候走？"谢玙有些紧张地问。

"不知道，随性吧。"卫昉悠然望着亭外牡丹簇簇。

"那舅父要去哪儿呢？"

"南下？北上？西行？东往？"卫昉摇头，"天地那样大，总容得了我。"

"那桑阳城容不了舅父吗？"谢玙忽然这样问道。

卫昉看了谢玙一眼："不是。"

"那为何舅父不待在萧国呢？"谢玙紧追着问，"虽说天地浩大，可萧国之外，却再无舅父亲友了，孑然而行，不会孤寂吗？"

卫昉一时无言，他身后有老者笑着走来："阿玙这孩子是在劝你留下呢。"

卫昉及谢玙忙下亭见礼，一个唤"阿父"，一个唤"外祖"。

"四郎当真是不愿留在帝都为我这把老骨头送终吗？"脱下官袍换上浅青直裾，在唯一的儿子及外孙前，太傅卫之铭总算多了些温和。卫昉是卫之铭的第四个儿子，只是因他之前的兄长都早夭，故而卫昉在卫家同辈男丁中行二，私底下卫之铭会叫这个儿子为"四郎"。

"阿父精神矍铄，此番归来观阿父面相，便知阿父身体康健，能得百岁。"卫昉弯唇低头。

"依你的意思，非要等我行将就木时才肯归来？"卫太傅佯怒。

"怎会！"谢玙抢着道，将卫太傅搀扶进了亭中，"外头热，您进来说话。"又清清嗓子，"依外孙看，舅父最是孝顺了，哪里就会将外祖孤零零地丢在帝都？舅父一定会好好尽孝侍奉外祖跟前的，是不是，舅父？"他一面说着，一面朝卫昉眨眼。

卫昉挑了挑眉，无奈又好笑："阿玙很想我留下？"

谢玙赧然笑了笑："阿玙想向舅父学琴。"

"学琴……"卫昉缓缓颔首，"为什么想要学琴，又为什么非要向我学琴？"

"舅父琴艺精绝，阿玙不找舅父难道还去找那些庸碌之辈？何况阿玙听闻母亲生前就善琴，若她的儿子琴学上造诣平平，岂不是给她丢脸？"谢玙理所当然的模样。

这小子的确是拿住了自己的软肋，卫昉无奈苦笑。

"你等我过几日再给你答复吧。"最终他只能这样对谢玙说。


"你执意要离开桑阳，是因心中的郁结仍未解开吗？"待谢玙走后，亭中便只剩这一对父子。其实他们容貌生得并不十分像，可凭栏远眺，夕阳衬映下侧颜有着相似的落寞萧索。

"此时的心境，怎么会和几年前一样。"卫昉唇角无意识勾起，"只是有些事，忘不掉就是忘不掉。"

"既然在外九年都还没有忘掉，那就算了吧。"卫太傅抬手轻轻拍了拍儿子的肩，"你忘不掉，能挽回什么？你似个孤魂野鬼般飘荡在外，又能带来什么？不要忘了你姓卫，你的长姊，到死都没有忘记她的姓氏。"

卫昉垂首，此时呼啸而来的风扬起他鬓边的发，他在青丝纷纷间看到了银光闪过："原来不知不觉我已经老了。"

"你的阿父更老了。"卫之铭转过脸来直视着他，他的面容其实和九年前卫昉最后一次见他时并没有什么太大的区别，可人前高傲铁面的卫太傅在儿子面前不自觉流露出了无助之色，他不再试图掩饰自己的软弱，"你看，就连你叔父的孙儿都到了谈婚论嫁的年纪，你的堂兄要你替他长子择妇，可为父还总记起十余年前全族为你婚姻操心时的场景。"

卫昉看向庭中的姹紫嫣红，久久不语，每年都会有新的花开争艳，可这些都不是旧时的那一朵。

"还来得及吗？"他低声问，像在自语。

"你以为呢？"卫太傅弯唇，"阿玙求你做他师傅，你就应下吧。这个孩子才出世时你只是瞥了几眼，都不曾抱过他。这毕竟是你阿姊的后嗣，是你的外甥。眼下这孩子的命与卫家紧紧缚在一起，他的将来是什么样，卫家就是什么样。"


清安九年的四月末，远游多年归来的卫昉被征拜为太学博士。

萧国有一项约定成俗的规定，年未满五十不得为博士，治学以老为尊是士子间的惯例，可才四十出头的卫昉成为博士，无人有异议。

如此卫昉便算是在萧国定了下来，昔日卫郎青衫翩然行过桑阳城的长街巷陌，而今他的身影再现，已是一别九年。

谢玙如愿以偿拜了舅父为师，头一次学琴归来后便风风火火去了织云阁，阿惋正对窗温书，指上的伤好了大概，只是她依照谢玙的吩咐，不曾去碰琴。

"阿惋！"急匆匆来的谢玙带起一阵疾风拂起软罗的帘帐，他身后是灿灿金阳，瞬间扑来刺得人睁不开眼。

"怎么了？"相处久了她也知道谢玙是无拘无束的性子，平日里揣着宗亲的架子还能装出几分温文尔雅的矜持，可私底下他比谁都还要闹腾。

临到关头谢玙却卖起了关子，缓步行至阿惋跟前，理了理衣襟袍袖，肃坐席上，做足姿态又清了清嗓子："我记得，上回你同我说过，想拜我舅父为师？"

"嗯。"阿惋颔首，继而眼眸一亮，"你有主意了？"

"那是自然，你可以从我舅父那学琴了。"谢玙颇为自得地乜视了阿惋一眼。

"你不会又要我扮男装吧。"说到底阿惋还是有些不放心。

"我像是会出那种蠢主意的人吗？"谢玙觉得自己被看低了，不满地皱起双眉，"易装改貌只欺得了一时，被发现了就不妙了，我会让你去冒这个险吗？"

"那你出的主意是什么？"

谢玙又坐直了一些，极力摆出满脸肃然："咳咳，你拜我为师吧。"

阿惋惊得手中的书卷都掉在了地上。

"我难道还教不了你吗？"谢玙觉得面子上有些挂不住，不由怒道。

"自然不是！"阿惋慌忙摆手，急急分辩道，"我知道阿玙你的琴技是很好的，只是、只是我有些意外罢了。"

她原是怀着以卫昉为师的心愿，结果与她差不多大的谢玙忽然蹦了出来，这让她怎么不被吓到，也不是说她看轻谢玙，她那日听过谢玙奏的《渌水》后便知他的本事远高于自己，只是要她对着还未足九岁的孩子唤一声师傅，这感觉实在有些古怪。

"不是就好。"谢玙仍不依不饶地计较，"得我为师，该是怎样的幸事。瞧你那副犹犹豫豫的模样，我还嫌委屈自己了呢！"

阿惋忙不迭赔笑请罪，谢玙"哼"了一声，也就没有什么不满了，对阿惋说："我而今在随舅父学琴，我将他教我的再教给你，也就算是你在跟着他学了。"

"哦，原来是这个意思。"阿惋恍悟，"这么说咱们三个是师出一门，卫博士是你师傅，你又收我为徒，我没能拜卫博士为师，却还是能做他徒孙的？"

"那是。"谢玙得意道，"还好我想出了这样好的法子，由我来引线搭桥，你有什么是办不到的？"

"谢你好心。"阿惋老老实实地致谢，又忍不住蹙眉，"可这样一来，我觉得我变小了。"

谢玙的面色也有几分古怪难看，他撑着阿惋身前的凭几凑上前盯着她："这样吧，你就别喊我师傅了。但是你必须得在心里将我当作师傅一样崇敬，要听我的话，不许违逆我，还有，还有……"

"还有什么？"

"说不上来了，日后再补，你且记着这些就是了。"

“好好好。”阿惋以手指天，像模像样地立誓，“我虽然不拜你为师，但心里一定将你当师傅一样好生供着，听你的话，不违逆你—— 行了吗？”

谢玙点了点头，一副勉为其难的神情：“你的琴呢？拿来我瞧瞧。”

织云阁的宫人将阿惋的琴连带着琴案一起抱了出来，小心翼翼地搁在谢玙面前。

谢玙抬手摸了一下琴面，又仔细看了片刻：“这是松木制成的？我嗅到了浅淡的松香。”他摇了摇头，“不好。”

“怎么个不好法？”

“松木木质疏散，若以松木制琴，音色固然是不差的，只可惜松木易裂且油脂过多，常须火炙脱油，而古旧的松木总比新木要好。而你这个，”他手指缓缓摩挲过每一寸，“怕是不如人意。”

“还有。”他的手又摸到了琴底，“琴底似乎是柳木……蜀中多阴雨，柳木不耐腐。”

阿惋郁郁不乐地看着眼前的琴。

“你这张琴粗陋到如此地步，也着实让我惊讶。”谢玙继续挑着毛病，“斫琴之人定是没有用心。你瞧瞧这琴额、琴首、项、肩、腰、尾的流线，镶琴徽的用料竟是如此低等的菜玉，这琴弦——”他拨了一下，“松软无力。难怪你弹琴难听，原来是琴不好。”

阿惋满眼无奈。

谢玙看了她一眼，扬眉，唤来自己近身侍奉的宫娥婵娘：“去将我平日里用的那张楠木琴面紫檀底的宽额长颈灵机琴取来。”说罢他偏头对阿惋一笑，“这是拜师见礼。”

阿惋后来疑心，谢玙之所以对教她抚琴之事那么上心，是因为谢玙常年被师长责罚，所以也迫不及待地想尝一尝为人师表的威风。

不过阿惋后来那惊艳皇宫的琴技，最初的确是由谢玙教的。很多年后阿惋再回忆这段往事，耳畔常会有明朗干净的弦乐浮响，透过时光，她在梦里依稀看见女童在亭中弄琴，一旁站着侧耳细听的男孩，他抱怨，怎么老这样难听啊，而她气得噘起嘴。那是两小无猜的天真岁月，真正的少不知愁。

## 第六章　选妃

寒星孤冷，弦月如钩，即便仲夏，风也是凉的，丝丝缕缕的冷意透过领口顺着脖颈钻进来，谢玚不由缩起了身子。鬓发有湿凉的感觉，不知是否是夜露凝结。蝉鸣或远或近的聒噪，单调得声声催人眠。他迷迷糊糊挪了一下膝盖，酸痛便传遍双腿让他清醒了过来。

从黄昏到人定，他一时间数不清自己跪了多少个时辰。

眼下之所以凄惨至此，只因几个时辰前他百无聊赖中的随性之举。他也承认自己是在胡闹，可在谢玚自己看来，比起上回去广德殿扰乱宫宴，此番他做的事算不得混账，不过是在他大表哥卫朴娶妻之时和他那些好友一同去吓唬一个他都没有见过面的女子罢了。

却可惜连新妇子障面的团扇都没能夺下，他们几个都还没有见过美人面便被逮住，被逮之前还将喜宴搅得一团乱。

贺、柳二人自然被各自亲族带回了家中教训，卫樟也免不了挨罚，而他们几人中身份最是贵重的谢玚则是由他的外祖父亲自下令跪在了庭院之中。

夏夜蚊虫扰人，谢玚脸上被叮咬了一口，下意识地一巴掌甩过去打蚊子，结果是自己疼得不轻。

"看来你这是在掴掌谢罪？"有人含笑揶揄走来。

"舅父。"谢玚瘪嘴。

他母亲的堂兄堂弟他皆以排行后带上一个"舅"字呼之，可唯有惠文皇后唯一的亲弟卫昉，谢玚是唤作"舅父"。

"舅父是来看我的吗？"他眨巴着眼盯着晓月霜天提着一盏琉璃灯的卫昉。据说惠文皇后与这个弟弟容貌并不相像，可谢玙看着容仪清雅的卫昉，总无端觉得阿母也该是这样的人物。

"不是。"卫昉在谢玙跟前站定，"我来替你外祖传令，你外祖说，要你再多跪一个时辰。"

"别啊。"谢玙一副可怜样，"再多跪一会儿你外甥可真要撑不住了。好舅父，劳您去同外祖说一声，我真的知错了！求他饶了我这一遭。"

"果真知错了？"卫昉稍稍俯身，琉璃灯清晰地映照着谢玙的脸。

"果真。"谢玙拼命点头，又小心问，"大表哥还生我的气吗？那楚家娘子……呃，表嫂还在哭吗？"

"你朴表哥没有生你的气，可你的表嫂仍旧在哭。女子一生一次的婚礼，因你的缘故她出了大丑，你说她恨你不恨。"

"我错了。"谢玙垂下头来，是真心实意地难过。

"你既然会自责，那当初为何又要做呢？"

谢玙感觉有一只手摸了摸自己的头顶，这是他第一次有这样的感觉，刹那不由微微一震，卫昉给他的感觉……就像是父亲一样。

可他还没出生时，就已经失去父亲了。

"一时兴起罢了。"他嗫嚅，即便是顽劣成性的赵王在一个像父亲的人面前，也只是一个犯了错的寻常孩童。

"因你一时兴起。"卫昉声调平平，听不出半分责怪，可就是让谢玙感觉到了难看，"可你的长嫂何其无辜。"

谢玙默然。他被千百人捧着成长，也不是没人给他灌输仁义忠信、恭谦守礼的道理，可更多的人潜移默化地告诉他，他生来高高在上，纵使任性妄为，也可以无所顾忌，"无辜"，这是他几乎没有听过的一个词。

"在没有回到萧国之前，我常在想，我阿姊留下来的孩子该是什么样。"卫昉温声道，"我猜他或许会很聪明，或许会很俊俏，或许好学……"

"是阿玙让舅父失望了。"谢玙闷声道。

"不，没有。"卫昉弯了弯唇，"只是有些意外罢了，舅父知道你是个好孩子。"

谢玙愈发赧然。

卫昉最初归来时他便扮作小黄门闯了灵琼台。

卫昉才任太学博士后不久就目睹过好几次谢玙在太学学舍内聚众打闹。

之后他又因数次缺席太学讲经被洪博士当着卫昉的面以柳枝打手心。

后来他怀恨在心领着几个人预备趁夜潜入洪博士家中捣乱，结果还在商量计划时就被卫昉逮了个正着。

再后来他堵着一口气，故意曲解典籍，撰文将孔孟大肆抨击，还含沙射影了以洪博士为典例的腐儒。虽说九岁孩童辞章文字尚稚嫩浅显，可仍旧是将洪博士气得发抖，当着卫昉的面怒骂谢玙大逆不道。

再后来便是今日了，他一时无聊便在喜堂之上来了场闹剧。

"我知你心善，做事之前你并未真的想过要害谁，你只是没有学会考虑别人的感受而已。"卫昉道，"人小的时候，总有天真任性的权利。可阿玙，你不能。"

谢玙垂下头，片刻后闷声道："我知道，因为我是赵王，因为所有人都看着我，因为我肩上背了很重很重的担子。"

"你知道，可你还是会不甘对吗？"

谢玙抬头，他看着卫昉的眼睛，在那双眼睛里他看见了清澈的光——明明今夜只有细如柳的一弯月，可谢玙却觉得舅父的眼眸里藏着月亮。

"是。"他点头，说出了一直藏在心底的实话，"我记得很小很小的时候，我是在卫家平县的庄子里长大的，在那里还有许多兄姊弟妹，但那时我就察觉到我与他们的不同了。用膳、穿衣、出行，乃至于喝一口凉水，都会有一大群人严密看护着我，我可以和他们玩闹，可我不能受一点点的伤，否则遭殃的会是他们。我始终记得银针的寒光，那些针在我眼前闪烁，如果发黑就意味着有人要杀我——我很小时就记得这些，也只记得这些。"

卫昉颔首。

"再后来我长大了些，我意识到了父母不是身边的侍者、乳母，于是我问每一个人，我的父母是谁。没有人回答我。"谢玙很平静地叙述，这样的平静与方才的他判若两人，"四岁时我离开了平县回到北宫。北宫于我而言是全然陌生的地方，我很害怕，拽着外祖的衣袖泣涕，可外祖把我送进来时，他头都没有回一下。有人把我带到两张画像前，对我说，这是我的父母。那两张画上的人陌生而又冰冷，我当时就大哭了出来，我说他们不是我的父母，宋内傅上前扇了我一个耳光，告诉我他们就是。可他们在泰陵的坟墓里，永远都不会来见我，他们是死人。

　　"他们说，皇帝是我的哥哥，我知道我有一个哥哥时我很开心，但很快他们又告诉我，三哥夺走了我的一切，他的母亲杀了我的母亲。我们总有一日会相争，会将对方伤得体无完肤。于是我不敢亲近他。

　　"端圣宫很大，也很冷清，端圣宫里里外外都有宫人重围，可我还是会觉得孤独，他们叫我殿下，他们从来不敢直视我的眼睛。在这里没有人叫我阿玙，他们都称我为赵王。赵王是什么，是天潢贵胄，总有一日整个萧国都会被他握在手心——在我逐渐长大时，我意识到了这些。

　　"既然他们说我想做什么没有人可以拦我，那我就真的肆无忌惮好了。外祖让我谨修圣学，为人表率，他将我领入太学，太学里都是比我大的少年和酸腐的儒士，可那时我才七岁，我哪里懂什么《大学》《中庸》《论语》《孟子》，舅父您觉得一个七岁的孩子会懂吗？可我必须懂，因为我是赵王，赵王要不惜一切代价成为国君、赵王背负着许许多多人的期望与性命，赵王一出生就害死了自己的母亲！所以不得不去报仇！赵王被尸骨和浸满血的双手捧着，捧在很高的地方，那个地方只有他孤独一人。"他的语调愈来愈激烈，到最后一句时却陡然凄然。

　　"阿玙，你在害怕？"

　　谢玙仰首看着他，一言不发。

　　"你害怕成为赵王。"他伸手将谢玙托起，"可你不用怕，你是赵王还是阿玙都没有关系，你生下来是谁，就是谁。你不甘你承受得太多，可你同样得到了九年的锦衣玉食万人供奉。这世上没有什么公平，每个人生来都有自己的职责，你将自己的职责履行了，方是此生不虚。至于孤独……阿玙，你从来不孤独，你的外家一直都在你的身后，卫氏不仅与你生死相连，更是你的亲族。"

　　"嗯。"谢玙在舅父的目光下点头。

　　"我知道你调皮顽劣，只是阿玙，你总要学着长大，既然你也知道你背负了很多，那你就更要用比别人短的时间长大，卫家自你出世起就一直护着你，但你该明白，卫家不能护你一世，总有一日，卫家的妇孺老小，需要依靠于你。"

　　"舅父的话什么意思？"谢玙眼皮一跳，只觉得卫昉最后几句话轻柔得恍如梦呓，给人谶言般的诡异。

　　"无他。"琉璃灯昏芒下卫昉淡然轻笑，"只是月有晴缺，人世无常。"

谢玙只好颔首："舅父的话，阿玙记下了。"

"你若长大了，你就该知道什么是你该做的，什么是你不该做的。"

"那我现在能知道什么是该做的，什么是不该做的吗？"

"譬如说，你这回抢新妇就不该。"

"成亲是很大的一件事吗？"懵懂的孩童睁大了黑白分明的一双眼向长者如是问道。

"重要。"卫昉低首而笑，似乎是在笑孩童无知，可笑间却有了几分心不在焉的茫然，"六礼俱毕，天地为证，一对男女就须相守，直到地老天荒。"

"地老天荒。"谢玙小声念着这四个字，感觉既沉重又缠绵，"那舅父有没有陪你地老天荒的女子？"他随口问道。

"没有。"卫昉在后辈面前这样回答，用最轻描淡写的口吻说，"于有些人而言，地老天荒太远了。"


时光快如流水，有时只是一晃眼，花木便几番枯荣，人世便几度轮回，少年的眼眸里便映照了好几个春秋。

诸太妃在某次召见自己的儿子时忽然意识到自己眼前站着的已是挺拔如青松的少年，这个儿子流着她的血继承了她的好皮相，低眉转首间尽是她的影子。

下意识抬手摸了摸鬓角，她的一头青丝保养精细光洁若丝缎，至今仍是黑亮如墨未见银霜，可她却不免生了几分老去的怅然。

想起几月前卫家长孙那场轰动帝都的婚礼，诸太妃心念一动，十日后天子选妃的诏书便由尚书省下达。

皇帝谢珣今年虚岁十四，的确是该在后宫中添置妃嫔了。许多人都意识到了这点，并将目光望向了自己的女儿或族中女侄。

可诸太妃只说是要选妃，却闭口不谈后位的空置，想来是她心中早有人选，抑或是觉得皇帝年纪太少，宜加冠后再议元后。

谢玙的消息素来是灵敏的，在诏书发出的那个下午他便收到了小黄门的传信。

听到此事时他正教阿惋奏一曲《猗兰操》，此曲据传为仲尼所作，谢玙一个九岁的孩子难得将圣人琴曲仿出了几分神韵，只是他却十分不满阿惋的弹奏，频频挑错。

"来，我最后给你示范一次！"谢玙将琴摆正，深吸口气后十指再度按上冰弦，素来贴身伺候他的内侍马芹却匆匆跑来。

"去去，有什么事你等会再说，莫要扰了雅音。"谢玙没等他开口就不耐地打断他。

"殿下！"端圣宫中的宫人早被谢玙有意无意纵得没大没小，听他这样吩咐了，那内侍还不死心，凑了上来。

"什么事呀。"阿惋忍不住问道。

"陛下要纳妃了！"

谢玙要去挑弦的手怔在了半空："纳妃？"

"正是！"马芹一副欢欢喜喜的样子。

"这么说我很快就要有阿嫂了？"谢玙想起上回那个被他戏弄的楚家娘子，下定决心不论这回的阿嫂是妍是媸，他都好生尊敬再不捣乱了。

"阿嫂倒说不上。"马芹白净无须的脸皮上浮起几丝尴尬的笑，"只是妃嫔而已，殿下礼法上的嫂嫂，当是陛下将来的皇后。"

"皇后与妃嫔有什么不同吗？"谢玙知道二者名分尊卑有别，却故意逗马芹，"不都是能给三哥生儿子吗？"

"哎哟喂，殿下啊，您才多大，怎么就知道生儿子的事了！"

"听表哥说的，不是说成了婚的女人都能生儿子吗？"他一本正经。

"这、这……这倒也未必。"

阿惋听他们主仆逗乐，坐在一旁却胡思乱想起来，八岁的女孩儿其实也不大懂生儿子是怎么生的，只是听到这几个字不知怎的下意识就有些脸红，继而又想起一事。

听说以往皇帝之位都是父子相承，若她的表哥谢珣有了自己的儿子，那么他还会把帝位给自己的弟弟吗？如果不做皇帝，阿玙又会怎样呢？

阿惋年纪算不得大，可自幼尝尽白眼漠视的人总会下意识多生几分警惕。

午后她照例服侍皇帝笔墨，忍不住问皇帝："陛下若是有了妃子，会不会不顾手足……"

她这一问委实没头没脑，皇帝却狠狠地愣住，握着紫霜笔的手一颤，笔锋坠下在麻纸上留下一大团的墨渍。

"妃子？"

"嗯，妃子。"阿惋黑白分明的眼里映着皇帝瞬间煞白的面容和凝郁眉心的愁。

"朕……"皇帝唇角抽动了一下，"朕竟不知。"

"陛下……"阿惋小心觑着皇帝的脸色，"陛下是不高兴？可、可他们都说这是件喜事呀。有妃子陪伴陛下身侧，陛下就不会觉得孤单了。"

"出去。"皇帝薄唇翕张，吐出的话语冷冷。

皇帝其实一直都是冷冰冰的人，可这回阿惋能够感觉到他话语间的怒意，她知道自己是惹怒皇帝了，虽不知为何，却只好低眉行礼，躬身退出大殿。

离开昭明殿时正好碰上了唐御侍。仍旧是深青女官服、扬唇浅浅笑的温厚长姊模样。

昭明殿内有个正在生气的皇帝，阿惋不忍唐御侍贸然上前被殃及，擦肩而过时低声提醒："陛下现下心情不大好。"

唐御侍听罢微笑着颔首，前往昭明殿的步子未曾有半分停歇。

"陛下。"叩门许久后无人回应，她便索性推门而入，映入她眼中的，是坐于暗处满脸落寞的少年。

"陛下？"她试着上前几步。

"你知道吗？"他问她，眼眸空茫。

"知道什么？"

"我要纳妃子了。"皇帝稍稍偏头望向她，直直望进她的眼眸深处，"和一群我不认识的女人，度过半生。"

"或许陛下会遇上自己喜欢的女子呢。"

皇帝苦笑摇头："小时候看阿母与那些妃嫔明面上争风吃醋、暗地里阴谋算计——我真是觉得怕。"

唐御侍无言相对，皇帝年幼时正是隆熹朝的斗争趋于激烈时，他太小的年纪，就见到了太多的丑恶。默然许久，她也只得道："陛下害怕的这些，或许终有一日会发生，但在那之前，奴婢会为陛下祈求神明，求神明赐陛下安宁无忧。"

"是不是因为我是皇帝，所以我就必须得有很多女人来彰显我的身份，就好比祭祀时我要穿十二章纹的衮服。"

唐御侍想了想，告诉他："天子富有四海，故有别于黎庶，无所不有，却也有所不能为。"

"不能为的，就包括自由。"

"……是的，自由。"

"可我觉得现在我不像个天子。"谢珣站起身子，"你看萧国偏安一隅，何来富有天下？而我为帝，不是因我能为帝，只是因那个位子缺人时，我恰好被推上去罢了。然后我的用处便与玺印相差无二，都只不过是天下权的一个象征罢了。暗雪，你看——"他第二次说这句话，"连娶妻纳妃这等事，我都不知。"他冷笑，笑声近似呜咽，"我真不该做这皇帝？如我不做皇帝……"

唐御侍看着眼前怒极而悲的皇帝，眼眸满是怜悯宽和，她知道这个她看着长大的少年并不算是个好君王，他易怒而脆弱，无助却又偏激。

她注视着他："陛下会拥有一切，陛下会是个英主。"她字字清晰坚定，"既然看不到将来，陛下不妨相信奴婢说的话。"

皇帝怔怔看着这个他最熟悉的女官，"将来……"他喃喃着这个词，忽然走到窗前将窗用力撑开，金秋的午阳豁然洒入，他眯了一会儿眼，看清窗外成片映着金光的宫阙，雄壮、威严、熠熠光芒让人不敢直视——这是北宫，他生于这里，亦拥有这里。

"好啊，我信你。"他听见自己轻轻地将这句话说出了口。


不论皇帝愿意与否，为他选定的女子，终究是在清安九年的年末被送入了宫中。共五人，由仪车自历胜门接入。

那日新雪霁宁，还是帝都的第一场雪，薄薄地覆了一地。

被选入宫中的女子分别出身贺、柳、杜、关、徐五姓，按门第与容仪分别封为婕妤、容华、充华、美人、中才人。分别赐居结露、凝华、揽风、流金、绿霄五阁。

阿惋听闻有一名美人姓关，是她母族的表姊。阿母在她三岁那年便去了，从那之后她再未见到关姓中人。据说蒙陵是萧国最北的一郡，那里荒芜而偏远只有崎岖的山石和漠北而来的朔风。不知在那里长大的表姊会是怎样的人。

关美人的确是有一个名璇的姑母十年前嫁去了帝都诸家，可关美人与温顺消极的关璇是迥然有异的两个人，"美人"这个封号予她，的确当之无愧。

她从热气腾升如云雾的汤池中起身，水珠轻灵滑过身段美好的弧线，立时有宫人上前用巾帕拭去她身上的水，服侍她穿上宽大的长衣。搀扶着她莲步轻移走向暖阁，在那里为她梳发上妆。

裹上厚厚的貂裘，她被搀进了挂着金铎的油壁车，一路向承宁宫方向去。

今日是她侍寝。

原本该按位分尊卑来轮，可前几位都架不住她关青纹强势跋扈又擅讨诸太妃欢心，只得拱手将今夜让给了她。她自然是得意的，听着车外金铎风中脆响，只觉得是有鹊鸟欢歌，她是百鸟所朝的凤凰，正一步步踏往命定的风光大道。

至昭明殿的百步殿阶前下车，她由左右宫人扶着一步步往上，至殿门后再由早已等候在那的黄门引着朝殿内走。

甫一入门，便感觉暖香扑来，殿内燃着炭火，温暖如春。她嗅到了一丝丝清冽的香，她猜是龙涎。祖母告诉过她，龙涎极贵重，唯天子可有。她敛目，目不斜视持着应有的庄重，一路行至寝殿之前，黄门将她身上的貂裘脱下，她只着一件织金纱的襦裙，玉色肌肤纱罗下隐隐约约，殿内温暖的炭火和心底的喜悦兴奋让她感觉不到寒冷。

宦者退到一旁，她深吸口气，独自走了进去。

她看见了重重叠叠的幔帐，如云雾般让殿内的一切都变得模糊不清。数十只灯树燃着烛火，昏暗暧昧。她看见光影交汇的深处坐着一个人影，她向那人行稽首礼："陛下。"少女的嗓音清清润润，有种独特的娇媚。

"你起来。"可帐内的声音却很冷，停了一会儿，"你……上来。"

关美人壮着胆子往前走，小步趋行，一直不敢抬头，金线毯上繁复的花纹密密匝匝尽数刺入她眼中，流光闪动如天河星子。

金线毯的尽头，她停步抬首，抬首的下一瞬，呼吸忍不住微微一滞。

关青纹一直自负美人，可当她看到自己的夫君时却仍免不了愣住。她知道当今君王年仅十四岁比她只大了一岁，她原以为是个瘦弱未长成的少年，却不想少年的美也可以让人惊心失神。皇帝的肤色玉曜更胜关美人，眉眼如画，容颜精致，关美人不由在他面前屏息敛气。

"你过来吧。"他没有抬眼。

关美人面颊有些烫，她自然知道接下来要做的是什么，说到底她也不过是个十三岁的少女。她伸出手，抖得厉害，她感觉到了害怕，可心底却有几分隐约的期待，她用一双颤抖的手轻轻扯开衣上的系带，一步步朝皇帝走去，她的肌肤是雪一般地白，可面颊涨红血似要烧起来。她低着头，没有看到皇帝的眼，那里冰冷一片，没有半分羞涩、兴奋或是迷恋——只有厌烦。

她按照来这之前看的画里的样子，揽住皇帝的脖子，用自己的身子缓缓蹭着他。皇帝的眉心蹙了起来，他嗅到了浓郁的香味，这味道压来让他窒息。他感到有一只手在扯自己衣服的系带，生涩笨拙，他心里莫名地烦躁。大片大片雪白的肌肤占据了他的视线，他一把扣住女子的脖颈，狠狠咬破了她红嫩的唇，血的腥味流进他的唇齿，他感到恶心。

很多年前母亲也是如现在这个女人一般搂着叔父。他的神志渐渐混乱，不知怎的就想起了儿时一些混乱模糊的回忆。

那是几岁的事了？记不得了。他为什么会见到那些？也记不得了……母亲的衣服滑落，她仿佛变了一个人，喉间发出古怪的声音，像是在哭，而叔父……叔父在笑，那笑像是一声声的讥诮砸在他耳边。他将母亲压住，他们纠缠在一起……就如同现在的他和这个女人一样。

他蓦然睁开眼，他看见的是全然陌生的一张面孔。

这是谁，这是谁！

他猛地推开关美人，顾不得穿鞋，披发跣足衣衫不整跑了出去，好像他身后是最可怕的噩梦。

"陛下！陛下！"内侍不明就里追上来，他扭头声嘶力竭地对他们吼，"别跟过来！"

他如同疯了一般赤足奔跑在承宁宫。承宁宫那么大，像是永远也没有尽头；承宁宫的道路那么多，长廊、复道、曲径重重叠叠，似交织成了网，要将人困死于其中。

那夜仿佛起了很大的风，风呼啸过狠狠刮在他的脸颊，那夜仿佛落了很大的雪，数不清的雪沾在他的发上，将少年青丝染成了斑白，他大口大口喘息，吸进的每一口气都几乎要将脏腑冻结。

他累了，停了下来，抬眼望向天际。此时是深夜，可由于大雪的映光，无月的夜竟是明亮的纤毫毕现。他挪动沉重的步子往前走，推开一扇门。门内的人被惊醒，警觉问道："谁？"

他不语，沉默站在门边，看着她小心翼翼地走过来。

"陛下？"她毕竟是这世上最熟悉他的人，通过一个背光的影子便认出了他，"陛下这是怎么了？"她提着灯，他的形容狼狈在灯下无处躲藏。

他一扬手打翻灯盏，猛地扑进她怀中死死抱住她。或许是因天太冷，他浑身都在发抖。

"陛下？陛下？"

他不言，只是愈发用力地抱住她，在这冰天雪地中，她是唯一的温暖。

她也不再说话，犹豫了一会儿，反手抱住他。


阿惋第一次见到自家表姊的面，是在除夕的宫宴。

宫宴设于安平殿，是承宁宫的偏殿，常用作宫内宴饮。

除夕宴上颇为热闹，阿惋来北宫这么久，也不是没见过这样的大阵仗，只是依旧会感到无所适从，于是紧紧跟在谢玙身侧和他一同前往安平殿。偏生两个孩子因为贪玩来迟了，等他们到时，宴席早已开场，谢玙领着她晃荡在各个偏门，却不愿进去。

殿内的暖风飘出，带来管弦声乐和琼浆甜香熏人欲醉，而殿外是寒风呼啸，雪花盘旋。

阿惋问道："咱们还不进去吗？"

"不。"谢玙摇头，声音冷得有些哆嗦，"我得寻个偏门悄悄地溜进去，一会儿就只说我早就到了，只是中途洒了羹汤更换衣服所以他们才没见着我。否则——"一阵劲风劈头盖脸地砸来，他不由往斗篷里拼命地缩脖子，"否则外祖又要说我失礼，非得好好训我不可。"

阿惋将自己抱着的黄铜手炉塞进了谢玙的怀里，看他这副模样，哭笑不得："左右卫太傅也不会罚你太重。而且，你的二舅不是回来了吗，听你说他最是爱你，到时候你找他求情不就好了。"

谢玙仍旧是摇头："绝不能这么乖乖认罚。我与太傅斗智多年，岂能轻易缴械？"

阿惋无奈苦笑，敢情他是和卫太傅较上劲了。

"我记得安平殿西侧有一道门是专供歌舞伶人出入大殿的，或许那还有些隐僻。"谢玧眼睛亮了起来，将手炉又塞给了阿惋，"你等着，我去那探探路，若是没人，我一会儿叫你一块儿去。"说着便走，兴冲冲的模样好似要去寻宝。

阿惋忍不住好笑："我怎么觉着他像山野里的草寇似的。"

身后的银华、珠儿等人俱不敢答，但笑不言。

既然谢玧让她在此处等着，那阿惋也只好等着了。殿外栽着的乔木入秋时便落了一树翠碧的叶，只剩枯枝载雪，斜刺天穹。枝上有鹊鸟停留，鸣啼脆婉。阿惋百般无聊数着枝上的鸟，数着数着便走了神，直到身后不远处的嘈杂将她骤然惊醒。

她立时回头，宫灯铺了一地的暖黄，灯下妇人发上的钗环身上的绫罗流光溢彩，一群彩裳的宫人搀扶着一个华服高鬟的女子，那女子的面容笼在光下反倒有几分模糊，她看不大清，却依稀能分辨出那是个美人。

美人似乎酒醉，搭着一个宫人的手臂正俯身呕吐，有些狼狈。阿惋觉得人家这副模样被自己看去有些不妥，想要走开回避，但又害怕谢玧回来找不着自己，于是转过身去继续数鹊鸟，与那女子各不相干就好。

"贺氏好生张狂！"那女子吐完之后便骂，接过宫人递上的巾帕一面拭唇一面愤愤道，"仗着她那个做大司农的父亲，百般献媚于陛下！"

"请美人息怒。"一旁较年长的宫人好言劝道，"这宫闱之地，还望美人慎言。"

美人？阿惋下意识侧首去看那女子。她记得自己的表姊入宫后便是封了美人之位。莫非这就是自己的表姊？阿惋心跳快了一些，下意识伸长了脖颈打量那个女子。

表姊有很高挑的窈窕身段，发若墨缎，灯火下镀着浅浅的一层华光。唔……她的性子或许有些不大好。阿惋一面好奇地打量着她，一面心里暗暗琢磨。

"贺氏不过家势略强些罢了——若还是二十年前我关氏一族封侯拜相为天子倚重的时候，这贺家的无盐女哪有得见陛下的机会！"她的确是醉得厉害，在安平殿外便扯着嗓子叫嚣。唬得一旁宫人恨不得立时堵住她的嘴，那年老的慌忙四下张望，生怕有人将这混账话听了去。

她自然看到了站在暗处的阿惋，心下一凛，见阿惋不过是个瘦矮的小丫头，身后又没跟着几个人，话语也不客气："你是哪宫的人？关美人在此你竟不来见礼反倒躲于一旁听壁角，好生无礼！"

阿惋想了想，上前朝关美人行礼，借着抬头时终于看清了关美人的面容，她的母亲也姓关，她已记不大清母亲的样子了，不过她想，应该是有几分像眼前的表姊的吧。

关美人美目微眯，审视而警惕地看着阿惋："你是谁？"

"我姓诸。"阿惋看着这个表姊说道，"是太妃的侄女。"

犹豫了下又道："先前并非有意听壁角，只是见表姊似有不便，不知是否该向表姊见礼。"

"表姊——"关美人蹙眉。

阿惋听说蒙陵关氏是个很大的家族，料想这个表姊未必能知道自己是谁，于是解释道："家母也姓关，出身蒙陵，或与美人是亲戚。"

关美人抬了抬弧线优雅的下颏，扶额想了片刻："你这样一说，我倒记起来了——"

阿惋莞尔。

"我记起了我族中有一旁支的庶女的确是在十余年前嫁给了一诸姓的司空令史——"

阿惋知道，那时表哥还未登基，姑母只有先帝的宠爱可以依靠，所以那时阿父还不是光禄大夫只是令史而已。她知道阿母庶出，可从表姊的话里她听出了一种轻蔑的腔调。

关美人先前本就心绪不佳，奈何不了贺婕妤正好对阿惋冷嘲热讽，也顾不得阿惋是太妃侄女的身份，只讥笑她庶出的母亲："你以后可莫要叫我表姊，且不说这里是北宫只有君臣没有姊妹，就说你阿母的身份——庶出的女儿在我们关氏可是从来不入族谱的，我可不知道我哪里还多了一个姑母多了一个表妹。我看你小小年纪既无品阶又无家世还是不要在这安平殿周遭晃悠了，仔细被人撵出去。"

阿惋哑然。她未曾想过自己血脉相连的表姊竟是这副模样。亡母遭此侮辱她怎能不怒，可偏生她又不知该如何反驳，怔在原地。

她没有留意后头轻快的脚步，待她反应过来时身旁已多了一个人与她并肩。

"这是赵王殿下……"想必在此之前关美人已经见过谢玞的容貌，但此时老宫人仍在她耳畔低语了一句。

"原来是小郎。"关美人勉强笑了一下，眼下谢玞站在阿惋身旁便足够说明他的态度，关美人明白赵王不是她一个新封的美人可以招惹的。

小郎是为嫂者对夫弟的称谓，谢玞冷笑："可莫这样称呼，北宫之内唯论君臣——更何况你不是陛下的发妻元后，嫂，这身份你可担不上。"

关美人因酒醉而酡红的面颊有些发白，扯着唇角笑了笑："诺，妾受教。"

她转身欲走，谢玙却又在她身后扯着嗓子懒懒道："慢着——"

关美人忍怒转身："殿下还有何吩咐？"

"你还未行礼呢。"谢玙一副理所当然的样子。

"我是陛下的美人！"关美人咬牙切齿道。

"我知道。"谢玙淡淡颔首，继而朗朗道，"三夫人位比三公，九嫔位比九卿，你一个美人，不过爵同千石之下，难道不须向我行礼吗？"末了还不忘补充一句，"你我身份之别有如云泥，所以你向我见礼时，最好是行大礼。"

阿惋知道谢玙原本从不在意这些虚礼，此时只为了替她出气，她也的确恼怒方才关美人对自己母亲的轻视，咬了唇一言不发。

关美人僵着脖颈仍不肯服输："妾从未听有后妃向宗亲行大礼。"

谢玙反唇相讥："我也未闻哪家庶出的女儿便不算女儿的！若你这么说，庶出生下来便连父亲的血都白流了——你可莫忘了当今陛下也是庶出，他的生母，不过是先帝的妃妾。"

当今陛下也是庶出，他的生母，不过是先帝的妃妾——男孩的这句话清晰而掷地有声，在夜风中飘得很远，撞进了正好出殿醒酒的诸太妃的耳中。

原本扶着邱胥慢慢往前走的诸太妃猛地站住，长指甲狠狠地抠进了皮肉里。

好、很好，一个十岁小童也敢如此轻视自己。她咧开嘴，笑容比此夜的风更冷。

阿惋在太妃面前跪坐，仔细调好弦，徐徐奏了一曲《广陵散》。

她的年纪尚小，学琴时日不长，若论琴技自然难抵名家，但好在她用心，眉眼间还存着稚气却认真庄重，一曲下来倒也没有什么差错。

诸太妃在一旁静静听着，最后缓缓颔首："不错，看来你还有几分天分。"

阿惋恭谨垂首："谢太妃谬赞。"

"听说教你琴的是赵王？"她忽然抬眼。

阿惋不知该怎么回答，她明白太妃不喜欢赵王，犹豫了一会儿才点头："是的。"

"嗯……这很好。"诸太妃的回答让阿惋很意外。

阿惋揣摩不透姑母的意思，索性垂眸不答。

今日被诸太妃召来康乐宫时阿惋是有些紧张害怕的，当时她正在谢玙那学《思妇引》，邱胥便来传令，瞥了眼阿惋面前摆着的琴便说，娘子不妨将此物也带上，太妃有意考校娘子。

阿惋是畏惧诸太妃的，即便诸太妃是北宫中与她血脉最亲近的人，她下意识攥紧了谢玙衣袖。

谢玙看了她一眼，那个眼神让阿惋稍稍安然，他对邱胥说："正好我也有意去康乐宫探望一下太妃，不如随诸娘子同去好了。"

赵王谢玙在北宫说一不二，可邱胥在听到他这句话后只浅浅一笑："太妃与娘子姑侄情切，想来殿下不会打搅。"

这番话说得很不留余地。阿惋心知难以忤逆姑母，拽了拽谢玙的袖角示意他不必为她与邱胥再硬争，从席上起身抱着琴跟着邱胥一同离开了织云阁。

"孤去青蘋亭那儿垂钓，等会儿你记得去找孤。"走前谢玙这样对她道。

青蘋亭就在康乐宫附近，有他这一句话，阿惋心中安定不少。

"你的模样，看起来倒有几分像哀家小时候。"诸太妃忽然这样说道。她的声音凉凉的，听不出什么情绪。

阿惋有些愕然，抬眼直视长辈是无礼之举，她只好借着一旁装盛果品的琉璃碗折射的光去偷看坐在不远处的妇人。可看来看去，她实在不知她与诸太妃像在哪里。

"哀家小时候，可没人教哀家这个。"她走近，俯身伸手，缓缓抚摸过每一根朱弦，带着些许哀伤的感慨，"哀家第一次见人弹七弦琴，是入宫之时。那时弹琴的人是惠文皇后，她生得那样好看，抚琴时纱罗的广袖翻飞，同仙人一般……哀家那时好生羡慕。"

"姑母小时候为什么没人教呢？"阿惋下意识地这样问道。她听说诸家曾经世代行商，虽地位卑贱，但好歹也不算穷酸，甚至在平南郡一带算得上是富足了，拜师也不是什么难事。

可琴，是属于士大夫的雅物。

阿惋也不会知道，幼年时的诸千英，是怎样活在这个世上的。

她说完那句话后抬眼，正对上诸太妃的眼眸，被狠狠吓了一跳，诸太妃的眼眸杀意凛凛，就像是毒蛇的瞳子。

"你比你的兄长还有两个姊姊都要强很多。"诸太妃没有再看她，径自走回自己的席上坐下，"也不枉哀家对你的栽培，你举止容仪乍眼看来与帝都那些公卿娘子已无大异。"

"谢太妃之赞，箫韶受之有愧。"她说着早已学会的谦辞。

"你不同于你的兄姊。"诸太妃这样告诉她，"你母族乃蒙陵关氏，你身上流着一半士族的血。你的兄姊是成不了气候了，诸家这一辈，可以依靠的便是你。"

阿惋很想问诸太妃她一个无依无靠的女孩何德何能让整个诸家以她为依靠，可知蒙陵关氏并不愿认她这个外孙，她纵然有个姓关的母亲那又能怎样？

但她一句话都没有问出口。

"既然你的琴是赵王所授，看来你与他很是熟络？"诸太妃似乎才意识到这个问题。

否认无用，阿惋想了想，颔首承认。

"赵王有一个通晓乐理的母亲，一个一曲惊天的舅父，让他授你琴艺，的确比先前那个姓蔡的女乐要好。"诸太妃似乎并不在意，"不过——"太妃却又蓦然拔高了声调，"不过赵王为人骄纵蛮横又狡诈奸邪，莫要看他与你差不多的年岁，你可要小心着他，别被他翻脸时给算计了——"

阿惋口里称是，心头，却不以为然。

"太妃——"阿惋走后邱胥上前，欲言又止。

"哀家清楚你要说什么。无须多言，哀家自有打算。"


皇帝在听到黄门通传时便忍不住双眉微蹙，还未将这副神情收敛好，门便被豁然推开，太妃逆着光，咄咄逼人走了进来。

"吾儿。"

皇帝起身行礼："母后。"

诸太妃打量着自己儿子的面容，片刻后她道："哀家来瞧瞧你。"

她径自走到了皇帝的席位上。

"熙光殿是不许后妃出入的。"皇帝看着自己的母亲，挑了挑眉。

"哀家知道熙光殿是皇帝处理政务传见大臣之所。"诸太妃如是说道，却没有半分离去的意思，"可哀家是你的母亲。"

诸太妃低下头去翻看案上的奏表上书："听闻你这些日子都不曾召幸妃嫔？"

"是的。"

"听说你在关美人侍寝那夜忽然抛下她离开？"

"是的。"

"你是不喜欢哀家给你挑选的那些妃子吗？"她猛地抬头，直视皇帝的眼眸。

"儿习惯了一个人，不需要谁来陪伴。"

"你懂什么？"诸太妃讥诮且恶狠狠地笑道，"男人哪有不好美色的！管他天子公卿还是贩夫走卒，骨子里谁都是一个样！等你知道女人的好了，你就会明白你现在这副模样有多么可笑。"

皇帝没有说话，他有些恶心也有些难过，他想起了自己的父亲，记起了童年里见过的形形色色的红颜，她们穿着轻柔的罗裙化着精美的妆容，如风里的蝴蝶，一个个翩翩然地围绕着自己的父亲。他幼年时常想，父亲会不会觉得吵闹，会不会觉得厌烦？可来不及问这些，父亲就因纵酒驰马而坠亡。

"你就算不喜欢那些女人，但你总要有后嗣，否则你真想你百年之后无人继位而将帝座便宜给你那个弟弟？若是你不幸死在了哀家的前面，哀家会有怎样的下场？若赵王得了萧国，那蜀地可有诸姓满门的立足之地？珣儿……"她唤他小时的名，"你纵然不想这些，那你就真的不希望这世上多一个与你血脉相连的孩子，你就不希望你死后有人为你真心哭一哭，多年后有人为你祭祀奉香烛？"

皇帝本想说若能将这个位子交给谢珣他也情愿，可太妃的话他听到后头，却是忍不住心头一动。他一直是畏惧孤独畏惧死亡的，如果这世上有一个流着他的血，有着与他相似容貌的人来延续他的生命，这一生的遗憾或许会少些。他鬼使神差地轻轻点头。

诸太妃舒了口气。无意中垂眼一瞥，看到的是一吴姓官员的上表，随手一翻，粗略扫了几行后却不由愣住。

"这吴将是何人？"她忍不住问道，"好大胆的话语！"

"这吴将是新授的治书侍御史，字久宏，新泰郡人，曾为太学生，腹内颇有经纶，可惜出身寒门，虽已过知天命的年岁，却也堪堪只得此官而已。"皇帝娓娓道。

"你对朝中官吏的了解竟如此翔实。"诸太妃疑惑。

"儿哪有这等心思将朝内百官的出身都打探清楚。"皇帝垂眼，"只是这吴将近来闹出的事有些大，儿便多留心了几眼。"

"他做了什么事？"

皇帝漫不经心道："此人大约是多年抑郁不得志，眼见鬓生华发，于是被逼狠了，索性在前些日子上书一份痛斥朝中重门第轻才学的弊病，又将三公九卿挨个弹劾，九姓门阀依次骂遍。"

"他都说了些什么？后来又如何了？"

"所有的臣子上表照例都是要交由太傅批示的，他那份自然是被太傅瞧见了。太傅没有理会他。"

"卫之铭竟不怒？"

世人称唤他人时多呼其字，若有官爵则唤其官名爵位，卫之铭德高望重，许多人都敬称他一句"卫公"，直呼人名却是极为无礼的。

皇帝眉毛一跳："太傅有容乃大。"他说。

诸太妃冷哼一声，极是不屑。

"之后吴将又悍然无畏地继续上书。现下所见，是他昨日的上奏，已是第七份了。他此举，引得百家侧目。"

太妃低头将这份奏疏仔细看过："陛下以为此人如何？"

皇帝想了想，道："儿以为，此人不过是沽名钓誉之辈。"

诸太妃将奏表猛地合上："哀家倒觉得他既忠且勇。"她站起身，"如此不畏权贵敢于直谏，陛下应当重用才是。"

皇帝不语，只低头恭送自己的母亲。

## 第七章　殇欢颜

　　谢玙算不得太学生，他年纪过幼，只是因卫太傅对他寄予厚望，故而让他七岁时便前去旁听。可既是卫之铭的外孙，那么太学博士也多将谢玙当作正经的太学生一概而论，就连每年春太学生的射策都不忘为谢玙也备一份试题。

　　射策多用于选士，乃是考校经学之法，将试题书于策上覆于案头，由太学生随意拈取作答，由难易分甲乙两科等，由成绩排名列序，中策者则分授官职。

　　谢玙是赵王的身份无须任官，又年仅十岁，参加射策纯属凑个热闹走个过场。是以他也不算十分用心，乙科射策只得了个倒数。他自以为这算不得什么大事，可卫太傅却发难了下来，将他唤去太傅府足足训了一个时辰有余。

　　对此谢玙自然是委屈的，他被送回端圣宫后，宋内傅从谢玙的内侍口中听得了卫太傅的叮嘱，二话不说便把谢玙锁进了书房，将一干玩物尽数收好，只留下笔墨和成堆的书籍。

　　谢玙不顾仪态捶门哭号，闹着要出去。

　　他在书房里啃了两天的笔头，到了第三天终究是熬不住了，如往日里每一次对付宋内傅那样开始大哭大闹，闹了大半日终究还是将宋内傅闹了过来，二人开始讨价还价。

　　谢玙说他要出去，宋内傅说不许。

　　谢玙说他不出去也行，总得准他在端圣宫的庭院内散散心。宋内傅说不许。

　　谢玙说他不散心也行，总得给他找份双陆、格五或是六博棋来解闷。宋内傅说不许。

谢玽说他不玩棋也行，总得给他找个伴读来说会话。宋内傅说不许。

谢玽终是忍无可忍，一怒之下当着宋内傅的面将盛着食馔的白瓷碗碟摔了个粉碎。

"你闷死孤也是死，孤自己饿死也是死，倒不如饿死算了！"

宋内傅有些松动："既然殿下执意如此，那找个伴读作陪也可。"顿了顿，又道，"只是殿下不许找平素里交好的那几位公子伴读。"

谢玽有些讪讪，思索一番，他清清嗓子："孤要织云阁的诸娘子伴读。"

宋内傅一张脸板得比铁块还硬："还请殿下另觅他人，端圣宫中识文墨的宫人内侍不少，不妨……"

宋内傅的话没有说完，谢玽举起了最后一只完好的碗，随着瓷碗破碎之音响起的，是宋内傅无奈地妥协。

于是正在织云阁内安然练琴的阿惋，在还没有弄清究竟发生了何事的时候，便被端圣宫的一众内侍急急带了过来。

房门落锁的声音清晰可闻，阿惋环顾这间素净到近乎单调的书房，又看了看谢玽："这么说，我是被叫来同你一起关禁闭的？"

"算是。"此獠非但面无半分愧疚，还一副理所当然，"你坐下陪我聊聊？"

阿惋看此事已成定局，也就认命地在谢玽对面席上坐下："殿下想聊什么？"

谢玽手肘撑着凭几，托腮想了一会儿："就聊这回的射策好了。"

"射策……"阿惋看着谢玽想了一会儿，"你落得这番境地就是因为射策得了个倒数？"

"别提了。"谢玽慌忙摆手，"分明还有两士子排在我后头，怎生我就成倒数了。"

阿惋掩唇窃笑："那就说说其余太学士子好了。素日与你打成一片的那几位公子射策结果怎样？"

"怜奴及阿南年纪小，所以他们并未参加今年的射策。"谢玽说，"阿祎还有樟表哥今年去了，无一例外地中策。"谢玽又说，大概也是心里有几分不平，"皆是甲科，中策后封了郎官。"

"郎官是什么？"

"郎官就是三哥身边的近臣。年轻士子多愿为郎官，若是蒙帝王青眼，日后必定前程无量。"谢玽一摊手，"所以我是真不知外祖要我也去射策是做什么？"

"说得有理。"阿惋颔首,"你不做郎官,你是赵王。"

"郎官这活还是让他们几个做好了,你说得不错,我是赵王。"谢玙扬了扬下颏,又想起了什么,"不过今年做郎官的人可多了。"

阿惋皱起秀眉:"今年去射策的太学生很多吗?"

"倒不是说太学生多,谁说郎官非要太学生射策可得。"谢玙咂咂嘴,"任子、赀选,皆是可被选为郎官的好途径。今年更为不同了。"他猛地凑近阿惋,故作诡秘地眨眨眼,"今年又有新的选官之制,你猜是什么?"

阿惋老老实实地摇头:"我只听说郡国选人,有察举孝廉之制,别的就不知了。是什么?"

"月初新下诏,令郡县有才学者,不论门第,皆可自荐入朝。"

"自荐?"阿惋愕然,士人多以自谦为风度,而朝中多中门第郡望,这不论门第的自荐之法的确是闻所未闻。

"起初我也是被吓了一跳。且不论弊利,单提出此法,就足以证明此人大胆奇思。后来我才知道这是三哥亲自下的诏书。"他改跪坐为跋坐,整个人都趴在了凭几上细细思量,"三哥从来不对政事上心,这旨意八成不是他的意思,我猜幕后谋划的要么是承沂侯,要么——是你的姑母。听说后来诸太妃还从宫中派出内侍微服各地,暗寻郡国才俊。"

"那他们究竟是要做什么呢?"阿惋问。诸太妃是她姑母,承沂侯算得上是她姨父,他们的一举一动都与她利害相关,她没法不去理会。

"大概是为了栽培属于自己的势力吧。"谢玙摩挲着下颏,学着外祖和几位舅父一般像模像样地分析朝政,"但这法子是行不通的。"

"为什么?"阿惋下意识问。

谢玙凑过去伸手戳了戳阿惋的脑门儿:"用这里想,别老问来问去的,我肯答你,别人可不一定。"

连谢玙一个十岁孩童,都可以轻易猜出清安十年三月初这一道诏书发出后的结局。之后的事实也的确如他所料,萧国大权由士族把持已久,上自天子下至黎庶都习惯了看重为官者的门第,纵有寒门出身的人得以借此跻身朝堂,也大多遭排斥冷落。或许偶尔有几个有真才实学的被士族收为掾属令史能一展抱负——可寒门出身的人,有几个才学比得过生于庭阶的芝兰玉树?黎民庶人,能有口饱饭已是大幸,有哪个农夫商贾能有余力做到识文断墨？

诸太妃是出了一着昏棋——当时许多人都是这样以为的。

可最初的暗流，便起于此时。

清安十四年的三月，春景一如往年美好，从冰雪里吐出的那点点星星的绿芽，到放眼无尽的碧色，仿佛只是一夜忽来，又仿佛历经了极漫长的时光。一年中最好的春光又悉数凝在了三月，在三月有仲春暖阳，在三月有惠风和畅，在三月还有百花争艳百鸟蹁跹掠过房梁。三月占尽春明，而占尽三月艳色的，是桃花。

蜀地常年温暖，故而连桃李都盛开得比别地更早，才三月初，灼灼的桃花便压满了枝头。

小童呆呆地站在树下，花落了满头，四岁的孩子不懂三春的美景是有多么难得，他只觉得眼前一切都新奇，那些鲜艳的色彩映在孩子清澈的瞳仁中，是另一番的绚丽多姿。

可站久了终究还是无聊，他含着手指，抬头对着树上模糊不清地喊："四叔——"

树枝颤动，更多的花瓣簌簌落下，有人从重枝花簇间探出头："别吵，我快下来了——"

那是十三四岁的少年，有着他这个年纪该有的清朗眉目，眼眸干净澄澈。

他复又没入烁烁桃花中不见，仔细挑了好久，方折下一枝自以为开得最好的花，然后顺着枝干往下爬。

"四叔为什么要折这些花呢？"他甫一从树上跃下，那小童便急急凑来问道。

"长寿喜欢花吗？"少年弯下腰将先前折下仍在地上的花一株株拾起。

小童摇头："长寿喜欢饴糖。"

"我就知道。"他对光仔细打量桃花的颜色，"你又不是姑娘家，你当然不喜欢。"

"四叔是姑娘家吗？"小童瞪大眼睛看着捧着一大把桃花的四叔。

"说什么呢！"少年拿起一枝花不重不轻地往小童屁股上一抽，"四叔就不能把花送给姑娘家吗？"

"送给谁呀？"小童吮吸着手指含混不清地问。

少年嫌恶地瞪了他一眼，小童忙将手往衣襟上擦。少年把花放到一旁，从袖中摸出一张罗帕一把扯过小童的手腕，为他将拇指上的唾液擦拭干净，而后罗帕随手一丢，将方才那一大捧花捡起塞进小童怀里："一会儿将花送给端圣宫的葛青、采霜，给织云阁的那几位也送几枝，然后你阿父身边的唐御侍也给一枝……"

"我可以给我阿母也送一枝吗？"小童抱着一大捧花有些吃力。

"你阿母嘛……"少年撇撇嘴，"你想送就送吧，她要是喜欢就收吧。"

"谢谢四叔！"小童喜得眼睛都眯成了一条线，"我看阿母每日里都往头上插那些金啊银啊的花，要是有了这个她就不用戴那些假的了。"

"那可不一定。"少年小声嘟囔。

"四叔手里这两枝是要送谁的？"小童瞥见少年手里还攥着两枝娇艳的桃花。

孩童的嗓音清脆尖锐，乍然一问吓得本在想事的少年险些手抖将攥着的两枝花抛了出去，他回首恨恨瞪着小童，奈何小童看不懂他的恼怒，只好粗声粗气地说："偏不告诉你！"

小童仍是嘻嘻地笑："四叔不告诉我我也知道是送谁。"他窜到少年跟前得意地摇头晃脑，"四叔一定是送给表姑的。"

少年显然是被小童猜中了心事，立时有些恼羞成怒："她生得那么丑，不簪几枝花衬衬颜色，当真丑得没法见人了！"

小童被少年的突然变脸吓了一跳，鼓着嘴愣了好一会儿，偏头看向一旁："表姑，四叔说你丑得没法见人，我还是不见你了。"

少年被狠狠吓到，回头果然看见自己斜后方的桃树旁站着鹅黄春衫的少女。

少女拧眉撇嘴，似真有几分恼怒："原来我是丑得没法见人了，既然如此我还是不见殿下好了。"她一扭头，作势要离去。

少年神色有些僵硬，不过和侄儿背后说人坏话被撞破的事委实也太尴尬了些，他索性偏过头扬起下颏："是啊，你就是丑，孤才没有说错！"

少女被气得不轻，大步离去连贵胄女子当有的仪态都顾不得了，髻上步摇叮叮当当作响乱成一片，然后滑落摔在地上。少女下意识顿住步子，一摸鬓发想将步摇拾回，却又觉着这样回头有失面子。正犹豫，少年已上前将步摇捡起，往她眼前一晃，青白玉串起的珠子在一晃间流光熠熠生辉，少女伸手去拿步摇，少年却灵敏地将步摇收起。

"阿玙！"少女怒气冲冲瞪着他。

少女的嗓音生来清亮柔软，听起来实在没什么威慑，少年非但不怒还笑得开心，轻佻肆意打量着少女的面容，一面打量一面道："唔，的确丑—— 不过嘛，孤平生见女无数，也找不着比你好看的了，姑且许你在孤面前转悠。"

少女原是绷着一张脸，听完这句话后撑不住，扑哧一声笑了出来："殿下玉树临风，不妨顾影自怜好了，何须再见外人？我这蒲柳形貌嫫母之姿，在殿下面前还真是颜形自惭呢。"

"我又不是小娘子，你自惭什么。年岁渐长嘴皮子也愈发厉害了。"他将手摊开，"垂枝碧桃、千瓣白桃，你挑一枝。"

少女仔细看了看两枝花，想想，指了指素色的白桃。

"就知道你喜欢这冷冷清清的白桃。"少年皱眉，一扬手将红桃簪在少女方才插戴步摇的地方，白桃则塞进了她的手心。灼灼娇艳的红桃依着乌发绽放，在少女的清秀之外更添几分与这春天正好相称的明媚。她低头，似是轻嗅手中白桃的香气，而颊边不知何时已有红霞腾升。

"你就用两枝花换我的步摇？"她斜眼，眼眸中几丝笑意几丝嗔。

"我难道有什么是从你这儿拿不到的吗？"他挑眉，得意飞扬，镀银串玉的仙鹤步摇在他修长指间把玩，"子曰礼尚往来，我投你桃花，你当报琼琚。这是回礼。"

"好个市井无赖儿。"少女掩唇笑，摸了摸小童的头，"长寿你日后可莫学他。"

小童眨着一双天真的眼："可日后长寿若不学四叔，如何……"

"如何什么？"

"如何爬树摘花逗人笑啊。表姑你看你一接到四叔给的花就不生气了。"

少女与少年俱是一愣，相视而笑。

谢玙牵着长寿的手走在小径，目光落在阿惋裙角沾染的丁香："你是从康乐宫来的？"

这一路上都没有丁香，唯有通往康乐宫最近的那一条小道有丁香攀结丛生。

"嗯。"阿惋颔首。

谢玙脸色有些难看："是诸太妃叫你来将长寿带过去吧。"

阿惋犹豫少许，复又点头。

谢玙立时面色阴沉："还以为是你有意来寻我们玩呢。长寿，咱们不理她，走。"

"别胡闹。"阿惋拽住他的衣袖，"这是太妃的命令，我自然是得遵从的。再说太妃终究是长寿的祖母，见见孙儿有什么不可以。"

清安十四年时皇长子谢泱三岁，这是萧国唯一的皇子，自出生便受尽了荣宠，他母亲关美人，被封贵嫔，他的父亲虽仍旧是冷冰冰的性子却也时常挂心这个孩子，最疼爱他的，却是祖母。诸太妃为他赐下小字长寿。许多人都说，自皇长子出世，原本狠戾急躁的诸太妃也渐有了几分慈祥温柔，皇长子常陪伴祖母身侧，每日总有三五次将长寿召去康乐宫。

"松开。"谢玙瞪着自己的袖角，"自你做了康乐宫的女史，我便再难寻你的影子，每回见你，你都是在给诸太妃跑腿。你有差使你去做好了，孤一个人乐得清闲自在。"

阿惋知道他自幼便不讲道理爱使性子，此时也不与他计较："眼下我的差事便是皇长子殿下，还请赵王将皇长子交付于我。"

谢玙故意不理她，扯着长寿走得飞快，阿惋也懒得去追，只在后头悠然道："长寿，你祖母在康乐宫为你备下了许多饴糖呢——"

长寿被扯得几乎脚不点地，听闻此言忙用哀求的语气道："四叔——"

谢玙无可奈何停下，颇有几分气急败坏地戳着长寿脑门儿："没出息！几块糖就收买你了！四叔陪你玩了这么久，你就为了几块糖不要四叔了？"

长寿捂着额头满眼委屈："长寿一会儿吃了糖，必定会回来找四叔的。"

"不稀罕。"谢玙愤愤甩开他的手。

长寿滢滢欲泣，阿惋忍着笑上前牵住他的手："别怕，他呀，就是嘴硬心软。"

谢玙无奈："赶紧带着这没良心的家伙走！"


今日挂月殿中人有些多，不但妃嫔大多到场，就连皇帝都安然坐于太妃身侧的席上，垂目翻着一卷书籍，也不知在满室女子的娇声笑语之中，他还能否静心读下去半个字。

阿惋牵着长寿走入殿中，朝殿中众人一一见礼，小长寿也学着他的样子抱着一大捧花憨态可掬地行礼，逗笑了在场许多人。

"长寿，这可是女子行礼的姿势，你好端端的学什么呀。"贺婕妤笑着打趣道。

"这长寿可真懂礼，小小年纪就会给祖母行礼了。"柳容华团扇掩面，笑靥优雅矜持。

"想必是关姊姊教得好。"徐中才人附和道。

"长寿，到祖母这儿来。"诸太妃朝孙儿招手。

"唉。"长寿欢快地应了一声，抱着一大捧花，"这是给祖母的。"他挑出两枝开得最好的碧桃递给诸太妃。

诸太妃轻呼口气，分外惊喜："哀家的长寿当真懂事，来来来，快到祖母这儿吃糖。"

小长寿却固执地摇摇头："请祖母等等长寿。"然后又晃晃悠悠抱着花往别处走，给宫室内的每一个妃嫔都分了一枝桃花，赢得夸赞一片。

"阿父！"最后剩下的是一枝开得极盛的重瓣桃，长寿递到了皇帝面前，突如其来的鲜亮颜色让皇帝一怔，他抬头，看见稚子清亮澄澈至极的一双眼眸。

自幼养成的阴郁之色仍缠绕在皇帝眉心，他这副冷淡孤僻的性子怕是此生都难改去，不过在面对着自己儿子时他会稍稍展颜，就如阴云散开一角流泻些许晴日。

"长寿乖。"他摸了摸儿子的头。

"长寿，这花是谁为你摘的呀？"长寿小小年纪自然不可能爬上高树亲手摘花，诸太妃笑看着自己孙儿腻在儿子怀里，问道。

"是四叔！"长寿响亮地答。

诸太妃的唇角微微垮下："说过多少次了你四叔不是可信赖的长辈，他自己就是个难管教的，怎么教得好你。"

皇帝却拈着花枝淡淡笑："朕记得阿玙小时就极擅攀树，不过长寿，你可别同你四叔学这个，你四叔当年为爬树可就摔伤好几次呢。"

"诺。"长寿一向乖巧，虽说成日跟着谢玙胡闹，但比谢玙小时听话许多。

"还是哀家的孙儿乖巧。"诸太妃欣慰一笑，又转头看着关贵嫔，"不过你日后还得好生照料长寿才是，皇长子的身份贵重，又是哀家的心头肉，可不许有什么闪失。以后皇长子出门玩耍，总得多带几个随从才是，就算是同赵王一起也得派人跟着，长寿若是在他手里有个什么意外可怎么得了。"

关青纹因诞下皇长子，由美人擢升为了贵嫔，掖庭之内再无人尊贵得过她去，这样被诸太妃当众训斥脸上有些挂不住，尴尬离席应道："诺。"

长寿看得出自己的母亲受了委屈，忙凑到诸太妃怀中撒娇。诸太妃虽无可奈何，却也爱极了这个孙儿，只得点了点他的鼻头："以后不许胡闹。"

天色已不早，诸位妃嫔都识趣告退，关贵嫔领着长寿离去时诸太妃不忘又赏了果子给孙儿。但她也没有忘记嘱咐杜充华好生养胎。

清安十四年三月，充华杜氏已有了四月的身孕。


人世中有许多的事，都是变幻无常。

就在杜充华得意之时，她却在一个夜晚，忽然小腹剧痛。

匆匆赶来的女医告诉她，她这是要滑胎了。

已有了四个月身孕的杜充华突然滑胎，自然是因为有人阴谋算计。

诸太妃自然是震怒的，立时责令掖庭令着手查办此事。可这又有什么意义呢？杜充华腹中那个未成形的孩子已经保不住了。

杜充华所居的揽风阁此时乱作一团，御医、宫娥、内侍四处奔走忙乱，有妃嫔前来看热闹，明明是幸灾乐祸的嘴脸，却非要哀哀低泣，阁内杜充华的惨叫和痛呼一声高过一声，听着便分外凄厉，被掖庭令押走的宫人们在临去前不甘地哭喊，说是冤枉。

长寿呆呆站在庭院，院中的花已落得所剩无几，花瓣被来来往往的人们衣袍带着的风卷起，又飘零尘埃再被某人踩入泥泞。他听见许多人在哭，他不知道他们在哭什么，他听见许多人在喊，他不知他们在喊什么。他攥紧母亲的袖角，偷偷抬头看着母亲，却发现母亲愣愣地望着揽风阁，神情是悲伤哀悯，可唇角却扬起了浅浅的笑——这样的笑容几乎无人察觉，却瞒不过孩子清澈的眼。

这样的笑，这样的母亲都让他觉着陌生，而这样混乱的情形，这样吵闹的环境，让他觉得可怕。

他看到了四叔，迈开小腿飞快向谢玚跑了过去。

"长寿，你怎么也在这儿？"谢玚同杜充华并没有什么交情可言，若不是诸太妃前来探视，身为康乐宫女官的阿惋也一同赶来了，他身为杜充华小叔，的确是不该在这儿。

"是阿母带我来的。"长寿委屈地瞪大眼睛，"四叔，这里是怎么了？我怕——"

"不怕。"谢玚蹲下身揽住小长寿，"一会儿随你阿母回去。"

"本来阿母是要带我回去的。"长寿说，"可是在半路上阿母听到了什么，就赶紧带着我跑过来了。四叔，杜充华是病了吗，我听见她叫得可吓人了……"

谢玙不知该怎么和一个孩子解释这些，他将长寿牵到一处稍僻静的地方："长寿，杜充华没有受伤，她——或许会没事的，别怕。"他轻轻摸了摸长寿的头，"只不过你的弟弟或者妹妹，要迟些才能出来陪你了。"

恰此时阿惋从内殿走出，谢玙迎了上去："如何？"

她摇头："我问了御医，杜充华的孩子，是保不住了。太妃怒昏了过去，我适才将她搀到了暖阁去歇息。"她忽然抬眸看着谢玙，眉心凝着忧色，"你听说了吗？此番杜充华小产并非意外所致，而是有人存心谋害。"

"听说了。"谢玙皱着眉颔首，"真不知是谁，竟这般歹毒。"

"我也不知道。"阿惋缩了缩肩，有种不好的感觉，"我有些害怕……"她四顾，揽风阁外是茫茫的黑暗，天地同色，万物皆没于暗处不见。


那是清安十四年的盛夏，石榴花开如火。少年策马踏花，落英随风纠缠于袍脚，又翩然入尘埃。

宫中原是不许骑马的，只是宫中的禁令往往对于谢玙而言形同虚设。

忽然他猛地勒马，谢玙虽依旧稳稳跨在鞍上却不免气急败坏："长寿！说了多少次了别这么冒冒失失的！"

四岁小童含着拇指站在石径中央傻笑："四叔。"

谢玙跳下鞍作势要去教训他，长寿一头扑来抱住他的腿，软软糯糯笑着喊："四叔带我去玩。"

谢玙皱眉将他拽开："你怎么一个人在这儿？"

"玩——"长寿含混不清道，"长寿藏起来，他们来找。"

谢玙揪着长寿的耳朵，满脸地无可奈何："以后不许一个人乱跑——"

长寿委屈地揉耳朵，"我想和四叔一块儿去玩。"

"不行。"谢玙直截了当地拒绝，"你乳母呢？你快随她回去老老实实待着。"

恰此时长寿的乳母范氏找了过来，谢玙先是将范氏一番训斥，在范氏陪着笑再三保证日后绝不敢再放任皇长子独自一人乱跑后才将长寿交给了她，自己则翻身上马走远了。

他没有注意到他将长寿的手交给范氏时，范氏的指尖在轻轻发颤。

那日是六月十四，他以为那是再寻常不过的一个夏日，当他在石榴花荫下同长寿分开时，他不会知道这个日子将在之后无数个日夜被他反复记起，刻入骨髓让他无力忘却。每一次回忆起这一日时他都会设想，若是那日自己不是急着同太学好友一道去东郊游冶，那么是不是很多人的命运将就此改写？

但他无从验证这个设想，因为他无从更改过去，他只能在若干年后梦里重回清安十四年六月十四这一日，看着年少的自己迫不及待地离开这片石榴林，策马奔向宫外东郊的山明水秀。长寿则被留在了原地，石榴花开得那样红，那样烈，小小的孩子，被吞没在了血红之中再也没能出来。


皇长子谢泱薨于清安十四年六月十四这一日。

他的尸体被人找到时正孤零零地漂浮在涤兰湖中，他死时还未满四岁。

在听到自己儿子死讯后，关氏不顾仪态，发足飞奔到儿子身前紧紧搂住那一具已经冰冷的尸身，平素最重仪态优雅的关贵嫔如母兽般凄厉地号啕大哭。康乐宫的诸太妃从内侍口中听到消息当即昏了过去。

她很快醒来，第一句话便是："杀！"

"去，将那些害了皇长子的人统统杀了——"诸太妃一抬手掀翻了凭几，目光凶狠得像是藏了一把刀，"杀了他们！哀家要让那些害死皇长子的人付出代价——"

挂月殿中的人跪了一地，不迭地应声，纷纷想要退出殿内执令或避祸，可诸太妃又在此时蓦然道："不，将他们统统带到哀家面前来！"她眦目欲裂，"哀家不信这又是意外，哀家要彻查，到底是谁，胆敢谋害哀家的孙儿——"

既然人死不能复生，那就复仇，让更多人的鲜血，去温暖那个已没有温度的孩子。


范氏狼狈地趴在挂月殿的金砖之上，鬓发蓬乱神色哀戚，按着孩子头颅将其溺毙的果决似乎从未存在于这个寻常卑微的妇人身上。

她粗糙的十指鲜血淋淋，这是她第三次受刑了，剧痛让她几乎说不出话来，邱胥俯低身子听了许久，才辨出她说的是什么。

"太妃，范氏仍持原供。"他道。

盛夏时分，汗与血的腥气混杂一室，诸太妃蹙眉，只觉胸口发闷："这么说，皇长子的确是在被你找到时就已经溺亡了？"

范氏虚弱地点头。

诸太妃偏头问邱胥："另外几人都审出了些什么？"

"那几个婢子亦持原供。"

"那究竟是何人谋害了皇长子！"诸太妃怒道，手中的团扇被她劈手甩出，"用刑！用刑！今夜若问不出个所以然来，你们统统去死！"继而又恨恨看着坐在自己身畔默然无语的皇帝，"珣儿！死去的是你的儿子！你就这样一言不发？"

皇帝自听到长寿死讯后便仿若失了魂一般，此时听闻太妃这样疾言厉色，他也只是垂着一双早没了神采的眸子静坐一旁，似乎外物与他再无关系。

"陛下心中也是难过的，望太妃体谅。"皇帝身边的唐御侍急忙解释。

一旁负责审刑的宫人重新架起刑具审问，范氏已熬不住审讯，见此不由慌了，忙不迭喊道："太妃饶命、陛下饶命！奴婢、奴婢……"她瞪大了眼，气息急促，终于还是将那句话说了出来，"奴婢知道是谁谋害了小殿下！"

"谁！"诸太妃凶悍犹如母豹。

"赵王、是赵王殿下……"范氏抬起头，乱发遮蔽下的眼眸幽森，"那片石榴林少有人往，却靠近端圣宫，奴婢在找寻小殿下的途中，曾看到赵王殿下策马驰过……"

皇帝与诸太妃，以及在场所有的人都静默。

"那日见到赵王行过的少说也有三四人。"范氏怕人不信于是又道，"除了赵王之外，奴婢再未于石榴林见过旁人了。"

皇帝睁大了眼。诸太妃闻言后冷笑，愈笑愈是凄厉，多年的怨恨、愤怒、不甘都在这笑中。

赵王……

她恨这个孩子，从他未出世起便恨，这样的恨意攒在心间，用十余年的时间磨成了刺，无时无刻不在刺她的心。

"放肆！"少女的声音却如利剑破开茫茫夜雾。范氏吃惊回头，还未反应过来来人是谁，那人便已大步入了殿中，"赵王也是你可以肆意污蔑的吗？"少女厉声质问。

范氏震惊，下意识气短不知如何辩驳，怔了片刻后才讷讷道："诸女史难道还不许奴婢说句实话吗？"

阿惋先是向太妃及皇帝行礼，而后再未看她一眼，跪下道："箫韶以为，不能仅凭奴婢一面之词便判定赵王有罪。石榴林虽平日里去的人少，但未必就无人路经，纵然赵王殿下曾经过，也未必是谋害小殿下之人。"

皇帝没有说话，而诸太妃的目光在看向阿惋时带着一种古怪。

阿惋咬牙又道："赵王平素最是爱护小殿下，与小殿下叔侄情谊北宫上下有目共睹。箫韶实在不信赵王会对小殿下不利。"

话毕，等待她的仍旧是上位者的沉默。她不安地抬头，正对上皇帝的眼眸，霎时觉得自己像是从那一双琥珀色的瞳孔中触到了寒冬夜里的冰湖。阿惋觉得冷，冷意一分在心头漫延开，她从皇帝的眼眸中读到了不信任，这份不信任不是针对她，是他的弟弟。

她想起了七岁那年听皇帝说起谢珝，那时皇帝唇角还含着笑，说他们曾经是很好的兄弟。

"太妃、陛下。"黄门内侍来报，"赵王殿下回宫后便径直去了流金阁，闹着要见小殿下。"

长寿的尸身现在暂停放于流金阁，他的母亲舍不下他。

诸太妃冷笑一声，将眼角的泪痕拭去："那么走，既然有人为赵王辩护，那咱们便去对质一番。"走过阿惋身边时她步子略顿，留下意味深长的一瞥。

阿惋心中一凛，飞快低下头，跟随诸太妃一道往流金阁方向去。

还未至关贵嫔的住所，便听到了一片叫骂、厮打和吵闹声。

流金阁前地方开阔，阿惋努力踮起脚，勉强能看见阁外聚了一大群人。

又近了，她看清是关贵嫔大哭着拼了命地想要挣脱众人的控制，去与眼前那人厮打，却被宫人们拽住。

她眼前站着的是谢珝，独自一人的赵王，没有往日前呼后拥的气派或是纵马高歌的意气，阿惋能看见他单薄如纸的侧影，孤零零地站在流金阁前，面对着歇斯底里的关贵嫔和一群嘈杂混乱的宫人。

阿惋听见了谢珝的声音，被裹在喧哗之中显得那样无力。

不是我，不是我……

或许是风太大，阿惋从他的话语中听出了隐隐的哭腔，那个平日里跋扈又任性的赵王，也不过是个在面对委屈时会难过的少年。

当然，他的难过更是因为长寿的死去。阿惋将这些年他对长寿的关心都看在眼里。她不信谢玙杀了长寿。从她认识谢玙起，她就知道谢玙本性是干净纯善的。

但会信谢玙的，也只有她诸箫韶而已。

"三哥你也不信我？"当谢玙看到皇帝的眼神时，他想必也明白了什么。

阿惋也看见了谢玙的眼眸，平静之下压抑着泪光的一双眼睛。

皇帝沉默。

谢玙亦沉默。

诸太妃冷笑。

阿惋在一旁看着这一切，难过得想要掉泪。

最终她清楚看着皇帝摇头。

在北宫中那份脆弱的兄弟情，终于被摔了个粉碎。

"三哥你也不信我……"谢玙缓缓又重复了这句话，声音陡然虚弱了许多，这不再是问句，是事实。

"我不是不愿信你。"皇帝摇头，音色冷得像是冻雨冰凌，又萧瑟落寞如霜，"可我不能信你，懂吗？"


马蹄声声急促，在宵禁之后分外清晰。桑阳城的夜里是不许人行的，更遑论纵马。可谢玙顾不得这许多，他扬鞭策马，任夜风吹得他眼睛发酸生疼。

阎里早已闭门，谢玙便下马用力踹门，他往日里虽喜胡闹但也少有这样失礼的时候。

很快里正被惊动，慌慌张张赶来，他们识得谢玙，知道他性情顽劣任性，正想赔着笑说些好话令他不要为难他们，却眼尖地借着昏暗的灯火看清了谢玙不同寻常的脸色，眼睫折射灯火光芒的，似乎是泪珠。

里正自然识趣，当即垂下头不敢再去看谢玙，忙不迭地为他开了门。谢玙自始至终一言不发，门开后便上马，冲进阎里之中一路疾驰到了太傅府。

角门歇息的仆役早就听到了空旷长街上不寻常的马蹄声，也不难猜到来者是谁，帝都之中敢夜闯太傅府所在闾里的人，也唯有赵王而已，是以谢玙人还未至，卫家的大门便已打开。

"孤要见外祖。"这是谢玙说的第一句话。他没有看眼前的仆役，下颌扬起，气息急促，在极力克制着什么。

"太傅已歇下。"老仆恭恭敬敬地答。

"那孤要见舅父！"谢玙语气间有了几分较劲的意味。

"博士亦已歇下。"仍是类似的回答。

三更天，谁不入眠就寝？

谢玙终于怒极，恶狠狠瞪了老仆一眼，大步闯进了卫府，不顾一干人的阻拦劝说，径自去往卫昉所住之地。

"殿下这是在做什么？"卫昉寝居之外自有更多仆人拦住他，皆一副无奈又小心翼翼的神情，"殿下素来也是孝顺的，何故今夜扰长辈睡眠？"

"我要见舅父——"谢玙拔高了声调，满是执拗。

"殿下切勿喧哗，切勿喧哗，今夜博士睡得迟了，殿下可别——"众仆忙道，恨不得不顾尊卑地扑上来捂住谢玙的嘴。但他们终究还是止住了自己的动作，因为他们看见从前总笑着的赵王眼角竟有大滴的泪缓缓滑落。

"殿下这是……"他们纷纷愕然。

"我要见舅父——"谢玙仍是重复这句话，不过已带了几分哭腔。

"何事？"平静清朗的声音。众仆两侧分开让出了一条路。卫昉推门走出，披着外袍，长发仅以丝绦松松束着，显然是才被惊醒。

谢玙不言，隔着十步静静望着卫昉。

"进来吧。"卫昉道。

"舅父听说了吗？"关好门后，卫昉示意谢玙坐下，谢玙却没有动，"长寿死了。"

"皇长子薨逝的消息，我在两个时辰前便听说了。"卫昉淡淡道。

"今天下午我见他时，他还笑着叫我四叔。我回来时，他就没了……"谢玙的声音很轻很轻，像是梦呓，泪水不断从他眼中涌出，"长寿是溺死在涤兰湖的，我没能见他最后一眼，关贵嫔不许我见他，她说……"他的声音抖了一下，"是我害死了长寿，三哥也不信我了。"

"胆敢污蔑赵王的人，都该处死。"卫昉波澜不惊地回答。

"不是我杀了长寿——"谢玙哀戚道。

"我知道不是你。"卫昉道，"你是个心软的孩子。"

"那么——"谢玙抬头，直视着卫昉湛然幽深的一双眸子，"是不是舅父。"

卫昉好似并不意外甥这一句无礼的问话，他唇角勾起一丝笑："不是我。"

谢玙缄默，又问："那……是不是卫家。"

卫昉笑容的弧度愈发难以捉摸："皇长子已薨，你问这些还有意义吗？是又如何，不是，又当如何？"

卫氏一族都怀着将谢玙拥上帝位的心思，十四年前他出世，卫太傅即与诸太妃当着群臣、百官、士卒、庶民的面立下盟誓：若天子崩，则以赵王为帝；若赵王先去，则立赵王后嗣。

皇长子谢泱的出现于卫家人而言是一个不稳定的变数，谁也保不准皇帝或是诸太妃会不会起父死子继的心思，在这样的情形下，谢泱的死才能让卫氏安心。

谢玙不是不明白这一点。

可正如卫昉所言，就算谢泱是卫家人暗害那又如何？

举萧国朝野，有谁能奈何桑阳卫氏，而谢玙身为卫明素的儿子，他又怎能责怪处处为他谋划考虑的外家？

"如果是，阿玙，你将如何？"卫昉的笑意在灯影下古怪。

谢玙怔然无言。

"你在愧疚？"卫昉看着谢玙仿佛失魂一般的神情，唇角似乎是上扬了几分，又似乎是敛去了那抹浅淡的笑意。

"他才那么小，他总爱黏在我身边；他总有些笨笨的，可他笑起来干净清澈……"

"可你该想到，等他长大，或许他心中你就不再是他的四叔。"卫昉道。

"我知道。"谢玙垂下头去。

"你也该知道，你日后的路上，要死在你面前的人，会更多。"

"我知道。"

"那你为什么会流泪？"卫昉摇头，"我不希望你是个软弱的人，想必你母亲也是。"

谢珝没有抬头，头抵着桌案，泪水悄无声息洇在衣袍。

"罢了，你才十四岁。"卫昉像是叹息了一声，"哪有人生来就会心狠呢？阿珝，少年的时候，还有心软的资格。我见过皇长子，那的确是很可爱的孩子。"

谢珝终于哽咽出声。

"可皇长子的死，与卫氏一族无关。"卫昉却又道。

谢珝猛地抬起头来。

"我不知道是谁谋害了皇长子，但我可以确切地告诉你，这与卫氏一族无关。他大概是真的意外而亡，又或者……是死于宫廷妇人之间的算计阴谋。"卫昉字字清晰，"所以阿珝，你不必愧疚。"

他在谢珝想要开口前又道："不过阿珝，你要记住，如果日后有谁会成为你的威胁，哪怕只是个孩子，卫姓人也不会手下留情。"

谢珝双唇翕张，想要说什么，但什么也没能说出口。一对舅甥在灯下相对静坐了良久，最后谢珝用微颤的声音说了三个字："知道了。"

然后他慢慢退了出去。

# 第八章　帝都云

当寅时的天际稍稍透出些许浅青时，皇帝看见了承宁宫外的那株银薇树。

那棵树已经有些年岁了，每年夏时都有素白的花团绽于枝头，此时衬着天穹，浅色的花似是融入了天边云雾之中。

皇帝挥手示意车马停下，他下辇，径自走到了树下。

唐御侍跟在他身后，听见少年的皇帝用很轻的声音说："暗雪，我觉得很累。"

"陛下因皇长子而心伤，又彻夜未眠，等会回到昭明殿，奴婢服侍陛下就寝。"

"不。"皇帝摇头，手指轻轻扣住粗糙的树皮，"我不想回去。暗雪，你陪我在这儿待会儿。"

"诺。"唐御侍颔首。

随从宫人被遣退，这处位于承宁宫东北角的僻静角落便只剩下他们二人和一株老树。

"我幼年时曾经想过，若是将人死后埋在树下，那么来年那人会不会随着新枝新叶一同重生。"皇帝随意坐在树下，象征天子身份的帝王玄端沾染尘土，他头靠着树干，一片落花轻轻挂在了他的鬓角。

唐御侍心知他因皇长子的离去难过："奴婢听闻人死后尚有魂灵，魂灵可入轮回转世，那便是一个新的开始，一切，都会重新来过。"

"如果真是这样的话，那很好。"皇帝竟轻轻笑了，他儿子死去，所有人都流泪哀叹，而他却在银薇树下露出了如释重负的笑，"长寿是那样干干净净的孩子，就这样干干净净地走，很好。"他合上了眼，泪水悄然滑入鬓角。

唐御侍不语，静默地站在他身侧。

他睁眼，便看见了她十余年如一日地守护。当他还是个孩子，她便一直这样站在他的身侧，从未离去。如果有一日她也逝去了会怎样？

这个念头才一出现，就被他自己狠狠打断。

他不愿去想这些，一点也不愿。他现在很累，很累，只想安宁地入眠。

又一片花落，素白在他眼前闪过的那一瞬，他又依稀看到了很多年前那个孩子。

那个孩子慢慢向他走来，带着小心与好奇，孩子的穿着比他更要华贵三分，小小的年纪，尊贵精致，走近后他看清了他的眉眼，与他有三分相似。

这是他的弟弟——他那时无须再多提示，便意识到了这点。

那个孩子显然也在同一瞬猜出了他的身份，开口极是自然，三哥。

三哥——昔日童稚的声音穿破时空，仿佛又响起在他耳畔。

"昔年我初见阿玙，便是在这株银薇树下。那时他是如长寿差不多的年纪。"皇帝轻声说。


许多年过去，阿惋已不大记得一些路径，中宫占地广阔，她好容易才找到了那扇独为谢玙而开十余年不曾落锁的偏门，走进之后又在一条条石径、回廊、复道间穿行，最后在凤元殿的深处找到了他。

少年背对着她坐在长窗之下，透过窗纱孤独地眺望星空与晨曦的微光，听见声响后他蓦然回首，正撞上她的眼眸。

四目对望，阿惋一时却不知该怎样开口。

"你怎么来了？"他的嗓子不知怎的听起来竟有些哑。

"我来找你。"她说，一步步走过去，与他并肩同席坐下，"宋内傅、余姑姑，还有葛青他们都在找你。"

"找我做什么。"他垂着眼，像是在笑又像是哭，"我又不会跌到水里去。"

阿惋忍不住侧首，她看见他有些发红的眼角。

"不是我……"他说，声音哑得厉害。

"我知道。"她没有等他说完，便直接打断了他，"我知道不是你。"

"你信我？"谢玙看着她的眼睛。

她点头。

"可惜只有你信我……"他苦笑了一下。不论证据是否确凿，怀疑一旦在心底种下就无法根除。

"不过你能信我，我已经很开心了。"谢玙对她笑了一笑，"谢谢，阿惋。"

"你去哪儿了？"她问。

"太傅府。"他道。

他沉默了很久，才说出那个让她也心生疑惑的问题答案，"长寿的死与卫家也没有关系。"

阿惋松了一口气，如果是他最亲的人杀了另一个亲人，她想他一定会难受的。

谢玙从她的眼中读出了她的想法，摇头："阿惋，我还是觉着难过。你能懂吗？"

她颔首，轻轻抱住了他 —— 这是相识六年来他们最亲密的举动。

谢玙刹那忘了呼吸，从未有人这样抱过他，他也从未感受过他人怀抱的温暖。他嗅到了她发间的馨香，若有若无，却比世上最好的安神香更能让他心安。

"你不要去想未来，无论将来是好是坏，你该走的路总要去走。你害怕无用，多思无益 ——"她在他耳畔试着宽慰。

她当然知道他畏惧的是什么。他是赵王，这是他生下来便得到的尊荣，亦是宿命。他势必要走上一条布满血腥与荆棘的路，他的将来必然充斥着阴谋与算计，他要么在风云诡谲中面目全非地成长，要么死去。

"无论如何，至少现在我还在。"她笑了一下，"陛下不信任你，不是还有我信你吗？你现在就这样伤心，若是日后我都不信你了，看你怎么哭。"

"阿惋，你……"他听得出她最后那句话是调侃，不由伸手轻轻环住了她，"你好大的胆子。"

"再大的胆子，也是跟着赵王殿下学的。"她轻快道，"至少现在我已不再怕这中宫里是否有鬼魂游荡了。"


"暗雪，我记得我小时候睡不着，你就会唱歌。"皇帝说，"你再唱支歌给我听吧。"他在银薇树下望着那个站在他身畔的女子，十余年的岁月过去，她却似乎容颜不改，仍是他记忆中的模样。

"诺。"她从不违抗他的话，只是颔首之后怔了怔，"陛下竟还记得。"

"记得。"他看着她说。

在过去的时光里，她曾是他唯一的陪伴，她带着他走过了不知多少个北宫的孤寂长夜，不论他是不受重视的皇子，还是登临帝位无助无依的幼年君主。

"陛下想听什么？"

"随意。"

她想了想，和着夜风轻声曼唱："明月皎夜光，促织鸣东壁。玉衡指孟冬，众星何历历。"

她的声音算不得清脆悦耳，只是很温柔，就如这夏夜里不知何时来不知何时去的风。

"白露沾野草，时节忽复易。秋蝉鸣树间，玄鸟逝安适。"

皇帝安安静静地听着。

"昔我同门友，高举振六翮。不念携手好，弃我如遗迹。"

听到这里，有什么情绪再也压抑不住。皇帝蓦然站起，紧紧抱住了她。

唐御侍怔住，下意识唱出最后一句："南箕北有斗，牵牛不负轭。良无盘石固，虚名复合益。"她听见了少年的哭声，他的泪滴入她的脖颈，灼烫。



"记得我最开始见到三哥时，才不过四岁。四岁的孩子能记得什么？可不知为何，我就是记得我最初见三哥时的情形。我四岁之前是在平县长大的，他们要将我送回北宫时，我还哭闹了一路。"凤元殿内，谢玚絮絮地对阿惋说着自己与皇帝儿时的旧事。

"我在承宁宫外遇上他，身后的人都说那个站在树下的男孩是我的哥哥，当时他一副冷冷的表情，怎么也不觉得这是我哥哥。可后来我走近他，又觉得他的眼眸很温柔，一点也不冷。于是我下意识就喊了一声三哥……"

这大抵是为了怀念。于是阿惋也就知道了谢玚六岁时曾和皇帝一同打鸟，五岁时偷偷跟着皇帝一块去济云殿上朝听政，七岁时皇帝替被关禁闭的他偷吃的，八岁时他一时兴起想要带着皇帝一同溜出宫，不过终究失败。

说完这段往事后他怔了好一会儿，才道："说起来仿佛是在梦里的事，都过了这么些年。"

"换而言之，你与陛下的情分也有许多年了。"阿惋柔声道，"既然是这么多年的情分，岂会因一时的猜忌而不复存？先前陛下对你说的那些话，大约是因皇长子之丧，他悲痛太过，所以才……"

谢玙听得出阿惋是在安慰他，叹了口气："其实三哥要因为长寿怪我，我也不能怨他，如果那时我不是急着去东郊，而是留下来多照看长寿一会儿，或许他就不会……说到底我是有错的。"他说到这里站起，"我想去见三哥。长寿是他的儿子，突然就这么没了，他一定更伤心。我想去看看他，毕竟，他是我三哥。"

"嗯。"阿惋用力点头，起身跟上了他。

走到承宁宫旁时，他们却不由顿住了脚步。

晨光熹微，天穹似明似暗，一半云涛翻涌新日将升，一半疏星朦月青冥朗阔。晦暗的光影中，谢玙看到了不远处银薇树下的男女，一个是他的三哥，一个是三哥身边那个总温文沉静的唐姓女官。

他们紧紧拥抱在一起，在一片静默中，像是能相拥到地老天荒。

十四岁的谢玙看着不远处的那一双影，心里像是有一根弦被拨动，有什么在悄然改变，他隐隐约约懂了什么，又有些懵懂。

一路跟在谢玙身侧的阿惋亦止步，望着皇帝与唐御侍。这是她第一次见到他们在一起时的情形，也是唯一的一次。这样的画面美得让她觉得像是梦幻，可她生来悲观，总觉得太美的事物，就会如同朝露夜雾一般脆弱。她之后每每回忆起来，都会从画面中的每一抹色彩中，窥探出日后才有的悲哀。


当秋雁南回朔风乍起时，久居深宫的诸太妃忽然想起了她远在平南郡的阿姊。

自先后失去了两个孙儿后她便一直郁郁，某夜她梦到了分别多年的阿姊，梦醒后怅然，于是在九月初旬时，她借她儿子的手下诏，召远在平南郡的镇南将军夫人诸氏入京。

镇南将军安长云是平南世家出身的武将，年轻时功名显赫，他曾在十余年前纳了一诸姓的侧室，那侧室的妹妹便是后来的诸太妃。

诸太妃闺名千英，而她的阿姊名唤百卉，是一母同胞的姊妹，年幼时也曾共过患难，故而姊妹情深。昔年诸太妃靠着这个做了士族妾室的阿姊才得以勉强接近贵胄入了承沂侯的眼，若干年后诸太妃飞黄腾达也不曾忘了这个阿姊，安长云原配死后诸百卉便在安府得了"夫人"的尊称，虽仍是妾，可所受的礼遇已与正室相差不远，每年佳节，诸太妃亦不忘千里迢迢赐礼与平南安家。

诸太妃与镇南将军侧夫人情谊深厚，这是许多人都有目共睹的事，故而诸太妃这次将诸夫人宣召进京，也并无太多人在意。

九月中，平南郡安府的车马在平静中驶向桑阳。

"说起来我都还从未见过这位姑母呢。"阿惋这些日子与谢玙闲聊时常会提起这位素未谋面的诸夫人，"听姑母说这个姑母是个很和善的人，还听人说这个姑母也如姑母一般是个美人呢。"

"打住！"谢玙没耐心听她絮叨这些琐事，"你张口一个姑母闭口一个姑母我都被你绕昏了，你究竟是有几个姑母哪——"

阿惋替他掖了掖锦衾，"你这几日不一直在头昏吗？知道你病了。"

谢玙自九月初便受寒病了一场，病去如抽丝，之后半来月的时光他便一直虚耗在榻上了，不过谁也不知他是真的病重还是只为了逃太学的讲经，总之他现在还有力气扯着阿惋聊个大半天，还有力气朝她生气瞪眼。

"你别生气呀，我这说得不对吗？"阿惋眯眼笑道，伸手摸了摸他的额头，还好不烫，"太妃是我姑母，那诸夫人也是我姑母哪。你平日里在我面前说你母家的舅舅、姨母、兄弟、姊妹，怎么我就没有听昏头呢。"

"你知道我病了还不多照顾我一些。"谢玙的脸色有些虚白，不过他精神尚好，"说起来你这些年也见了不少亲戚了，先是住到了北宫见你的姑母、表哥，然后是你的关家表姊入宫为妃——你从前说伶仃茕茕，可我看你亲戚也不少嘛。"

"虽为亲族，但都不甚亲近。"煎好的药被采霜端上，阿惋接了过来，低头放了三四块饴糖入药中，然后用勺子轻搅，"阿玙你每次吃药都要如此多的糖，这样可不好。"

谢玙嫌恶地瞪着药碗，又道："再过几日你或许便能见到你那位新冒出来的姑母，不过你与她也熟不到哪儿去，何必总将这人挂在嘴边？"

"这毕竟是与我血脉相连的长辈。"阿惋觉得谢玙说得在理，可忍不住道，"她是我阿父的妹妹。"

谢玙"哼"了一声，算是认同她的话："说起来你阿父的妹妹，除了康乐宫的诸太妃、平南郡的诸夫人，还有别人吗？"

阿惋认真想了想："据说……我也不记得是据谁说了，我祖父昔年也算得上是大商贾，虽地位不高，但也衣食不愁，娶妻纳妾，膝下儿女成群。可——我知道阿父是因为太妃得势才能够进帝都入朝堂的，然而诸家发迹之后，我从未听过我父有兄弟姊妹如他一般蒙受恩幸一朝翻身，我也没有见过哪位叔伯姨婶，识得的，唯有康乐宫的姑母；听说的，唯有平南郡的姑母。"

"宗祠谱牒上都没有亲族记名吗？"

阿惋哭笑不得："你以为诸氏一族是如卫氏一般的上品世家吗？除了士族，哪家会去私修族谱？于平民庶户而言，能有血脉传承在世便已足够。"

"说得也是。"谢玙觉得有些冷，想来是真的病中体虚，他哆嗦了一下，裹紧了衾被。

"似乎我那平南郡的姑母还有一儿一女。"阿惋又道。

"这么说来你还有两个安姓的表亲。"谢玙被药味熏得有些昏沉，含混不清道，"听我外祖父说，平南安氏乃兵戈世家，护卫平南，是我萧国南面铁锁，国之支柱。若无安氏，则南境无宁。"

阿惋端着那碗药，低头亲尝了一小口，将药碗递到谢玙面前。

谢玙看了药汤片刻，咬咬牙，接过去一饮而尽。


清安十四年的十月初，镇南将军安长云侧室诸氏来到了桑阳城。这并不是她第一次踏上帝都的土地，可时隔多年她重来这里，还是被天子脚下的繁华与威仪所震慑，在高大巍峨的城墙下百感交集。

她知道这座城池里埋葬了她妹妹的青春韶华，也知道这里是许多人命运改变的地方。许多年前诸千英义无反顾地留在了这里，而她只能无奈离去，许多年后她的妹妹成了太妃。她不知道时隔多年那个住在深宫里的贵妇还是不是她的千英，她们姊妹曾经相依为命，可她们也曾分离了漫长的岁月。

"诸夫人。"锦袍玉带的内侍早已按诸太妃的吩咐领着人马在城门外等候，他笑容温顺谄媚，"太妃命奴婢等接迎夫人。"

"多谢。"诸夫人微笑着向内侍颔首。她下了自己乘坐的马车，跟在她身后的是豆蔻之年的少女，有着与她酷似的眉眼。

那是诸夫人的女儿，安家排行第九的孩子，安长云唯一的女儿，安潋光。

这不过是个再寻常不过的少女，身量尚未长成，容貌平平，就连前来接诸夫人的内侍们都未将目光过多停留于这个瘦削的孩子身上，不经意地一瞥，或许会觉着这个小娘子的眼眸精明灵动，仅此而已。

是的，精明灵动，那年十三岁的安潋光第一次来到萧国的都城，她的举止容仪都如寻常的贵胄少女，合乎礼仪且绝不出挑，唯有一双眸子，藏着无法掩藏的华光。


病了将近一个月后，谢玙终于还是莅临太学学舍。依谢玙的性子，他是不会来太学的，借病多懒的把戏他已玩了一个月，不在乎厚着脸皮多拖延几日，在端圣宫听人嘘寒问暖总比来太学听老头子絮絮叨叨要强。只是在病榻上躺了一个月，怎会不无聊，听说今日太学考射艺，他索性便来凑个热闹。

如果谢玙知道自己将在太学遇见的人是谁，他想必是死也不愿出端圣宫的门的。

谢玙披着氅衣，站在藏书阁的二层凭栏眺望武场中年轻士子弯弓引弦。

当朝世宦之家的公子文武双全者并不少，有许多人都是放下书卷便能百步穿杨的俊才，谢玙看着又一名紫袍士子一箭正中靶心，随着场中叫好的人一同喝彩。

这一喝彩便又吸入了大口冷气，还未病愈的他猛地咳嗽起来，躬起了身子，这时身旁有人扶住他，拍了拍他的背部为他顺气，只是动作算不得轻柔，他反倒是咳得愈加厉害。好容易缓了过来，他站直身子，才发现自己身旁站着的竟是一个自己从未见过的灰衫少年。

"你是谁？"

他登上藏书阁之前就吩咐过随从不许跟上来坏他兴致，依端圣宫那些人做事的小心谨慎，也不会随意放一个陌生人上楼。而且这少年的步子也真是轻得可怕，若是一个刺客这么悄然无息靠近他，只怕他此时已没了命了，想到这里他后退几步和那少年拉开一段距离。

他这一动作自然是被少年看在了眼里："抱歉，自幼习武，练家子若是脚步重了，定会被人笑话的。"他定睛仔细看了看谢玙的衣冠服饰及相貌气度，后退半步，揖身行礼，"赵王殿下。"

谢玙"哼"了一声："你知道孤是谁，可孤还不知道你是谁呢。"

"在下平南安氏，安潋光。"少年举止神态无不合宜，话语腔调也似是恭谨，可谢玙却总觉得他有一种漫不经心的慵懒，好似什么也不放在眼里，"居安思危之安，潋涟潋滟之潋，和光同尘之光。"

"安、潋、光。"谢玙打量着眼前身高、年岁与他相仿的少年，"不过你方才是打哪儿来的？"

安潋光微垂首："潋光在殿下来这之前就在此处翻阅古籍了，只是殿下未曾留意到潋光。"

谢玙想想也是，这少年算不得艳惊四座的人物，自己注意不到他也是正常事，又观了会武场上的箭矢纷飞，问那少年："你方才说你自幼习武？那你且来品评品评诸士子的射艺？"

安潋光淡淡扫了一眼，话语间漫不经心的意味更甚："不过尔尔。"

谢玙吃了一惊："你好生狂妄。"

安潋光纤眉一挑："此乃是实话，心中所想，便是所言。"

谢玙打量着他的削肩、窄腰及一副纤细身量，努力地想要看出他是否如白归南一样习武天赋卓绝，可努力许久还是忍不住吐出两字："狂妄！"

安潋光不以为忤，她平静淡然地站在谢玙身侧，云淡风轻地指点评判："诸士子有人膂力足够，然准头有失，须知若是战场之上差之毫厘，或许命就没有了；有人眼力尚可，箭无虚发，却只堪堪拉得动百步之内的软弓，中靶心时连白矢透靶都做不到；再有人膂力眼力均不弱，却输在引弦犹疑，不能果决，常需瞄准考虑良久，方敢松手放箭，其武者之决然，已失矣。我观众士子之神、气、精魄，竟无一人可驭弓弩，亦无一人有临边关、卫家国的气概。"她看了眼谢玙面无表情的一张脸，轻轻一笑，"我知道，这样空口白话，殿下仍旧会评我'狂妄'二字。"

谢玙扬了扬眉："也不一定，能将空口白话说得头头是道也是本事。君不见帝都之内尚清谈空论的皆被称颂吗？"

"我这人口齿虽不差，却也不喜三寸之舌争太多功劳。"安潋光长揖，"请战太学诸生。"

这回谢玙是真忍不住要拍手感叹一句"狂妄"了，偏此时寒风拂过，他禁不住又咳了起来。安溦光缩手站在一旁看着，凉凉道："殿下似乎身子不大好？"

安溦光的语气里有淡淡的讥诮，不过谢玥一时咳得昏了头，全然没有听出话中别意，只摆摆手示意安溦光去留随意，爱与谁一决高下便与谁决去，他懒得管。

"殿下好生保重。"安溦光目光复杂地看了他一眼，转身离去。

不消片刻谢玥看见他出现在了武场，不过他既没带弓弩箭镞，也未曾换装，径直走到一士子的身后，一把将他手中的弓拿了过来，掂了两掂，又细细看了两看，抛还给那人，转而又夺了另一人的弓，谢玥眼看着他换了四五把弓，才勉强得了一把满意的。

太学学子多是权贵之后，平日里少有人敢对他们这般无礼，安溦光直接从他们手里夺东西，不少人都愣住，一时竟无一人反应过来。有人小心且好奇地问安溦光是何人，安溦光也不答，只朝谢玥所在的方向看了一眼。其余诸人见着了这平素里性情跳脱顽劣的赵王，都以为这少年是奉赵王之命来此做什么古怪事，也就无人敢阻拦什么。

安溦光选好弓后将一公子背后箭囊中的箭镞顺手牵羊带走，站到距靶约莫一百五十步的位置，看了眼箭靶所在的方位，信手抽出一支箭搭在弦上，抬弓，引弦，松手——

几乎没有瞄准，一箭射出，正中靶心。

没有过多的犹豫，她又抽箭三支，紧跟着一齐射出，三箭去势如风，在第一支箭中靶之后的下一瞬，也正中靶心。

果决、精准。

片刻沉默，而后是如雷赞叹，就连谢玥在藏书楼之上都忍不住拍栏夸道："好一个'参连'！"

而这时安溦光却俯下了身子，以谢玥的角度看他似乎是在捡拾什么，谢玥有些好奇地前倾身子想要看仔细，却见安溦光霍然站起，将弓箭对准了他。

没有给谢玥闪避的时间，三支箭疾如闪电般射来。


当三箭齐来时，谢玥惊慌失措，原本懒散无力的病体在生死关头乍然敏捷，立时已倒下身子，紧接着向旁边一滚，躲开了安溦光精准射来的三箭。

这一瞬实在是惊心动魄，他在人世活了十三年从未历经过如此时刻，待惊魂初定后，他大喊一声抓刺客，然后大口喘气。过了好一会儿才确定自己有站起来的力气，可站起时定睛一看，才发现方才向自己射来的竟不是尖利的箭镞，而是三根树枝。

谢玙狠狠怔住，用力揉揉眼睛，将那三根树枝拿到手中仔细摸了摸，确信自己是没有看错，顿时大怒，跳了起来冲楼下大喝："将那刺客捉起来，痛打！痛打！"

安潋光在射出那三箭的那一刹着实吓到了在场所有人，反应过来后纷纷来拿她这个"刺客"，不过安潋光自然没有被人痛打，且不说她的行为算不上是"刺杀"，只说她身为镇南将军之女的身份就足以吓住许多来缉拿她的人——不过想必更多人震惊是因为她是女儿身。

她在射出那三箭后便放下了弓任人绑缚着带到了谢玙面前。面对暴怒的赵王时也仍旧是一张平静到漫不经心的神情，好像她方才射的不是宗亲贵族而是一只山野兔子一般。

"你——"谢玙气得话都说不出来，他长这么大，从来只有他作弄别人的份，这么被戏弄羞辱，还真是第一次。

谢玙跳到安潋光面前几乎是指着她的鼻子："孤问你，你为何忽然要对孤射箭？可别说你是眼花手抖了。"他将那三根树枝一齐折断，"还是用这种东西！"

"我看殿下身子太弱。病中之人须多活动活动筋骨。"

谢玙想起了自己在箭来时的一倒一滚，低头瞥了眼衣袍上的尘土，很想掐死眼前这个满脸理所当然的家伙。

不过他还没来得及扑上去，诸太妃姊妹已闻讯到了。

"阿九！"抢先奔过来的是诸夫人，她瞪了眼跪在地上的安潋光，咬咬牙跪下，"小女顽劣，望殿下恕罪！都是老妇教养无方，若有责罚，殿下请罚老妇，勿要伤了小女！"

谢玙久久没有答话。

安潋光……竟是女子？

他愣愣地看着安潋光，安潋光亦坦然任他打量，越是这样谢玙便越是觉着他是个清朗的少年郎。

安潋光相貌算得上是秀致，但不见丝毫女气，眉宇间也尽是男儿神韵，且不说她弯弓射箭的英姿，不说她言行谈吐间的淡然，不说她从容君子的风仪，只说她此刻的扮相——谢玙不是没有见过女扮男装，昔年他为了带诸箫韶见一眼卫昉可不就撺掇她换了身男子打扮吗？只是诸箫韶换上男装，一眼望去便知这是穿了男子袍服的女儿，可眼前这人……谢玙觉得若是这人换了女装，就算她真的生来就是女孩，他也会觉得这是假作女子的男儿。

"殿下莫再看了，激光的确是女儿身。"最后还是安激光被谢玙看得有些不耐烦了。

这时诸太妃也赶了过来，扫了眼形势，便知不过是误会一场，但还是端着一副关怀的神情："这里是出了什么事，赵王可有伤着？"

"不曾受伤。"谢玙有些别扭，被一个女孩戏耍了，这也的确算不得什么大事，说起来他除了受了些惊吓外也的确没什么事了。

"激光，方才究竟是怎么回事？"诸太妃看着自己的外甥女。

安激光十分镇定地将来龙去脉叙说清楚，仿佛全然没有看见自己母亲的懊恼、诸太妃的无可奈何以及一旁谢玙满面的郁郁。

"激光，你也太失礼了，这帝都不比平南，南宫也不是由你肆意的地方，你在家中可以仗着父兄偏爱胡闹，到了天子脚下，却不得不顾及皇家颜面了。哀家知你并非有意要伤赵王，只是赵王不是你可以随意玩笑的人，哀家念你初来桑阳不懂规矩，就不重罚于你，你且去武场之外跪一个时辰悔过吧。"

要说罚其实也罚得不算重，就是有损颜面。不过安激光并无多言，顿首之后便干脆利落地去领罚了。

谢玙悄悄"哼"了一声，他怎会听不出方才诸太妃的话中话？先是为安激光开脱，然后暗讽他度量狭小，再用一个不识规矩打发了一切。

又听诸太妃絮絮叨叨说了许多，大意无非是安激光还年少让他勿要责怪她的无礼，谢玙听得烦了只好借故告退，下了藏书阁后却是一时不知该去哪儿。

不知不觉竟又绕到了太学武场附近，他远远望过去，看见有一个瘦小的身影正跪着，毫无疑问那是安激光。

"你还真老老实实跪着哪。"谢玙揶揄道。

安激光瞥了他一眼，扬了扬眉："我也不想，可无奈有人看守着呢。我正想着，一会儿用什么法子逃呢。"

她这回答又是让谢玙有些吃惊，不由感慨："孤还真从未见过如你这般的人。"

"敢问殿下，潋光是怎样的人？"她懒洋洋地问。

谢玙看了她良久，缓缓道："总之你不是个女人。"又看了她一眼，"自然男人也不是。"

安潋光不怒反笑："我也是头一次见有人将我比作阉人——"

谢玙轻"哼"了一声。

安潋光也道："不过我却不是第一次见殿下这种人。"

谢玙觉着她这话说得古怪："孤是什么人。"

"殿下是身娇体弱的无能纨绔。"安潋光答得甚是清晰流畅。

谢玙顿时气得连话都不知该怎么说了。

一气之下又咳了起来，想说什么都生生卡在了喉咙里，安潋光看着他一手指着自己，一面咳得腰都直不起来，涨红了脸的模样，扑哧一下笑了出来。

她笑的时候勉强有些女孩样——谢玙想道。

他不和女孩生气，撇了撇嘴："人有生老病死，你难道自生下来从未病过吗？孤不过偶尔病了一次，你凭什么说孤身娇体弱？孤又哪里纨绔了？"

安潋光道："我观殿下样貌精神，便知殿下是何等人物。不过殿下也不必沮丧，桑阳城中，多的是如殿下一般的纨绔。"

谢玙半笑半叹："那依你说，怎样的男儿才不算纨绔。"

安潋光肃然道："殿下若是来平南边界，见了身披铁甲的平南儿郎，或许就能知道答案。"

谢玙儿时便好武，尤为仰慕能征善战之人，听安潋光此话深以为然："边关战士铁骨铮铮，的确值得敬重。不过你怎知孤日后成不了那样的男儿？"

安潋光扯了扯唇角："我相人准不准无从证明，殿下不妨和我这个平南的丫头比试一番，若你连我也胜不过，就不要想比得上我平南男儿了。"

赵王听安潋光一个瘦瘦小小的娘子说要与他比试，当即应下，全然没有意识到自己还是带病之身："咱们现在就比！"

"可我还在罚跪呢。"安潋光故意道。

"比完你再跪！输了你继续跪，你若胜了，孤便替你跪！"谢玙应得干脆。

安潋光浮起一丝浅笑，当即站起来揉了揉膝盖。

蜀地秋日的天穹竟是这样明媚——在谢玙第三次被打倒在地时他没有了再战的心思，只是心底如是感慨。

"还来吗？"冷冷的声音从头顶传来，安潋光的音色沙哑，说话时总在尾音处略扬声调，听起来总有几分趾高气扬的意味。

第三次输给安潋光的谢玙已然全无斗志，懒懒地躺在地上看着青碧的天幕。

其实也不是他愿意躺在地上，实在是安潋光出手太狠，他被打得连站起来的力气都没有，他现在身上青一块紫一块，嘴角还擦破了皮流了不少血，他无须看镜子也知道自己现在是有多么狼狈。

"殿下是不想与我比了？"安潋光居高临下看着他。

"不比了不比了。我打不过你。"谢玙摆了摆酸痛的手，他也不认为和安潋光这一番比试有多重要，只是仍不忘撇了撇嘴，"你们平南的小娘子都如你一般粗野勇武吗？力气比男人还大，出手比男人还狠。"

"我们平南的女子是怎样用不着殿下操心，反正殿下日后也未必会娶平南娘子做王后。"安潋光勾唇，"殿下在我这个平南丫头手里输得这样惨，看起来似乎不怒？"

谢玙原是想故作洒脱地笑一下，可牵动了唇角的伤口疼得他倒吸了口凉气："孤似是那么心胸狭隘之人吗？你不过就是武艺比孤略强些，孤难道还要为此暴跳如雷不成？舅父常教导孤说：人主者，以官人为能者；匹夫者，以自能为能者也。孤日后是要去做主君的，又不是要亲自上阵杀敌，与你这将门虎女比武胜了又如何，败了又如何？左右不过是闲来时的一场比试罢了。再说——"他忍着疼吃力坐起，"孤还没认输呢，你怎么就能说孤是输了？孤眼下正在病中，一时不敌你，可孤日后却不一定会输给你。"

没料到谢玙会说出这一番话，安潋光用略带赞赏的口吻道："看来殿下还是有值得称道的地方。"

谢玙瞪了她一眼，摸了摸自己脸上的伤，还好早将随行宫人打发回了端圣宫——只是回端圣宫他不知该怎么和宋内傅交代了。

莫非要撒谎说这伤是因从马上摔下来弄的？他皱了皱眉头。

谢玙这还没说什么，安潋光便已猜到了他所想，后退半步朝谢玙长揖："潋光今日僭越，心中惶恐不安，若有人问起殿下之伤——"她觑了眼谢玙露出如狐狸般狡黠的一笑，"还请殿下多担待担待。"

她不说还好，一说谢玙便生了要与她唱反调之心，故意道："孤身上之伤难道不是拜你所赐吗？旁人若是问起孤自然得实话实说。"

"殿下若肯放过潋光这一次，潋光感激不尽。"安潋光言辞恳切。

"有谢礼吗？"谢玙斜睨，"你将孤伤成这个样子，就这样放过你孤也实在心有不甘。"

见他想要站起，安潋光极有眼力上前搀扶了一把，道："潋光请殿下喝酒。"

谢玙这才展颜，站起来后故作勉为其难的姿态应下了安潋光的请求。

二人都不是喜欢乘车之人，更偏好纵马时的快意。安潋光驯马之术也不弱，踩镫上鞍的动作毫不拖泥带水，持缰的姿势老到熟练。

上马之后，二人对视一眼，竟是又生了比试较量的心思，极有默契地同时挥鞭，策马狂奔，扬起烟尘滚滚。

大风鼓起衣袖，吹起长袍，荡起少年青丝飞扬，一路速度不减直飞奔至升元门。

依常例，至宫门时须受羽林军盘查，谢玙下意识想要勒马，却撞见了安潋光的眼眸。

那是一双桀骜的眸子，像是豹子的眼。

似有一团火乍然燃起在他的眼眸，他看着安潋光的眼，扯出一个笑来回应。

安潋光大笑，打了个呼哨，一只手臂张开，衣袂翩翩如鸟的羽翼。在逼近升元门时她不停，谢玙亦没有勒马的意思，骏马疾如闪电。

守卫宫门的羽林军见两人两马这么飞奔过来，纷纷变了脸色。

强闯宫门，这在平常时候是绝不会发生的事，出入宫禁的人，谁不是规规矩矩的？有人大声朝他二人呼喝示意他们停下，可他们却似乎没有听见，反而又是一挥鞭。

可任谁也认出了这二人其中一个是赵王，于是谁也不敢动用兵戈，只好眼看着他们驰来，一个个忙不迭地在他们来时收了长戟列站两侧，望着他们直接闯出宫门。

骏马飞驰而过带起的疾风狠狠刮过人面，如雷的马蹄声在烟尘消散之后似乎还隐隐可闻。

## 第九章　轻浮儿

因着阿惋与谢玙平日里关系亲厚，是以每回端圣宫的人不见了赵王都会来织云阁找，此番亦然。

可这回，阿惋也是实在不知谢玙去哪儿了。

"你们将桃园、杏园、曦桥、青蕖亭等殿下往日里游玩的地方都寻过了吗？"阿惋仔仔细细地问，"还有南宫去找过了没？中宫呢？"

"都寻过了。"端圣宫的宫女葛青苦着一张脸，"可就是找不着殿下。"

"殿下必然是出宫去了。"这时谢玙的贴身内侍马芹匆匆赶来，"我在南宫升元门那听到消息，殿下和一个不知姓名的人一同，从升元门强闯了出去。这消息惊人，听闻传得极快，想必此时宫中上下皆知，真不知太傅会怎样罚殿下呢。"

"殿下可还病着哪。"葛青神色焦急，"真不知殿下这样跑出去，会不会出什么岔子。"

"殿下身边不是还跟着一个人吗？"青玉插嘴。

"可那人究竟是谁啊。"葛青拧眉，"若是个奸邪之辈将殿下诱拐出了宫，那可如何是好？马芹——"她攥住宦官的衣袖，"你可知那跟随殿下一同出宫的人是谁吗？"

"我哪知道？今日殿下去太学带着的似乎是李昱——李昱呢！"

"来了来了！"正说着李昱便赶来了，扶了扶头上跑歪的笼冠，"跟随殿下一同出宫的是新来宫里的安家娘子，你们且放下心好了。此时殿下大概正和那安娘子一同在宫外饮酒呢。"

“安家娘子？”葛青疑道，“是诸太妃的那个外甥女？她好端端的带殿下出宫做什么？”

马芹忙搡了葛青一下，葛青这才反应过来站在她面前的阿惋也是太妃的亲戚，于是讪讪地低下了头。

阿惋知她本无恶意，只是口快了些罢了。原本她该对葛青笑笑示意她并不在意，可不知怎的，她却在听了李昱的话后笑不出来。

“殿下果真是和一个小娘子出的宫吗？”她自己的心意自己都未曾理清，站在一旁的银华却看得分明，索性替她问出这句话，“只和那个小娘子吗？”

“可不是吗？”李昱以为银华是不信任他，于是有些不大高兴，“要说那安娘子，当真是个奇女子，那瘦弱的身板，竟能拉开硬弓百步穿杨，你们是没看到她几箭齐射时的风姿，那谈吐礼仪也是没话说。说起来我还从未见过哪个女子能如她一般善于骑马呢，那鹞子一般地翻身跨马，凛凛威风地挥鞭——”

“行了行了。”马芹好气又好笑地瞪了李昱一眼，“殿下人还未找着呢，你一个劲儿夸那安娘子做什么？”

“恐怕不只我在夸安娘子，殿下心里也对她赞扬不已呢。”李昱道，“这些年来能与殿下并驾齐驱的人不少，女子却是第一个，那风驰电掣的，把我都给吓得不轻。寻常女儿谁有这个胆色陪殿下一同纵马？还强闯升元门——其实说起来也不算什么大的事，主要是靠胆子，若是没胆子的人，怕是见了宫门口守卫的那些铁甲执戟羽林郎便吓得两股战战了吧。”

“平日里殿下本就够胡闹了，若再多一个同殿下一样爱胡闹的娘子伴在殿下身侧，那可真是不得了了。”葛青犹是皱着眉，“也不知殿下此番跑出去有没有多加一件衣衫，风这样凉，殿下的病势若是加重了可怎得了。”

“不妨事的。”李昱摆手，“不是已知道殿下现在何处了吗？你若真是担心不如遣人去请殿下回来。”

葛青恨恨地啐了李昱一口，谁都知道谢玙的脾气，他们扫了他的玩兴只怕不会有好果子吃，于是也就留在织云阁陪阿惋说了几句话便告辞了，走时马芹倒是再三保证说谢玙若是回来了定会唤人来通报阿惋。

阿惋笑着应下，却在他们都离去后多了几分黯然。

“他可从来没有带我去过宫外呢。”她轻声开口，这话也不知是说给谁，只有深秋时落了一地的木樨听见。

可一直等到酉时宫门将近下钥时分都不见马芹派人来，阿惋心中焦灼，再三犹豫后还是遣了名小宫女去端圣宫打听消息，这才知道谢玚竟还未归来。

"回不来也不碍事的。"银华在一旁宽慰，"宫墙外还有殿下的外祖府邸，殿下去那里歇息一夜也不是没有过的事。"

"可是我还是想去宫门口看看，或许正好能接上他呢。"阿惋摇摇头，还是理了理鬓发，推开琴案从席上站起，"李昱说他是去饮酒了，你知道的，他酒量算不得好，上回从酒肆归来到宫门时便摔下了马，还好那时未曾疾行他那匹马又不算高大，他摔下来也没什么事。"

这时天色已是昏昏暗暗一片，深秋时的风飒飒地冷，手中的灯笼在风中摇摆晃荡不定，远望北宫最南端的钟宣门，只能看见一片乌沉沉的阴影。

"怎这样黑，是已经下钥了吗？"阿惋攥着银华的胳膊。

"还未到时候。"银华答道，"这儿树荫多，等走近了娘子就能看到亮光了。"

果然走近时可以看到钟宣门的灯火正在一盏盏燃起，既然已经点燃了灯火，的确是快到了宫门紧闭的时间了。阿惋快步上前，却忽然想起了自己的身份，猛地顿住了脚步。

她七岁那年被接进宫后就再未离开过北宫，之后被授女史之职，更是不能再离开这里，她脚步所能到的最远的地方，或许也只能是钟宣门了。

她今日看到钟宣门高大的城门，忽然很想出去，想看看北宫之外的天地是否与她七岁时有所不同，宁永巷的槐木大约又长高了些，闾里小巷的石砖中应有一线线的青苔由青翠到深碧，那座黑瓦的府邸或许在时光中多了几分陈旧沧桑，阿兄阿姊们会不会鬓角已有了白发，他们看到自己还能认出来吗？

但她看着灯火下羽林郎手中寒光闪闪的兵刃，自嘲地笑了笑，她可没有直接闯出宫门的勇气。

真不知能陪阿玚一起做出这等狂悖事的安娘子究竟是何模样。

不知等了多久，她被一阵清清冷冷的风一吹，清醒了过来。她听见城门处的喧闹，似乎有谁在大声说话，其中似乎有谢玚的声音。

她赶紧奔了过去。

她首先看见的是一个清俊瘦削的少年，一袭略显宽大单薄的直裾，风扬起他衣袂翩然萧飒，他的鬓发亦在风中有几分散乱，青丝纠缠一双如寒星般的眼。他牵着两匹马不急不缓地从城门走来，周身有一种凌厉孤寒的气韵。

然后阿惋看见其中一匹马上驮着大醉的谢玙，她快步走上前，却又迟疑，因为她怎么也想不起这少年是谁，平日里总同谢玙一块玩的那几位公子，谢玙都曾见过，但这人——

"娘子来找我的？"他也看见了阿惋，于是笑着开口。

阿惋从未听过这样的开场白，用于两个陌生人之间，少年的声音沙哑，她本能从他的笑意语调里察觉出了几丝意味不明的暧昧。

她下意识后退了半步，朝少年行礼："妾诸氏，敢问公子是？"

"你是来找我的吗？"少年不答她，反倒逼上前一步，依旧是这个问题。

阿惋避开他，往谢玙的方向凑近："夜深了，赵王殿下须回端圣宫。"

"喊，这是个没用的废物，三觞酒过后便醉倒了。"少年轻蔑道，仍旧只盯着阿惋看。

他眼神认真，阿惋不敢与他对视，偏过头去从少年手中拽那匹驮着谢玙的黑马的缰绳："公子不妨先行归府，妾送赵王回宫。"

少年却一把抓住了她的手腕，"这样一个废物，你理他做什么？"他修长的食指慢慢划过她手背肌肤："不如……你送我？"他的唇几乎贴着她的耳畔。

阿惋吃惊，她长这么大从未被男子如此对待，也不知从哪儿生的力气，她狠狠一掌拍开少年的手，将缰绳夺了过来，后退三步，狠狠瞪着那少年："公子，自重！"她一字一顿。

少年懒散笑笑，再未有任何动作，看着阿惋牵着缰绳与银华一道离去。


谢玙醉得不省人事，换来的是端圣宫鸡犬不宁，上上下下的宫人忙着服侍他更衣、梳发、休息，又匆匆去热醒酒汤。

若是往常阿惋或许还会留在这儿照看谢玙，但此时她只觉得胸闷，心里堵得很，只想快些离开谢玙才好。

只是昏昏沉沉的谢玙也从来不让人省心，即便是在醉中，一只手也还是攥住了阿惋的手臂，大概梦中的他也不知自己攥的是什么，只是抓住了就不肯松手。

阿惋哭笑不得，只好坐在榻边等他醒来。

与谢玙熟识的人大多也都知道他酒量不好，醉一次往往要睡许久，故而也都不着急，各自退下了，只留部分人在门外守着，待在谢玙身边的阿惋便成了独自一人。

"好端端的非要饮酒做什么？"她气闷地小声嘟囔，戳了戳谢玙的额头，谢玙在梦中大约也是感觉到，轻轻"哼"了一声。

阿惋记得谢玙很小的时候就学着饮酒了，其实谢玙未必嗜好杜康，不过萧国贵胄饮酒成风，他赴宴或是随那些好友一同去玩时总免不了醉上一场。阿惋记得她第一次见谢玙喝醉是十一岁那年的事了，其实他也并未饮多少，琥珀色的西域葡萄酒满三盏，他饮过后便睡了足足一日有余，从此后人人皆知赵王酒量小。偏他是个不服输的性子，每每有人因此嘲弄于他，他便非要与那人斗个高下，常常大醉而归，如今夜这样的情形，在过去这些年里已不知发生多少次了。

强闯升元门，醉酒晚归——真不知这回谢玙面临的又是怎样的训斥。

"你呀，就不能安分些吗？"她贴在他耳畔轻声道。

不过他定是听不见的，听见了又如何？若是肯安安分分，那就不是谢玙了。

不，其实他也有安静的时候，譬如现在。

谢玙每每醉时都会倒头就睡，睡梦中的他最是宁和无争。她看着他的面容，竟从那份平静中找出了几分平日里少有的温柔。

阿惋的指尖伸出，轻轻地、轻轻地落在了他的眉峰，他的眉依旧纤秀浓黑，凝着天潢贵胄生来的贵气及淡淡的青稚；指尖勾勒到了眉梢，再往下，是他的眼，他的眼睫长且密，秀如女子，他的眼睛还未睁开，可她知道，他的眼眸一如昔年清澈灵动；她的手指在眼角逗留片刻，稍稍收回一些，虚空着描画他的轮廓，他的轮廓比起童年时有不同了，少年的俊秀清朗不知不觉中取代了孩童时的粉雕玉琢——意识到这点后她猛地收回了手。

原来，他们都已经长大了……

谢玙醒来时迷迷糊糊撞到了谁的头，他睁开眼，动了动，才发现是阿惋倚着他睡的卧榻枕着他的长发睡着了。他小心翼翼地挪了挪，尽量不去惊扰阿惋，可他们二人的青丝纠缠在一起，他这一动，阿惋便也醒了。

他这才发现自己竟还攥着阿惋的手腕，赶紧趁着她还没有清醒松了手。

"阿惋……"他赧然笑笑。

阿惋没有理他，坐直身子后揉了揉发麻的手臂，然后径直离开。

"这是怎么了……"谢玙愕然，阿惋甚少对他如此冷淡。

恰此时葛青听到了声响端着水盆进来为谢玙洗漱，谢玙忙问她："葛青、葛青，我昨儿醉得厉害，什么事都不记得了，我昨夜可曾做了什么不好的事吗？"

"殿下为何有此一问？"

"今儿我醒来，看阿惋似乎是恼了我的样子。"

葛青没好气地笑了笑："殿下胡作非为的时候多了去了，惹恼诸娘子有什么稀奇。昨儿殿下狼狈酒醉，是诸娘子不计辛劳将殿下接回来的，后来殿下竟还抓着人家的手不放，累得娘子一夜都没休息好，你说她该恼不该恼——"见谢玙面上渐有愧色，她索性又道，"听银华说，娘子在去接殿下回宫时，还被一登徒子给轻薄了，若不是因为殿下，诸娘子怎会遇上这样的事？"

"你说什么！"谢玙惊得立时从榻上跳了起来，"谁轻薄她？"

"殿下，你可得小声些，事关女儿家的名节呢。"葛青向他比了个噤声的手势，看得出谢玙心急，又好言宽慰，"也不算什么大事，娘子并未吃什么亏，只不过是——"

她话未说完，谢玙便跑了出去。

在曲廊之下他看到了阿惋，她看起来是要回织云阁的样子，他连忙上前拽住她的衣袖。

"何事？"她没好气地回头。

"你、你……"他咬唇，将这个"你"字在舌尖掂量再三才结结巴巴道，"我听说你被人……"他恨恨道，"究竟是谁敢轻薄你！"

阿惋看着他，眼神凉凉的，有些吓人："我被人轻薄了，与你何干？"说着转身就要走。

谢玙一时不知该如何回答，任那一方衣角从他手中滑落。

"与你何干"，这四字的确刺心。

但他很快便醒悟过来，上前几步拦在了阿惋的面前，正色道："谁敢碰你，我就砍下谁的手来；谁敢言语相辱，我就割了谁的舌子；谁若是对你不敬，我就杀了谁！"

十四岁的谢玙，少有将话说得这般激烈的时候，阿惋不由愣住。

她抿了抿唇，欲言又止。

她想问，你果真在乎我吗？

到最后问出口的，只是一句："果真？"她拧拧脖子，不去看他，"我也不知那人是谁？想必是你的狐朋狗友吧，我见是他牵马送你回宫的。"

谢玙许久没有答她，阿惋目光看向他，却见他的神色极其古怪，唇角不住地发抖。

像是寒冬的冰迅速地化开春江骤然满溢，谢玙一发不可收地大笑了起来，连腰都直不起来，眼角都有泪珠渗出。

"你笑什么！"阿惋被气得不知该说什么，一把推开他大步往外走去。

"等等！"谢玙一面笑着，一面急急上前扯住她，"阿惋，你知那人是谁吗……"

"是谁？"阿惋冷笑，"有谁是你赵王对付不了的吗？他摸了我的手，还说了混账话，你去剁下他的手割了他的舌呀。"

"阿惋，你是真的不用在意她的……"短短一句话因笑的岔气而中断了好几次，"她、她是你……表妹啊！"

阿惋怔住。

"你先前一阵子不是说你有一嫁作了安家妇的姑母来京吗？"谢玙终于笑够了，可看着阿惋的一双眸子仍是弯如月牙，"她便是你那姑母的，女儿——"他刻意咬重了"女"字。

阿惋呆滞了良久："那不是个少年吗……"

"嗯，换上男装的确是英姿焕发的好儿郎。"谢玙嬉笑道，厚颜凑到阿惋面前指着自己，"怎样，比之我如何？"

阿惋这些年在北宫所见多为女子，想必是因为这个缘故，竟连阴阳都辨不清了。她心生无力，垂下头不愿再言语。

"不怨你。"谢玙似是看穿了她的心思，"我起初都没能认出她是女孩呢。后来就算知道了她是你表妹，可也总不敢相信这是真的。她箭无虚发，与人斗酒，小小年纪却是千杯不醉，比我那常年在行伍中痛饮烈酒的大表哥酒量还要好，说这是个小娘子，任谁也不信。"

"关于这安娘子的事迹，我早就听人说了。"阿惋瘪瘪嘴，"知道她是胆识过人的奇女子。"

"也是轻佻可恨的无赖儿。"谢玙努力做出一副正经模样，"如此待自己的表姊，委实可恨，不过念在她是女儿的分儿上，割舌剁手倒罢了，改日我为你打她一顿出气。还生气吗？"

他说最后一句话时话语带了些撒娇讨好的意味，阿惋下意识偏过头去，她在知道安潋光是自己表妹后心中就没那么郁结了，当着谢玚的面却仍不肯展笑颜："谁稀罕你为我出什么气，我又有什么气可出的。我看你与我那表妹关系实在不错，就不为难你了。"又"哼"了一声，"你怕是整日忙着在外，都没心思理会我这小女子的琐事吧。"

谢玚扬了扬眉，后退了几步盯着阿惋的眼睛，弯眼一笑："阿惋你怎突然这般牙尖嘴利，可不像往日……"他蓦然凑近她，"你这是嫉妒！"

阿惋被他狠狠吓了一跳，连忙后退，捂着胸口惊魂未定："你乱说什么！"

"我方才说什么了？"他佯作无辜。

阿惋被他气得无法，恼怒地掉头就走。

却听他在她身后懒懒道："我说，待天朗气清时，待秋高晴日时，我带你出宫。"

阿惋诧异回头。

"去看宫外的风景。"他看着她，眼眸明亮。

她不说，可他未必不懂。


隔了将近二十年的时光，诸太妃依旧能回忆起第一次见到唐暗雪时的情形。

那时她初入宫，被君王临幸后的她得以随帝辇一同进入了幽深庄严的北宫，一切于年少的她而言都是新奇且充满机遇。即便她仅仅被封为低阶的美人，即便她踏入的只是一个偏僻的院落。

她在那个久无人居的小院里见到了当时还只有四岁的唐暗雪，四岁的孩子用软糯的声音说，奴婢便是伺候美人的人。

那时尚有几分柔软心肠的她亦是将暗雪当作自己的女儿来疼爱。

然后一晃眼，便是将近二十年的时光。

"暗雪，过来让哀家好好瞧瞧你。"挂月殿的昏暗光影深处，坐于绣席上的诸太妃对殿门口垂首而立的唐御侍招招手。

"诺。"暗雪应声上前，一如既往地温顺。

诸太妃极力想回忆起最初见到的那个乖巧的孩子，可却什么也回忆不起来。她仔细打量着眼前这个容颜秀婉眉目清丽的女子，问："暗雪你今年也有二十了吧？"

唐御侍自幼服侍诸太妃，后来被分去承宁宫照顾皇帝，诸太妃将她招来康乐宫问话，问的多是些皇帝的琐事，却少有问过她的。她听诸太妃这一句幽幽问话，下意识一愣，继而老老实实答道："谢太妃记挂，奴婢今年已二十有六。"

"二十六了……"诸太妃喃喃，"是了，哀家记得你是比珣儿大了七岁。哀家记得你似乎是掖庭罪奴之后，生来便在宫中从未离开过，暗雪，你可曾觉得遗憾？"

唐御侍愈发觉得今日诸太妃的问话透着古怪，小心翼翼答道："暗雪生来不知宫外天地，长于宫墙之内，养于太妃身畔，也不觉得有什么遗憾；自知父母为罪人，更不敢有所怨怼。"

"哀家知道你是好孩子，哀家喜欢你知足的性子。你忠心耿耿跟随哀家多年，哀家总要给你些赏赐。你今年二十有六，若在寻常人家你大概已有夫婿在侧儿女在膝了吧，女子的时光最是珍贵，可怜你已耽误了许多韶光。哀家有意赦你出宫，为你觅一良家托付终身，你可愿意？"

出宫，这对许多在北宫中蹉跎美好年岁的女子而言，想必是莫大的恩赐，可唐御侍闻言却当即跪下："暗雪不知有何事做得不如太妃之意，望太妃念在多年旧情分上，允奴婢继续侍奉在太妃身侧！"

诸太妃的目光有一瞬的冰冷黯淡，但她很快又笑道："快起来，哀家不过是随口一说罢了，瞧你这副如遭大难的模样。"又似是玩笑问道，"难道暗雪你竟是不愿嫁人？重获自由，得一人朝夕相伴，这是多好的事哪。"

唐御侍目光闪烁，她低头从容答道："暗雪大小不曾离开北宫半步，若是太妃将暗雪放出宫去，只怕难以适应。何况暗雪在世上已无亲族，离了北宫便是伶仃一人，倒不如在太妃身侧陪伴一世。"

"一世的光阴，可是十分漫长的。"诸太妃意味不明地笑，话语的调子浸着不易察觉的森冷，"傻丫头。"

之后诸太妃再未向唐御侍说起过类似的话语，只如往常一般询问皇帝的衣食住行，每一项每一桩事唐御侍都仔细回答。

于是诸太妃又唠唠叨叨地嘱咐唐御侍，让她好生照看皇帝，天寒记得为他添衣，要她督促皇帝勤政，劝皇帝亲近妃子。

唐暗雪一一应下。

诸太妃待说完最后一项叮嘱，见唐御侍颔首称诺后摆摆手，示意她可以离开。

唐暗雪行礼后小步退出挂月殿，离开后方觉自己额上冷汗涔涔。

她从康乐宫偏门而出，走她一贯熟悉的小径赶着回承宁宫，却在经过某个转角时被谁用力一扯，撞进了一个男子的怀中。

她惊慌得下意识低呼，那人却以唇封住了她的呼喊。她嗅到了龙涎香的气息，一颗心安定了下来，却仍是挣扎着推开了他。

"陛下！"她压低了声音，却压不住话语里的惊惧。

"这一带素来少有行人，你不用怕。"他这样说着，又重新搂住了她，"我听说你被阿母召去了康乐宫，放心不下，便来接你。"

唐暗雪在他怀中悄悄松了自踏入康乐宫时便提着的气，笑着宽慰道："那是你母亲，你有什么好担心的。我不过是向她述职罢了，往年我也常去康乐宫的。"

"往年时，我都未如现在这般意识到你对我无比地重要。"皇帝将头靠在她的耳边，轻声开口，"暗雪，你可千万别什么时候突然就抛下我。"

"不会。"唐暗雪想起方才在康乐宫诸太妃所说的那些话，但她此时狠狠将那些话压在心底，"不会的。"

年少的皇帝和他心爱的女人在不为人知的僻静中紧紧相拥，他们的目光中只有彼此。

所以，他们都没有看见不远处，站在密林后冷冷注视着他们的那双眼睛。


今日织云阁的悠闲一如往日，阿惋不是位苛刻的主子，服侍她的宫人自然也就好命，在这个金阳甚好的时节，每日里除了为她梳洗更衣及简单的洒扫外，便是三三两两聚在庭前闲聊瞌睡。

初冬午后听中庭琴声袅袅，不知不觉便合目欲眠，有好几人倚着廊柱或挂在秋千上睡下了，直到谢玙的突然到来将他们给吓醒。

这些人慌忙跪了一地，不过谢玙无心理会他们，径直去找阿惋。

冬时午阳下，檐下少女一袭浅色衣衫映着灿灿流光，广袖如水直垂至地，而琴乐亦如水，清冷从容。

谢玚到她身后时反倒不急了，驻足听了片刻，微微一笑。

待一曲终了他方快步走上前，蓦然捂住阿惋的眼睛。

这样的把戏在过去的时光里谢玚不知已玩了多少次，阿惋早就没了慌乱，拔下髻旁的簪子往谢玚手背轻轻一扎。

谢玚反应倒不慢，飞快掐住她的手腕将簪子夺了过来："你好狠的心。"

"原来是你啊，我还以为是匪类呢。"她故作嗔怒道。

那时帝都女子好长鬓，鬓发蓄长可及颈至肩，颇有飘逸类仙的韵致，阿惋十三岁这年因授了女史之职，也不再梳童女头，而是学着仕女装扮，他揪了揪她的鬓发："这些年别的没长进，倒将伶牙俐齿磨炼出来了。"

她狠狠瞪了他一眼。

他瞥了一眼她的琴："唔，弹琴勉强不算难听了。方才那支曲子，是我上回陪你从兰台找出的残谱吗？"

她转过头去不理他。

"好好好，我知道这支曲还仰仗你修补改动过了许多。"他拽着她的衣袖。

她依旧不去理会他。

谢玚只好坐在她身旁无聊打量他适才从她那夺过来的簪子："你这簪子真丑。"谢玚看了几眼，一扬手，将那支象牙簪丢了出去。

"你——"阿惋转过头，可对上谢玚那一副得意的神情又不知该说什么好。

"你别生气。"谢玚好言好语凑过来，嬉笑着说，"我丢了你这支簪子，却还有新的东西要送你。"

"是什么？"虽说这些年谢玚送她的东西不少，可听见这句话她还是忍不住好奇。

谢玚从身后拿出一只包袱，打开，却是男儿的衣帽鞋履。

"这是——"

他弯眼一笑："我带你出宫。"


谢玚扯着阿惋的袖子领着她悄悄从织云阁后门溜了出去，少年男女谨慎到大气都不敢喘一声，走走停停，好似这真是一场正儿八经的逃亡，他带着她走，就意味着再不回来。

阿惋这么些年没少同谢玙胡闹，宫规不知不觉在她看来已不是什么凛然不可犯的铁律，她知道自己此刻跟随着谢玙是要去做什么，可她非但不觉得畏惧反倒满心的欢欣雀跃，有一种打破桎梏的畅快。

辗转拐到了一处僻静所在，那里是一树树冬日里仍有碧绿枝叶的木樨，花虽已落尽，但余荫仍青翠如盛秋时，叶叶层叠之下，站着被遮蔽了眉目的少年，他个子不高，身姿却如树挺拔。听见阿惋和谢玙前来的声响，他拂开重枝，缓缓走出树影之下。

阿惋的步子下意识顿了一下，她认得这少年是那夜对她口出轻浮之言的人。纵然知道了这人是她表妹，但心里总觉着别扭。她下意识缩在了谢玙身后。

初见的安潋光，给阿惋的印象诚然不算太好。

看穿了阿惋的心思，安潋光微微一笑，上前几步。谢玙以为她又要造次，低声喝了一句："阿九，别瞎闹了。"

安潋光不理他，径直走到阿惋跟前，定定看了她好一会儿，直看得她浑身不自在，竟蓦然朝她弯腰长揖："请表姊恕罪——"

阿惋未料到她忽有此举，吓得大步后退。

"潋光年少无知，前夜多有得罪表姊之处，还望表姊勿要怪罪。"

不过试问哪家女子会因年少轻狂而对表姊孟浪。

可她恭恭敬敬持着揖身姿势，看起来十足的心诚，阿惋不免讪讪，忙道："那夜的事不过是姊妹间的玩笑，我并未放在心上，你快起来吧。"

安潋光这才站直身子，展颜一笑。她笑起来时的模样倒是温文尔雅，颇有君子的温润，于是阿惋又怔住了。

谢玙颇为不屑地"哼"了一声："阿惋你可莫被她迷惑了，她这人狡猾得很，指不定此刻言笑晏晏，实则内心祸胎暗藏。"他朝安潋光挑眉，"阿九，若不是为了同我们一块儿出去玩，我猜你才不会这般低声下气向阿惋请罪呢。"

安潋光像是没有听到谢玙的话，不动声色挤开他站到阿惋跟前，温柔细语："表姊想出宫去哪儿玩？我虽不是桑阳人氏，却也早已熟识帝都的大街小巷，表姊不妨跟着我走，我知道哪里有最甜的糖糕，哪里有最秀美的风景，哪里可以俯瞰帝都街景——"她一面说着，一面挽着阿惋往前走，旁若无人的姿态气得谢玙愣在原地咬牙。

三人一路半是吵闹半是小心地往皇宫东面而行，那里的守卫不算森严。到仪和门附近上了一驾马拉的辎车，由安潋光赶车，谢玙及阿惋坐进车中。安潋光驾车的本事不差，辎车一路平稳，可阿惋总是有些不安，"就这样大摇大摆地乘车出宫吗？我毕竟是宫里的女史，他们会不会……"

"你放心。"谢玙与她肩并肩坐着，扭过头满是得意，"仪和门的羽林郎，必然不敢拦住咱们。"

车身颠簸，车帘晃动泄几丝金阳，斜飞过谢玙年少疏狂的眉眼，赵王谢玙在人前总被当作顽劣小儿，被众人千般骄纵长成，世人多以为他不堪倚重——即便是卫家人也未必信任他的才智，可阿惋却是在他面前无端心安，他或笑或嗔或愁或怒，在她的眼里总有一番不变的温柔。

仪和门宫门前的羽林郎果然前来盘查，先问安潋光是何人，安潋光冷冷一笑，漫不经心地答："你们不妨去升元门那问问我的名号。"

立时便有几个羽林郎变了脸色，前几日安潋光及谢玙强闯升元门的事，早就传遍了帝都。

那么车内的或许便是……

还未来得及问什么，谢玙便佯作恼怒一掀帘子探身喝道："阿九，你在这磨蹭什么！"

安潋光朝那几个羽林郎扬了扬下颏，意思不言而喻。

谢玙不说话，只是抬眼，不紧不慢地将这几人一一扫视，与此同时，将安潋光手中的马鞭一把夺过。

这几人极有眼力，赶紧退后，示意放行。

阿惋坐在车内，感觉到辎车缓缓驶出了仪和门，一时有些哭笑不得，没想到出宫竟是这样容易的一件事。

当阳光再度穿透车帘缝隙落在阿惋眼中时，她知道，自己是真的穿过了幽深的门道，来到了宫外的天地。

第十章　访亲故

　　"你想去哪儿？"

　　当阿惋听到谢玙这个问题时，她不由怔住。她跳下辇车，目光缓缓流转于宫外的一草一木之上，其实这一切的风景与宫内并没有什么不同，樟木依旧夹道青翠，红枫依旧血色褪去只余枯枝，紫藤垂落眼前，枯萎却又优美的姿态与宫中并无两样，抬头看天穹的流云金阳，其实也仍是宫里的模样。她回望，看见远处隐于树木枝杈之后的高大宫门，心底才恍惚生出了真实的喜悦——原来她真是出宫了，现在她眼中所见的，是另一番世界。

　　可是该去哪儿，六年未踏出宫门半步，她现在陡然脱离了北宫，反倒无所适从起来。

　　谢玙及安潋光见她踟蹰，于是纷纷忙着出主意，将帝都好玩有趣的地方几乎都说了个遍，阿惋从来不知道原来帝都竟这么大，有这么多的景致可以供人游玩。

　　可他们口中说出的地名，她几乎是一个也没有听过。

　　她用力抿了抿唇："我想……回家。"最后两个字被她小心翼翼地说出，轻得就像一片枫叶坠下的声音。

　　七岁时她跟随邱胥乘车入宫，偷偷掀开帘角望见的宁永巷似乎是一个遥远的梦，她太久没有见到那里的石砖乌瓦，几乎要怀疑自己是否真的曾在那里长大。

　　谢玙和安潋光听到这个答案俱是一愣，不过谢玙反应比安潋光快："好，那咱们就去你家！"他平日里出行宫门无忌，也并不在乎去哪儿玩，既然此时阿惋说想要回家，那他就陪她去好了。

安澈光轻颔首："听说舅父已不在人世，但几位表兄、表姊还在，我正好去拜见。那你还记得你家怎么走吗？"

阿惋努力想了很久，只能回忆起一条模糊幽暗的路，她顺着那条路离开，但却忘了该怎样回去。

"没事，你不记得也不碍事的，好歹你父兄都是正经仕宦，府邸总能打听到的。"他跳上车，朝阿惋伸手，"走，我带你回家。"


自阿惋之父诸成去后，本就在朝堂上算不得显赫的诸氏一族更是彻底落没了下去。起先诸太妃还欲扶植外戚，将与她有血缘亲的侄儿栽培成能为她效力之人，可渐渐她发现比起她的兄长，这几个侄儿更为无用，她虽授予了他们高官显位，可他们却不知该如何利用职权，反倒在朝堂倾轧中节节退败。时日久了，诸太妃便也对这些庸才不抱期望。至今日时，阿惋的两个兄长在朝堂上已被排挤到几乎难以立足的地步，一个仅在记室令史的职位上碌碌无为，另一个成为司空长史无所事事。

要找这两个无名闲官的府邸不算易事，谢玙以宗亲之尊亲自驾车，一路多方打听总算找到了宁永巷深处的诸宅。

辁车停下，阿惋掀开车帘从车内走下。只望了一眼周遭的景色，那些陈旧的记忆就仿佛忽然间苏醒，过往的一幕幕转瞬清晰，与眼前所见重叠。

谢玙上前叩门，许久才出来一名老仆颤颤巍巍地打开门走出，眯着眼仔细看着他们三人，语气颇为不耐："你们是何人？"

谢玙轻笑一声："烦请通报你家主子，有亲族前来拜访，请你家主人见上一见。"

诸姓从前出身不高，穷亲戚不少，诸成父子蒙太妃之恩被授予官职后，常有远房亲族借故来投奔，更兼老仆见识浅薄，认不出谢玙等人的身份，只觉得又是三个来混吃喝的人。他轻蔑一哼，口上应着好，实则却并没有再理会他们的意思。

眼见着诸府大门又要关上，谢玙又慢慢补充了一句："若你家主人不愿见我们，那请他们莫要后悔——"他话音未落，老仆只觉自己眼前一亮，一枚深翠的玉佩递到了他的眼前，"这是我等给你家主人的拜礼。"

那双老眼虽已昏花，但玉佩入手的温润感总不会错的，他立时反应过来这必然是宫内的玉饰，这诸家的亲戚，除了平南郡的落魄商户，可是还有宫中的人哪——

他心中一凛，忙双手捧着玉佩快步退下，不一会儿折返，恭恭敬敬为他们引路。

"徐伯……"阿惋走在最后头，轻轻唤这个老者，她还记得他，他在她小时候曾背着她去折枝上新开的花。

可老者并没有听见，他正忙着一面领路，一面回答安潋光的问话，喋喋不休地将他主人近年的概况说与安潋光听。

"徐伯老了……"她喃喃自语。

"人总会老的。"谢玙听到了她的话，便道。

"是啊，都会老的。"阿惋颔首，仍注视着老者的背影，"徐伯老了，只怕背不动孩子了。"她对谢玙笑了笑，"我小时候他常背着我四处玩。"

谢玙点了点头。

"小时候我觉得自家的庭院很宽阔，我在庭中放纸鸢，常跑得气喘吁吁，只在心中感慨院子为什么这样大。我隐约记得阿母还在的时候，她最喜欢坐在窗下看我跟着乳母放纸鸢……"这些话，她不知是说给谁听。

"东楹柱那儿应当还能见到一道缺口，那是小时候二哥和我玩笑，要把我丢到井里去，后来阿父气得追着二哥要打他，误砍了柱子……"童年时被兄姊所不喜，那些恶意的作弄或伤害，而今她只笑着以"玩笑"二字轻描淡写地带过。

"大哥、二哥。"脚步忽然顿住，那些回忆被打散，她忽然间又想不起年幼时的兄长是什么模样了，因为，她看到了如今的他们。

那是两个穿戴着整齐官服的男子，怀着惶恐谨慎在楹柱下战战兢兢地站着，岁月在他们的脸上添上了衰老与疲惫，他们身为官吏自然也曾在百官朝会或祭礼上见过赵王的容貌，于是在见到谢玙他们后立时飞奔上前下拜行礼："拜见赵王殿下——"

谢玙生来地位尊贵，也不是没有受过年长者的礼，但眼下拜他的人是阿惋的兄长，他不禁有些窘迫，下意识退后了一步："你们起来！快起来！"

"诺诺。"这二人又赶忙站起，仍是赔笑，丝毫不见讪讪，"殿下亲临寒舍，当真是蓬荜生辉。我兄弟二人驽钝，竟未能提前知会殿下驾临，望殿下恕罪。还请殿下进屋暂歇，容我二人备下茶水。"他们与谢玙从未有过交集，虽一时也摸不清赵王为何莅临诸府，但他们之间的身份有云泥之别，那么费心讨好谢玙便是他们首先该做的了。

阿惋看见两位兄长身畔还跟着两名妇人，想必便是她的阿嫂。记得她七岁进宫时长兄断弦多年，二哥尚未娶妻。她离开诸府六年，他们都已有了自己的家室了。她看见有个三四岁的孩子跟在妇人身后，还有一个妇人怀中抱着一个似乎不满百日的婴儿，那想必便是她的侄儿，她心里觉着喜爱，便上前几步去逗弄妇人怀中那孩子。

"这位是……"阿惋长兄诸平泰一时间竟没有认出自己妹妹的容貌，反倒去问谢玙。

谢玙挑眉："令史不妨好好想想。"

诸家兄弟仔细想了许久，最后苦着脸道："殿下可莫要捉弄我兄弟二人了，这人——我们的确不认得。"

阿惋怔住，僵在原地。

原来即便是这世上与她血脉最是亲近的亲人，也会将她忘却。

谢玙冷笑："诸令史好记忆，连自己的同父女弟都忘了。"

"这、这是……阿惋？"诸平泰与二弟诸辞皆是愕然，惊慌打量阿惋的面容。这些年他们或多或少听说了他们那被送进宫的幼妹很是受赵王喜爱，只是他们早就忘了这位当年被他们轻视的妹妹是何模样，更想不到她竟还会回来，此时大惊失色，倒不是因为认不出妹妹心有愧疚，而是怕就此得罪了赵王。

"无事。"阿惋勉强笑笑，"我离家时尚是孩童，如今身量容貌都有改变，大哥认不出来也属正常，何况我还做了男装打扮。"

"是是是。"诸辞忙点头，"娘子与孩提时大有不同了，容貌愈发秀丽，这换了男装，更是别有俊俏，亲兄长都认不出来了。"

这样奉承的话，从前他们从来不会这样对自己的妹妹说。阿惋黯然垂眼。

"那、那这位是……"诸平泰有些胆怯地看着安潋光，生怕自己脑子不好使又忘记了什么不该忘的大人物。

安潋光轻哂，揖身："见过二位表兄。"

"表兄？"诸辞愈发糊涂。

诸平泰细想了片刻，终于恍然大悟，赶紧上前分外殷勤地揖身还礼："原来是平南四姑母的女儿。快快请进——"

安潋光点头，跟在谢玙身后进了屋，一双眼却稍稍眯成了锐利的弧度，若她没有听错，方才诸平泰在说起她的母亲，她的身份时，话语中藏着无可磨灭的畏惧与……祈盼。

屋舍内的寒碜让阿惋略有吃惊。她的兄长在朝为官，府邸断然不会简陋如民舍，可与寻常官宦的府邸相较，这诸家未免也太过穷酸了些。她分明记得七岁那年她离开诸家时，家中的布置还比现在要好些，而今却只余下大片的空荡，瞧着让人心中发冷。

阿惋他们三人进屋后落座，茶水果品的招待自然是少不了，可做这一切的却是她两个嫂嫂。她记得年幼时家中还有奴仆数十人，而今除了一个老去的余伯，她连一个下人都没有看到。

是她在宫内生活多年习惯了天家富贵，忘了自己家本就清寒，还是诸家真的在她走后的这些年里迅速地衰落？

兄妹重逢，却都有些讪讪。诸家兄弟怕得罪他们，于是不停笑着没话找话，看着他们衰疲且卑微的一张脸，阿惋觉得心酸。她感觉自己像个陌生人，狐假虎威地借着太妃和赵王的风光来到这里，专程来嘲讽这本就落魄的二人。

"大姊和二姊这些年过得如何？"她问，尽量柔了语气。

"好得很，蒙太妃、陛下及娘子的庇佑，她们二人而今在夫家过得可威风了……"诸平泰张口便道。

诸辞到底年轻几分，听了哥哥这话，下意识用古怪的神色看了诸平泰一眼。

这一眼的情绪波动被谢玚给察觉，他扫了诸平泰一眼，眸中并无什么威严，却让诸平泰感觉到了心思被看穿的恐惧，一时语塞不敢再说下去。谢玚朝诸辞轻轻颔首："还请长史说一说诸家众位娘子而今过得如何。"

诸辞看了眼诸平泰，目光中颇有些踟蹰，但他是诸成年纪最小的儿子，在诸家子嗣中排行第四只比阿惋年长而已，是以自幼被娇宠，又与两位姊姊最是亲密，终究还是咬咬牙狠下了心来，对阿惋凄怆道："不瞒妹妹，你二位姊姊，都备受夫家欺凌。"

阿惋听他亲口将这事说出，有些唏嘘，但并不意外。她两位姊姊出嫁时阿父还活着，那时诸太妃也愿意帮衬着娘家，所以诸家在帝都虽不算高贵，但她的姊姊好歹也嫁了两位身份不低的郎官。而今诸家落魄成这样，她的姊姊在夫家没了娘家做依仗，过得不好也属正常。

她忍不住喟叹，问："苦了两位姊姊，太妃可有过问？"

诸平泰艰涩低笑，索性也不再压抑隐藏什么："太妃哪里还会管我们？妹妹好福气，被接进了宫中，而我们这些做兄姊的，却已被太妃忘了。也怪我们驽钝，无法讨太妃欢心。"

诸辞听兄长之言，愈发悲愤，他年轻耐不住脾气，竟扑到安漱光面前："安家表妹！算表兄求你，求你在四姑母的面前为我兄弟二人说说好话，往年之事那是上辈人的错，与我兄弟全无关系，求她在太妃面前为我们说几句话。"

这恳求来得突然且突兀，安漱光都吓了一跳。

什么是上辈人的错？

为何要借诸夫人之口去求太妃，诸夫人说的话，太妃就一定会听？

阿惋忽然想起了很多年前阿父死的时候，她缩在屏风下，听见邱胥在阿父病榻前为太妃传话。

你该死！

究竟是怎样的仇怨，才会让一个妹妹希望自己的哥哥去死。

上辈人之间究竟经历过什么。

诸太妃为何深恨她的父亲，却又能对诸夫人言听计从？

阿惋朝安漱光看去，而对方眼眸中也清楚地写着茫然。

关于诸夫人的部分经历，自幼养于母亲膝下的安漱光或多或少还是知道些的，她不比阿惋，记事时母亲便已是坟中白骨，又不为生父手足所喜。

她知道自己的母亲出身并不高，这出身不高指的不仅仅因为诸夫人有一个三代行商的家族，更是因为……她的母亲曾为娼妓。

那时她的父亲因平南安氏的荫庇，才及而立便有了伏波将军的封号，在平南郡自然是显贵无比，贵胄家的公子看上貌美妓女，携回家中也不过是做个寻常家姬罢了。至于她的母亲是如何成为而今镇南将军府的如夫人，她的姨母是如何攀龙附凤成为太妃，其中的曲折艰辛，她无从知晓，只能凭着自己的臆测或借零星的线索来推断。

"那几个孩子又胡闹了。"诸太妃在收到内侍通报的消息后，忍不住浅笑着对自己的阿姊道，语调间尽是无奈又好笑的温和。

她并不是一个暴戾急躁之人，偶尔诸太妃也会有身为长辈的温柔慈爱，只是她素来偏心，温柔慈爱从来只对着她喜欢的后辈，譬如说那个早殇的长寿、譬如说她的外甥女安潋光。正因为对安潋光的偏宠，所以在听到安潋光、谢玙又私自出宫的消息时，她并不十分愤怒——她还不知道跟着他们出宫的还有一个阿惋。

诸夫人却对自己这个女儿没有妹妹那样的耐心，当即道："阿九在菹城不像话倒也罢了，如今来了帝都还是这般劣性，她被她父亲骄纵太过，我这个做母亲的竟在她面前难以立威，还请你借着太妃的身份好好整治她一番，否则我真怕她会惹出什么乱子！"

诸太妃笑着摇头："阿姊不必太过严苛。"

"潋光终究是个女子。"诸夫人重重道。

"好好——"诸太妃笑着妥协，"待潋光回来我就替你罚她——只是她现在去哪儿了咱们都不知道。"她转过头去问那报信的内侍，"你知道他们往哪儿去了吗？"

那内侍是个实心眼办事又利索可靠的，当真一板一眼答道："奴婢无出宫令牌，故而并不知安娘子及赵王殿下去了哪儿，不过赵王的行踪，端圣宫素来是极其上心的。奴婢前去端圣宫打听，得知安娘子及殿下似乎是往诸府去了。"

"诸府？"诸太妃的声音一颤。

太久没有听到这两个字了，她记得兄长在这世上还有几个子女，她有意放任不管。有时她自己也在想，她任那几个没有头脑的侄儿在帝都宦海中一沉再沉，究竟是因为已彻底失望不再期盼诸氏能有人才襄助于她，还是因为她心底仍在恨着长兄诸成？

"你退下吧。"她冷冷地吩咐那内侍。

内侍自以为办好了差事，却没料到什么赏赐也没得到，还不知怎的惹怒了太妃，只好讪讪退下。

室内许久无语，一个"诸"字触到了她们这一对姊妹的禁忌，许多凄惨、不敢回想的过往，都在各自的脑海中重新翻涌。

诸太妃抬眼看着自己的阿姊，她记得诸夫人说是不再怨恨，可她却是不信的。怨恨这种东西多半是要刻入骨髓穿入肠腑，怎么会说不恨就不恨了。不说别的，只说诸夫人因诸成失去的名节，就永远也无法找回了。

"阿兄，他死了有多少年了？"诸夫人缓缓问。

"大约六年吧。"诸太妃答，继而又冷笑，"咱们当初被他赶出诸家，都以为自己会死在他的前头呢，可到头来终究是他死于忧与疾。"

"是啊……"诸夫人双眸空茫，好像眸中仍映着那场二十八年前平南郡的大雪，"那年的平南郡不知怎么，竟是那样地冷，阿父新丧，我们姊妹二人被诸成——"忆及往事，她连"阿兄"二字都下意识不愿说出口，"被他给逐出了家门，身无钱缗，只能掘城外野菜为生，可很快冬天就来了，我记得有一次一觉醒来我便发现你不见了，惊得我四处去找，后来才从一尺厚的雪里将你挖了出来。雪下得太大，睡梦中不知不觉便将人都给埋了……"

诸太妃长睫半垂，时隔二十八年，但她仍无法忘记那场大雪的冰冷，她那时只有八岁，被阿姊抱在怀中，可寒意依旧无孔不入地渗进骨子里。

也就是从八岁之后，诸太妃开始无比地畏寒，做了太妃后每年冬临都要制狐皮貂绒的裘衣御寒，因为她心底总有会被冻死的阴云挥之不去。

"阿姊你还记得啊……"

"是啊，我还记得。"


二十八年前平南郡布商诸吉过世，在重士农轻工商的萧国，一个商贩的死并不能引起太多人的注目，只是诸吉死后，却也为他所在的县乡留下了一笔可供茶余饭后嚼舌的谈资。原因一则是因他生前算得上富裕，虽说商贾比农人卑贱，可他贩布得来的钱财却远不是田间耕作之人可以相比的；二则，是因他死后，嫡子诸成的悖德之举。

诸吉富裕，故而在旁人常年忧虑衣食之时，他已有余资纳妾，他又是好美色之人，宅中颇有些姿色姣好的姬妾婢女服侍，正室常为此心怀怨怼，却无可奈何。可诸吉死后，继承家业的终究是嫡子，不会有旁人，于是诸吉之妻甄氏便唆使儿子将诸吉生前的女人及庶出的子女尽数逐出家门。

诸家门前一时哭声震天。

那年诸百卉十六岁，是诸成的第四个庶出女儿；她的同胞妹妹诸千英排行十九，年仅八岁。她们有个曾当垆卖酒的母亲，出身寒微，在诸千英两岁时便病亡，是以她们姊妹俩在诸家大门关上后竟无路可去。

138

天地茫茫，她们或是相依为命，或是共赴黄泉成为荒郊无人识的枯骨。

在那样的情形下，一个携着幼妹手无缚鸡力的弱女子若想活下去，除了倚门卖笑外实在没有第二条路。

但谁都不是一开始就能下得了出卖自己的狠心的。

至少那年冬天时诸百卉仍在带着自己的妹妹挣扎，朔风凛冽时相拥取暖，饥肠辘辘时掘草根为食，可那年的冬天那样冷、那样冷，将所有的希望都冻结，每夜听着寒风呼啸，只觉得那样凄厉的声响是要将她们的心肺一起撕开一般。

也不是没有试图求过诸家兄长嫡母，可每一次放下尊严地乞求，换来的都是乱棒殴打。

若干年后诸千英会登上荣极之位，她会秘密下令将嫡母甄氏的骨骸从父亲的合葬墓中挖出抛弃荒野，她会强令兄长将嫡母的侄女、他的妻子休弃，她会为了权势与心中的怨恨将诸成和他的后嗣当作傀儡一样操纵摆弄 —— 可那时的她并没有看到她会有复仇的那一日，她只看见绝望，看见满目的血红，阿姊将她死死地护在怀中，棍棒都狠狠砸在阿姊瘦弱的脊背，阿姊轻声在她耳畔说："千英，不怕……"

诸千英清楚地记得阿姊曾带她寻过死。

那是百尺高崖，一望不见底，只看见漆黑一线说不出的幽森阴冷，只需纵身一跃，那么必死无疑。

"千英，不怕、不怕……"阿姊抱着她一步一步朝悬崖边走去，她的眼神空茫得吓人，诸千英不敢直视。

阿姊平日里最喜欢对她说"不怕"二字，平日里温柔的抚慰在崖边的风声中听起来格外地森冷。"很快就不会怕了……"阿姊说。

阿姊想要带着她死。

她意识到了这点，只觉吸进去的每一口气都冰冷。

她也不是不知道对孤苦无依的她们而言，死亡是解脱，她们注定要早早死去的，在这样一个冰冷的人世，她们难道还有别的指望吗？

不死在这里，总会死在别处的。

她默默地将头靠在阿姊的肩头，算是对命运的顺从。

命使她们生来是庶出，命让她们没有一个和美的家庭，命给了她们这样落魄颠簸的生活。

但将死时难免会有不甘，谁也不知道死后的世界会怎样，谁都会贪恋眼前的东西，那不甘便如一点星火，掩埋在枯寂死灰之间，却远比灰烬要灼烫。

她在最后那一瞬忍不住大哭，凄厉清稚的哭声让诸百卉的步子一顿，一只脚悬在了半空。

这一顿救了她们，亦将影响萧国的未来。

诸百卉终究没能狠下心抱着诸千英跳崖，既然想要活下去，就难免牺牲些什么。

诸千英后来总能回想起一幅画面，那是一间昏暗朦胧的屋子，有个女人痛苦地躺在地上，总有人压在那女人身上放肆地叱骂或大笑——这样一幅画每每回想，都让她作呕恶心。

那个女人是阿姊，她知道这是童年时留下的她不愿正视的回忆。

她并不觉得阿姊脏，可她也知道，她们是陷入了泥泞中出不来了。如无意外阿姊会在屈辱中加速衰老，最后死在那张床上，而她的未来亦会如阿姊一样，因为生计走上同样的路。

使她们姊妹命运出现转折的人是安长云。

诸千英此生真心感激的人并不多，安长云算一个，因为他救了她的阿姊，给了她们姊妹第一丝光明。

平南郡是边疆重地，那里的兵家子尤为多，娼门的生意从某个方面来说也因此兴盛。安长云是世家子，平南的世家子不似帝都一般自矜身份，肮脏靡艳的地方旁人去，他们也去。于安长云而言，随手救下一个快被蹂躏至死的女妓带回家并不算什么大事，但于诸氏姊妹而言，却无异于新生。

在安府里的时光，是诸千英一生最安宁的时候，安宁到她终于可以安心睡下无须忧虑明天。

但人心，总是贪婪的。

在不必为温饱而担忧的时候，野心便开始悄然膨胀。

菹城的贵女那样多，安府出入的美人那样多，她们生来优渥，她们衣香鬓影翩然如蝶，她们谈吐优雅娇生贵养。

为什么她和阿姊不能过那样的生活？

其实起初她只是想让阿姊和她过得更好一些，到最后不知怎的，变成了对权势无可抑制的渴望。

于是在隆熹五年，已出落得楚楚娉婷的诸千英带着她的野心、她的孤勇、她的骄傲，留在帝都就再也没有回过平南，直到她死，都没有望一眼故土。

"千英，我原是希望你平安终老的。"隆熹五年她留在承沂侯府时诸百卉曾叹息着对自己的妹妹说过这样一句话，那时的诸千英十四岁，抓住了稍纵即逝的机会，正预备赌上她的韶华美貌为荣华而搏杀。

而在清安十四年华贵冰冷的康乐宫中，镇南将军诸夫人亦对着珠翠满头威严高贵的太妃说了同样一句话。

"人这一生有长有短，我宁死于胜之路，不愿无为长寿。"跨越了经年的时光，这一句答案和很多年前她说的话一字不差地重叠，"可是阿姊，我不会忘了你，拼着我死，也会让你百岁无忧。我平生记住的古话不多，除了一句'苟富贵勿相忘'。"

早年的经历将她打磨成了不择手段的赌徒，可她终究还有一块最后柔软的心肠。

萧国清安年间，蜀中女子时兴远山黛、慵来妆，唐暗雪平日里甚少为自己的妆容劳心，她习惯于蛾眉纤纤素白面容的自己，可是当那个少年拈着眉笔温柔又笨拙地为她画眉时，她无力躲开。

若是让人知道她这个御前女官的一双黛眉竟是由天子亲手画成，不知会妒煞多少红颜。

可她无法拒绝，就像现在，他放下眉笔去亲吻她的唇，她只有闭上眼的力气。

在她几乎要喘不过去时他终于松开她，忽就低笑，手指沿着她樱唇的轮廓慢慢摩挲，带着些抱怨的口吻："才为你点的唇脂，就这样坏了。"

皇帝自幼是多思多愁的性子，甚少有展颜的时候，而他此时这一笑却极是清澈明朗，她忍不住轻笑："还不是怪陛下。"

这话不自觉带上了几分娇嗔似的暧昧，他俯下身，将她扶起，铜镜摆正，怀着几分得意几分期许："来，瞧瞧这双眉画得好吗？"

她怔怔望着铜镜，昏黄的镜面映出他们亲密紧贴的一双影，她被他搂在怀中，可她的后背却感觉到虚空阴冷，好像她背后是万丈深渊，她只要轻轻一仰便会跌得粉身碎骨。

"怎么了？"他察觉到了她的不对劲。

"没什么。"她故作淡然，"陛下画眉的本事可不及书法，同样是一管笔在手，在纸上是铁画银钩，在奴婢的脸上，却歪成了泥鳅。"

"你在害怕——"他的手摸到了她的眼角，"你的害怕，眼眸中都写着呢。"

她默然良久，看着镜中的他们，默然良久。

最后她开口："是，奴婢害怕。"

她是诸太妃亲自为儿子挑选的女官，最该有的忠诚便是守护在他身边仰望他的背影，可现在他们这样纠缠在一起，算什么？

诸太妃会对她做什么，她不敢想，后宫的妃嫔会对她怎样下手，她不敢想。

婢作夫人之事其实在宫内发生的不算少，虽说帝都门阀世家就连家姬都要挑选出身，可皇宫中的女人毕竟不一样，诸太妃她自己不也曾是低贱的出身吗？

可唐暗雪依旧是害怕的，她四岁起便在诸太妃身边伺候，最是清楚诸太妃的性情，她明白她与皇帝之间的感情必然是无望的，诸太妃绝对不会允许唐暗雪染指她的儿子，更不会容忍皇帝对她有太过深的依恋。

她知道自己正走向一条绝路，可她的行为不受意志掌控，她迈出了第一步，就无路可退。

"别怕。"他环住她的胳膊紧了紧。这个少年第一次对她说出这样的话，可在她看来他依旧还只是个孩子。

"我会封你做皇后——"他说，字字清晰。

一句话，七个字，却让她瞬间面色惨白："陛下在说什么？"

皇帝平静且理所当然："我喜欢你，我要娶自己喜欢的人做妻子有什么错。"

皇帝不是一个疯狂的人，他的心绪深沉而内敛，他做事理智冷静到近乎消极悲观，可他现在却说他要立一个罪臣后裔出身的女官为皇后，这是再荒诞虚无不过的承诺，只有无知又轻狂的少年才会将这句承诺说出口。

唐暗雪的手轻抚皇帝的眉，他也还只是十余岁的少年，少年大多天真无畏。

"请陛下勿要妄言。"她正色，挣开他的怀抱，在他面前郑重下拜，"奴婢卑微之身，怎堪为国母，望慎言。"

"不是国母。"他说，"是我的妻子。你不愿意吗？暗雪。"

"可陛下的妻子，还能不是国母吗？"她凄怆道，抬起眼看着他的眸子。

那双眼眸黯淡了些许，但他依旧执着不肯放弃："如果我的妻子一定要是萧国的皇后，那我就让你做皇后。是你教我要相信我的未来会很好的，为什么你又不相信呢？"

"我非贵女。"她说。

"汉孝武皇后卫子夫亦不是。"

"我年长于陛下。"

他笑："你不说我几乎都忘了，可这又有什么关系！"

"可是陛下。"她艰涩苦笑，"且不说我未必会成为陛下的皇后，只说若有朝一日陛下真的使我莅临凤座，陛下也会在未来的岁月里后悔的，或许陛下后悔时奴婢已显露老态，或许是我无外戚扶助陛下之时……"

她的话没能说下去，因为他扑上来吻住了她。

那是清安十四年的十一月二十，唐暗雪到死都不会忘记这一日有一个少年郑重地许诺要娶她为妻。

可惜后来，萧国那个成为皇后的女人并不是她，谢珣说爱她，可自始至终她都没能得到和他并肩而立的机会。

她离开昭明殿时已是酉时，她步履轻轻走在回廊之间，如同悄然流转的月光。

可忽然她顿住了脚步，僵在了原地，呆呆望着转角处的那个女人。

"太妃……"她颓然跪下，哆嗦着说出了这两个字，闭上眼，有一行泪不易察觉地从眼角滑落，她知道结束一切的时刻来临了。

夜露终将晞于晨时。


最易在不知不觉中匆匆流逝的，是一生中平静而宁和的那段时光。阿惋在练琴时偶尔抬首，才发现窗外不知何时已积满皑皑白雪。

安潋光深吸口气抬头望向窗外："我总觉得我来了帝都很久了，连雪都有落了。往年蒩城还要迟许久才会有雪呢。"

"再过些日子，或许就连梅园的花都可以开了。"阿惋微笑，"北宫梅园的花种类繁多，过些日子我带你去那赏花可好？"

"如果是同表姊去赏花，那我自然是愿意的。"安潋光面露为难之色，"只是……"

"只是什么？难不成若是我也一同跟过去你便不许吗？"谢珥愤愤掷骰挪子。

143

安溦光理了理衣襟，对他们二人肃然道："表姊，梅园我是不能陪你去了，今日我是来向你们道别的。我要走了。"

她这句话说得郑重，字句间颇有几分怅然，不似胡话，谢玙和阿惋俱是一怔，分别到底太突然。

其实安溦光为人不算坏，虽说谢玙和阿惋都在初见时便在安溦光这吃了亏，但相处时日久了，便也彼此熟络了，安溦光会与他们说南境的趣事，会告诉谢玙如何骑马拉弓行军布阵，她还会盗来美酒，三人一同聚于织云阁，关了门窗偷偷共饮。

酒醉时他们都会恍惚觉得，其实他们三个是相识了很久的好友。

"你不在帝都多留了吗？"谢玙不死心。

"太妃也极力挽留，可我阿母记挂着阿父和阿兄，何况阿母与我终究是客居帝都，久留无礼，还是趁早告辞较好。"她垂眸答道。

"那几时走？"谢玙追问。

"两日后。"安溦光弯唇，"若行程不误，或许还能赶在菹城梅花未谢时回去。"

谢玙和阿惋对视着沉默了片刻，忽然他拍了拍安溦光的肩，颇为豪爽义气地开口："那你想要什么，走之前我送你！"

阿惋在一旁看着苦笑，谢玙对安溦光就如同安溦光是个男儿一样。他恐怕是真的忘了安溦光是个女子，即便安溦光此刻是一身裁剪合宜的浅紫曲裾。

"殿下果真有礼要赠我？"她倒也不客气，当即道，"那请殿下将上回我在殿下书房瞧见的青瓷辟雍砚、飞熊古砚滴、错金博山炉并凝霜纸抄录的数十本典籍赠予我吧。"

谢玙愕然："我可没看出来你上回去了我书房一趟，就看上了这么多东西……"

安溦光继续道："我还未说完，我上回在端圣宫偏厅还看见了透光镜、赤玉卮……"

"打住打住——"谢玙忙摆手，"你索性将我的端圣宫尽数搬空好了。"

"溦光孤陋粗鄙之人，乍来帝都，此前可未曾见过如此多的好东西。一时心痒难耐问殿下多要了些，殿下可会怪我失礼？"

谢玙哭笑不得，不过他也素来是大方之人，虽说安溦光方才报出的那些东西都不算便宜，但他身为赵王也不至于计较太多，当即大大方方地应下："你方才说出口的，全送你了。"

"那还请殿下速去将赠礼备下。"安漱光向谢玙一揖身。

谢玙再度愣住，向人讨礼物，也没有这样急的。

"我与表姊，有些道别的话要说。"她略带歉意地望着谢玙。

"你有什么事非要偷偷摸摸说与阿惋？"谢玙狐疑，"我猜不是好事，偏不走，你休想教坏了阿惋。"

"行了，有什么大不了的，你去吧——"阿惋心想自己与安漱光毕竟都是女孩，女孩间有些私密话谢玙的确不方便旁听，笑着推搡了他一把。

谢玙这才满不高兴地离去。

"阿九，你有什么话要同我说？"她问。

安漱光走到她身边坐下，先是默默望了一会儿窗外的雪，然后才缓缓道："表姊，以后你一定要珍重。"

这句话就是分别时常说的一句话，可此情此景听来，阿惋又觉得不对。

她猜不透这个表妹的心思，听到这句话后只好讷讷颔首。

"表姊，你喜欢赵王吗？"她忽然又问，转过脸来看着阿惋的眼睛。

阿惋被这个问题吓得说不出话来，一时心跳飞快面色煞白转而绯红。

安漱光看着她这副模样轻轻笑了笑："我知道你喜欢赵王。我知道你们是从小一块儿长大，这北宫中除了那个阴冷寡言的皇帝陛下外，你成日对着的男子也只有赵王了，偏生赵王的容姿性情都是当世少有地出众，你喜欢他，并不奇怪。"

阿惋涨红了脸，一言不发。

"表姊，我今日说这话并不是为了使你难堪——"她诚恳道，"我是为了表姊好。"

阿惋依旧没有说话，却抬起头来看了安漱光一眼。

"听说表姊是自幼入宫，而今是康乐宫女史。你有没有想过，你的未来将会是怎样的？"

阿惋眼睫猛地一颤，安漱光说中了她这些年来心中的隐忧。

帝都门阀世家的贵女多了去，谁都比阿惋一个女史有资格成为赵王后。

"我是想说，"安漱光凑近她，"若是想做什么，就去争取，虽说要嫁赵王有些难，但也不是不可能。阴谋，或是阳谋，只要能达到目的，便去放心大胆地做，只是日后表姊你大概会有些累，既要防备别人，又要为自己谋划。"

安漱光的话很轻，像是不慎垂落耳畔的鬓发，痒痒地拂过耳垂，拂过心尖。

阿惋吓了一跳，下意识想要离她远些，这分明……还只是个孩子呀。安潋光比她还小几个月，面容稚气身量瘦矮，却会学着成人的模样说话。

她笑了笑。

"你笑什么？"安潋光老大不高兴，皱眉瘪嘴的样子总算有几分孩子气，"我好心劝你，你却不识好心。"

"我识——"阿惋赶忙安抚道，"多谢你了。"

"你不用谢！我其实是不想帮你的。"安潋光仍旧皱着眉，"你若真嫁了赵王，也别指望我欢天喜地给你们送贺礼！"

"为什么？"阿惋好奇道。

安潋光苦着一张脸："因为我原本是想娶你的呀——"

这是阿惋今日听到的最吓人的一句话。

安潋光当真含着几分薄怨："我初见表姊，便觉得表姊的模样，是我心仪女子该有的模样。可惜，君子有成人之美，你既然看上的是赵王，我也只好——"

"阿九。"阿惋摸了摸她的鬓发，如同一个长辈，"你是女子，你知道吗？"

安潋光愣了片刻，可这样的话阿母常对她说，久而久之，她便也不以为然了："我阿父、阿兄将我当男儿看。女儿有什么用，不能上阵杀敌，不能驰骋疆场。"

"不，你是女儿。"阿惋却摇头，坚持道，这句话她说得很认真，"你生来就是女子，你抗争不了天命。"

这句话，安潋光不是不懂，所以她听后只是笑笑。

但真正领会，是在一年之后。


清安十四年的冬至夜，宫中循例大办宴席。

诸太妃瞥见皇帝在笑语欢歌间的心不在焉时并不觉得意外，径自去品尝新上的羹汤。可眼力稍好的人却都在皇帝的脸色中察觉出了几分不对劲。

往年皇帝在宴席上还只是冷淡，可今夜，他的面容却透着一股死寂的惨白，他的眼眸里，竟有深深的惶恐与绝望。

"陛下今儿是怎么了？"席间柳容华都忍不住低声同一旁坐着的贺婕妤窃窃交谈。

贺婕妤却只冷笑一声，并不答话。她今夜来赴宴前精心修饰了妆容，她望向诸太妃，看到诸太妃似乎向她轻轻颔首后，她理了理衣襟袖口，手持羽觞，慵然起身，向皇帝所在的席位走去。

皇帝看到了她，眼眸冷冷的，一言不发。

他没有阻拦，她便觉得胆子大了些，笑得愈加妩媚。

"陛下——"她向他敬酒，"愿陛下万寿无疆，愿萧国河山太平。"

他依旧没有动，也没有说话。

略有些尴尬地僵持了许久，贺婕妤鼓起勇气又上前，走到皇帝身边软软坐下："这觞酒，妾敬陛下，还请陛下莫要嫌弃……"

美人一只酥手轻轻搭在了皇帝肩上，她几乎是半倚着皇帝将手中的酒凑近皇帝的唇。

她不信以自己的美色能不在皇帝心中留下什么。

可接下来的事震惊了整个大殿上的所有人。

皇帝豁然推开了眼前的人，贺婕妤手中的酒泼了自己一脸，连带着食案也被她撞翻，案上瓷器碎得清脆刺耳，酒馔狼藉。

皇帝默然起身，自顾自离开了大殿。

"太妃，要不要命人将陛下请回来。"邱胥俯低了身问道。

"不用。"太妃将耳杯中的酒一饮而尽，"有些事，他总会懂的。"

"石铨、石铨！"皇帝在后殿嘶声吼道。

"陛下。"宦官忙不迭上前。

"人……找到没？"皇帝问。他的声音低哑，绝望深藏。

石铨战战兢兢地摇头。

"滚！"惯于喜怒不形于色的皇帝此时压抑不住怒气，恨恨地将手中能够到的一切东西统统都砸出去。

石铨仓皇退出了大殿。

最后空荡的大殿中便只剩皇帝一人，他力竭地坐在一堆碎片中，用被划得鲜血淋淋的手捂住脸，低声哭泣。

清安十四年冬至夜，整个北宫都浸在热闹之中，少有人注意到，昔日承宁宫执掌天子起居事宜的女官唐暗雪，已经失踪了一个多月。

阿惋与唐暗雪平日里关系不差，她昔年曾受命服侍皇帝笔墨，唐暗雪对她多有照顾。

"你说，为何近来总不见唐姊姊的踪影呢？"算是儿时养成的习惯，她凡有什么问题，首先想起要问的便是谢玙。

"不知道。"谢玙倚在重泰殿外的白玉雕栏上，吸了吸鼻子，快快答道，"三哥身边的女官不见了，你去问三哥好了，我怎么知道。"

弦乐笑闹及暖香从身后的大殿隐隐飘散而出，而重泰殿外却似另一个天地，静而寒，宫灯百盏照亮殿外白雪，地上的素白绵延到了很远的地方，在很远的地方，天与地的交界，可以看到几点孤星冷冷，而孤星的冷光一如戍卫重泰殿外那些羽林郎手中长戟的光芒。铁甲静默，雪落无声。

阿惋凑近他，肩并肩站在一起后她感觉他在微微发抖，她记得他素来畏寒，于是道："怎么不进殿去，殿中可热闹呢。"

"太闷了，我出来吹吹风。"谢玙看了她一眼，"你方才说——唐御侍不见了？"

"这些日子总不见她。今夜陛下似乎很是心神不宁，方才贺婕妤向他敬酒，他无缘无故发了好大的火。"顿了一顿，她又道，"不知你看出来没，我觉得陛下似乎喜欢唐姊姊。"

谢玙同大多数人一样不怎么注意皇帝身后那个总沉默着的女官，但他此时认真想想，当真记起了那人温柔的眉目，记起了某夜他看到银薇树下她与三哥相拥的身影，那时黎明晨光里花树朦胧，远远望去他们如一对璧人。

"三哥……似乎的确喜欢她。"他点点头，"那很好啊，我觉得唐御侍和三哥很般配。"

般配吗？一个是皇帝一个却是女官。阿惋在心里默想。

不过若不论出身地位，他们的确是相配的。

可是……

"可是唐姊姊不见了。"她蹙眉。

"你也别太担心了，会找到的。"谢玙眺望远方，有些心不在焉。

"你好像也有心烦事。"阿惋抬手，轻轻触了下他攒起的眉心。

"被你看出来了。"谢玞揉着眉盯着阿惋的眼,"阿惋,你猜得出我是为什么烦心吗?"

"谁敢让赵王殿下心烦哪,安表妹走后,你在帝都难道还有对付不了的人吗?我知道了,定是你又被太傅给处罚了。"她信口一番玩笑,可谢玞仍旧是那副郁郁的神情,她不由正色,"怎么了?"

"再过几日我十四岁生辰,外祖叫我回了一趟卫家。"谢玞道。

谢玞素来甚少提自己的生辰,他的出世伴随着惠文皇后的死亡。但他的生辰他自己不重视,却不代表旁人不会上心,往年卫家人都会在那日备下他喜爱的食馔将他接出宫与亲族小聚,虽无宗亲生辰的排场气派,却颇有寻常人家的温馨。

"然后呢?"见谢玞一直在犹豫,阿惋忍不住催问道。

谢玞低头想了很久,也不知他在想什么,忽然他抬头看着阿惋:"阿惋,你觉得我卫家那几个表妹如何?"

阿惋起初没能明白他这话的意思,好好的怎么就说起卫家娘子了,她与她们并不熟络,只好依据着只言片语的传闻硬着头皮评道:"我听人说卫家娘子无一不是贤淑识礼之人,才学不输男儿,样貌亦是拔尖……"她默然顿住,像是咬着了舌头,愣愣地瞪大眼,过了好一会儿才从齿间挤出一句话,"你要娶妻了吗?"

谢玞点头也不是,否认也不是,只好远眺天际星子,答道:"我舅父有意为我议亲。"

放眼望去,堪为赵王后的,大约也只有卫家女了吧。

阿惋许久没有说话。

谢玞亦发了许久的呆,等他反应过来沉默已持续得太久,忙侧首去看阿惋。重泰殿外的灯火太亮,映在阿惋一双漆黑的眸子里,莹莹如泪光,他下意识急道:"你别哭!"

"我为什么要哭。"她闷闷道。声音里的确不带哭腔。

赵王后会姓卫,这是许多人都心知肚明的事,她阿惋就算再愚钝也不至于猜不到这个结果,何况她与他,非亲非故,他若真定亲,不论定的是哪家娘子,都与她有什么关系?

思及此,心中愈发颓然。

"阿惋,你也不希望我娶卫家表妹对吗?"谢玞忽然问道,扯开一个笑,"你若是现在求我不娶卫表妹，我说不定会答应你。此时我也不想娶。"

他在这里允诺她有什么用？难道他可以不顾长辈之言吗？

可饶是如此，她也还是攥住他的袖角，问："那你不娶卫家娘子，行吗？"

谢玙扬起下颏，眼眸璨璨如星："我与你多年情分，你既有所求，我岂能不允。君子重诺，一言出，非驷马不可追也，你且放心。"

"你且放心"。这是谢玙对阿惋许下的承诺，重泰殿外隐秘的角落里只有他们，他身后夜空浩大，远处隐有笑闹声响，愈发衬得此时寂静。

这婚姻大事，哪有这么容易就解决的。她想起安潋光走前留下的话，心中无声叹息。

但她这时仍在谢玙面前展颜而笑，至少他肯为她允诺。

如此，足矣。

## 第十一章　上林飞羽

萧清安十五年，上林苑。

谢氏蜀地称王多年，终究只是一方帝王，萧国的上林苑比不得西汉司马相如笔下那个巨丽辉煌的上林苑，只是天子围猎行乐的场所，总不会简陋。萧国的上林苑覆盖百余里，筑亭台楼阁成群，亦有峨峨高山、崴魂蒐麚，有川流滚滚、驰波跳沫，有芳菲百种、佳木参差。

皇帝来到上林苑也依旧恹恹缩在宫室，百般无聊地看角抵。他素来是对万事都不见喜憎之人，近日来更是愈发个性乖戾。

涵昀殿内陪侍的亲贵大多也有些恹恹，角抵并无什么好看，来上林苑却只成日里待在宫殿之内侍奉君王，这未免有些无趣，只是皇帝既然懒于动弹，他们也只得规规矩矩待在涵昀殿。

距涵昀殿不远处的观云楼，却是热闹远胜天子所在之地，那些陪宴公卿宗室的女眷、仆婢纷纷聚集于此，这里地势高，可以远眺到围猎场上的风景。倒不是这些女子们对跨马引弓有什么兴致，而是为了远远见一见萧国诸位贵公子的飒飒英姿。豆蔻初成的慕春，碧玉华年的思嫁。谁不爱少年好颜色，桑阳城中风流俊杰无数，如何不引得闺中娘子悄然心动？

"呀，快看那玄铠的，是不是赵王！"有人指着一骑远超众人的那个少年，口吻既惊且喜。

"必然是赵王！"有人认出了赵王，旁边诸人也纷纷语无伦次，"瞧那衣饰，我隔得老远便认出那是宗亲才有的呢！"

"可不是，那盔上黑翎、马上金鞍，除了赵王殿下谁配！"

玄铠少年这时引弦，放手时利箭呼啸，一只麋鹿便应声而倒。

"好箭法，那定是赵王殿下无疑了！"

"就是就是，放眼帝都，除却殿下谁有这般能耐！"

一声声夸赞怕是这些贵女的父兄平日里都不听到，有人不觉迷惑，怯怯问道："这赵王究竟是何等英才，怎诸位姊妹尽折服于他？"

"这位妹妹是新来帝都的吗？怎么连赵王殿下的名号都未曾听说？"

"殿下自然是英才，我等若能为赵王后，宁愿折寿十年。"

"我曾在除夕宫宴时得以窥见殿下姿容，他那时低眸轻笑，可真是潘安卫玠再世也无可比拟！"

"何止哪，殿下的琴音也是京中一绝，听说他的师承可是曾一曲惊天的卫博士。"

"殿下才学过人！听说他曾在太学讲经中驳倒群儒诸生！"

"也听说他曾在御前起兴作赋，辞章华美如珠玉！"

"你们都忘了今年正旦梁国使者来访时，他与梁国文臣斗诗，大获全胜之时了吗？"

一干女子说起赵王纷纷顾不得矜持，平素最温柔寡言的娘子此刻都能滔滔不绝地说出他的种种事迹。

清安十五年春，赵王玙是帝都闺阁女子心中不约而同的一个梦，那时他正在最好的年华，郎艳独绝。


许多人都曾在私底下感慨过，谢珣书画卓绝，只可惜生在了帝王家。

天让他姓谢，使他成为旁人眼中不务正业又阴冷古怪的帝王。他在上林苑金琼殿设下宴席赏百戏，却又在众人酒酣兴高时莫名发怒，抛下一干公卿贵胄独自离席，先是在后殿摔了不少上乘青瓷然后笑说此音甚美，然后又忽然说要作画，令人急急去备下笔墨。

皇帝师承萧国书画名家卫之钊，可笔触却少了卫家人的刚硬清俊更多了柔婉，他的画作放眼望去多是清冷的色调，近来他总爱画美人图，可他笔下的美人总少了胭脂，淡了红裙。

小黄门在一旁研磨，瞧着皇帝一笔笔在素绢上勾勒出一个模糊的轮廓。画作未成，但他知道是个美人的侧颜，或是背影。

皇帝常画美人，但他从来不画美人的正脸。

可小黄门瞧了这么久，他总觉得皇帝笔下的是同一个人。

许久后才将一幅画完成，皇帝对待自己的画作，总是小心翼翼到谨慎的地步。

小黄门伸长脑袋去看，画上景致简单，不过是大雪，雪中一女子俯身捡拾落下的红梅。他是俗人，不知画得好坏，却仍是奉承道："陛下的技艺愈发精湛了，画中女子当真是有天仙之姿。"

"天仙吗……"皇帝的手指虚空着缓缓描过画中之人。

"可不是，想必是宫里的美人们，都无可比拟呢。"

皇帝却忽然变色："你是在催朕回宫？"

小黄门怎会听不出皇帝话语中的怒意，当即跪下叩首："奴婢不敢！"

皇帝没有看他，淡淡道："去领二十下廷杖，不要来吵朕。"

"是。"小黄门无奈应下。从前皇帝也不见得多么宽和，可至少不会轻易对下人动用刑罚。他不知道为何这几年来皇帝会有这样的变化。

既然天子有令，他自然得去领罚的，路上恰好撞见了谢玙，见他苦着一张脸，谢玙免不了好奇多问了几句，小黄门也不好答他，只含糊说："奴婢蠢笨，触怒了陛下。"

"三哥又生气了。"谢玙蹙眉叹息，他也知道自己这个哥哥的心思愈发难以捉摸，"我去看看他——"他抬足，可却又顿住。

最终他还是悄无声息地离去。

他扭头去了金琼殿，这里足够热闹，热闹能让人忘记一切。他直接闯进了殿中，穿过殿中乐姬翩翩的舞袖找到了自己的好友贺谈元，毫不客气地坐下夺过贺谈元手中的耳杯为自己满斟一杯，一饮而尽。

赵王行事无礼随意已是人人皆知，故而大殿公卿满座，都只是见怪不怪，贺谈元也只是耸耸鼻子，另叫人拿了一只酒樽，看着他胡乱抓起盘中杏子往嘴里塞，不温不凉来了一句："殿下还是注意些仪态，免得伤了京中娘子们的心——"

"我怎么就伤了娘子们的心，你且说说。"谢玙挑眉。

"你少在这里装模作样，你还不知道吗？"贺谈元"哼"了一声，"今日围猎，我听说你可是又大出风头，似乎还有不少贵女为了见你一眼，巴巴地在观云楼上踮足翘首地张望呢。我易家表妹从观云楼上回来时同我说，在观云楼上那些娘子个个将你夸得那叫一个天花乱坠。就你这不学无术的，不过靠几句诡辩让太学博士语塞了一会儿，怎么传着传着就成了你舌战群儒了。还有什么骑射了得，凭你这本事，哪里就能远赴边疆卫国了，我看连前几年咱们遇上的那个安九娘都比不上。"

"早晚有一日我能比上她的。"谢玙插嘴，"文赋辞藻，你也比不上我。"

"我正想说你呢，你写得华而不实的花架子，也就能哄哄那些略识文墨的小娘子。"贺谈元瞪他。

这下谢玙倒不敢瞪回去，贺谈元学的是经国之道，通晓古籍又极擅算学，他闲来无事舞文弄墨折腾出来的东西，在贺谈元面前诚然算不得什么。只好"哼"了一声："若论琴学音律……"

"惠文皇后之子、卫博士之甥不晓乐理，那才是怪事呢。"贺谈元也将他的话打断，"有什么可炫耀的。"

"众女嫉余之蛾眉兮……"谢玙佯作哀愁。

"谁嫉妒你了！"贺谈元气得眼睛瞪得更大，"后来你还对观云楼的娘子们笑了一下是吗？"

"有何不可？"

"轻浮孟浪！"

谢玙但笑不言。

"若非如此，为何你那几个卫家的姊妹都不愿嫁你？阿樟说卫家那几位待嫁的娘子现今提到你，便是满满地不屑厌弃。"

"你休要听他胡扯，我与表姊妹们好着呢，不过她们不愿嫁我也是真的——我也不愿娶她们。"谢玙弯眼，笑得狡黠如狐。

贺谈元无言以对。

"听说你家中为你订了门亲事？"

方才还咄咄逼人的贺谈元立时没了声息，直接趴在了案上。

"据说是奉陶晁氏的嫡女？年齿几何？容貌如何？性情可好？"

贺谈元动也不动地趴在案上，打定主意装死。

谢玙将他强行拽起，瞧见他满脸绯红："啧啧啧，你这副模样，怕是连晁娘子的面都未见着吧。"

贺谈元一紧张，连平素里的伶牙俐齿都结巴了："小、小声点，这人多……"

这样一来更是引得谢玙嘲笑不断，若不是看着金琼殿人多，只怕贺谈元早就掀了桌案追着他打了。

可笑过之后，他心中却又被大片的空茫填满。他扯扯嘴角，将壶中所剩的葡萄美酒饮尽，一个人跌跌撞撞走出了金琼殿。

上林苑的夜比北宫的更凉，夜空澄明，月如冰，光如水，铺展三千里的银霜，一望无际。他站在月下发愣，一时不知该何去，该何从。夜那么静，好像天地和他都凝住了一般。

可思绪却飘得很高很远，漫无边际地游荡，他忽然想起了百里之外北宫的楼阁，想起了某座楼阁中的某个女子。思念那样清晰，可记忆却模糊了，他发现他好像忘了她的模样。


上林苑的景致远胜北宫，皇帝自今年开春来这半年来流连忘返。

可这世上许多人都不能任性，包括皇帝，皇帝清楚他不是自己那个生下来便被众人骄纵着的弟弟，所以当卫太傅第三道催促他回京的上表送到上林苑时，他终究还是心不甘情不愿地起驾离开了这里。

不过这没什么，他自五岁起登基称帝，这么多年心不甘情不愿的时候多了去了，他有什么理由不习惯呢？他在玉辂上回望上林苑的山影宫楼，自嘲地冷笑。

这时正是春暮，可一路都有未尽芳菲，马蹄踏过翠蕤，偶有落英轻旋翩然拂过车盖，莺啼婉转，鸟雀的影子轻灵闪过，倏忽又不见。随行的郎官因春景兴致高昂，他们本就是些年轻的世家子，在如春绚烂的年岁，目光追随着花红柳绿，竞相走马奔驰。

皇帝在听着那些少年郎欢快的声音，投向帘帐外的目光染了几分淡淡的空茫怅然。他听见有人在高歌，有人笑骂，有人谈天说地胡吹海吹，马鞭一扬的破空声响尖厉，马蹄声欢快如羯鼓的鼓点——这毕竟都是些少年人哪，他默默地想。

他听见了自己弟弟的声音。先是远远听见有内侍尖细焦虑地喊道："殿下不可随意下车！"然后依稀又听见："殿下不可上马！"再然后："殿下慢些——"

那些少年都哄笑。皇帝听见谢玙气急败坏地吼："要你管！李昱你舌头有几尺长哪！"

紧接着是更响亮地大笑，他这个弟弟哪……皇帝自己都没有察觉，他的唇角也展露了一丝笑意，若有若无，带着些许苦涩。

走走停停三五日，行程不算快，可每日行进时谢玙总是策马在最前方的。有人见谢玙走得这样急便问他是否是赶着回宫。

他但笑不语。

于是又有人笑言，殿下怕是思念京中俏娘子。

这话才一出口，便看见一向以骑射见长的赵王殿下在马上回身，飞箭离弦扑来，吓得那人直接跌下了马。

但其实，那人说的也不算错……谢玙在心里悄悄地想。

他的确是急着回京，或许是因为他在上林苑住不惯，成日里飞鹰走马的日子自然是好，可他还是更习惯北宫的草木，但或许，他思念的不只北宫，还有住在那里的一个人。

那个人此刻在做什么呢？是当窗理云鬓？是伏案读诗书？还是在水榭亭廊中弄弦操琴？是否……也在想他呢？

当皇家的仪仗自景和门浩浩荡荡进入北宫时，他便迫不及待地掉转马头往某个他熟悉的方向去了。

"殿下，殿下——"他的随行内侍李昱一路急喘着追上，"殿下应当随陛下一同入承宁宫，拜别过陛下后——唉，殿下等等！"

"闭嘴。"谢玙忽然回头瞪了李昱一眼。

他勒住了马，站在一座楼阁之外。

这里是织云阁，可在这里等待他的，只有空荡萧索。

"怎么回事？"他几乎要疑心是自己走错地方了。

李昱此时追了上来，看见谢玙忙道："殿下若想见诸娘子，可不能在这儿找了。"

谢玙惑然地望着他。

李昱苦着脸道："奴婢也是才听到的消息，说是今年开春，殿下才随陛下去上林苑后不久，诸娘子便被太妃接进了康乐宫。"

"康乐宫？"谢玙立时攥紧缰绳，"接她进康乐宫做什么？"

"殿下忘了，今年诸娘子便该十四了——"

"嗯，十四。"谢玙颔首，眼眸澄澈茫然，"十四怎么了？"

李昱不由唇角抽搐了下："明年，诸娘子就该笄了……"

他还想说到了及笄之岁，女子就该订亲选亲，诸太妃好歹也是阿惋的姑母……

但这些话他都没能说出口，谢玙直接打断了他的话："诸娘子在康乐宫哪一处？"

"啊，在重裕殿。"李昱下意识答。

谢玙直接扬起了马鞭，策马奔向了西北方向的康乐宫。


"娘子，赵王殿下归来了。"

阿惋自七岁起学琴，至今已有七年，琴技愈发精湛，可她在听到这句话时却是手一颤，尖锐的滑音毁了一曲原本流畅的《长侧》。

"他回来了？"她按住琴弦，抬头看着前来通报的珠儿。

"回来了。是端圣宫的葛青传来的消息，殿下随陛下这一去上林苑，走得可真是久……"

一直站在诸箫韶身边的一名老妇用力咳了两声，打断她们的话。

这名老妇不过是名女贤人，在女官中品阶不算高，压得过珠儿，却尚在阿惋之下。

今年阿惋受太妃之命前往重裕殿时诸太妃便授予了她女尚书之职，宫中作司、女侍中之位暂缺，她便陡然成了掖庭地位最高的女官。宫里许多人都说是因为她有个偏宠她的姑母，仰仗太妃恩赐她才能有如此权势，对此她唯有苦笑而已。她自小对人情冷暖格外敏感，并不能感觉诸太妃对她有多喜欢，只觉得这不过是太妃更进一步掌控一切的手段而已。姑母是个厉害人物，她一直都清楚。

这位马姓的女贤人是太妃派来的，表面看上去是来襄助她的，可阿惋明白，这是诸太妃打发来控制她的人。所以她乖觉地对这马氏格外恭敬，将其唤作"马姑姑"，此时马氏用力一咳是在暗示什么她也都懂。

她若无其事地将手按上了琴弦，好像方才什么都没有听闻。

记得诸太妃在阿惋最开始来重裕殿时便和颜悦色地对自己的侄女笑道："你如今也大了，该知道什么是能做的，什么是不能。不为诸氏的颜面着想，你也该在行事前考虑你的名声、赵王的名声，以及肆意妄为的下场。"

下场，这两个字冰冷，出口后让当时的阿惋狠狠一颤。

她忽然听到了外头的喧闹嘈杂，心头一惊，蓦然意识到什么，她顾不得马氏还在，提起长裙裙摆冲了出去。

重裕殿外，谢玙正同阻挠他的人争执。

也说不上是争执，那些宦官义正词严地不许谢玙入内，谢玙似乎有几分不耐烦，几番作势要策马强闯。

"阿玙！"逆着光，她不是很能看清他的容颜，半年不见她猜他必定又高了些。

"你果然在这儿！"谢玙看见她，握着马鞭的手挥了挥，可他还没来得及再多说什么，马氏便出现，用高大的身影将阿惋挡住。

"此乃康乐宫，望殿下勿要乱闯。"

谢玙撇了撇嘴，但见到阿惋也不与这个老妇计较什么，只笑道："孤不乱闯，那请收下孤的名刺，孤正儿八经来拜访成吗？"

马氏依旧正色回绝："《礼记》有言：'男女不杂坐，不同椸枷，不同巾栉，不亲授。'"

谢玙语塞，只得恐吓道："你们这些人再拦着孤，孤便叫人把你们都拖下去揍一顿。"

依谢玙的身份，杀了这些人都不是问题。

可马氏反倒上前半步："还请殿下为诸娘子清誉着想。"

清誉，这并不是谢玙第一次听到这个词，可此时听闻，这二字却仿佛是针，不轻不重地扎下，让人很不舒服。他皱了皱眉，忽然心头萌生了黯然。

风卷着春末的落花拂过，有几片不知名的花瓣纠缠在了谢玙的鬓角，他将落红扫去，陡然间意识到了什么是时光。"那么，阿惋，你是不想见我吗？"他问。

阿惋被马氏挡着看不见谢玙的身影，也不知他说出这句话时是怎样的神情。

她怎么会不想见他呢？可是——她看了眼马氏，她见不到他啊。

如果是几年前的谢玙，依他的任性肆意，应当没有谁能阻住他的脚步吧——阿惋默想。可是现在他却问她想不想见他，她实在不知该怎样回答。

那边谢玙在皱眉，这边阿惋也蹙起了眉心。

最终她实在不知道答案，索性转身，直接回去了。若他想见她，没有谁能拦住；若不想见，倒也罢。

在场诸人见阿惋走了回去，都长舒口气，唯独谢玙觉得索然又失落，满腹无趣地打马而去。

承沂侯已经有许多年没有梦到那个女人了。

他知道这只是一个梦，因为她的死给他留下的痛苦太深，已然烙印进魂魄，所以他哪怕是在梦里都还记得，她已经死了。他看着梦中的她一步步向他走来，明眸青丝恍如昨昔，他以为他会哭，会与她相顾无言泪千行，但当她真的走近时，他反倒觉得很平静，好像她的到来理所当然。

"你来了。"他轻轻说，如同只是短暂的分别，现在她回来了，他们又可以长相厮守。

梦里的她莞尔，然后……

然后这个梦就此终结。

他恍然惊醒，映入眼中的是自己的书斋，他是在伏案办公时不觉睡着了。可他看见有一个女子正向自己走来，身形与梦中重叠，他下意识唤了声："阿姝。"

紧接着他猛然醒悟，这正走来的女子并不是关姝，她虽然也是他的妻子，可她姓楚。

楚夫人像是没有听到承沂侯方才的错语，她从容走来，举止得宜，多年侯府的浸染，早将昔日落魄狼狈的楚家庶女打磨成了优雅精致的妇人。

"君侯为政事劳累了一下午，可要用晚膳？"她问道。瞥见承沂侯衣袖褶皱，于是耐心地俯下头去为他整理。

承沂侯懒懒垂眸，看到了青黑云鬓中一星半点的银光："秋荻呀，你也老了。"

楚夫人毫不在意地微笑："妾知道。"

她并不算是一个很美的女子，岁月更是侵蚀掉了她本就不多的清秀，她与关姝是天差地别的两个女子，记忆中的关姝永远明丽娇艳如蔷薇，而楚夫人却已是秋日里渐渐发黄枯皱的一片叶——可是楚夫人可以坦然面对自己的衰老，而关姝……却连老去的资格都没有了。

"我记得初见你时，你还只有十几岁，那时鬓角虽未有银霜，头发却是干干黄黄的，不好看。"承沂侯笑道。

159

楚夫人很少听承沂侯说起往事，略有诧异，顺口接了下去："楚氏作为士族本就不如卫、贺几门显赫，妾又只是旁支庶女，那时比起平头百姓不过是衣食稍足了些，哪有心思打理长发？"顿了顿，"那时妾的母亲还身患重疾，若不是君侯下聘于妾，只怕阿母早已……"

"我那时不过是见你可怜而已。"承沂侯道，"先帝要我娶妻续弦，为我指婚楚氏，楚家女子那么多，我总要选一个的。"

"君侯只是随意挑选，却使妾的人生地覆天翻。"楚夫人肃然，"无论如何，妾对君侯心存感激，不敢忘恩。"

他们这对夫妇，纵然没有情爱，也相敬如宾多年。

"秋荻，我使你的命运改变，未必是好事哪。"他若有所思，"我所处的位子，不安全，若有一日我万劫不复，便要累得你也同堕炼狱了。"

"君侯何出此言。"楚夫人心中微微一凛，"君侯这些年来在朝堂上步步为营，妾只觉得这些年来卫氏的锋芒已大不如前。"

"那你说说，你对而今朝局有何见解？"承沂侯把玩着案上的砚滴。

楚夫人想了片刻，答道："兵者，国之利器。近年来君侯与卫氏都对禁军的统领权争夺不断。光禄勋、卫尉皆听命于君侯，可南军并非尽握于君侯之手。"说到此她皱了皱眉，"虎贲郎、羽林郎中不少卫姓势力渗入，相比起来，北军则完全听命于桑阳卫氏，北军五校皆是卫氏亲族。但，也不算糟，文帝时便不停增加南军势力，惠帝也有意平衡南北军实力，南军编员近乎三千人，君侯若与卫氏真有一战，未必会输。何况南军虽依古称名为'南军'，实际上却是守卫位于帝都北部的皇宫，北军则被一分为二，一半驻城北，一半驻城南，如此布置不利北军。动乱若起，南军便首先可控制皇宫，皇宫才是国之枢纽，无论是天子，还是赵王，都在皇宫……"她愈说到后面声音愈低，但吐词仍旧清晰。

承沂侯赞许额首，楚夫人便继续说了下去："兵戈之事，轻易不起，而今当着眼的，还是朝堂。依妾愚见，桑阳卫氏虽在朝堂根基深厚，可君侯多年经营，也未不能平分秋色。御史中丞、司隶校尉、尚书令位高权重，'三独坐'之官尽为卫姓，可底下掾属却有不少是君侯的人。九卿之中也有君侯的势力广布。士族中有随阴杜氏及潮义潘氏忠心于君侯。在地方上卫氏一族的势力过于分散，而君侯身为天子叔父，有各地宗亲王国支持。君侯姓谢，便是最大的优势。"

"秋荻，你是个很聪明的女人。"承沂侯道，用的是赞许的口吻，"你的目光早已跨过了宅院望向了更高远的地方，这很好。"

楚夫人抬头，却并没有从承沂侯的眼眸中看到欣慰，她看见的是他眸中的叹息。

"可惜，你终究看不到埋藏在更深处的东西，那些藏在阴影中的阴谋……"他伸手，摸了摸她的鬓发。

"君侯究竟在忧虑什么？"楚夫人忍不住问道。她也不知道是什么时间，承沂侯便开始心事重重。

"秋荻，你以为诸太妃此人如何？"他不答反问。

楚夫人不明白为何承沂侯会忽然提起诸太妃，她对这个女人了解并不多，只知道她有着一张酷似关姐的脸，一颗可怕的野心："所知不多，妾只觉得她行事果毅，魄力心性非常人所及，却是失于浮躁。"

"诸千英是个胆大妄为的人。"承沂侯喃喃，"这我早该知道的……真希望我不会因自己的失误，遗祸千古。"

夜将临，黄昏一点点黯淡，残月如钩，光芒微弱得可怜。承沂侯看了一眼楚夫人，淡淡道："去将灯点上吧，得有些亮光，才能叫你看得清楚。"


承沂侯说，不愿自己成为萧国的罪人。

每一个入仕的人心中，最初渴望的想必都是名垂青史。

可当他死后，在史册上他还是不可避免地被书写成了奸邪无知的小人，他曾掀起惠帝继位之初的那场动乱，寂寂十余年后，又再度复起操纵了安帝一朝前期的风云变幻，然后猝然死在了兵燹前夕，留下重重迷云于后世解读。这一生和诸太妃的纠葛在稗史野闻中被反复解读渲染，真相被掩埋 —— 无人愿去发掘。

承沂侯说他不愿成为罪人，纯属多虑，因为暗处的阴谋不为人知，所以他连留下骂名的机会都没有，就仓促离去。

清安十五年五月三十，承沂侯的车马驶入了北宫。

承沂侯知道诸太妃是个有野心、有魄力的女人，从前他欣赏这样的女人，这样的女人有资格成为他的助力。然而随着诸太妃一步步发展自己的势力，他逐渐意识到这个女人有多么危险。这些年来承沂侯与卫氏一族明争暗斗，可现在他觉得，或许桑阳卫氏那些老奸巨猾的狐狸，都没有诸千英可怕。

如往常一样，诸太妃在她的寝殿接见了他。此时清晨，诸太妃正慵然梳洗，她见承沂侯时也不设帐幔屏风，一边绾发，一边懒懒开口："君侯来得好早。"侍儿捧来了绣着凤凰牡丹的丝罗襦裙，她从容更衣，年近四十的女子，举手投足间仍旧风情妩媚。

她本来就是谢惜的女人，大家都心知肚明。

"妾请君侯考虑的事，君侯可都想清楚了？"她执眉笔对镜画眉，镜中盈盈一笑对承沂侯问道。

承沂侯看着镜中朦胧的笑靥，下意识想起死去多年的关姄，但虽形似，却终究不是那个人，他在心底叹息。

"你执意如此吗？"他目光有些散漫。

诸太妃将眉笔放下，转过脸来直视着承沂侯："妾以为前几回同君侯说得已经很清楚了，妾已无路可走。"她放柔了神情，"君侯就不怜悯妾吗？当年珣儿被推上皇位时，妾就已经不能回头了。先帝驾崩时妾并无什么野心，只是当时情形容不得珣儿不登基。可谁知珣儿才坐上皇位不到一个月，端圣宫便传出什么先帝遗腹子的消息！若不是这个孩子，一切怎会到如此地步！这些年的情形，君侯也都瞧得清楚，卫氏一族容不下我母子，他们势必要拥立赵王登基，到时候我们母子——甚至是君侯都不会有什么好下场！"

她悲戚道："皇长子的夭亡势必就是他们下的手。下一个，或许就是皇帝——当年赵王出世，卫之铭逼我在南北两军及百官之前立誓，要珣儿死后传位赵王。真是笑话，想必卫氏一族也不会老老实实等到珣儿安然终老。与其死在他们手上，妾宁愿搏一条出路。"

"你还真是一个赌徒。"承沂侯掐住她那张娇艳仿佛不曾老去的脸。

"妾也是被逼的。"诸太妃轻轻在承沂侯耳畔吐气，"赌徒可要大胆，君侯的勇气不会比妾一个妇道人家还要小吧。"她眯起眼。

"你哪里是什么寻常的妇道人家——"他微笑，继而变脸，猛地甩手，"将萧国数万子民推向绝境以换来一场未知胜负的赌局，若一子不慎，便是王朝倾覆。"

"王朝是什么，天下是什么？"一室的宫人不知何时悄无声息退下，这里只剩了他们两个人，晨时熹微的光铺不满昏暗的寝殿，铜镜幽幽听不懂他们的话语，"妾只知道妾的世界就那么大，认识的人就那么多。君侯方才说萧国数万子民，可萧国的数万子民，与妾又有什么关系？”

承沂侯无言以对。

诸太妃站直身子，她的语调森冷如寒夜冰霜："越国皇族与卫氏一族仇怨深久，引越国发兵萧国南境，以此拔除卫氏一族南境势力，再引东南梁国攻越，届时南境一片混战，依仗随水之深、腾山之险，乱军一时无力深进，而守卫帝都的北军有出兵御敌之责，到时必会被派遣——三军混战，我们便可渔翁得利。卫家战后必定元气大伤，到时君侯想要铲除卫氏，不就轻松了很多吗？"

承沂侯看着诸太妃的眼眸，久久不语。

以国为棋，再没有比这更大的手笔了。

他在最初在安长云身边见到那个蓝裳双鬟的姑娘时可想不到，这个女人骨子里会有如此疯狂。

"这场赌局君侯参不参与，是时候给妾一个答复了。"诸太妃凑近承沂侯。

"铲除卫氏……"承沂侯勾了勾唇，"听起来很值得期许哪。"

"现在便是最好的时机——"她在他耳畔呢喃，有如蛊惑，"君侯有没有想过你的妻子，她姓关名姐，她孤独地躺在地底下，至今都未曾瞑目呢，她在等君侯为她报仇——"

二十八年前，关姐死于宫变的乱军之中。


短刀快准狠地刺入脏腑，刹那的剧痛让人神志有片刻的空白。

依稀感觉到的，是鲜血的灼烫。他抬首，看见诸太妃站直，一步步后退。

"你……一开始就没有打算给我考虑的机会。"承沂侯捂住伤口，神色狰狞。

"因为妾一开始就知道，君侯不会答应。"诸太妃冷笑，"妾了解君侯胜过世上的任何人。"这么多年来仰其鼻息，用尽心思揣摩他的喜怒，生怕他背弃她和皇帝，使他们母子就此万劫不复。

袖里藏着的刀长不过三寸，可诸太妃方才那突如其来的一下刺得太狠，几乎要贯穿胸腔，承沂侯捂住伤口，脸色煞白。

诸太妃复又坐下，在距承沂侯十步远的地方拾起梳篦，优雅从容地梳头："如果妾打听到的消息没错，君侯想必已经秘密调人预备对妾下手了，对吗？君侯虽看似不易近人，可实际却比那博通儒术的卫之铭更为仁慈，对吗？君侯不忍南境子民陷于战火，便只好舍弃与妾多年的情分，对吗？"她一段话说了三个"对吗"，每一次说出这二字，都含着恶意的嘲讽，"让妾再猜猜君侯之所以还没有动手的缘故。君侯生于皇家，自幼习礼教，不愿师出无名。妾好歹是皇帝生母，你总不能悄无声息杀了妾。通敌卖国之事一来太过骇人，若让人知道会折损皇家颜面；二来，君侯也没有抓到证据。妾猜，君侯大概正在苦恼该以什么罪名来赐妾一杯鸩酒呢。"她张开双臂，紫丝上襦的衣袖沾染了大片鲜血，"妾自忖实力不及君侯，只好先行动手了。"

承沂侯蓦然蹿起，一抹雪亮的光向诸太妃飞速闪来，她未曾防备到承沂侯还有这一手，猝不及防下急急后退躲避，被妆奁绊倒，就势一滚，避开刀光后大喝："来人！"

候在屏风外的是一群乔装的武者，此时听到动响一拥而入。

承沂侯片刻也不耽误，在诸太妃闪避让出身后轩窗时抓住机会，破窗而逃。

"还不快去追！"诸太妃连忙大喝，"绝不能让他活着出康乐宫！"

承沂侯是习武之人，统兵多年未曾懈怠刀剑，如今虽受伤，那些武者却也一时奈他不何，随承沂侯一同入宫的卫士就守在殿外，亦纷纷上前拔刀参战。

康乐宫成为了战场，兵戈声清脆，声声震慑人心，朵朵血花开在绣罽纹帘之上。等闲宫人早已被撤下，康乐宫的宫门紧闭。

谁也不知道诸太妃在康乐宫的暗处藏下了多少个武者，一个人倒下便会有另一个人杀出，这场刺杀显然蓄谋了很久，就是要让承沂侯死在此时此地。承沂侯随行的卫士也个个身手不弱，加之承沂侯已然察觉出诸太妃的危险，进宫时所带的护卫随从比平日的两倍还要多。一时间双方僵持，胜负未明。

然而承沂侯受了伤，势必不能久战，可是逃不出去了……这样的念头在他脑子里盘旋。

康乐宫的宫墙高大，就如同一个囚笼，纵插翅亦难飞，宫门锁死锁住了生的可能。纵然他靠这些忠心的护卫杀出了康乐宫，又能如何呢？北宫那样大，这里是诸太妃的势力所在。

他逃不出去的。

想到这时他眼睁睁看见自己身边最近的一个护卫被弩箭射穿，这还是一个很年轻的儿郎，就这样被钉在了廊柱上死不瞑目。

弩机，是军中才有的武器——他忽然意识到了这点。

紧接着他听见风声呼啸，弩箭狠狠贯穿了他的腹部。他倒地，被人一拥擒住。

一柄长刀毫不犹豫地向他砍来。

"慢着——"诸太妃喝止住了那个人。她向承沂侯款款走来，莲步娉婷，尽显仪态，"君侯身份贵重，哀家可以让你说出你的遗言。"她用穿着岐头履的纤足挑起承沂侯的下颏，满是轻蔑嘲弄。

这个男人曾让她俯身侍奉，她如今折辱他一番也不为过。

"你已经……开始动手了？"承沂侯咳出一口血，哑声问。

"不错。"诸太妃笑，"说起来哀家还真是佩服你，情报那样仔细精密，若不是被你察觉出了端倪，你以为我会将大计告诉你还给你'考虑'的时间？哀家从一开始就没打算联合你，密使已派往越、梁两国，效忠于你的潮义潘氏已归附哀家，平南郡也早有哀家的势力布下，谢悟，你已挽回不了什么了。"她笑靥愈发地美，"你的死也是哀家一早就筹谋好的，哀家的计划，可不止同你说的那些。"

然而她说的话，承沂侯已经听不见了，大量的失血让他的神志开始恍惚，他的目光迷蒙，望向诸太妃时低声呢喃着什么。

诸太妃侧耳弯腰，她总算听清了承沂侯是在说，阿姊、阿姊……

诸太妃的目光有一瞬的黯然，这个男人，到死都还记得关姊。

她究竟有什么好，值得你记挂这么久？

她不知道谢悟和关姊之间有怎样的故事，她甚至从未见过关姊，只知道她们有着相似的一张脸，只能从谢悟偶尔的只言片语中，去推断那个早逝女子的性情。

对于关姊，她说不清是嫉是恨，抑或是羡。

片刻怔神，她竟不由想起了与谢悟的初见。

初见隔了二十二年的岁月，从平南边境第一次来到帝都的小丫头在帝都的繁华中目瞪口呆，她见到了那个衣冠华美的贵胄，他英俊得让她以为是天人谪临，那时的他在醉酒中将她错认，下意识轻轻唤了一声，阿姊……他吐出这两个字时的眼波，是她从未见过地温柔。

"阿姊……"他轻轻说。

她注视着谢悟，这是她第一个男人，她看着他时眼眸中神色复杂得自己都说不清道不明。

　　"阿姊，你在吗？"大约是回光返照，这句话或许会是承沂侯谢愔此生最后的一句话，他距死亡已不远。

　　诸太妃知道，他是将自己当成了关姊。她心念一动，下意识更低俯身："我在。"

　　利刃的寒光突如其来，诸太妃后仰，却已躲不过，火烧一般的疼痛让她恐惧，她大叫，按住自己的脸，黏腻的鲜血正争先恐后地涌出，洗去脂粉红妆，将一张美人面染成了罗刹。

　　"你不配。"这是谢愔最后的一句话。手一松，短剑落地。他无比疲惫，他终于知道为什么前些日子他会梦到关姊了，因为人世太苦，她来接他了。

　　这一场漫长的思念，终于到了结束的时候。

　　承沂侯的尸首，五日后在桑水中发现。据承沂侯随行的卫士说，承沂侯堕水是因为拉车的马匹忽然发狂，于是拖拽着马车一起跌落水中，他们有心相救，奈何水急，无力回天。

　　于是掌权数十年威慑朝野的承沂侯便这样出人意料又轻而易举地死去了。

## 第十二章　烽烟骤起

清安十五年八月二十一，受诸太妃之召，安漱光及其母亲、六哥前往帝都。

五日后，越国文身披发的夷人披着轻便的皮铠，如同一支突如其来的冷箭，刺向了安定宁和的菹城。

越国军队的进攻，是遵循对诸太妃的承诺，也是为了他们的野心，更是为了复仇。

萧国建国后，屡次对越国用兵，越终究是未开化的蛮国，虽朝堂内行汉制、立汉法，但仍是浅了根基，因此在元帝、文帝两朝数度战败，最后于惠帝初年求和称臣，去帝号改称王，越国为萧国从属。

越对萧，可算是仇恨已深。

诸太妃得不到高门士族的支持，所以她早就将目光投向了寒门，甚至是身份更低的贱民。她早年生活于市井底层，知道有些氓吏小民虽不学诗书，却照样有让人害怕的本事。

高门士族只看到诸太妃缩在承沂侯谢愔背后祈求庇护，却没有看到这些年诸太妃一直在暗地里笼络底层势力。

一场惊天谋划，在隐秘中被定下。

打破萧国数十年安定的第一场战乱，就此发生。

清安十五年九月初一，韬光养晦多年的越国奇袭菹城，不宣而战。守将安长云仓促应战，依靠城门坚固勉强抵住了夷人第一次进攻，战后清点人员，发现城中兵卒竟伤亡过半。

之后夷人围城三日，城内人心惶惶，安长云求援，可都传信失败——这后来也被史官总结为萧国失败的原因之一。萧自立国来一方面依仗山峦河川之险，一方面也被地势所误，菹城之后是大江高山，数十里无人烟，最近的守军若要赶来驰援都需两三日的行程。被派去传信求援的兵卒皆被越人截杀。

镇南将军安长云见求援无望，坚守也未必能久守，便冒险带着老弱残兵开城门冲锋，将越人攻击吸引至东城门，趁乱时下令自己长子安渡，次子安清带领精兵从城西兵力薄弱处突围，逃入了山林之间。

菹城一战惨烈，最后安长云力竭被俘，誓不愿降后，被越军枭首。

安渡、安清也在父亲死后产生分歧，长子执意为父报仇，而次子更愿投奔叔伯求援。手下精兵被他们兄弟一分为二，安渡领两千兵卒杀回菹城，虽勇挫敌将，终究还是中伏被杀，安清带着生下两千兵卒翻山向东前往伯父安长靖守卫的醴川城，一路上越人追击不断，到醴川时只剩兵马八百。

安抚了侄儿后，安长靖在醴川严阵以待。安长靖算得上是老将，曾在惠帝初年攻乌奴时立下赫赫战功，也曾与越人数度交锋未曾有败——他的战绩足以让他骄傲。

于是这位萧国的名将，也因自己的骄傲而亡。

醴川城墙高大坚固，易守难攻，可这位老将不愿守城而是在城外三十里列下兵阵，要为自己的弟弟及菹城百姓报仇。

最后这一战的结果以安长靖的失败而告终，他命丧箭下，五万兵甲覆灭，披铠的大象踩着地上尸骨继续前行。

而此时，距菹城城破不过十日。

之后萧国南部边境各个要塞被逐一攻下，越人在南境肆意烧杀，一路凯歌北上。


清安十五年这场战乱被后世称为"清安之难"，这是一场浩劫，鲜血与号哭将萧国南部变成了地狱。

这也是安潋光经历过的第一场真正的战争，不同于往年小股夷人的抢掠，她站在菹城城墙看着父亲指挥若定。

因为诸太妃的召令，她和母亲胞兄躲过了菹城的屠杀，等到他们听到越人大举入侵的消息时，马车都走到了百林郡。

从平南郡逃难的流民带来了故土的噩耗，他们说平南将要沦陷，菹城早已成为焦土，他们还说只怕百林郡的郡兵也挡不住越人的象骑兵，想要活下去只有赶紧逃。

平南郡地处萧国最南端，接壤两国，驻守的兵马远胜寻常郡县，都没能挡住越人，更何况是百林？

这是战争，这就是战争……安溦光看着那些神色惶恐的人，忽然心里泛起了一丝恐惧。

她还只是个十四岁的女孩，幼年时父亲教她要保家卫国奋勇杀敌，她记下了，可她活到现在都没有亲眼见一见战场的残酷。

她看见有不少逃难的人都受了伤，血结成了暗红色。一路上都有被丢弃的死尸，即便是亲人也顾不得掩埋。

"六哥，我们怎么办？"她的果决、胆识、智慧都在震惊之后不见了踪影，她只能像个孩子似的去问年长的人该怎么办。

"去帝都。"安济沉稳地将行李收拾好，"即刻启程。"

"去帝都……"安溦光喃喃着这几个字，猛地意识到了什么，"那阿父呢？我们去帝都逃命，阿父呢，几位兄长呢？不管他们了吗？他们还在菹城！"

"他们不在菹城了。"安济简洁道，"菹城已破。"

那时他们还不知道自己的家人是死是活，但无论如何，回平南郡去找他们是死路一条，他们只能北上，去帝都。

那夜安溦光睡在马车内，她在梦里依稀梦到了自己的父亲，梦到他满身是血，她被这个梦吓醒。

醒后，一个更惊恐的事实让她恨不得自己犹在梦中。

诸夫人不见了。

她留下了一封书信，踏上了回路。


九为阳数，九月九故名重阳，据说这日阳气最足，可谢玝走在重阳的夜里，依旧觉得阴气森森。这里是皇宫的偏僻地，靠近康乐宫西，他望了眼天穹，再次确定今晚没有月亮。

他没有提灯，这条路上也没有烛火照明，就连远处宫室的亮光都被眼前重重的枝叶掩蔽，他几乎是摸着往前走，在这样一个伸手不见五指的夜。这里这样黑，树木又这样密，他吃力地拨开自己头上低垂的木樨树枝——改日非得叫人将这里的树木给拔了，再将道路好生修整修整，沿甬道一路悬灯不可。又转念一想，不成，若是将这条路弄得太亮堂了，自己再想偷偷来岂不就难了？

罢了，好在这里的路他走得也熟了，还不至于走岔了道。

他摸索着走到一堵高墙之下，即便周围没有任何标志，他也知道自己是找对了地方。他仰头仔细估算了一下墙高，又看了看周遭的树木，心里大概有了个把握，拾起一块石头往墙内投了进去，再嘬口学了几声布谷叫。

过了一会儿，他挽起衣袖，顺着墙外的树往上攀，再小心翼翼地经由树枝爬到了墙头。

"阿惋、阿惋……"他在墙头伏低，轻声唤道。

"小声些！"墙下果然有人接应。

他冲她笑笑："就知道你还没睡下，快帮我下来，不然一会儿就被人瞧见了。"

"怕被人瞧见你还来——"阿惋嗔怪，还是朝他伸出了手，"我将一块大石头挪到了墙下，你一会儿可踩住了——唉，慢些。"

谢玙由阿惋扶着慢慢从墙头下来，最后一下脚滑，几乎带着她一块儿摔倒，可他笑得没羞没臊："阿惋，我冒着千难万险来看你，你欢不欢喜？"

"谁要你来的！"阿惋压低了声骂道，"都说了我现在不便轻易见你，也叫你不要耍这些危险把戏，你怎么就是不听。"话是这么说，可还是牵着谢玙的衣袖蹑手蹑脚地往房里走。

谢玙难得没有多话，一路沉默。

《礼记》有言：女子出门，必拥蔽其面，夜行以烛，无烛则止。

这道理，他在那日回去后便懂了。

他可以不畏悠悠之口，可她还须战战兢兢活在俗世。

"你放心。"他小声说，"这回我来，谁也没有惊动。今儿重阳，广德殿设下了宴席，所有人都去了。"

"嗯。"她走在他前头，轻轻应了一声。

"阿惋，你会不会不愿见我……"他小心翼翼地问。

"不会。"阿惋简洁答道，向他做了个噤声的手势，探明前边没有人后，方带着他往里间走，"但你来找我，我会很怕。"

谢玙的眼眸黯淡了一些，果然还是不该来的，会给她添麻烦。

"墙那么高，我真怕你会摔下去。"阿惋蹙眉肃然道。

谢玙一怔，扑哧一笑，笑过后不忘拧眉恨恨道："我才不会摔下去，我像那么笨吗？"

"是是是，你不笨，是我白担心了。"阿惋笑道。打小时起她若和谢玙有什么争辩，多半是吵不起来的，往往是谢玙斩钉截铁说什么，她便顺着他的话说下去。此时谢玙听她这番话，心中不知是欢喜还是酸涩。明明还不过是十四五的年纪，可好像距儿时已经隔了很多年的光阴。

"你要带我去哪儿？"谢玙问。

阿惋带着他在殿中左拐右拐，走的地方多了谢玙都有些晕乎。

阿惋掀开竹帘，将谢玙带进了自己的寝居，谢玙进去只看了一眼，红着脸又飞快地退了出来："咱们在外面说话就好，何必、何必……"

其实阿惋还住在织云阁时，谢玙在那里横行无忌，织云阁的哪个房间他没有去过？只说幼年时他们睡在同一张榻上的时候也不少，可方才他一看到屋里的罗帐软榻还有打开的妆奁，熏香的铜炉，便下意识想要逃开，仿佛自己走近了，便是做了什么天理不容之事一般。

阿惋面颊微红，侧首看向一旁的屏风："你若不进去，一会儿被人发觉你跑来我这儿，那可就——"她瞟了谢玙一眼，"阿玙，你怕什么呢，又不是让你去什么魔窟。"

说的也是，他怕什么呢，这是阿惋，又不是别人，他难道还要像贺谈元见晁娘子那样怯得连话都不会说吗？

咬着牙硬着头皮走了进去，与阿惋各自坐下后却是一时无言，自从那日之后，他们之间的氛围仿佛就古怪了。

阿惋低着头，默默似有心事。

"广德殿设有宫宴，你不去吗？"过了一会儿阿惋问道，"你可是最爱热闹了。"

"广德殿的热闹每年都一样——"谢玙答，坐了一会儿也不觉得不自在了，这里的布置一如多年前的织云阁，他的目光落在阿惋面上，她还是过去的模样，即便个子稍稍高了些，五官长开了些，但在他看来这还是过去的那个阿惋，面容素净、秀婉，眉目带着几分稚气柔和，他恍惚间有着错觉，这还是很多年前，时光未曾逝去。

"我这儿冷清，每日都是一样的。"阿惋低头说，状似漫不经心看着一卷琴谱。

"可是——"谢玙说，"我很想你，我就来了。"

那样低低的一句话，像是窗外扑棱飞过的鹊鸟，在人还未来得及捕捉就已闪过，阿惋疑心那只是她的错听，她已经很久没有听到谢玙的声音了，少年的嗓音不似过去那样清亮，轻柔、略哑音色让她觉得有些陌生。

她抬头，看到了谢玙的眼眸，他眼中坦然直接地写着思念，从小到大，谢玙一向是个喜怒外露的人，他很想她，所以他就这样自然而然说出了口。

阿惋与他对视，两人都忘了挪开目光，好像可以从彼此眼中看到地老天荒。

还是谢玙先感觉到了尴尬，垂下眼故作轻快地笑，"好了好了，我是来陪你过节的。"他从怀中掏出一个小小的包裹，在凭几上打开，"诸太妃在宴上品珍馐享美酒，却不许你这个侄女去广德殿，天底下竟有这样的姑母，我都看不下去了，看在咱们这么多年交情的分儿上，我就来陪陪你，也免得你这总是冷清。"

那样小的包裹里并没有太多东西，无非是蓬饵，重阳食蓬饵，是很古老的习俗。

"还有这个。"他从腰上解下一个小葫芦，"菊酒。"

"你备得倒齐。"阿惋笑。

"哪里就齐了。"谢玙亦弯眼一笑，他撑着凭几探身到阿惋面前，将什么簪在了阿惋鬓旁，"茱萸。"

这样一瞬亲密的举止，儿时常有，谢玙偶尔会忘了他们都已不再年幼。

他手指擦过阿惋耳郭时她心中一悸，有种酥麻的感觉迅速蔓延，让她一时忘了言语。

"据说重阳食蓬饵、饮菊酒、插茱萸，可以长寿。"谢玙说。

对每个被困在深宫的人来说，长寿是最好的祝愿了吧。阿惋默想："我也听人说过这个，是二姊告诉我的。"她已经有许久想不起诸家的手足，这时提到同父的阿姊，声音有些艰涩。

"我是听舅父说的。"谢玙道，还有些话谢玙想说，但他尚在犹豫。

卫昉有如谢玙之父，他告诉谢玙的，不只是重阳的风俗。今日卫昉和谢玙长谈，问谢玙愿聘哪家女为妇，谢玙依旧含糊其词。末了卫昉叹息，阿玙，你已虚岁十五了。

如一记重锤砸在谢玙心上。他还年少，不过十五岁，可十五岁却也远远不算个孩子，他离娶妻、就藩已经很近了。

若他远赴赵国，阿惋会在哪里？陪他一同去藩地的那个女子，又会是谁？

他想问阿惋，可愿意同他一起离开帝都。

谢玙再也没有机会问出这个问题了，因为他忽然听到了外头的嘈杂之声。

"好像是历胜门出事了。"阿惋也听到了声响，她和谢玙一同站起，走到了窗边细听，"是车马的喧哗。"

康乐宫的西殿距历胜门很近，历胜门的动响可以借助风势传到这里。

可这时历胜门不该有车马驶过，而且听声音，是一队走得很急的人马，骏马的鸣叫撕破长夜。

宫门自入夜后必须下钥，非十万火急之事叩不开宫门。

他们面面相觑，年少的他们都从对方的脸上看到了惊诧与恐惧。

山雨欲来！山雨欲来！


诸夫人留下书信独自赶赴死亡，不是没有想过自己的一双儿女，只是安长云对她而言太过重要。她曾在卑贱与肮脏中摸爬滚打，安长云是第一个也是唯一一个给予她希望的人，安长云一死，对诸夫人来说就是天崩地裂。

很多年后《列女传》会记下诸夫人的故事，她的贞义亦会在市井中口口相传，人们都会记得为国惨死的镇南将军有一个可歌可泣的妻子，人们说当镇南将军被枭首，头颅悬挂于菹城残破的城墙之上第三十个日夜，有一个徒步走了很远山路双脚都是血痂的女人走到了城墙下，抚墙恸哭。

有带刀越人兵卒路过，叱问她为何人。

她答，萧国镇南将军之妾，请与之共死。

越人感其情义，遂斩其首，与安长云合葬。

后来诸太妃将自己的姊夫追谥为武懿公，尊诸夫人为武懿公夫人，可那是身死之后的事，诸夫人不会再知道了。

她同样无法得知的，还有她儿女的际遇。


安潋光会记住那个叫作梧县的地方，之后的一生，她每一场噩梦都与这里有关。

清安十五年九月十五，她在梧县第一次遇到了越人，第一次历经战场的屠杀。

越人的军队行进很快，他们不止有能摧城拔寨的象骑兵，还有迅疾如风的轻骑兵，乘瘦矮敏捷的越马，所过之处寸草不生。

梧县的县令早已逃亡，这里的百姓也纷纷背井离乡。

安济、安潋光和逃难的人们一起仓皇北上。一路惶恐不安，或真或假的消息在难民中疯传，每个人都在惊慌，许多人吃饭睡觉都顾不上，只是不停地逃。在距菹城城破不足半个月的时间，南境已是地覆天翻，所有的秩序、尊严都被踩得粉碎。

"哥，这里是哪儿了？"车厢内安潋光问自己的胞兄。

安济掀开车帘看了一眼："大概是梧县。"

"距帝都还是很远……"安潋光喃喃。

"不远了。"安济拍拍妹妹的肩，"别怕。"

唯有大难临头才知道兄长的存在意味着什么，安济此时是安潋光惶恐不安的心中仅剩的支撑，他说不怕，那她便真的心中稍定。

"阿贵。"安济招呼车外赶车的车夫，"歇一会儿，吃些东西，咱们晚上还要继续赶路。"

车夫勒住疲惫不堪的马，安济将半筒干饭递给他，阿贵接住，手有些发抖，血丝满布的浊眼中尽是惴惴之色："小将军，越夷应当不会追上咱们吧。"他是安家家奴，故而唤安济一声"小将军"。

"我不知道。"安济的声音压得很低，掩不住地沙哑，"咱们只有努力往前逃。"

可是来得及吗？安济在车上回望南方，越人的军队到了哪里，他们还有多久会赶来？

命运很快就给了他答案。

人群中像是忽然爆发出了凄厉的惨叫："越人来了！"

喧哗吵闹如潮涌，不住地有人嘶喊，人们顾不得什么，飞快地往前逃，一时间踩踏无数。

安济看不到南城门究竟发生了什么，但在乱起之时他唯有尽本能地朝阿贵大吼："快、快走！"

阿贵赶紧一挥马鞭，拼了命地驱赶拉车的骡马。

可梧县人潮涌动，慌乱的难民将道路堵塞，本就不宽的路更是寸步难行。惨叫从后方不断传来，是有人被践踏在马蹄之下，是有人被斩于马刀之下，惊慌的浪潮层层叠叠汹涌，安济还看不见血，但他知道死亡已迫在眉睫。

"哥，弃车！"安潋光从车厢跳下，这些天来她仿佛一直都是混混沌沌似还未从震惊中走出，此刻大难临头终于清醒了几分，"马车走不动的！"

安济短暂迟疑后也从车上跳下，撕下一方布裹在了安潋光脸上拽着她往前逃，阿贵跟着他，马车和车上的干粮钱财无人去管，这时候命是最要紧的。

人多，阿贵的身影很快被淹没在人群之中，安济和安潋光也几次险些被撞开，他唯有用尽全身的力气去握住安潋光，死也不松开。

越人的骑兵悍勇，他们直接冲撞开梧县的城门，将五尺长的马刀挥向所有他们看见的活人，他们如一杆染血的枪，势如闪电般地笔直向前。

屠戮疯狂展开，梧县是新的地狱。

安潋光会记得那一条似乎看不到出路的长路，记得身边总在拥挤的逃难者，她跌跌撞撞地跑，一只手被哥哥死死攥着，胸腔里的心跳剧烈，剧烈到她耳中只能听见自己的心跳，再没有了别的声音。

她的哥哥忽然猛地扯了她一把，厚钝的砍刀擦着她的头劈过，巨大的力道将她身边一人几乎劈成了两段，血泼在她的眼中，灼烫刺痛，可她依旧看清了那个死去的人，看清了挥刀狞笑的罗刹。

这并不是她第一次看见死人，她的父亲曾率军抗击越人虏寇，她就站在蒞城城墙上看着父亲指挥若定，敌人的鲜血是父亲英勇的证明。可是在梧县，在与死亡擦过的瞬间，在鲜血泼到眼底时，安潋光只想放声尖叫，她忘了自己将门虎女的身份，忘了她的骄傲和智慧，这是人对于死亡出自本能的恐惧。

安潋光的脑海一片空白，下一刻，又有刀光向她扑来。

安济拉着她没命地逃，那名越人步卒并没有追来，手无寸铁的弱者那样多，他杀谁都一样，整座梧县已然沦陷，逃到哪里，也都有手持兵刃的夷人。

安潋光后来再回想这段记忆，她怎么想也想不起哥哥带着她跑过了多少地方，她跟跟跄跄地跟着，只觉得天旋地转，四处都是绝望，鲜血一朵朵溅开，是这座灰蒙蒙的小县和阴沉天幕下唯一的亮色，她觉得很累，喉咙像是被什么堵住了一般，什么声音都发不出。

转过某条巷陌，才喘息几口，远远便看见有越人逼近。安济扭头看着自己的妹妹，猛地朝她一推。

那扇民居的门没有上锁，安溦光跌了进去，门被关上，她陷入了黑暗中，光明被吞没。

她愣愣地爬起，听见外头纷乱嘈杂的脚步声。安济扭头看向她的那一瞬，眼睛红且狰狞，这是一个哥哥无所畏惧的眼神。

她蜷缩在这间木屋中，听着外头的喧哗，木然发呆，终于一点一点清醒了过来。

她意识到了她之所以在这里是因为哥哥的保护，兄长将她藏到了这里自己却跑去引开了那些越人。

可她在这里能安全多久，她的哥哥又会有怎样的下场？

这时她听到了惨叫，是哥哥，她熟悉他的声音。

她下意识想要冲出去，却又顿住了脚步。

门外面是地狱，她能救得了谁？

但是不出去的话……不出去的话，她会后悔一辈子。

她用力推开门，头也不回地往前冲，她看见了哥哥，确切地说，是看见了一摊血和一方破碎的衣角，七八个越人围住了安济，她只看见他们举着刀，大笑着向他砍去。

她尖叫着向那些人扑过去，她以为她可以如自己的父亲一样。

可终究只是个荏弱的女孩，她自幼跟随父兄习武，她读兵法学天文，她能诗书善算学，但那又如何？在越人兵卒面前她只是个孩子，孩子的勇敢是可笑的，他们轻而易举地打倒了她，折断了她的骨头，逼迫她跪下。

在她衣襟被人撕破时，她恍惚听见越人用古怪声音说了句什么，半惊半喜，然后他们的动作无一例外地停了下来。

安溦光听不懂他们的语言，但她凭本能感受到了前所未有的惊恐，她明白了为什么她最初跳下马车时哥哥要那样小心地为她用布片遮住面容，她徒劳地掩住衣襟，却已来不及。

她是个女子啊，她不得不正视这个身份，以及这个身份所带来的，莫大的耻辱。

所有的挣扎都无力，歇斯底里的号哭挽救不了什么，撕裂的疼痛摧毁了她的神志。

十五岁的安溦光在疼痛中走向毁灭。

## 第十三章　莫怨流光

越国悍然入侵萧国的消息传到帝都，引起轩然大波，萧国边境数十年平和无事，年轻一辈的人几乎不知何为战争。

这正是多事之秋，谢愔死去后新的权利角逐展开，原本岌岌可危的平衡被打破，从前效忠于谢愔的潮义郡潘氏一族试图取代谢愔的地位，卫氏一族也想趁着谢愔死去大权独揽。

突然燃起的烽烟打乱了各自争斗的进程，战报和各式的传言不断地被送到帝都，纷乱中的惊慌也逐渐滋长，上自公卿下至黎庶，无一不是在阴云中蹙紧了眉提心吊胆。

半月时间，萧国南境三郡几乎全部陷落，越人肆虐，一路烧杀不断。

越人的凶狠妇孺皆知，一时间人心惶惶，南方逃难来的流民更是渲染了这种恐慌，司隶校尉不得不加强京中巡防，以免生乱。

灯火烛影下一双手缓缓伸展开。

这是一双老人的手，枯瘦苍白，暗褐色的斑点落在褶皱之间。

"这双手，曾经拉得动硬弓，握得住缰绳。"老人说，"现在，这双手掌控着萧国百万人的生死，若是不小心抖一抖，万千人命赴黄泉。"

他的声音很平静，无悲无喜无骄无躁。

"所以父亲的手得稳。"老者身旁的男子展开一封卷宗，道。

"我想知道我是否老了。"老人的目光很平静，他眺向窗外，眼眸中映着满天星辰。

177

这是一个很好的夜晚。

却有许多人无法安眠，因为焦虑，甚至是恐惧。

帝都九百里外，腾山潜龙关的鏖战仍在继续，死者的尸骸足以堵塞河川。

卫之铭，后世被追谥为宣庄公的两朝权臣，在清安十五年这一年终于手揽了朝野全部的大权，再无人压制。

这算是临危受命，因为他面对的是萧国前所未有的危难，整个国家的担子都压在了他的肩上。

这也算是趁乱夺位，谢愔死后留下的权力缺失因外敌入侵而不得不被迅速填补，原本就被破坏的平衡彻底打破，用最短的时间赢得了朝臣拥护、天子授命。原本还妄图和他争斗的人都不得不暂退，因为外敌当前。北宫之内的那对孤儿寡母无力去面对夷人的刀剑，只能将整个国家都交付给卫之铭。

灯烛暗去，不甘地挣扎几下后渐渐微弱。

"父亲心中不老，纵使耄耋亦当壮年；父亲心生衰败，青丝三千亦是华发。"男子剪去多余烛芯，火光再度跃起，照亮这对父子的面容。

老人挑了挑眉："其实我未尝不想老去，含饴弄孙、江头垂钓何等肆意。可惜——"他垂眼喟叹，"偏偏我姓卫，偏偏我在这样一个世道。生来命如此，再无话可说。"

男子灯下静静地查阅京中粮储，也是许久无言。

"我只是觉得，有些对不起你。"卫之铭看着自己的儿子。

"父亲这是什么话。"卫昉放下卷宗，笑容悠长宁和，"儿子也姓卫。"

卫之铭看着自己的独子，沉默许久，轻轻一叹："我有时会想，若明素还活着，愿不愿见到你如今这副为案牍劳形的模样。"

卫昉怔神，最后垂下眼睑："父亲看一下我方才算出来的数吧，如今帝都的储粮大概只剩这么多了，然后各郡的粮储统计在这儿——"

卫之铭接过去却并没有看："如我估料不错，太仓的余粮已不足八十万石。不说粮储，只怕连国家帑藏都已不足。蜀地富庶，世代帝王公卿挥霍无度——就如同天险稳固一般，有些观念已根深蒂固。阿昉，你只告诉我，距潜龙关最近的奉陶郡粮储多少？"

"粟二十万石，麦十万石，稻万石，菽千石而已。"

“传令，以奉陶之粮供给前线。”

“父亲是要速战速决？”

“以萧国当今之势，并不宜长久作战，久战伤民，不如——”卫之铭的眉心用力攒起，终是下了决心，“阿昉，以禁军五万精兵，会合棘水、随阴、宁武、庆阴、泰定五郡兵力共击越夷，你以为有几分把握？”

卫昉锁眉深思，很长一段时间不曾言语，案头烛火明暗不定，一室森冷。

“父亲心中已有答案了。”卫昉最终答道，“不论几成的把握，父亲都会选择全力一击，背水一战。”他抬眸与老人对视，“都说家国，可在父亲心中，国的分量终究要重于家。”

“我卫家依靠北军控制帝都慑服朝堂，若将北军调往战场，只怕与我们不利。”卫之铭自然清楚他方才决定中的利害，“可大敌当前，没有藏私的余地。”

“父亲说得没错，大敌当前——这是个无解的难题哪。”他长叹。

“阿昉，我有没有和你说过卫氏一族的发家起源？”老人枯瘦的手轻拍卫昉肩头。

卫昉愕然，有些恍惚：“从前长姊曾与我说过，”他朝卫之铭揖身，“愿闻父亲教诲。”

卫之铭抄手发了一会儿呆，过了好一会儿才缓缓道：“卫氏以武起家，若溯源而上，最初的显赫距今有两三百年了。那时九州还有同一个国号‘宣’，我卫家先祖是追随宣太祖征战天下的功臣。自太祖一朝被封万户侯，数代显贵。那时卫氏一族的人丁比而今还要广，分支遍布北方诸郡——可是后来你知道为何卫氏一族南迁至蜀地，在这逼仄一角苟延残喘吗？蜀中诚然是闲散安逸的好地方，可是男儿生于天地间，至死不见天下之广，实是恨事。而我卫家的儿郎，已有数代不曾离开过巴蜀了。”

“儿知道。”卫昉垂眉敛目，“是因为宣朝憨帝时的‘胡祸’，朔北胡人大举入侵，都城被破，士族大量逃亡，或西避入蜀中，或迁往江南。后来天下大乱群雄割据，迁往客乡的士族便再也没有机会回归故土。”

“你说是六合一统好，还是四分五裂好？”

“自然是六合一统好。”

“话是如此。”卫之铭眯起眸子，掩不住的沧桑怅然，“据说当年胡人南下，北方的士族不是无法抗击胡人，只是因彼此猜忌，都不肯出力勤王，眼睁睁看着都城破，君王丧，然后胡人的弯刀指向了自己。"

"着实令人唏嘘。"卫昉感慨。

"我翻阅先祖札记，字字浸血，读来毛骨悚然，那时战乱的残忍，实是'白骨露于野，千里无鸡鸣'一句都无力概括。"卫之铭危坐，瘦削的脊背笔直，"既为朝臣，既受民奉养，我便不忍宣朝末年的乱世重临萧国。"

"儿知道。"卫昉颔首。

忽闻窗外有纷乱的脚步声，接着是僮仆叩门，虽焦灼却依旧恭谨。

"何事？"卫昉拔高了嗓音问。

"司隶校尉怕是不好了。"仆人哀然道。

司隶校尉卫之锋，是太傅卫之铭的同胞弟弟。

太傅府的车马匆匆备好，在午夜驶向了司隶校尉府。

司隶校尉此官与尚书令、御史中丞并称为"三独坐"之官，足见在朝中的至关紧要。卫之锋拜司隶校尉之职已有二十余年，可他如今已过花甲之岁，满头的白发，一身多病，终于在这样一个多事之秋再也支撑不住，倒在榻上没能再起来。

昔日威风沉稳的司隶校尉只剩最后一口气吊着。

老人之间的生离死别，总是分外感伤。卫之铭坐在卫之锋榻前，垂涕无言。

"阿兄，我这是要去了……"卫之锋的眼睛早就不大看得清了，牵着卫之铭的衣袖喃喃。

与卫之铭同辈的人走得已经不剩几人，卫之铭悲从心起，抚摸着胞弟的手背："且安心去。"

"我不安心哪，阿兄——"奄奄一息的卫之锋忽然悲戚道，"祸起之时，我不能护子孙无虞，不能与兄长共事，这叫我怎能瞑目？"

卫之铭看了眼榻前跪着的晚辈，含泪宽慰道："儿孙并非庸碌之徒，不会叫你失望。"

"可是眼下危难之时，我实在不敢闭眼啊。"卫之锋失明的眼中滑出一行浑浊的泪，"阿兄将如何应对眼前之劫？"

卫之铭俯到卫之锋耳畔，将自己心中布局低声说了。

"卫家的百代荣辱，便仰仗阿兄了——"卫之锋攥住兄长的手，濒死之人忽然有了很大的力气，却又渐渐松开了手。

他只剩最后一口气了。

蓦然，他想起了什么，干枯的嘴唇翕张几下，但在无人听清之时，他便断了气。

死在这时的卫之锋何其幸运，至少他可以体面地合眼。

只可惜，没有人读懂他的弥留之言——阿兄，小心帝都……


清安十五年建亥之月，驻守帝都之北的北军浩浩荡荡踏往南境。

帝都六十里外是百丈山岳，那一系绵延的山岭被称为"腾山"，传说中古有蛟龙山涧腾跃升空，腾山陡峻路狭，唯有潜龙关的路最好走，所以这里是兵家必争之地。若想覆亡萧国，必先取下桑阳；若想取下桑阳，必先攻克潜龙。

五万的帝都北军和三万的各郡屯田兵承载着萧国庶民公卿的厚望南下，与越夷殊死而战，背水一战莫过于此。

祭旗那日难得地天朗气清，蜀地秋冬之后多阴云，可那日竟是晴空万里，所有人都在安慰自己，这是个吉兆。可是成败，又岂因一时天象而定？自大军离开桑阳，便是连绵数十日的阴雨，雨如冰针，冷得刺心刺骨。雨后山路泥泞难行，有人陷入池沼再未爬出，有人跌下山崖，有人病倒，一路疲惫着来到了潜龙关，不及休息，便被推上了战场。这时潜龙关的守军已几乎死伤殆尽，八百人据高墙坚守，近乎崩溃，几万人在这样的关头赶来，顺理成章接替了这些守军的命运。

潜龙关之战的惨烈，在后来的史书上足以写下浓重又血腥的一笔。很多年后，谢玙都在想那场改变了桑阳卫氏百年辉煌的战争，如果那几万的北军都没有折损在潜龙关的战场上，那么未来会是怎样。

可无论他怎么猜测，都逃不了命运的设定，在那样的情况下，萧国最精锐的禁军必定是会被送上战场，他们死去的结局不会改变，他的结局也不会更改。

那一战，终究还是败了。

但并非是败在夷人手上，而是输给了突然介入的梁国。

梁国位于萧国东南，据荆楚岭南之地，素来与萧国既不交恶也不约盟。只是乱世中裂土称帝的人，谁不想四海归一。梁国如今的君主正值壮年，自以为雄才大略，早年对江南的燕国屡次用兵失利后便将目光对准了西边的萧国，从前因天险裹足不敢前，可如今越与萧鏖战，梁国便趁机发兵进军潜龙关，不论是越人还是萧人，都败于梁国步卒铁枪之下。

当然，梁国会有如此有悖道义之举，与诸太妃派去使者的唆使不无关系，可谁也不会知道，这是藏于史实背后的阴谋。

这一败，将整个萧国都推入了绝望之中。

安潋光那时还并不知道战局如何，她却已深切感受到了何为绝望。

逃难的人愈发地多，路边堆积的尸骨也愈发地多，难民的队伍断断续续绵延数百里，他们一路北上，北上或许能得到国家的庇佑，他们并不知道帝都已经岌岌可危。幸运者或许还能望一眼腾山以北的短暂宁静，更多的人，则是死在了路上。

萧国十月的风已经开始寒冷，夜雨借着风势肆意扑向大地。安潋光用力将哥哥抱在怀里，希望可以替他挡住雨水。

大约四五十个难民聚集在这个山丘，冰雨让每个人冻得嘴唇发白话也说不出口，安静得像是都死了。

每个人都蜷缩在大树下，希望繁茂的枝叶能稍稍挡雨，他们不敢走大路，怕遭遇夷人军队，这附近也并没有刻意避雨的山洞，就算有，也未必容得下这么多的人。

"冷……"安潋光听见安济的声音在发抖。

她更加用力地抱紧哥哥——她已经有很久不曾进食了，上一次吞咽，是两天前？或是三天前？她记不得了。吃的是树叶还是草根？她也不记得了。她用最后剩下的那一点力气抱紧哥哥，抱紧她生命最后的依靠。

可安济的身子是烫的，她感觉自己像是抱着一块炭。

"冷、冷……"他反复地喃喃这一个字，早已意识恍惚。

即便不愿承认，但是安潋光知道，哥哥活不长了。在梧县时他为了保护她被夷人砍下了一条腿和半截胳膊，之后虽勉强不死，可在没有药石医者的情况下，他活不长。安潋光背着他同难民一起翻山越岭，或许还来得及，来得及在生命流逝前赶到帝都求救。

早几日他便开始发热，然后说胡话，有人劝安潋光将他丢下，因为他已救不活了。

而安潋光只是紧紧抱住哥哥，用警惕的目光看着周遭人的嘴脸。

"冷、冷……"安济的声音愈来愈弱。

安潋光小心看了眼周围，不动声色地向后缩，尽量将自己藏到阴暗处，然后拨开破烂的衣衫，从怀里掏出一个纸包。

这里还有最后小半块饼饵，她不敢吃，这是给哥哥的。

三日前这些难民的手头大多都没了食物，她剩下的最后一点饼饵，比黄金还要珍贵。

她努力藏好自己，掰下一点饼饵送到安济唇边。

可安济紧抿着唇，什么也吞不下。

"哥、哥……"安潋光小声唤他。

"小娘子——"她的声音却惊动了不远处的几个男子，他们瞥见了安潋光手中的东西，如同觅食的狼见到了猎物，摩拳擦掌缓缓站起来。人天性里的贪婪在此时毕露。

"娘子手里原来还藏了好些东西呢，介不介意分我们几个一点。你哥哥都是个快死的人了，消受不起，不如你识相地给我们。"

安潋光看着这几个精壮的男人，不说话。时值家国丧乱，七尺男儿无力卫国，却还有欺凌女子的力气。

为首之人的目光又落在安潋光敞开的衣襟——她的衣服早已被撕破，露出大片蒙了污垢的肌肤和干涸的血痕，可这的确是一个年轻女子的胸口，他笑着伸出手，也不知是不是去夺安潋光手中的食物。

猝不及防，安潋光捡起地上的一块石头朝着他狠狠砸去。

那人惨号，劈手便是一个耳光甩了过去："贱人！"另外几人见状赶紧对着安潋光一通拳打脚踢，安潋光倒伏在地，死死地护住哥哥和那小小一块饼饵，任这些人的脚狠狠踩在她的脖子上，朝她身上吐唾沫。

曾经她是镇南将军的女儿，众人口中的天之骄女，平南郡中没有人敢犯她的尊严，她被族人捧在高处，被父母视如珠宝——但如今她失去了一切，只是一个寻常的逃难弱女。

她甚至失去了反抗的勇气，饥饿和伤痛使她无力站起。

周围人冷冷地看着，这一路上过多的死亡早就麻木了人心。

"夷人来了！"忽然听闻远处有人惊慌大吼，之后隐隐是骏马的嘶鸣。

场面顿时慌乱，耳边突然什么都听不清了，只剩下嘈杂，嘈杂中安潋光唯一分辨得清的是撕心裂肺地哭号，是很多人在哭。

安潋光抱起哥哥跟随着身边人一起逃，梧县那日的噩梦仿佛又重临。

夜间所见一片黑暗，她在黑暗中听见了很多声音，有纷乱逃跑的脚步声，有马蹄声，有惨叫声，有刀划过血肉的声音……到最后她什么也听不见了，她用尽了此生全部的力气往前跑，后来她只听见自己的赤足踩过山石的声响和喘息。

终于她脱力摔倒，她倒下时看见天穹竟有了些许光亮，雨不知道什么时候停了，她不知道自己跑了多久，而眼下居然已是黎明，熹微的晨光从天与地的交界泛起，她喘了很久的气才从头晕眼花中挣脱，瘫在地上全然没有爬起的力气。她很累，多想就这样一睡不醒。

她闭眼前最后瞥了眼曦光所在的地方，然后才平复下来的心脏剧烈跳动。

她看见了远处的城楼，似乎在天边可望不可即，但那是希望。

崇灵关，位于新泰郡的边界、腾山之脚，崇山峻岭之间隐藏的要塞，仅次于潜龙关的萧国第二大关卡。

安潋光捂住了脸，想要号啕大哭却并没有泪。

"哥、哥——"她欣喜地抱起安济摇晃他，"哥！哥！"

然而安济没能给她回应，他紧紧闭着眼，无声无息。他的身体不知何时已经冰凉。

"哥……"

一滴泪落在了他的脸上，他却不会再知道了。


"太妃。"潘逸媚笑躬身，他未至而立，已是如今朝堂九卿中的卫尉丞，这与诸太妃的扶持脱不开干系。潮义潘氏本就不算人丁兴旺的大族，先是依附于承沂侯谢愔，后来长房庶子潘逸投靠诸太妃，借诸太妃的谋划除去了嫡出的兄长后得以掌控家族大权，在谢愔死后更是一跃成为了卫尉丞。

"来了。"诸太妃眉目不抬，淡然应答，"近来朝中事务劳累了吧？"

"为太妃驱使，不觉辛劳。"潘逸道。

"你有何事要报，说。"诸太妃在纱帐内扬了扬下颏，坐直了身子。

潘逸语调有了几分凝重："禀太妃，潜龙关已破。"

潜龙关攻破于梁军之手，之后萧国军队元气大伤，一路退守，而梁军悍然越过腾山向帝都逼近。

这于许多萧人而言都是一场噩梦，潜龙关破，意味着天崩地裂的开始，如今帝都人心惶惶更甚半月之前，达官或是庶民，有不少已经开始偷偷整理行装预备拖家带口逃亡。

可诸太妃听到这个消息，只是懒懒"哼"了一声，在博山炉吐出的袅袅烟雾中微眯起了一双冶丽的眼眸。

"若是梁人真攻到帝都来……"潘逸不比诸太妃淡然，国破家亡的结局，他显然是畏惧的，"毕竟潜龙关距帝都太近了……"

"前方骑兵乘快马送战报疾驰往返都需八日，哪里就算近了。"诸太妃不屑地笑了一声，声音冷得有如坚冰，"你放心，卫之铭那老家伙还活着，他会许梁人攻下帝都？"

潘逸神色有些古怪，也不知是庆幸还是尴尬："是啊，卫之铭还活着……"最初诸太妃拉拢潘氏一族，许下的承诺是让潘氏掌控承沂侯手中大权，得以与卫氏分庭抗礼。可诸太妃许诺得轻松，要使诺言成真却不是易事，潘氏一族终究不比桑阳卫氏，很快便在朝堂斗争中被排挤，所取得的，不过是谢悟在时的一点宫禁兵权罢了。潘姓人只怕都盼着卫之铭死，可眼下，却要靠着卫之铭来活命。

"卫之铭是有本事的，哀家从不敢小看他。"诸太妃一面把玩着一柄白玉如意，一面凉凉道。

"的确如此。"潘逸不得不顺着诸太妃的话说了下去，"卫之铭的几个侄儿上前线指挥，几个孙儿甚至亲自冲锋在前，卫之铭本人在帝都运筹帷幄，潜龙关虽破，可梁军竟也一时不能再进半步。"又干咳了几声，"不过这也不全是卫之铭之功，梁人此番出兵也得罪了越国夷人，故而夷人也在梁军后方不断烧杀，扰乱他们行军。我们可以与夷人联合，共击梁人……"

话未说完，诸太妃嘲讽地笑了一声："潘郎哪潘郎，军政之事你不如卫之铭，还是莫要再卖弄了——夷人杀戮南境百姓数以万计，你以为结盟有那么容易吗？夷人又为何要与我们结盟，我们能给他们什么？"

"那便是要一直依靠卫之铭了吗？"潘逸面有不豫之色，"如若卫之铭自恃军功……"潘逸的担忧不无道理，卫之铭本就是几朝重臣，如果此番萧国战胜，卫之铭必然威名更甚，难保他不会有染指帝位的野心。

"这就不是你该担心的了。"诸太妃打断他的话，潘逸没说出口的话她自然清楚，她有她的谋划，可她并不打算说出口，"听说卫之铭为了迎击梁贼，迫使腾山之阴的百姓坚壁清野？"她转了话题，将声调放柔，漫不经心地问。

"正是。卫之铭下令将田中庄稼尽数焚烧，只许百姓带着部分口粮藏入山中避战，又放弃了几座甚是繁华的城池，任那些梁人在城中肆意妄为。"潘逸笑得意味深长，"从行军上来看，这样做并无过错，只可惜却免不了激起民怨鼎沸。"

"腾山以北的几家士族想必也因为这个被他得罪了吧。"诸太妃弯眼。

"可不是。"潘逸道，"卫之铭的狠心还不止于此呢。南境战乱，大批流民北逃，可卫之铭却将这些流民拒于腾山之南，不许他们踏足南境。说是怕流民中混有细作——太妃是没有出宫墙看一看，如今这帝都中流民多得……啧啧，难怪卫之铭不许流民再北上了。"

诸太妃却蓦然意识到了什么，瞳孔猛地收缩，"潘逸，往日里从菹城赶往帝都需耗费多少时日？"

潘逸不明白诸太妃为何忽然这样紧张，老老实实答道："乘良马，约一月有余。"

"那战乱时疾行逃难呢？"

"这……大约半月吧。"

潘逸没能看清纱帐内诸太妃的神情，但他听见了香炉被打翻的声音。

"怎么了？"他不懂听到潜龙关被破都能云淡风轻的诸太妃，为何此时竟这样惊慌失措。

"他们怎么还不到……"诸太妃六神无主地喃喃，她在纱帐内的身影竟剧烈发颤。

"太妃？"潘逸疑惑起身，挑开纱帐就要去查看究竟。

"滚出去！"诸太妃忙捂住自己半边脸冲潘逸怒喝。

"诺诺，臣造次了。"潘逸赶紧后退。

"慢着！为哀家找一个人。"诸太妃的呼吸一下比一下急促，像是被扼住了喉咙，令潘逸吃惊的是，诸太妃吐出这句话时，口吻前所未有地软弱，近乎祈求。

一手挑起南境战乱的诸千英不是没有想过身在菹城的姊姊，她赶在夷人入侵之前召令诸夫人带着一双儿女入京。

不过中途稍稍出了些意料之外的纰漏，一是送信的使者是个年轻的黄门，途中因贪玩误了几日的行程，二是夷人并未按说好的日期出兵，而是提早了十余日——不过诸太妃总安慰自己这没什么，想必自己的姊姊侄儿在听到战乱起的消息后会加快行程。

之后一个月的时间，她扑在了阴谋的经营中，全然忘了百里外的亲人，等她意识到的时候，已经来不及了。

潘逸带回来的不是活人，是一个比一个更坏的消息。


不过那时明确知道死讯的唯有诸夫人而已，她在莅城殉夫，感人至深，故而事迹一传十十传百。但安济兄妹的消息，却还是暂不得知。

于是诸太妃还存有几分希冀，命人再去找亡姊的遗孤。

安氏兄妹下落不明，可逃难的人那样多，去哪里找？死在逃难路上的人又何其多，焉知路边某一堆腐尸中没有死去的安氏兄妹？

然而安潋光的下落，终究还是被打听到了。

不过首先找到安潋光的，却是越人。

奉太傅卫之铭的命令，通往北方的关卡一律封锁。

安潋光到达崇灵关时，等待她的是高大的城门和紧闭的城墙。

还有许多的逃难之人被堵在了崇灵关外，哭喊震天都没能使守关大将将门打开。崇灵关的城墙那样高，投下大片死亡的阴影。

有些流民偷偷翻山逃入了腾山以北，山间的每一条道路都被把守，于是他们就从树木荆棘中硬闯一条路，有许多人都死在了这条路上，但总还有一部分活着到了帝都。

更多的人并没有去走这条路，有些是因为没有了翻山越岭的力气，有些是胆怯山路艰险，更多人是还对崇灵关抱有希望。

安潋光是第一种人，饥与病让她只能在城门下等死，在难民的号哭中日渐绝望。

直到那一日夷人攻城，这些从梁人手中败退的越人抱着尝试的心态进攻崇灵关，关内守备的将士无所畏惧，可于城墙外的流民来说，这是一场灾难。

夷人的马蹄声远在山那头，城墙下的流民四散而逃，而安潋光从城墙角缓缓站起，用尽力气往越人的方向跑了过去。

她这样不寻常的举动让许多人瞠目结舌，冲在最前头的越人骑兵甚至怔住。

安潋光抓住机会用越语大喊："我是萧国皇帝的妹妹，带我去见你们的将领！"

她生活在与越国交界的菹城，说几句胡语不算难事，兵卒听她说是萧国皇帝的妹妹，当真将她带到主帅所在的中军大营中。

安潋光会的夷语不多，但足以表达她的意思。

她是萧国的外戚贵族。

不要杀她，诸太妃必定会用万两黄金赎她。

主帅不明真假，但见她谈吐不凡胆色过人，也就略信了几分。他是贪财之人，更何况如今与萧国在打的主要是梁国而非越国，不少抢掠足够的越人都在此生萌生了退兵的心思，再三斟酌后主帅命人将安潋光带下去，用箭向崇灵关守将射去了书信一封。

安潋光最终被她的姨母以黄金五千，丝帛两千从越人手中赎回。

她回到帝都时已是十月末，那时的战局日趋恶化，山河寸寸丢失。

也正在那时，卫太傅的独子卫昉被派往乌奴借兵。

萧国据蜀地，北面宣国，东面燕国，东南面接壤梁国与蛮夷之国慕越。西边，是乌奴。

乌奴人是西面雪山之上古老的蛮夷，披发左衽，结绳记事，群山峻岭间各部族分散，统治者称"大汗"，他们不事农桑极擅渔猎，男子个个面刺图腾猛兽，战时凶悍无比。

几年前乌奴人曾与萧国签下兄弟之盟，这一纸盟约成了救命的稻草。卫昉此去，肩负着千万子民最后的希望。

相比起来，安潋光的归来便不是那么受人待见。

她是镇南将军之女，满门忠良的安氏一族中唯一活下来的人，将她从夷人手中赎回或许有助于安定军心激励将士，可在这样的大乱时局下，更多的人则认为赎金太过沉重，花费不值，各种有关她的传言、恶意的揣测，一时间在帝都中肆意疯传。

安潋光的轿辇还未至帝都，便已惹来不少人的好奇，诸太妃特地命虎贲接送开道。诸太妃下令安潋光无须进宫，而是接至帝都北郊的清玉苑休养。清玉苑是皇家的林苑，风景极好，最宜静心。

诸太妃亲往清玉苑探视。

在路上她向负责安顿外甥女的邱胥询问安潋光的情况，可这位素来口齿伶俐的宦官竟是许久讷讷不言。

"哀家问你潋光这孩子如今情况怎样，你迟迟不答究竟何意！"诸太妃本就骄躁，因邱胥长久地犹豫更是恼火。

"太妃莫怪……奴婢实在是不忍言——"邱胥觑了眼诸太妃的脸色，咬牙道，"请太妃下令停车。"

诸太妃心中的不安愈浓，她示意御者停下，然后掀开车帘瞪着邱胥："快说！"

邱胥小心四顾，这才凑到诸太妃耳畔道："听闻安娘子在逃难路上，被几个夷人给……"他不敢再说下去。

诸太妃倒吸了一口凉气，茫然望着阴沉的天穹，过了好长一段时间后她用力咬了咬舌尖，才让自己稍稍清醒了些。

不妨事的，不妨事的，她努力安慰自己，只要还活着，潋光这一生就还不算被毁了，她会为潋光选一门最好的亲事，嫁一个最出色的少年，只要有她在，潋光就不会被人轻辱……

邱胥看穿了诸太妃心中所想，更加深了叹息："原本这事安娘子不说，是没人知道的……"

"那你们是如何知道的？"诸太妃有种不好的猜测，她死死盯住邱胥。

诸太妃语调中的森寒让邱胥下意识后退了下半步，垂低了头，将嗓音压得极低。

"安娘子有孕。"

诸太妃趔趄倒地，只觉得整个人仿佛被瞬间浸入了一个冰湖，冷意沁透了她的四肢百骸。

她很久没有这样六神无主，可此刻她连呼吸都忘却，只是用力咬着自己的舌子，血腥味在口中漫延她都懵然无知。

"是将安娘子送到清玉苑时才发现的，那时按太妃的吩咐让御医给安娘子请脉，于是就……御医说娘子如今的身子虚弱至极，只怕会……一尸两命。"

邱胥说什么，诸太妃已听不大清了。

她只觉得神志恍惚，头一阵轻一阵重。

眼眶忽然一酸，可是却没有泪流出。

诸太妃再度见到安潋光，几乎认不出这人是她的外甥女，她看到有个人静静躺在榻上，形容枯槁双目无神，蜡黄的一层皮裹住了骨头，瘦削得不成人形。

"潋光……"诸太妃握住安潋光的手，不住地发颤。

安潋光仿佛失去了知觉，很长一段时间都没有给半点回应，她的眼睛还睁着，可人像是已经死了。

"潋光，你到了帝都，不会再有事了——"诸太妃将外甥女的手抵在眉心，"姨母发誓，决不会让你……"

她的话说不下去了，因为此时安潋光僵硬地转动脖颈，看住了诸太妃，她的眼眸原本灵动，此时却呆滞浑浊。

诸太妃垂下头，不敢去看这双眸。

"姨母……"安潋光轻轻说，"我父亲呢？"

诸太妃不敢答。

"伯父呢？"

无言。

"叔父呢？"

无言。

"我的兄弟亲族呢？"

诸太妃在一个后辈面前胆怯犹豫了很久，才缓缓答："他们都还活着，你大伯、二伯还在前线杀敌，几个堂兄弟也是……"

"不，他们死了。"安潋光却没有听诸太妃满口胡扯下去，她混在流民中消息并不通，之后被赎回萧国时也没有人敢告诉她，她已经是安家最后一个活人了。但她就是这样笃定，他们死了。

安潋光说完这句话，僵硬且缓慢地用锦衾盖住了头，翻过身去对着墙，再无言语。

"潋光……"

诸太妃叫了她很久，可她始终不曾转身。

最终诸太妃无可奈何地离去，走前示意满屋子服侍的人暂退，守在门口听候吩咐，不要打扰安潋光。

在这间屋子寂静了很久之后，守在门口的侍儿终于听见了闷闷的哭声，起初很低微，到后来一发不可收。

"调来虎贲郎，将清玉苑死死围住。"回宫之前，诸太妃这样吩咐，如含了满口的碎冰，吐出来的每一个词都寒冷彻骨，"不许任何人知道安娘子……"

"诺。"邱胥应下。

"清玉苑的人不可以出去，外面的人也不可以进来，否则格杀勿论。"诸太妃在幂篱罗纱下的眼眸有阴郁的杀意，"哀家不许听到任何有关潋光的恶意谣言。"

## 第十四章　万民之悲

　　阿惋知道安潋光已经平安被赎回了帝都，可是除此之外，便再没了消息。

　　她曾去诸太妃那询问过，诸太妃只说这事与她无关，便将她打发出了挂月殿。之后她又命人打听，可得到的也都是几个模糊的答案，什么安娘子如今在清玉苑、安娘子受惊病倒不便见人。

　　说是病了，却是什么病呢？

　　想再问，什么也问不出了。

　　更让阿惋觉得古怪的是，她主动请缨去清玉苑照料安潋光，她是安潋光的表姊，这样也没什么不妥，可诸太妃说什么也不肯答应。

　　"太妃不许我靠近清玉苑，究竟是为何？"她忍不住将心中的疑惑说出口。

　　"奴婢也觉着奇怪呢。"正为她篦发的青玉忍不住皱起眉头。

　　"娘子若是疑惑，不妨让人替娘子去清玉苑瞧一瞧安娘子就好。"一旁捧着头油盒的珠儿撇嘴。

　　阿惋心不在焉："怎么，难道你能替我出宫探视阿九吗？"

　　珠儿将盒子放下："奴婢不能随意出宫，难道赵王殿下不可以吗？"

　　"什么？"阿惋拨弄梳篦的手略顿。

　　"奴婢可以代娘子传话，请殿下为娘子出宫一趟。何况，殿下与安娘子的情分也不浅，说不定无须娘子去求，殿下自己就有意去探望呢。"

　　说得倒也不无道理。

　　阿惋就点了点头，但还是有些小心："你去找赵王，可须悄悄地。若他不愿去便罢了。"

"诺。"珠儿弯眼一笑，带着阿惋的命令去了端圣宫。


谢玙在听到阿惋的请求后并无迟疑，当即准备出宫。只是他的消息竟比阿惋还要闭塞，甚至不知这位安九娘子已经到了帝都。

"阿九果真是在清玉苑？"谢玙起初听到安潋光还活着时是喜，之后便和阿惋一样有了几分迷惑，"这事孤一直未曾听说，怪哉。"

"多半是殿下这些日子都闷在端圣宫中给闷糊涂了。"珠儿笑道。

这倒是真的，自战乱起，帝都不断有流民涌入，宋内傅和卫家人便不太准谢玙离开宫门了，非常之时，若谢玙出了什么岔子谁也不知道会发生什么。

他做事果决，不比阿惋稳重，听闻安潋光到了桑阳，便出了端圣宫跨马前往帝都之北的清玉苑，身边既没有带护卫，更不曾备下仪仗，他嫌麻烦。

原本他以为，这不过是一次寻常的出宫而已。

出了仪和门后，他首先见到的是重重铁甲长戟，比往日更多了十余倍的羽林郎戍守在宫门之外。他听见了哭声，喧哗嘈杂吵闹几乎将他吞没。他策马走近，看清了被挡在层层铁甲之外的是人。

是数不胜数的人，放眼望去整条街巷都是人，衣衫褴褛面如菜色，有人匍匐在地哀号，有人靠着土墙奄奄一息，更多的人跪在道路上不住地叩首，他们在祈求，祈求一条活路。

"天子救命！"

"望圣君垂怜！"

这些话听得谢玙心惊肉跳。

他们畏惧于刀戟尖利，不敢靠近羽林卫十步之距，皇宫那么大，他们的哭求传不到九五之尊的耳中，他们就这样无助又无望地叩首，直到额头鲜血淋淋，直到力竭而亡。

"这是怎么回事？"谢玙问。

一名羽林郎见是谢玙，行了个肃拜礼之后答道："这些都是从南境逃难来的人。"他看了眼谢玙，料想这位殿下是要出宫，于是道，"殿下想去哪儿，末将可以领羽林骑兵为殿下开道，而今城中难民拥挤，殿下一人单骑，只怕……"

"而今城中竟挤满了流民吗？"谢玙知道南边在打仗，知道会有不少人往北逃难以求能活下来，帝都是天子所在，于这些人而言是最好的庇护之所，可他亲眼见到这样多的流民，还是震惊不已。

"正是。"羽林郎答道。

"未曾安置吗？可有开仓放粮？"谢玙蹙眉。

"帝都而今难民拥挤成灾，许多人连立足之地都无，唯有城南搭有棚屋收容逃难之人。"羽林郎这时面露怜悯之色，"却是不曾开仓放粮。"

"为何？"谢玙惊诧，"难道要看着这些人饿死吗？"

"是卫太傅的命令。"那羽林郎答道，"太傅说此战不能速决，太仓储粮须供应前线，若太仓粮不足，必有大乱，所以不许轻易开仓济民。"

"……那就任他们死吗？"谢玙沉默许久后道。

"太傅下令开禁山林川泽，若这些流民肯离开桑阳城去京畿山野渔猎采摘，或许还能活下来。"走来的人是而今的羽林中郎将，谢玙的表哥卫朴。

"可这里有许多人怕是连路都走不动了。"谢玙看着这些人缓缓道。

"可是阿玙，你有什么办法呢？"卫朴反问。

"若我将私财拿出来救济……"

"你也救不了这么多的人，相反，部分人的得救还会引发骚乱。"卫朴面无表情。

"若发动京中富户贵胄捐粮？"

"祖父试过，确有几家响应，不过眼下帝都人心惶惶，富庶人家大多是将资产转走随时准备弃城避难。"

谢玙怔怔，不知该做何言。

卫朴看出了表弟的难过，他拍了拍谢玙的肩："你要去哪儿，我率羽林骑兵为你开道。"

"清玉苑。"过了很久，谢玙转过脸，嗫嚅出这三个字。


谢玙由卫朴及羽林骑郎护送着来到清玉苑时，并不知道安漱光正在生死边缘。

谁也不知道这个虚弱的安九娘子是从哪里弄来了堕胎的牵牛子，也不知她哪儿来的决然服下了这些会要她命的东西，之后便是血崩不止。

清玉苑原本是由虎贲郎重重把守，可安潋光一出事，就连守在苑外的虎贲郎都乱了起来。诸太妃说清玉苑不许人入，不许人出，可到了生死攸关的时候，谁还顾得了那么多，若是安潋光死了，清玉苑中许多人都要陪葬。

清玉苑中的仆妇人人惶恐，有人恐惧中萌生了逃命的念头，部分人还有理智，知道清玉苑中留下来的那几个女医侍不足以救回安潋光，闹着要虎贲郎开禁放行，偏生这样的事又不能对着这些男人解释清楚，一时间场面混乱无比。

谢玙才一到清玉苑便意识到事态不好，他看见原本该戍守在皇帝身侧的虎贲郎守在清玉苑的入口，有好几个妇人满面焦急地大吼："娘子快不行了！速让我等去请宫中御医！"

那些虎贲郎面面相觑，不懂安娘子好端端的怎么就不行了。但没有太妃指令他们又不敢轻易放行。

谢玙忙驱马上前问："出什么事了？阿九怎么了？"

"赵王殿下！"那几个妇人一惊，不知该怎样开口，一个个面露难色。

"殿下，太妃有令不许人进清玉苑。"虎贲郎见来者是谢玙，身后还跟着数十骑兵，如临大敌，也只能硬着头皮阻拦。

"阿九究竟怎么了？"谢玙急着问。可那几名妇人迟疑不敢言，他更是迫切地想要进清玉苑看一眼安潋光，可虎贲郎伸出带鞘的刀，挡住了他。

"太妃有令——"

谢玙气急败坏地打断他："什么太妃有令！清玉苑乃皇家苑囿，知道什么是皇家吗？皇家便是我家！孤自家的地盘，难道出入还须你恩准吗？还不快让开！"

谢玙这一番疾言厉色吓到了不少虎贲郎，顾忌着他的身份和他身后带来的那些羽林骑，这些人只得讪讪让开。

"快去请御医！还愣着做什么！"谢玙又冲那些仆妇喝道，转头对卫朴道，"劳烦表哥载她们一程。"

"诺。"为首的一个年老妇人管不得什么礼数，与卫朴共乘一骑疾驰往宫内去请御医。

"安九娘而今住在哪里？"谢玙又问那几个剩下的妇人。

"在、在清芷园西的白檀阁。"那几人都被吓得有些呆，讷讷答道。

谢玛扬鞭，往清玉苑内策马飞奔。

他是熟悉清玉苑的，他记得白檀阁的方位，在他记忆里那座阁楼并不远，可而今他驰马都感觉白檀阁远在天边，似乎他怎么也到不了。

隔着一片林子，他便听见了惊乱不安的喧哗，似乎有谁在哭，有谁在争吵，很多人的脚步混杂在一起，叫人心烦心慌。

"阿九！"马蹄一路奔到阁楼之下，险些撞翻了一个端着水盆的侍女。谢玛猛拽缰绳勒住了马，低头看了眼那个他差点撞上的人，心中惊骇。

他看见那个侍女手中端着的铜盆中，盛满了猩红的血水，有不少溅了出来点在她素白的襦裙上，触目惊心。

他四顾，看见这里有不少人都正在忙碌，有人步履匆匆进出白檀阁，有人端着热水，有人捧着药盏，不少人都在哭。

"这是怎么回事？"谢玛从马上跃下，扯住一个人问道。

那个小侍女答不出话来，只是一味流泪。

谢玛又心急如焚拉住另一个，那人像是傻了一样不住喃喃："她快死了、她快死了……"

谢玛听见这句话，心一点一点冷下去，如同沉入了冬夜的冰渊之中。

眼前的场面他有些熟悉，想起来了，几年前皇帝的妃子杜充华小产，也是惹得许多人慌乱不已。

无须人解释了，略一思索便明白了其中关节。他总算知道为何诸太妃不许任何人来探望安漱光。

"那些不得好死的畜生！"

他记得一年前安漱光与他分别时神采奕奕的模样，他那时想，或许集帝都所有世家儿郎的傲气，都难以描绘安漱光眸中的光芒。怎么一年不见，她就要死了？

还是以这样一种屈辱的方式！

谢玛用力攥紧拳，愤怒和悲伤如潮涌，几乎冲溃他的理智。

"安阿九，安阿九！"谢玛忽然一面大声喊，一面往阁内闯，"活下去！别死！"他要见到她，要告诉她这句话，她不能死。

"殿下、殿下——"几个仆妇扑上去扯住了他，"那里头殿下去不得啊——殿下是男儿，怎么可以……"

谢玙懒得理会她们，他挣开这些人的手，可又有更多的人堵在了门前，于是他便沿着窗一扇扇摸索，贴着窗纱仔细看，终于找到了寝居所在的那扇窗。

　　他在窗外只看得清一大片一大片模糊的黑影，有人在走动，有人在哀泣，他不知道安潋光在哪儿，他只是竭尽全力地大喊："安潋光、安阿九！你一定要活下去！"


　　安潋光知道自己不能堕胎，腹中那个孽种的死亡有很大的可能会拖着她一起下地狱，可她还是毅然决然地吞下了牵牛子，不是她不怕死，比起死，她更不愿使自己的家族蒙羞。

　　尽管她的家族已经不存在了。

　　更何况她从来都是那样高傲，怎么会允许自己体内有一个不干净的孩子。

　　这是她决不能容忍的耻辱。

　　她感觉得到鲜血从体内流逝，那些肮脏的、不堪回首的屈辱感仿佛也随着血一同流去。她的意识逐渐模糊，恍惚间她以为自己仍是那个肆意轻狂的安潋光。

　　"阿九，阿九！"她听见有谁在这样喊她。

　　是父亲？是兄长？

　　她努力想了很久，却始终记不起来这是谁。

　　那个她记不起姓名的人不停地在喊她的名字，让她别死。

　　可是想要不死，是很难的啊——安潋光悲哀地想。如果可以，谁愿意主动去死。

　　"阿九——"那声音竟带了几分哽咽的意味，"你得活下去！"

　　她得活下去！她得活下去？她为什么要活下去——不，她为什么不活下去！她一路上历经千辛万苦就是为了在帝都这么愚蠢地死去？她的哥哥救下她就是为了让她因为一个孽种送命？她的父母生她养她，她就要这样葬送自己？

　　不，不。

　　谁也不可以让她死，即便是上天。

　　她的神志忽然重归，身上的疼痛那么清晰，让她知道自己是安潋光。

　　她慢慢抬起手，伸向了声音传来的那个方向。

　　也不知那日九天上的神明是否真的动过心思要收去安潋光的命，但无论如何，安潋光终究还是活了下来，令人瞠目结舌却又庆幸不已地活了下来。

那日御医来得并不算及时，所有人后来回忆时都说，当时安潋光是真正的命悬一线，最危急的时候她甚至几度失去意识，却又在旁人都绝望时活了过来。

一切都被收拾干净，谢玙总算得以见了安潋光一面。她躺在榻上昏睡，羸弱得言语无法形容。谢玙几乎不敢相信这就是一年前自己见到的那个神采飞扬的少女。

他没有回宫，直接在清玉苑住下照顾她，他既不会熬药也不会调羹，但留在这里他好歹也安心些，他怕他一回宫，安潋光就悄无声息地没了。

安潋光成日里昏昏睡睡，勉强能进浆汤，整个人瘦得可怕。

她第一次在清醒中见到谢玙时似乎发了很久的愣，谢玙以为她是不记得他了："阿九，我是谢玙，就是一年前你来帝都时那个总陪你一块儿玩闹的谢玙。"

安潋光笑了笑，枯白的唇微微扬起。

"我自然是记得赵王殿下的。"她说。

但更多时候，安潋光是在沉眠，御医对谢玙说，她此番伤了根本，日后恢复极难。谢玙还听几个女医侍私底下议论，说是安潋光此生怕是都与子嗣无缘了。

这些谢玙都无心理会，安潋光活着就好，战乱中死的人太多了。

临近岁末，安潋光已然能够坐起，但她始终不愿说太多话，即便诸太妃来了她也甚少说话。她总望着窗发愣，谢玙怕她会闷找来了许多书读给她听，她也不过是偶尔轻轻颔首而已。诸太妃有次问她，她的胞兄安济的下落，她也只是在沉默了很久后答："死了。"

十一月中旬帝都落了第一场雪，雪不算很大，让伏在窗边的谢玙稍稍松了口气，他不知何时学会了忧国忧民，怕雪大了会不利作战，冻伤百姓。

"冷。"他关上窗子时听见安潋光这样说。

谢玙望了望她单薄的身子，将自己的白狐氅衣盖在了她身上。

"菹城的冬从来不会这样冷。"安潋光幽幽道。

"你想家了吗？"谢玙轻声问。

"我很想他们……"安潋光合上眼，有一行泪滑落，"可是他们再也不会知道了。"

彼时的谢玙还不能懂安潋光的伤痛究竟有多深，这样的难过他无法感同身受，他只是安安静静看着她默默流泪，在她睡去后为她掖了一掖被角。

他不知道，他的灾祸才刚刚开始。

清安十五年十一月下旬，乌奴人终于答应出兵助萧国灭敌。五万乌奴勇士翻过了雪山浩浩荡荡东进，可被派去出使乌奴的卫昉却并未随军归来，而是被扣在了乌奴为质。

尽管乌奴人一再保证绝不会伤卫昉分毫，但此事还是在朝野引起了不少人的惊疑。

但无论如何，乌奴人的出兵使萧国人看到了一线生机，那么卫昉的死活，在卫氏人之外的众人眼中，也就无关紧要了。

忧虑稍减之后才发现时光何其匆匆，转眼是冬至，冬至乃祭天之日。

这一回的祭天格外与众不同，被战乱摧残过的萧人急需要什么作为慰藉。

祭天大典由皇帝亲自主持，谢玚身为皇室宗亲，一同祭祀。他在那日戴七旒冕，着绣有七章的黑衣红裳，佩赤绶，踩朱舄，乘王青盖车前往了南郊的圜丘。

谢玚心中并不觉得祭祀是多么重要的事，他的外祖曾教过他人世万物是"忽焉自有，怳尔而无，来也不御，去也不追，乘夫天理，各安其性"。所以他不认为将一些玉帛牺牲呈上祭坛，就能解了萧国眼下之危。

不过此时祭天也的确可以安抚人心，许多人在绝望之中最后一线的支撑便是上天，只是谢玚未曾绝望过，所以他也无法明白。

这不是他第一次参加这样的典礼，他自认就算闭着眼睛都能做到每个礼节丝毫不差。

所以他根本没料到这回会出乱子。

跳下车辇时祭典还未开始，他径自寻找自己的位子，却不想碰上了一个老人。

那老者约莫七八十，已经是满头白发身形佝偻，穿着与谢玚大致。谢玚猜老者应当是他的某位叔祖。

"这是宋王，元帝之子，文帝之弟，殿下您的叔祖父。"止好宗止丞站在谢玚身侧，忙附在谢玚耳畔解释，"宋王封国在南境，已被……"他叹了口气。

谢玚心想这叔祖真是老来背运，见他颤颤巍巍走近了，暗暗叹了口气预备给他揖身行礼。

可这个看似孱弱的老者却忽然一下扑了上来，攥住谢玚的手涕泪肆流："卫二！卫二哪！原来你还活着！他们都说你去了乌奴，蛮子把你给害了啊！上苍保佑，你没死！"

谢玙怔了好一会儿都没反应过来，他的手被叔祖不住地摇晃。

宋王身边的中年人应当是他的世子，此时赔着笑道："殿下见谅，家父年迈糊涂。"又赶紧对宋王道，"父亲认错人了，这不是卫子熠，是赵王，您的侄孙儿。"

卫子熠是卫昉的字。

他忽然想起了一点传闻，似乎这位宋王叔祖昔年极擅七弦琴，和自己的舅父算得上是忘年之交，这么说宋王是将他认成了卫昉？

他也好言好语地对宋王道："侄孙并不是……"

"胡说！"老者气得怒发冲冠，"你怎么就不是卫二郎了？你别以为数十载没见，我就认不得你了，你就是！"

宋王的嗓门儿颇大，引来不少人驻足旁观，谢玙和宋王世子都不禁觉得面上有些挂不住，"这是卫子熠的外甥——"世子拖长了嗓音道。

"什么，这是卫子熠的儿子？"宋王瞪眼，"我说怎么卫子熠仿佛一直没老似的，原来是儿子呀。"复又拍着谢玙的手仔细端详，"好个卫子熠，娶妻生子了都不告诉我，这儿子都和我最初见他时差不多大了。"

众目睽睽下谢玙第一次丢人到这样的份上，"我也不是他的儿子——"他几乎是咬牙切齿说出了这句话。

"胡说！"宋王又是吹胡子瞪眼，"你瞧瞧你这眉你这眼，活脱脱就是年轻时的卫子熠。"他用力拽儿子的衣袖，指着谢玙道，"你看这少年是不是容貌与卫子熠一模一样的。"

卫昉早就过了不惑之年，谁还记得他十五六岁时的模样，但此时围观的人听这话都打量着谢玙的五官然后与记忆里的卫昉比对，越比对便愈觉着像。

"倒真不愧是卫子熠的外甥。"

"可不是，卫博士与惠文皇后是亲姊弟。"

很快宋王被世子带走，旁观的人也都散去。太常下令，祭典预备，众人依尊卑站好，虎贲郎肃卫在侧，天子玉辂缓缓驶来。

皇帝持圭立于圜丘东南，大予乐令示意奏乐，钟鼓齐鸣。

乐曲庄严恢宏，可在谢玙听来冗长无味，祭品早已由太宰令备下，他只盼着赶紧一把火烧给天帝好放他回去休息。

可就在这时，乐声戛然而止。

惊惶顿起，人们纷纷抬起头来四顾，看见可怖的一幕——奏乐的钟、鼓、管、弦在那一瞬碎裂，徒留下目瞪口呆的乐工。


冬至祭天的失败，将萧国子民的恐惧推向了巅峰。在祭典时乐器崩碎，这是前所未有闻所未闻之事。很多人都不愿意相信，或是不得不相信，这是上天降下的凶兆，萧国将大祸临头。

各式各样的流言、荒诞不经的揣测飞速传递于巷陌的角落。

与此同时，一支童谣被悄悄传唱——阴阳和，万物生。文姜乱，天谴祸。

诸太妃在听闻祭祀失败后大惊失色，以太妃之尊亲往桑阳城东的长乐寺为国祈福，立下誓愿，若国难能解，她可以折寿三十年，死后入无间地狱受难——如此打动了不少黎庶。

可是在皇家的仪仗进入长乐寺时，浮屠中的金铸佛像却一齐流下血泪。

长乐寺年迈的住持如入魔障一般抽搐呓语："灾祸啊……"他指着皇宫的方向号啕，"天子身后有一团污秽，这是国家的灾祸。天将降难于不洁之人——"

一语惊人。

再没有谁能在这样的情形下平静下去，北宫中人互相攻讦猜忌，昭明殿内人人自危。

在这样的情形下，一个传言不胫而走——那不洁之人指的是赵王，因为赵王不是惠帝的皇子，而是惠文皇后与卫博士苟合生下的儿子，他的存在混淆了皇家血脉，国本不正、人伦覆灭，故而神明降下灾祸。

联系起祭典上宋王的话语，先前市井传唱的那支童谣以及长乐寺的佛像泣血、住持的哭号——这一切似乎都验证了那个传言，赵王是卫家的孽种。

探听秘闻搬弄是非是人生来的劣性，很快便有更多的"证据"被翻出，有人自称曾是卫家家奴，将昔日里惠文皇后的丑闻一一道出，有人信誓旦旦说自十余年前惠文皇后薨时卫博士哀伤吐血便可知他们二人必有奸情，更有宫内流出的旧闻说惠帝尚在时卫博士就常出入宫闱与其姊暗通。

惠文皇后卫明素死了将近十六年，可她生前留下来的每一言每一行都被世人撕开，翻来覆去地琢磨，再用鄙夷憎恶的口吻流传得面目全非。

就连惠帝堕马而亡的死因，在众人口中都逐渐演化成了一个可怕的阴谋。

皇家尊严扫地，而曾经高贵的卫氏门庭眼下人人可以去吐两口唾沫。

一直被卫氏一族保护在人后的谢玙第一次被推上了风口浪尖，南境的战乱，数万人的死伤，统统归咎到了他的身上，以这样一个荒唐的理由。

尽管宋内傅小心，但谢玙还是听到了宫墙外的风声，气得脸色发白。

他忽然抓起了一面铜镜自照："我生得很像舅父吗？"

"不过是些无根无据的妄言罢了，殿下不必放在心上。"宋内傅垂首劝导。

谢玙用力将铜镜掷在地上，镜子碎成了两三块，他犹嫌不足，将地上的碎片又反复摔掷，几根指头被划得鲜血淋淋。

"殿下！"宋内傅扑上前攥住谢玙的手。

谢玙一把推开她，冲出了端圣宫。


长乐寺的七级浮屠常年香火不绝，佛像前的袅袅烟雾模糊了端庄慈善的眉眼，世人看不清佛的神情，只能愈加虔诚跪拜祈求。

诸太妃跪在纯金的释迦牟尼像前双掌合十喃喃念诵着《金刚经》，一袭莲青无纹饰的直裾，素面未施妆容，若非是脸颊一道可怖狰狞的伤口，她当真是如出泥之莲一般圣洁干净。

"太妃，赵王殿下来了。"邱胥的步子轻快无声，"殿下强闯浮屠，拦也拦不住。"

"拦不住就不要拦了。"诸太妃将一副黑罗面衣覆在了脸上，遮住承沂侯谢愔生前留给她的最后一道伤疤，"让他进来。"

她听见纷乱嘈杂的脚步声，冷冷一笑，继续对着佛像念《金刚经》。

"是你对吗？"劈头盖脸的一句质问。

"如来善护念诸菩萨。善付嘱诸菩萨、世尊、善男子、善女人……"诸太妃没有答他。

"宋王并不糊涂，孤与舅父一个少年一个中年，他怎会分不清容貌？帝都正值非常时期，寻常人家往往不许童稚出门玩耍，一支童谣如何传唱得起来？孤不信鬼神，祭典和长乐寺的古怪，必是有人刻意为之，至于那些荒诞可笑的流言，只要稍

202

加引导，便可以流传开来！"谢玙怒道，"所有的矛头都指向孤，这世上唯有你才这样恨孤！"

诸太妃未曾回头，但谢玙感觉到她在笑："是啊，就是我。"

她的坦诚让谢玙咬牙切齿。

"不过——殿下说错了一点。"诸太妃每一个字都说得很慢，很清晰，"这流言，"她柔媚的嗓音如刀，一点点刮着人的骨头，"是事实。"

"你胡说！"她的话音才落谢玙便喝道。

诸太妃仰头，看着神龛上的佛，感受到身后少年每一次呼吸里的颤抖。

"你见过你的父亲吗？阿玙。"诸太妃第一次用这样温和的口吻同谢玙说话，"你们生得一点也不像。"

谢玙冷笑，世上不像父亲的儿子并不是没有，何况他凭什么听信诸太妃的一面之词。

"甚至不止你的父亲，你与每一个谢家人都不像。你大概还是以为我在信口雌黄，想听一个故事吗？"

"不想！"

诸太妃笑了："不听故事，那你想知道你母亲的死因吗？"

谢玙没有再说话。

"大概很多人曾和你说过，害死惠文皇后的人，是哀家吧。"诸太妃的话语中满是讽刺，"错了，真正害死你母亲的人，是卫昉。"

谢玙倒吸了口凉气："怎么会——"

"是不是有人告诉过你，你母亲自怀上你便一直小心翼翼，可唯独在你出生那日，在听到一个卫家传来的消息后，便急着要出宫？"

"……是的。"

"你知道那个消息是什么吗？"

谢玙默然。

"你当然不会知道。"诸太妃笑，"那个消息是——卫之铭要杀了他的独子卫昉。"

"什么！"

"很奇怪是不是，我也觉得很奇怪，究竟是什么样的悖逆之事，才能让一个父亲狠下心来对自己的儿子下杀手？"

能让卫之铭杀死自己独子的，除非是与整个卫氏一族利益相关的事，那么便只有可能是卫昉做了什么损害了整个家族。

悖逆——诸太妃说出口的这两个字不断地在谢玙耳畔盘旋。

答案呼之欲出。

若卫昉做下了有违伦常之事，那么桑阳卫氏百年声誉将毁于一旦，卫之铭不得不杀了自己的儿子。

谢玙猛地捂住自己的胸口，几乎喘不过气来。

"是怎样深厚的姊弟情，才可以让一贯谨慎的惠文皇后那夜什么也顾不上，匆匆忙忙出宫，以至于在曦桥上遇险早产，最后送了命？再想想你母亲薨了之后，你舅父的表现，卫明素的弟弟有那么多，可在她棺前弹了一天一夜的琴，她死后离开帝都九年不曾归来的，只有卫昉。"诸太妃的声音凉凉的，似是哀伤，似是嘲讽。

身后没有半点声息。

诸太妃笑了一笑："我知道你还是不愿接受这个事实，你一定在想，这些话都是哀家编出来的胡言乱语，可是——你母亲和卫昉之间的种种苟且，哀家却是亲眼所见。"她侧首，面衣下一只眼睛盯着谢玙，"卫昉多年未娶亲，你就不觉得奇怪吗？"

谢玙双唇干涩："因为他潜心修道。"

"十六年前，随阴杜氏一族的娘子曾有意嫁给卫昉，卫昉不愿，杜娘子以死相逼。当时这事在桑阳闹得满城风雨，为此当时的卫太后特地将自己的弟弟召来了宫中长谈。卫明素做事素来小心，可她总会因为卫昉而出纰漏。那时我身为妃子自然得向皇后问安，结果就遇上了卫昉，后来我因落下了扇子折回去取，正好透过窗缝看见了——"

"看见了什么？"

"卫明素应当是想要劝说自己的弟弟娶妻，可卫昉不允，二人激烈争吵，我看见你那从来都是优雅自矜的母亲，流着泪，抱住了她的弟弟——"记忆又回到了那个初夏，端圣宫朝阳的殿堂光影斑驳，梁柱和砖石雕刻有密密匝匝的藤萝纹，那一双人拥抱，有如藤萝密不可分——所以透过一条窄窄缝隙看到此景的诸太妃第一眼便意识到了不对劲，这样的亲密，不该属于一对同姓的姊弟。她看见卫明素在哭，卫明素哽咽着的声音沙哑苍凉，她说，阿昉，你要学会忘了我。


　　宋内傅在夕阳将堕时终于找到了谢玙，这位曾经意气风发的赵王仿佛失了魂一般，他踩着雪一脚深一脚浅地蹒跚，在风中瑟瑟发抖。

　　"殿下……"宋内傅赶紧上前。

　　"是不是真的，我母亲和……"谢玙看着她的眼睛，出口质问，可那个人的名字他怎么也说不出口。

　　宋内傅怔住，长久地沉默。

　　这沉默便等同于默认。

　　谢玙起初还怀着最后一丝希望等她的答案，到最后终于死心，他大笑，笑得直不起身子，终于忍不住一阵干呕，"真恶心。"他说。

## 第十五章　经年遗恨

　　老者并未睡去，他只是太过疲倦，伏在案上合了会眼。

　　回忆便在这时忽然跳出，他闭着眼，可眼前却浮现起一片漫漫冰雪地，有人撕心裂肺地对他大吼："我不是你儿子！"

　　他猛地睁开眼。

　　胳膊和脖颈有些发酸，他过了好一阵子才重新坐直，这一室寂静唯有案牍与孤灯伴于他身侧，他看着灯火发愣，看着看着，那焰火仿佛就成了血一般的颜色。

　　他的呼吸忽然急促，大声咳嗽了起来。

　　"太傅。"家奴忙掀帘进来，端上一碗深褐的汤药和温水，先是助卫太傅吞了几口温水平息住了咳嗽，再服侍他将药服了下去。

　　"太傅这身子，真是该好生保重了。"这家奴是卫太傅身边的老人，卫太傅子嗣单薄，太傅府邸人丁寥落，即便是府中的奴仆都算得上是他的陪伴，与他的关系如友人一般。

　　"我知道，只是——身不由己哪。"卫之铭将盏中药饮尽后叹息，"阿昉，"他的声音略略一颤，"还是没有消息吗？"

　　家奴短叹："没有。"

　　"他不在帝都也好，免得身陷纷乱污秽之中。"卫之铭的话语很淡，可家奴看得出他眼里的深恨。

　　"听宫里人说，赵王殿下如今很不好。"家奴蹙眉道。

　　"我知道。"卫太傅手中的碗重重叩在案上，"这样的传言，无论真假，想必

206

都刺激到了他……”

“要不要派个人进宫开解一二？”

“不必。”卫太傅沉吟片刻，仍是摇头，“成大事者，须心性坚忍，他若连这也受不住……不，他必须要学会承受。”枯瘦的手慢慢攥紧，“阿玙才生下来时，朝局诡谲难测，故而我将他放在平县养大，可之后我还是将他送回了北宫。”他朝窗外指了指，“阿石你看这天朗气清晴夜静好，却不知三更天后便是暴雪满城。”卫之铭天文历法之术年少时也堪称一绝，“只是不知雪要落到几时。”

“可怜城中流民。”家奴叹道。

“帝都气候无常，北宫的屋宇殿堂，不知能否护得住我那外孙。”半生精明算计、朝堂杀伐果断的卫太傅罕有地展露几分长辈的忧虑愁容，“自明素死后，我便在想该怎样教养这个孩子。我对他寄予厚望，令他学孔孟之道治国之术，却怕仁义会蒙蔽了他的心，使他迂腐不化，我有心让他接触那些肮脏残酷的东西历练心智，可总觉得他还太小……”

“太傅为殿下劳心了。”

“可我老了，为他劳心的日子不会再长了，只希望我走的时候，能安然合目。”

据说上了年纪的人对自己的生死总会有几分预感，不知卫之铭是否已经料到了自己的结局将至，在他一生中最后掌权的日子，他在桑阳城中发动起了一场规模足以被载入史册的流言镇压，凡是敢于妄议皇亲乱传谣言之人，皆下狱，牵连的庶民多以千计，亦有大批的官吏卷入其中。

古时周厉王横征暴敛以至于国人非议不断，他为此设卫巫，使国人不敢口出怨言，却最终激怒国人，他被迫逃离镐京凄凉死去——卫之铭不是不知道这个典故，只是当时战乱迭起，许多事情，都来不及拖延，他只能以最干脆利落的手段去保护他想要保护的人。

但那些不堪的流言终归算得上是被压制住了。

清安十七年在一片诡异的平静中到来。

正旦，乌奴扎青汗遣使入京，此时乌奴人的军队已经到了南境与梁人及残余的越人厮杀，乌奴人的使臣来到帝都时，受到的礼遇非比寻常。

萧人近乎奴颜地讨好，得到的却是乌奴使节的冷脸，这个据说是扎青汗侄儿的乌奴人在金殿之上当着皇帝的面摆出傲慢脸色叱责萧人言而无信。

皇帝惊异反问，萧人何曾失信。

使节冷笑答道："我汗赏识贵国卫博士，有意将博士暂留乌奴教导王子王孙，卫博士先是应下，可又离奇失踪，莫不是戏弄我大汗？"

卫昉失踪了？

乌奴使节的这一句话，惹得金殿上众人哗然。

卫太傅也是又惊又疑。

乌奴使节在殿上吵闹着要萧国将卫昉交出来，可上哪里找一个卫昉？

乌奴人为何要扣押卫昉，又为何非要找回他？

年老体衰的卫之铭并未昏聩，他忽然就明白了，自己的儿子，恐怕是已经不在了。所谓的祭典凶兆、所谓的"文姜祸"、所谓的出使乌奴，都是一个又一个连串的阴谋。

有人在暗处将弓弩箭矢对准了卫氏。

卫之铭感觉四肢冰冷一片。


谢玙将自己锁在了凤元殿，谁也不见，已经有足足三日。

宋内傅不敢命人强闯，谢玙扬言若有旁人敢强闯他便放火烧了这座宫殿，最后无法，只得找到了阿惋。

其实无须宋内傅去求，阿惋也想见他。

她长年住在康乐宫，和人接触得少，又总陪侍在诸太妃身侧，故而就连外界出了那样大的事都不知道，直到葛青声泪俱下将那些流言和谢玙的反应告诉她，她才明白谢玙究竟是遇到了什么。

她匆匆赶往了中宫。

"殿下将通往凤元殿的门全部锁死了。"宋内傅忧心忡忡地在前面引路，"我等好几日未能得见殿下一面，也不知殿下而今可好？还望诸作司能以幼时的情分劝说殿下一二。"

宋内傅将阿惋带到凤元殿的正门，门外围了不少端圣宫的人，可都站在外头手足无措，见阿惋来了，自发让了一条路。

阿惋顾不得道谢，扑到门前唤道，"阿玙，阿玙！"

没有回应。

阿惋仍是不依不饶地拍门，声音渐渐带了几分焦急的哭腔。

"凤元殿那样大，或许前门的声响殿下听不见，要不咱们再换去偏门试试？"李昱犹豫道。

这时门内却忽然传出了谢玙的声音："是谁将她带来的？"他的嗓音很哑，含着几分怒意。

"殿下，诸娘子来看殿下了，殿下都不见吗？"宋内傅听到他说话，忙回应道，"诸娘子亲自来见殿下，还不是担忧殿下，殿下莫要辜负娘子一片苦心——"

也不知沉默了多久，终于，门被打开。

谢玙站在门后，冷冷看着殿外众人，他披散着一头青丝，略显憔悴，但精神还尚在，让不少人都暗暗松了口气。

谢玙朝阿惋扬了扬下颏："你随我进来。"

待阿惋迈进了门槛之后，他又轰然关上了门。

阿惋抬头去看他的脸，觉得他似乎瘦了些，脸色苍白。

谢玙也定定瞧了她一会儿，突然转身往里走。

"阿玙！"阿惋赶紧跟上，"你……"她想问他这几日可有挨饿受冻，又想劝他不要钻牛角尖，这些话堵在了一块儿反倒什么也说不出来。

"你为何要来看我？"

"我为什么不来看你？"阿惋下意识接口。

"不嫌我脏吗？"谢玙冷笑了一下，但那笑声听起来像哭。

阿惋走在他身后，瞧不清他脸上的神情，她听见这话真真切切被吓了一跳，她从来没有想过谢玙会将自己和一个"脏"字联系起来。

就那么一怔的工夫，他们之间的距离便拉开了，阿惋看他的背影飘远，连忙追了上去。

谢玙一直往里走，最后停在了最里面的寝殿。阿惋在这里看见了半盒点心和水，略微宽心，原来他并不打算寻死觅活。

谢玙察觉到了她的目光："我来这里，并不为别的，只是想要碰碰运气。"

"运气？"

谢玙浮起一丝讥笑："这里是母亲生前居地，或许我运气好，能等到她梦魂归来，我有太多的话想要问她。"

"那些话——"阿惋努力使自己忘掉流言所带给她的冲击，"不过是好事者的恶语，卫太傅已下令镇压，你不要放在心上。"

"不放在心上……"谢玙语调平平地复述这句话，怎么听都有股嘲讽的意味。

阿惋这时看见了地上的一张琴——这张琴是惠文皇后的遗物，还是很多年前谢玙指着告诉她的，可如今瑶琴的七弦皆被挑断，琴徽敲碎，琴面捣毁，谢玙握住一柄铁杵，正往琴尾砸去。

"阿玙你在做什么？"阿惋吓了一跳，拦住他，"这是你母亲的遗物呀。"

"这并不是我母亲的遗物。"谢玙的面上写满嫌恶之色，"我母亲的琴，琴面琴底皆是桐木，白玉为徽，碧玉作轸，琴肩处有卫字铭文，琴颈处刻着一个女子的侧象——据说这张琴是我父亲……是惠帝令人为我母亲斫制，那个女子侧像是我母亲，卫字铭文则是我母亲自己刻上去的，那时她才十九岁，刀工不甚好，所以'卫'字最后那一笔略斜——可这张琴不是。"

"这张琴是假的？"阿惋讶然。

"真的琴，应当在那人手上吧……"谢玙此时不知该怎样称呼卫昉，索性避开，"我曾见过他爱惜至极的一张琴，与这张极似，我起初以为不过是巧合，可现在，我明白了——那根本就是我母亲的琴，只是被他偷偷带了出宫。一个男人，总带着一个女人的遗物，究竟是为什么呢？"他自问，双眉用力蹙起。

"他们只不过是姊弟罢了……"阿惋尽力劝说道，"感情深厚些也不是不可。"

"我也希望他们只是感情深厚了些，可是……我该怎么说服我自己哪。"

"阿玙，你不要多想。"阿惋此刻无心管真相是什么，"不过是人云亦云的流言，你难道要被流言影响一辈子吗？"

谢玙不理她，对着光缓缓举起了自己的左手，他的手生得极好，五指修长，骨节匀称，因常年不沾阳春水而细腻白净，唯有指腹因习武而留下了茧子而已，在金阳下有如莹然白玉。"都说身体发肤受之父母，那么赐予我这只手的，是谁？"他喃喃，眯起了眼，然后蓦然用右手的铁杵向左手砸去。

"不要！"阿惋猛地上前攘住了他的手，"何须在乎那么多！"她大哭，用力抱住他，"无论你姓什么，你都是阿玙啊！世人再怎么非议你，我都不会嫌你脏，你为什么要这样！"

"我在乎的，并不是世人的嘴……"谢玙缓缓说，"我在乎的，是背叛。我多年来一直信任依赖这个人，可有一天我突然发现，倾注的感情全都是个笑话。"阿惋感觉到颈窝处灼烫，那是她抱着的那个人在哭，"他们怎么可以这样，怎么能这样骗我……他和我母亲算什么，我又算什么……"

卫之铭的预料没有错。

曾以风仪冠绝帝都的卫郎，的确已悄然葬身在了乌奴的雪山中。

诸太妃派他出使，一方面是为了借兵乌奴，另一方面，是为了送他上路。她以密信同乌奴大汗交易，若杀卫昉，愿赠黄金两万。

任他学富五车，任他琴音无双，都抵不了刀剑的锋芒。

谢玙永远也没有机会知道，他母亲与舅父之间的故事。

他不知道他一直唤作"舅父"的那个人实际上并不姓卫，只是卫之铭儿子早殇，所以愿意将那个玲珑早慧的少年当作自己的儿子。

他不知道那个后来被人们当作"卫昉"的少年先于当时的太子爱上了卫明素，却又不得不因现实的无奈而放手。

他更不会知道，纵然情深至死，可他们，一世清白。

这些，谢玙都没有机会知道，流言毁了卫氏百年的声誉和世人眼中赵王的高贵，从此他开始向深渊滑落。

当安潋光透过轩窗看到一枝红梅含苞待放时，她意识到自己在清玉苑已经待了太久了。她试着坐起，扶着榻站直。休养了两个月，她终于可以重新下地行走。

果然一切的伤痕都会随着时光痊愈——正因如此，人需要记忆，去记住受伤时的惨痛。

"唉，娘子快躺回去！"端着补药走进来的侍儿见安潋光起身，吓得脸都变了色，慌忙将东西放下去搀扶安潋光，"娘子如今身子虚，要好生休养才行。"

安潋光推开她："我要进宫。"

侍儿愣住。

安潋光看着侍儿的眼睛，将话说完："见太妃。"

她本该一双威严妩媚的凤眼，可侍儿只觉得她眼眸中一片幽冷深沉，如一口古井，望不见底，却能悄无声息吞没一切。侍儿打了个寒噤，不敢有半句反驳。

很快肩舆被备下，侍儿为安溦光裹上了厚厚的貂皮裘又在肩舆上铺设了狐皮，然后替她覆上能遮蔽全身的黑纱幂篱，由虎贲郎开道，方启程前往康乐宫。

安溦光十五年的人生中，甚少这样如一个闺秀般遮遮掩掩地出门，但她没有异议什么。虎贲郎护卫在肩舆前后及两侧，清理了道路，所以一路畅通无阻。

安溦光看见了从战场上逃来的难民，他们在虎贲郎的刀戟下蜷缩在街道角落。

安溦光不知道他们眸中含着的是怎样的眼神，嫉恨？乞怜？或是麻木？她没有忘记她曾与这些难民混迹一处的日子，她隔着纱幕坐在肩舆上打量这些人，神情复杂。

肩舆的前行忽然一顿，是与另一队人马狭路相逢。

"怎么回事？"安溦光问。

有虎贲郎回答她："是司隶校尉属下的中都官徒隶办事。"

"司隶校尉……可是高官哪。"安溦光若有所思，"从前的司隶校尉是卫家人，那么而今的司隶校尉是何人？"

虎贲郎老老实实答道："仍是桑阳卫氏人，由太学博士卫熠之兼领。"

卫昉吗？可是他现在下落不明哪。

"目前是由别驾从事刘子延暂假司隶校尉之职。"

安溦光的眉心蹙起，萧国各姓门阀，未闻有刘，想必这是个寒门之士了。

司隶校尉如此重任，卫氏一族把持多年，此时竟由寒士染指，可见是南境的战乱使他们手忙脚乱，以至于连京畿的掌控都无暇顾及。

她看见那些佩刀的中都官徒隶押送着十余名被捆缚的庶民，问这是在做什么，虎贲郎答道："近来京中流言纷乱，卫太傅为肃清帝都，下严令镇压妄传谣言之人，这些人口无遮拦胡言乱语，是要被押入狱中。"

安溦光稍稍眯起了眼："流言自然该镇压，只不过……"司隶校尉的人马走过，安溦光的肩舆重新往北宫方向去，谁也没有听清安溦光那一句轻如尘埃的叹息，"酷吏镇压，易生民变哪。"

诸太妃一手挑起了萧、越、梁、乌奴四国之间的战乱，可她并未亲临战场，所以她并不知道究竟什么是战场残酷，所以她不会忏悔。

可当她看见跪在她面前的外甥女时，丝丝的愧疚成了爬藤将她的肺腑缠住，她一时难以呼吸："潋光……"

"请太妃允我。"安潋光再一拜。

"潋光……"诸太妃深吸口气，起身，安潋光看见纱帐内她来回走动的影子。

"潋光，你当真考虑好了？"诸太妃皱眉看着安潋光，深吸了口气，"你不必将过去放在心上，姨母一定会为你寻一东床快婿，没有人敢嫌弃……你的一生不会受任何人欺负，只要姨母活着，就能保证——"

"请姨母允我出家。"安潋光字字坚定清晰。

"你才十五岁——"

"潋光已无所留恋，只愿舍身空门，为逝者超度。"安潋光眉目平和。

可她愈是这样，诸太妃便愈是难过："潋光你再仔细想想……"

"潋光心中早有决断，无须再想。"

诸太妃无可奈何："你年纪轻轻便去做比丘尼，你让我如何同你死去的母亲交代，她若还活着一定不愿见你青灯古佛了此一生。"

安潋光抿紧了唇一言不发。

最终败下来的是诸太妃，这个她同胞姊姊留下来的遗孤是她唯一的软肋。"姨母知道你来到帝都后便心里不好受，你先暂住长乐寺，每日听听梵音，慢慢调养身子，什么时候心中平定下来了，什么时候便出寺，姨母为你备下千两黄金做嫁妆等着你。"

"谢姨母。"安潋光朝诸太妃重重一拜，起身小步退出了挂月殿。诸太妃怕她身子仍是未好，又赶紧遣了一名宫娥去搀扶她。

安潋光避世入寺，浮屠内陪伴她的是每日经文吟诵的绵长，很快帝都中就不会有人还记得她安潋光。

而就在她在长乐寺清修度日的时候，她的故土有一场大规模的屠戮正在卷过每一座山岗，但这回死去的却不再是萧人，而是梁人和未来得及撤走的越人。

原本越国首先兴兵，势如破竹席卷随山以南的土地，可没料到又有梁国异军突起，打了越人一个措手不及，之后梁国控制了萧国南境大片的疆域，依仗多年韬光养晦修来的强兵逼近萧国帝都。

夷人自是不甘心，在百林、平南郡与梁国军队缠斗不休，梁国陷入两线作战，分身乏术。

此时乌奴人以萧国"兄弟之国"的身份加入了战斗。雪域崇山间历练出来的乌奴人悍勇非常人能及，更何况无论是越国还是梁国，都在之前漫长的缠斗中消耗了一定的元气，在乌奴人如潮水般的冲锋中很快溃败。

二月末前线传来令萧国天子臣民都振奋不已的消息——梁国大将及前线监军的皇子被俘。自战乱开始起布满萧国上空的阴霾总算稍稍消散。

被俘虏的梁国大将姓韩名覃，身兼骠骑将军和外戚的身份，在梁国尊贵无比，监军则是梁帝的第五子，广阳王何徽。

这二人被俘，萧国举国额手相庆，俘虏一路被大张旗鼓押送往桑阳城。

那日梁国俘虏由乌奴人和萧国北军一同押着由元端门进入帝都，乘囚车，衣衫褴褛，蓬头乱发，形容极是狼狈。

道路早被肃清，可有不少萧人怨愤梁人，纷纷涌到临街的高楼上打开窗子围观俘虏，出言讥讽笑骂，甚至还将一些杂物砸向俘虏。

御座设于应贞门，皇帝着常服以待，虎贲郎设下仪仗，百官依尊卑列队，有司奏乐。先致祭，后献俘，梁国的将军和皇子被捆缚着带上前，北向而跪，匍匐在地。

大鸿胪将俘虏罪状条条念出，然后听候皇帝发话。

在献俘仪式上，皇帝应当下令松绑赦免，然后俘虏便会被带下去监禁。

可正当皇帝要说出"赦"字时，忽然就有官员哭着跪下："陛下，梁贼恶贯满盈，不可赦哪！"

献俘礼上的秩序陡然就被这名官吏给打破，皇帝皱了皱眉，正想叱责这无礼之人，便听另一人也跪下哭道："陛下！梁贼不可赦！萧与梁仇深似海，绝不轻易饶恕！"

"是啊！陛下，梁贼戕戮我子民，我们怎能轻易放过！"又是一人跪下。

"还请陛下下诏诛杀梁将以振军心，诛杀梁皇子以抚民心！"又是一人。

在场不少人都被感染，一时间应贞门前吵闹无比，争论、哭声、请求充盈在应贞门前。

御座上的萧国天子久久不语。

他的座下是臣子的吵闹，谁也不知道他的心意如何。

提心吊胆了一路的梁国广阳王终于忍受不住从地上跳了起来，他还只有二十余岁，是梁帝最宠爱的皇子，若不是此番为了累积军中声望主动请缨上阵做监军，他怎会落到这样的下场？他不想死，他本是可以做梁国皇帝的人。

他跳起来时身后押着他的虎贲郎没有防备竟被他撞开，他趁着这一机会跌跌撞撞地向前奔去。护卫天子的虎贲郎以为他是要对萧国皇帝不利，纷纷挡在皇帝身前。

可广阳王根本没有看皇帝一眼，他跑向卫太傅，拼了命地喊："太傅救我！救我！"

卫之铭不明白为何广阳王要他来救命，但即刻便意识到了不好："快缚住他！"

来不及等虎贲郎，他身边的几个卫家孙儿率先上前捉住广阳王，只可惜没有先堵住这人的嘴，于是所有人都听见广阳王撕心裂肺地吼："我父受太傅之邀出兵萧国，太傅为何杀我！"

这短短一句话却无异于是一块巨石，在众人心中砸下轩然大波。

"将这疯疯癫癫的广阳王给带下去！"卫之铭恼怒吩咐。

这一场献俘礼不了了之。

可是这已然来不及，广阳王的话足以搅动许多人心中的疑惑，卫之铭的政敌更是如同嗅到了腐尸味的寒鸦一般亢奋。

广阳王及梁国将军被收押，却在那个晚上莫名其妙地死去。

流言再度汹涌，到了无力控制的地步。

有人说卫之铭通敌。

有人说卫之铭想做萧国皇帝。

更有人将卫之铭描述成了一个狡诈隐忍的权臣。说十余年前是卫之铭杀死惠帝妄图控制朝政，可是因为承沂侯在，他干政不便，于是他竟丧心病狂地将自己的儿子送进宫中同女儿私通生下了所谓的"赵王"，意图扶立赵王登基，又幸好有承沂侯谢悟对抗，一时没有得逞。他害死了承沂侯，又暗通梁国想要借兵乱推翻谢氏，自己取而代之……

流言越传越离谱，可又越传越真。

终于到了不可收拾的地步。

康乐宫中的诸太妃深居简出，可她的消息比谁都还要灵敏。

她秘密召来了宠臣潘逸，没有说太多的言语，只告诉了这位野心不浅的年轻人一句话："帝都禁军的兵权，你是时候该争取一二了。"

潘逸的瞳孔收缩，在屏风后重重朝诸太妃叩首："定不叫太妃失望。"

这世上最毒的一把刀，是世人的悠悠之口——卫樟倚着巍峨宫墙远眺百里宫阙时，不知怎么的就想起了这句话。

说出这句话的是他的同胞妹妹卫奸。原本阿奸今年开春就该嫁去姚家的，可是她的婚事因为祖父司隶校尉卫之锋和父亲北军中候卫吻的死而耽搁了下来，碧玉年华的妹妹身披白麻孝服，用凄怆的口吻说出了这句话。

卫奸在父亲灵前哭泣的姿态无助且脆弱，他走近后看见妹妹的眼眸里满是恨意。他知道妹妹是在恨谁，妹妹在恨天下人。

恨天下人——这个自幼娇养的少女或许过分了，可萧国的许多人，帝都的许多人，难道不该恨吗？卫家世世代代效力于国，虽有人叱责卫氏专权弄权，可卫樟身为一个卫家人，可以扪心说，卫家人并未对不起萧国。他的大伯祖卫之铭历经三朝，数度匡扶社稷，这一回南境之役，卫家不少儿郎都身先士卒地死在了前线上——可是没有人在意这些。

人们在市井传唱留言，只说赵王是肮脏之身，只说卫氏通敌卖国。

卫家会亡吗？卫樟心头一跳，忽然想起了这一句话。这句话又是谁说的？七叔？十叔？堂哥？叔祖？不不不，都不是，他记起来了，说这句话的，是他那位被人赞为国之名士朗如明月的二伯父卫昉。卫昉说出这句话是在很多年前，少年的他听见伯父对着满庭开败了的牡丹喃喃自语。十六岁的卫樟听见伯父对花轻问，牡丹雍容，花开不满百日，而人世变幻无常，卫家的楼宇怎么可能长存不朽？

这世间的一切事物，不论好坏，都是有结局的。

可他并不愿看到卫家的结局。他的族人都还在朝堂斡旋，试着挽救而今的劣局。卫家人若是有轻易妥协的性格，哪里还能绵延百年。

他抱着错金长戟，他的职位是左中郎将，他的身份是卫家三郎，原本他的父亲战

216

死，他应该去职丁忧，可他不能放弃眼下手中的权力，他知道现在是怎样的一个时期。

"哟，中郎将还在守值呢。"远处走来几位戎装的世家子，这些人都是左署的郎官。按理来说本该是卫樟的下属。

卫家一直在试着掌控全部的禁军兵权，卫樟做了左中郎将后也在努力发展自己的势力，可眼下走来的这几个人——并不是效忠卫樟的人。

"孟春天寒，中郎将欲饮乎？"走在前头的杜家五郎轻佻问他。

卫樟尚未来得及作答，一旁的杜六郎便抢着答："五哥说什么呢，左中郎将尚在孝期，怎能饮酒？"

另一边的潘家十一郎故意道："这又是什么话，既然是在孝期，不该去职守孝吗？"

卫樟站直，持戟冷冷地看着他们。

"说这些做什么。"潘八郎撞了下同伴的胳膊，"既然中郎将并未丁忧，那咱们几个不妨请中郎将一起喝酒。"他拎着一坛酒，"请中郎将赏脸。"

"拿走。"卫樟冷面道。

"中郎将这是何意？"

"我们几个好端端的请中郎将喝酒，中郎将拒绝得也太直接了些。"

"中郎将出身高贵，怎会与我等为伍？"

几人的冷嘲热讽，显然是在挑事，卫樟眉心微皱，隐忍不发。

可这时潘八郎却似是怒不可遏，扯下封盖将一整坛酒都泼上了卫樟的脸。

这突如其来的侮辱，卫樟自小到大从未受过的，还未反应过来，一柄环首刀划过一道寒光向他劈来。

凭着多年习武对杀气的敏锐，卫樟下意识以侧身避过，接着又是一剑刺来，这回出手的是杜家六郎，剩下几人也掏出了武器砍向他。

他们这是要杀他？卫樟本能躲闪，他手中有戟，虽是以一敌四，可是他并不输给这几人。

"卫三郎杀人了！"他听见有谁在凄厉大喊。

他忽然清醒了过来，这是一个陷阱！

他放眼四顾如今他所在的地方，不知何时，这几人一面打斗一面将他引向了南宫。

南宫是国之枢纽，朝堂、官署所在之地，素来庄严，秩序分明，这一场打斗惹来了不少人，卫樟看见南宫宿卫的羽林郎纷纷执铩严阵以待，更有不少士大夫面露异色打量他们。

"卫樟谋反，行迹败露要杀我们！"杜六郎一下失了方才的锐气，抛下手中的刀不胜慌张地往那些羽林郎身后逃，其他几人也纷纷效仿他一面逃窜，一面大声喊："卫樟谋反！"

"我没有谋反！"卫樟抹了一把额上的血，分辩道。

"还说你没有谋反！"

"我们几人亲眼所见！"

"卫樟酒醉泄露谋反之意，欲杀我等灭口！"

卫樟感受到冷，冷得彻骨透心，冷得他瑟瑟发抖。

这人世的肮脏、卑劣，他从未如此憎恶过。

"杀了他！"也不知是谁一声令下，羽林军围成一个包围圈，向卫樟缓缓逼近。

卫樟看着这些人，抿紧了唇。

有些羽林郎还存有几分理智或是忠于卫氏，不曾动手，另一些则是在迟疑，潘八郎索性抄起一把刀，带头向卫樟刺去。

卫樟躲闪，回击——这出于本能，数十载习武修文，卫樟的本事远非帝都寻常纨绔可及。

潘八郎被他一击险些伤到要害，自知不是敌手，大喊："卫樟杀人了！他果然是要谋反！"

卫樟明白了，自己今日是被推上了一条绝路，这些人是要逼他反，借此对整个卫氏一族下手。

几个羽林郎听这话忙上前助阵，卫樟握紧了手中的戟，却又缓缓松开。

他没有选择，他被推入了一个早已设下的局。

无论他反抗还是不反抗，这些人都会在这里杀死他，潘家和杜家那几位是他谋反的证人，他们可以将他们的谎话公布天下——卫樟在酒醉后不慎吐露了卫家谋反的消息，为灭口而在南宫前试图杀人，不成，被杀。原本针对卫家的流言如浮萍无根无据，可若是身为卫家三郎的他谋反罪名被坐实，那么牵连的是身后整个家族。

他的目光一一扫过在场的人，看着那些畏葸走来跃跃欲试的羽林郎，看着那些在暗处窃窃欢喜的政敌，冷笑一声，抛下了手中的戟。

一翻手，亮出的是一把短刀，长不过半尺，金阳下光芒如雪。

"以皇天后土为证，以金乌羲和为誓——"他以短刀指天，在青天白日下缓缓开口，气势凛然，竟让那些逼近他的人都暂时忘了动手，"我卫樟，绝无反叛之心谋逆之意，平生坦荡无愧天地山川，无愧星河沧溟，桑阳卫氏世代忠直，奈何谄佞妒恨，奸宄不容，吾不忍一生清白为宵小构陷，不欲家门声誉为愚者践踏，今日宁死，不愿身负贼名。尔曹，上品公卿、朝堂砥柱，为吾证——"他将短剑刺进了自己胸口，血溅三尺，他仰起头，朗声道，"天子御前左中郎将、故北军中候长子樟，以死自明。"

## 第十六章　暗刀无防

帝都之中的士族之家，饮茶品茗之风兴盛，凡世家子，大多能煮得一手好茶。

康乐宫一室幽静，偶有轻风扬起碧纱绣幔，诸太妃脖颈垂下的弧度优美，娴熟碾茶，素手皎皎如明珠。

釜中的水涌起鱼木小泡，她取一勺盐，倒入了水中。

盐的分量须仔细，不可多，亦不可少。

恰此时邱胥小步趋入："太妃——"

诸太妃没有理他，直到觉得咸淡满意后方抬首："何事？"

"左中郎将今日下葬了。"

"临庆太主今日终于不哭不闹舍得将自己的儿子入土了？"她似笑非笑。

"听说太主几度哭昏过去。"邱胥面上浮着几缕捉摸不定的笑意。

"皇家公主又如何，可悲哪——"釜中水第二沸，诸太妃从釜中舀水一瓢，持竹环在手于水中搅动。

卫樟虽死了，可一个卫樟在卫家算不得什么。诸太妃原本是想借此为卫家添一个谋反的罪名，顺便夺禁军军权，谁知卫樟宁死，都不愿承认谋反。

三沸之后出茶，诸太妃将茶汤舀出倒入碗中："皇帝近来如何？"

"陛下仍是老样子，成日作画，不理世事。"这样动乱的时节，位于萧国最高处的皇帝反倒最是清闲。

"可曾召幸妃嫔？"

"不曾。"邱胥垂低了头答道。自从唐暗雪死后，皇帝放浪形骸寄情诗画，愈发不受诸太妃的掌控。

邱胥以为太妃听到这话后会如往常一般发怒，可是这一次，诸太妃只幽幽说了一句："既然皇帝不喜欢，那么这些妃子，便也不要留了。"

邱胥笼在袖中的手猛地一颤，很快就明白了诸太妃的意思。

"掖庭间女人为争宠钩心斗角是常事。"诸太妃打量着镜中素面，漫不经心地开口，"有些不懂事的女子做出什么蠢事，哀家也是拦不住的，你懂吗？"

"明白。"

"随阴杜氏既在哀家麾下，那么杜家的女儿暂且留下，至于关贵嫔嘛……"诸太妃眼波流转，"看在她曾生育过哀家的孙儿，又姓关的分儿上，放过，至于其他出身高门的妃嫔——一个不留。"


入夜之后，北宫的静最是可怕。

四周听不到人声，宫阙投向巨大的影埋葬了前路，偶尔能看见宫灯飘摇或远或近。

她舍下满头的珠钗在夜间的北宫飞奔，充斥在耳中的是自己激烈的心跳与喘息。曳地的华服在灌木中被扯坏，沾了道旁的草木杂屑——她原本是那样讲究仪态的一个女子，可是在生死攸关之时，没有什么比命更重要。

她望向前方，可是除了茫茫黑夜外什么也看不见，她终究只是一介弱女，逃能逃到哪里去呢？她力竭摔倒在地，号啕大哭。

身后那些追赶她的人迅速围拢，站在她面前冷冷看着她。

她绝望地闭上眼。

邱胥从人后走出，手中仍端着那只托盘。

托盘上放着的，是致命的毒酒。

"婕妤何必挣扎，从结霜阁逃到这儿，还是免不了一死。"宦官尖细的声音听起来满是嘲讽。

"阉竖住口！"贺婕妤恶狠狠地瞪着他，"杀了我，你也不得好死！"

邱胥涵养极好："奴婢的下场，不劳婕妤费心，婕妤只管安心去便是了。"

"扶我起来！"她死也要死得体面。

接过毒酒，年轻女子的柔荑仍是不免发颤："我有遗言，你记好，带给太妃！"

"婕妤请说。"

"几年前太妃答应助我成为皇后，可现在她却要杀我，如此背信弃义之人，我祝愿她不得好死——"编贝细齿间挤出这句刻毒的话，"我死了，父兄不会放过她。"

邱胥但笑不语。

他看着贺婕妤将酒饮下，片刻之后面色狰狞，痛苦倒下，自始至终唇角的微笑没有变过——这样的经历于他而言早已不是第一次。

邱胥摆了摆手示意将贺婕妤的尸首抬回结霜阁穿戴整齐。

几年前这个一门心思想要得到圣宠的妃嫔将唐暗雪与皇帝的私情告诉太妃时，不知可曾想到过今日的结局？她自作聪明以为能前路坦荡，可实际上她什么也没得到，只能在今夜不甘不愿地死在这里。

天真又愚蠢的女人。

邱胥的笑容还在，眼眸却是一片冰冷，他端着空盘，无声无息地离去。


卫氏一族的叛国如果说一开始只是妄言谣传，那么负责看守梁国俘虏的狱卒的御前上书，使流言终于有了真正意义上的证据。

梁国广阳王在狱中据说是自尽了，真假且不论，终归人是死了，无法开口，可那狱卒说，在广阳王的监牢中发现广阳王留下的血书一封，陈明了事情原委。

先是越国出兵，萧国武卒衰疲无力拦住夷人，卫太傅为了上战场的北军不至于折损太多，所以想出了"以敌制敌"的法子。卫太傅秘密遣人去梁国假传萧皇帝的命令请梁国出兵，并承诺若梁国助萧击退越夷，便割让南境平南郡及百林郡的一半给梁国。

广阳王在血书中怒斥卫之铭不守信诺。这份血书被狱卒交给了皇帝，然后公布天下。

这就是所谓的证据。

那些原本还在犹疑坚持的人，都接受了这个事实。

这不是叛国，而是卫氏一族乃至整个萧国软弱之下的无奈之举。

可与梁国勾结，又确确实实是罪，在战场死在梁人之手的萧人比死在越人手下的还要多。

无论如何，是卫氏一族铸成了大错，尽管本意是为了萧国，可错了，就是错了——这样的想法在许多士子心中植根，他们有许多人曾是卫氏一族的门生，蒙卫氏之恩，但都在此时选择了转身，换一副嘴脸去谴责。

卫氏一族若倒下，空下来的权力也是每个士子心中的渴盼，在太学博士吴将的煽动下，这些大多出身显赫且年轻的太学生聚拢，在南宫升元门前伏阙请命。

伏阙便是跪在宫阙前奏事，这样激烈的方式，等闲时刻少有人用。数百太学生伏阙震惊朝野，成为清安一朝中期那场动乱中值得后人玩味琢磨的一笔。

太学生的伏阙，撼动了桑阳卫氏百年的根基。

那个煽动士子并带领太学生伏阙的五经博士很快将被历史记住，吴将，清安末期诸太妃的心腹。

此时的他跪在升元门前痛苦社稷痛苦百姓，眼中却是冷冷的笑意，他知道一夜之后他的声名会传遍帝都，因为他赌赢了朝政这盘复杂的局，从此后他将飞黄腾达。


"中官究竟要带我去哪儿？"阿惋进宫已有七年，北宫里的许多地方她虽算不上了如指掌，但至少是熟悉的，可今早邱胥说是太妃召见，带她走的却不是往日里前去康乐宫的那条路。这一路格外幽森偏僻，石径古旧，残雪与泥泞混杂。

阿惋意识到，今日之行，绝不是太妃召见那么简单。

"自然是太妃召见娘子。"邱胥在前头引路，步子未停头也未回，他的脊背微微佝偻，他并不老，只是多年卑躬屈膝的习惯使然。

"中官究竟要带我去哪儿——"阿惋拔高声音将这个问题重复，停住了脚步。

邱胥只好停下："太妃在前头等着娘子呢，娘子莫要去迟了。"

阿惋抿着唇，固执沉默地与他对峙。

七年前邱胥将她带入了宫中，她的一生就此改写。七年之后，不知邱胥又要将她带去哪里，等待她的又是什么。

邱胥无奈，叹口气："娘子是不信老奴吗？"

"中官是姑母身边的亲信，萧韶不敢不信。"可她依旧没有要挪步的意思，"只是现在中官既不说要将萧韶带去哪儿，也不说姑母召见所为何事，萧韶心中实在惶恐。"

"娘子何须惶恐，奴婢奉太妃之命行事，难不成太妃还会害自己的侄女吗？"阿惋不动，邱胥便笑着走近。

邱胥略胖的面庞总堆着浅浅的笑，这笑让阿惋心中发冷，因为她猜不到这笑中间藏着的究竟是什么，她下意识想要后退，却撞上了后头跟着的两个宦官。

他们将她的路给堵死。

"娘子走吗？"邱胥转身，继续前行，无须回头他也知道阿惋必定会跟上，她别无选择。

"娘子无须害怕。"他一面走一面笑道，"借奴婢一百个胆子，也不敢拐走太妃的侄女。只是今日太妃召见娘子的地方也的确略偏僻了些，是……"他拂开眼前枯枝，转首，"瞧，这不就到了吗？"

是翠璃楼。

皇宫西北角，贮藏了万千卷佛经的翠璃楼。

阿惋不信佛，甚少来此，她知道姑母也不信佛，怎么也想不出诸太妃在这里召见她有何用意，愈发迷惑。

翠璃楼的侧门被打开，楼中没有烛火，黑洞洞、阴森森。阿惋站在门口，感觉脊背一点一点发凉。

邱胥率先踏入了门内，回首朝阿惋一笑："请娘子跟上。"

这里面有什么……

阿惋不敢进去，光明与黑暗，以那道门为分界，她怕她进了那道门，就会被黑暗缠住永世出不来！

身后那两个宦官上前，紧紧站在阿惋身后，显然是胁迫。

她无奈，咬牙走了进去。

那两个宦官在她才迈进翠璃楼时猛地关上了门。

一瞬间所有的光亮都被敛去，她下意识惊慌，在目不视物的情形下往旁侧闪躲——她自己也不知究竟是在躲什么，然后她撞到了一旁的书格。

"娘子这是在做什么呢——"宦官尖细的嗓音响起，略带几分嗔怪的口吻。

阿惋在一团模糊的光晕中看清了邱胥的脸，他手里捧着一颗照明的夜明珠，常挂在脸上的那抹笑映在明珠幽暗的光芒中，让阿惋想起浮屠壁画中的恶鬼。

"我……"阿惋紧贴着书格站直，悄悄扭了扭方才撞疼了的脖颈，"你带我来这儿做什么？"

"不是奴婢要带娘子来这儿。"邱胥在夜明珠的朦胧光晕中笑道，"是太妃要娘子来这儿。"

为避免焚毁佛经，翠璃楼中禁烛火，照明唯以夜明珠。阿惋的眼睛渐渐适应了黑暗，大致看清周遭的事物，她处在书格与书格之间逼仄的空地，一架架书格如一个个高大的巨人给她一种压迫感。她看见了窗，窗门紧闭。她嗅到的尽是书卷陈腐的气息，让她几欲窒息。

"为何不开窗，为何要将门锁住？"阿惋冷声质问，"太妃不会是要将我幽禁在这里吧。"

"娘子这是说什么胡话呢。"邱胥笑得直不起腰来。

"开窗的时候，未到。"忽然有一个沙哑粗粝的声音响在阿惋耳畔，她侧首，这才看见自己身边原来不知何时站了一个老妇。

不，这不是什么老妇，这分明是阿鼻地狱中的厉鬼！

她在看到老妇容貌的第一眼，便吓得魂飞魄散。

那是一张没有五官的脸！像是有谁将她的皮给生生揭下了一层，又削去了她的鼻子，割去了她的红唇！只剩一双眼，直勾勾地瞪着阿惋。

多年来的教养让阿惋不至于即刻失礼大叫，可她却腿软得几乎站不直。

"你是谁？"她声音抖得，都觉得不像是自己在说话。

邱胥轻轻笑了："缦娘，告诉这位娘子你是谁？"

这个被称作缦娘的老妇似乎有些痴傻，她呆呆地说："皇后、皇后剥去了我的脸……"

皇后、皇后剥去了我的脸……

阿惋听见这句话，不禁毛骨悚然。

"她说的是什么？那个皇后又是谁？"

"缦娘自从三十年前受过折磨后脑子便有些糊涂了，娘子勿怪。"邱胥引着她往前走，那位名为缦娘的老妇跟在阿惋身后，"三十年前的皇后是谁，娘子知道吧。"

三十年前萧国仍是文帝当政的时期，文帝的皇后姓卫，后世谥号庄昭，昭德有劳曰昭。

"这文昭皇后生前诚然称得上一代贤后，三宫六院被她打理得井然有序，只是文昭皇后有个不为人知的习惯，便是将她不喜欢却又被文帝所喜欢的女子生剥面皮。"邱胥说得轻描淡写，阿惋听着胆寒。

那么这个缦娘，便是因曾被文帝所宠爱才……

"可还不止一个缦娘呢。"邱胥似是看穿了阿惋内心的恐惧，又带着些讥诮的口吻道。

不错，文帝生前所宠爱的女子不少，那么被文昭皇后剥皮的，自然也不止一个缦娘。

"娘子知道翠璃楼是谁兴建的吗？"邱胥走得极慢，"是文昭皇后。文昭皇后生前信佛，极其虔诚，于是建翠璃楼，广罗天下佛经。"

信佛之人，竟还如此残忍？

"佛家有须摩提极乐之境，亦有八热、八寒地狱，光暗、苦乐、善恶并不矛盾。是以文昭皇后将翠璃楼一半用作贮藏佛典的静心之地，另一半修成了刑室，她本人既可以端庄娴和，亦可以残暴阴鸷。"

"翠璃楼另一半竟是刑室？"阿惋惊恐地瞪大了眼。

邱胥在暗处扳动什么。"地底下还有一个翠璃楼。"地砖缓缓挪动，露出一个几尺见方的洞口，"这里便是地狱。"

"你带我来这儿到底是做什么？"阿惋终于忍不住大声吼道。

"不用怕，娘子自然不是该入地狱之人。"邱胥始终笑着，"太妃只是想让娘子见识一些东西罢了，翠璃楼窗门紧闭，因为地狱里是不该有光的。娘子请——"

阿惋强忍着内心的恐惧踩梯随邱胥一同下去，地底的翠璃楼仿佛真的是地狱，幽寒森冷的风在她下去的那一瞬包裹住了她。

"文昭皇后这样肆意妄为，文帝不曾干涉吗？"她摸着湿冷的石壁随邱胥往前，她总觉得自己触手摸到的石壁上满布血迹。

"那是皇后，后宫的主宰。"邱胥答道，话语在石砌的通道中听起来隐隐有回声，继而冷笑一声，"不说文昭皇后，这世上只要是手握了大权的人，权力大到可以为所欲为的地步，怎样对待一条人命，都是可以的。文昭皇后的侄女庄文皇后，赵王生母，太傅独女，她活着的时候被人夸赞风姿有如仙人，可仙人也是会杀人的。只是庄文皇后不似她的姑母那般嗜血，她不想见到谁，往往是直接杀了，所以先帝一朝，连一个像缦娘这样的人都没有留下来——娘子你来评评，文昭皇后和庄文皇后，哪个更残忍？"邱胥忽然回头。

阿惋冷得牙齿都在发颤，哪里还顾得上想这一问的答案。"都残忍……都残忍！"她从齿缝里逼出这一句话。

"娘子知道就好——"邱胥继续走，"凡天下有人，便有污垢。娘子你眼下所在的北宫是萧国最尊贵的地方，也最脏。"

那间石室一被打开，阿惋便嗅到了浓郁的腥臭味，她忍不住猛地躬下身干呕。

邱胥倒有耐心，在一旁盈盈笑着等阿惋缓过气来，方搀着她走了进去。

说是搀扶，不如说是拖拽。

石室中燃着微弱的烛火，有人在轻诵佛经："其福胜彼。云何为人演说？不取于相，如如不动。何以故？一切有为法，如梦幻泡影，如露亦如电，应作如是观。佛说是经已，长老须菩提，及诸比丘、比丘尼、优婆塞……"

那声音细得让人忍不住头皮发麻，阿惋看见念诵佛经的，竟也是个被剥去脸皮之人！

那人的手、脚都被铐着强制她维持一个趺坐的姿势，也不知她在这里坐了多久。

"娘子不妨猜猜，这人是谁？"

阿惋牙齿都在发抖，哪有心思去猜这个。

"这个人，娘子是认识的。"邱胥叹息。

那人幽幽睁开了眼："阿惋，好久不见。"

这句话让阿惋整个人都忽然安静了下来，她慢慢抬头，既不敢去看，又不能不去看。

这声音熟悉而陌生，藏在了记忆深处，有个答案已经浮出，但她不敢去想。

那人已然面目全非，可是眼眸中还有神采，当阿惋的目光落在她脸上时，她甚至用眼睛朝她微微笑了一下。

如果她面上的皮还是完好的，那么她这一笑应当是个柔婉恬静的美人。

"唐姊姊！"阿惋终于忍不住惊呼，扑倒在她面前，"唐姊姊你……"

她并不能确切知道唐暗雪究竟是失踪了多久，可她的的确确是有许久没有见到唐暗雪了，却没想到，再见时竟是在地狱，成了这副模样。

她记起某个春时的黎明，她在银薇树下看到的那一双影。落花与熹微的晨光构筑的宁静那样美好而短暂。

"唐姊姊……"她跪在唐暗雪身前，声音抖得厉害，从近的距离看她的脸，愈发触目惊心，活生生地揭皮，该是怎样地疼痛？若皇帝知道了，又该怎样地心疼？

"诸娘子……"她竟还能说话，声音很轻，"居然还能见到你，很好，很好。"

"是太妃对吗？"她忙着要起身，"我去向她求情！"

皇帝喜欢唐暗雪，那么宫中自然多得是想对唐暗雪下手的女人，但阿惋还不至于思维混乱到以为是那几个妃嫔。只有太妃，只有在北宫度过多年岁月，执掌后宫很久了的诸太妃才可能知道翠璃楼究竟是什么地方。阿惋明白自己的姑母是怎样的人，她完全有可能狠心下令让人剥去唐暗雪的脸皮。更何况，引她来这儿的是邱胥，是诸太妃用了十余年的心腹。

她忽然想起其实唐暗雪也是太妃的心腹，曾经唐暗雪在闲聊时说过那段艰难的岁月，才诞下皇子的太妃被贬永巷，身边只有邱胥和唐暗雪作陪，算得上是共患难同生死，可眼下，不也到了如此境地？

唐暗雪用虚弱的手攘住了阿惋的衣袖，她的意思很清楚，求太妃是没用的。

可总要试试，难不成就这样眼睁睁看着唐暗雪受这样的折磨？

她也知道自己这个侄女的身份远不足以左右太妃的心意，但她还可以将这事捅到皇帝面前去，皇帝会救唐暗雪的。

然而她看着唐暗雪的眼睛，却不敢再动。

唐暗雪的眼眸里，尽是恳求。

不要去找皇帝，不要将她现在的境遇说出。

这天底下的女子哪，没有一个不是希望自己以最美的姿态出现在情郎面前。

阿惋颓然跪坐，鼻尖发酸。

在阿惋与唐暗雪说话的时候，邱胥无声无息退下。

门猛地被合上，巨大的声响让阿惋心中一凛。

阿惋惊慌望向门关的方向："他要做什么？"

"囚禁。"唐暗雪合上眼，"每日门口小洞会有食物送来，可以保证不死。"

"他为什么要囚禁我？"阿惋心里一片惊慌，"为什么？"

"你想出去吗？"唐暗雪轻轻问，"想出去，就杀了我。"

清安十七年的四月初，萧国南境长达半年余的战乱终于彻底结束。

数万人的鲜血干涸在南境的焦土，数万具尸骸躺在蒿草之间，数万黎庶流离失所，楼阁倾颓，良田成灰后——终于等来了一个结局。

于萧国而言，这样的结局，算得上是一个惨胜。这一战唯一的获利者，只是乌奴。乌奴使者再度出现在帝都，是以高高在上的嘴脸，乌奴人拯救了萧国，那么救国之恩不言而喻。

世上从来没有白施的恩。

流民们庆幸战祸结束，以为他们一切可以回归从前，实在太过天真。战后，最棘手的问题才展露在人前。

这一战桑阳卫氏先是被委以重任，然后在战场上备受重创，继而的叛国之言又给了这个家族狠狠一击，卫之铭自被狱卒上书指证叛国起便被暂罢在家，说是待廷尉审查还他一个清白，可谁知道这个清白要等到什么时候。卫家其他被委以重任的砥柱不是战死、病亡，就是受到了牵连，被排挤出了朝堂，被卫家人握住军国大权的手被迫松开，权力引发众人角逐，萧国朝政因此大乱，所以当乌奴人在济云殿蛮横地要求割让西边泰定、文宁、蒙陵三郡给乌奴做谢礼时，甚至都没有谁可以站出来强硬直接地拒绝。

以贺、杜、章、崔、柳几大士族为首的公卿结成了松散的同盟应对乌奴人，可忙着争权夺利的他们怎还有闲心斗得过外敌，更何况萧国战后衰疲，已无力对抗西边宿敌，只得草率应下乌奴人的要求，割让三郡，每年将金帛谷粮送往乌奴，萧天子对扎青汗称侄。

但这并不是一个结局。


和辰街乍眼望去一片深青，这条贯穿帝都的长街以青石砌成。达官府邸的大门可正对街道打开，一路行在这里，便可以看到朱艳的门、精致的飞檐、庄严的门第。

两马骈行拉动的车驾缓缓行在和辰街，车轮辘辘碾过石砖，车上铜铎清脆悦耳。

车马停在了萧国曾经的第一重臣卫之铭的宅前。

仆役搀扶着走下一个十四五岁的少年，瘦削单薄，一身素净的儒士打扮。

他径自上前叩门，很快便有人将门打开，门中仆人未曾见过这个少年，问道："敢问郎君尊姓？"

　　少年淡然一哂："告诉你家主人，我是能解卫氏之困的人。"

　　仆役失色，匆匆禀告。

　　少年被请去前厅小室静候片刻，老仆上前朝他行礼："请。"

　　"你是诸太妃的外甥女？"卫之铭面上仍旧是如往日一般的从容淡然。

　　"卫公好眼力。"安潋光笑，"我是平安安氏的九娘子。"

　　太妃外甥女与安家九娘，两个身份却有不同的意味。

　　"你来见我，究竟要说什么？"卫之铭开门见山，他看得出对坐的少女有很多话想说。

　　"卫公为何不问，我为什么说要助卫家？"安潋光眯眼。

　　"请讲。"

　　安潋光眸中的笑意忽然收敛，幽沉如井，"前一阵子我在佛寺，见到了一个人，她因逃避仇人追杀，藏入了寺庙寻求庇护，为了活下去，她告诉了我一件事。"

　　"哦？"卫之铭挑眉。

　　"那个人是，故承沂侯夫人，楚氏。"

　　安潋光的声音森寒："她告诉我的，是一个最惊骇不过的秘密。"


　　诸太妃在翠璃楼的顶层等了三天，终于等到她的侄女从塔底走了出来。

　　诸太妃看见她衣上的血，看见她如死灰般的眼，看见她形容枯槁压抑着仿佛从地狱中爬出的崩溃。

　　诸太妃并不惊讶，她俯瞰着北宫的亭台楼阁宫阙成群，淡然轻哂："坐。"

　　阿惋坐在为她预备了很久的席位上，一言不发，直到诸太妃转过身来问她："你应该知道杀人是怎样的感受了，对吗？"

　　阿惋不语，只是瞪着她。

　　太妃莞尔，从前这丫头可没有这样的胆子。

　　"告诉哀家你见到了什么？"她再度发问。

　　"残忍！"阿惋从唇中吐出这个词。

　　"你看到的，应当是权力。"诸太妃笑答。

"因为姑母有权力，就可以为所欲为？"她红了眼。

"有权力，自然就可以为所欲为。"诸太妃满不在乎，"哀家今日，并不是为了向你炫耀哀家的权力，阿惋，你知道哀家真正想要你见识的是什么吗？"

阿惋看着眼前美艳雍容的贵妇，只觉得前所未有地陌生，前所未有地寒冷，"箫韶只知唐姊姊是陪伴了姑母十余年的人，如果连她的性命姑母都可以眼也不眨地夺去，那么——"

"她已不再忠于哀家，过往的情分便都是个笑话！"诸太妃陡然拔高声调打断侄女的质问，顿了顿，"阿惋，哀家将你接进宫中这么多年，你学会的东西还是太少了。"

"姑母希望侄女学什么？"阿惋扯了扯唇角。

诸太妃看着侄女的眼睛："翠璃楼，是皇宫富丽奢华之下的被埋藏的血腥肮脏，但你所见的，还并不是完整的北宫。总有一日你会站在我这个位子，北宫的一切都会收入你眼中，光与暗、美与丑，互为交织，分不开，剥不去。想要在这里活下来，都需有一张白的皮囊，黑的心。"

阿惋打了个寒噤，被困在暗无天日的地底，足以让人发疯，最后她不记得自己是怎样拿起了刀。

暗雪说，我不想再留在这里了。

暗雪说，你杀了我吧，杀了我，我们都自由。

暗雪说，你不杀我，我也会死的。

暗雪说，求你……杀了我！

不记得自己是怎么持着邱胥留下来的刀一面哭一面走近，不记得暗雪是怎样握住自己的手，将刀狠狠地送入了心脏。

鲜血溅在身上的灼烫，她此生难忘。

"你恨我吗？"诸太妃白皙冰冷的指尖挑起她的下颏，"孩子，你的愤怒全写在脸上呢。你终究还只是个孩子。"少年时的阿惋面容纯净不染纤尘如新春初绽的梨花，也如同花瓣一般脆弱不堪。

"你用了三天的时间，才杀了她，真让我失望。"她冷笑，"你知道我为什么要让你杀了暗雪吗？"

阿惋仓皇抬起头，惊慌到音调都有些失控："姑母昔年究竟为何接我入宫？"

既然诸太妃早知皇宫是这样肮脏、诡谲的地方，那么为何当年要拽着她陷入这个泥潭？

答案她早就猜到，只是她不愿去面对罢了。哪怕是安激光走前那样明示暗示，她都宁愿自欺欺人。她告诉自己父亲死后姑母将她接进宫来只是怜悯她无人抚养，她告诉自己她与后宫中别的女人不一样她终有一日可以离开宫墙，帝都的风起云涌，北宫的暗斗明争，她只要远远看着置身事外就好——可这些都只是她自欺欺人！

诸太妃是那样渴求权力的人，无论是南宫、朝堂、帝都，她都希望紧紧地攥在手心，皇帝被架空了这么多年，固然是因为卫太傅不肯还政，她也从来没有将自己手中的权柄交给儿子的打算。

一个能为她所用的皇后，是她操控北宫最好的工具。

既然可以有傀儡皇帝，那为什么不可以有傀儡皇后？阿惋，就是最适合做傀儡的那一个。她没有家族可以依靠，她们共有一个姓氏，一荣俱荣，一损俱损。所以她不可能反抗。她若能被立为后，便能巧妙地制衡后宫，后宫，是可以影响朝堂的。

在诸太妃的角度考虑，没有谁比这个侄女更适合做儿媳。

皇帝对唐暗雪的迷恋已经到了阻碍阿惋的地步，她要为阿惋清路。

"这人世从来残忍，你早该知道。只是你一直将自己当作孩子。"诸太妃怜爱地抚摸她的鬓发，"暗雪的下场，也是哀家给你的一个警告。"

阿惋悚然一惊。

"哀家也曾年少，知道年少的人总是满脑子风花雪月。"她缓缓走到了阿惋身后，俯身在她耳畔，"可情爱，是有毒的！"

阿惋只觉手足冰凉，头脑却昏昏沉沉。

她恍惚听见太妃用极冷酷的声音对她说："阿惋你应当知道哀家说的是什么意思。赵王是个祸害，哀家知道你们偷偷见过，你们年少的人总喜欢任性，哀家知道。只是从此以后，你还是不要见他了。"

"姑母昔年究竟为何接我入宫……"她凄苦一笑，眼角滑落下泪来。

她看着自己的侄女跪在地上，泪水洗刷着面上的污垢和血渍："阿惋，知道你为什么叫箫韶吗。箫韶九成，凤凰来仪。你的名，是我为你起的。"

## 第十七章　灰飞烟灭

安漱光的叙述沉稳，可是依旧听得出她的恨意。

如果楚夫人没有说谎，那么诸太妃，既是她的姨母，也是害死她父母亲族的人。

卫之铭内心惊涛骇浪不断，久久不语。

"你说能解我卫氏之困，就是凭这个？"

"漱光心知区区一个楚夫人不足以向天下证明诸太妃的阴谋，可漱光……只能做到如此了。"她向卫之铭一拜，"请卫公为我复仇。"

"可我……也不知道该怎么办。"卫之铭沉重说道。

"那漱光再去试着找找物证。"

"不必了。"卫之铭眼眸中是一片萧索，"这次的矛头是瞄准卫家，再多的证据都没用。"

"卫公难道要坐以待毙？"安漱光拧眉，下意识攥紧了拳。

"谁说是坐以待毙？"卫之铭含笑。

安漱光一时竟不能领会卫之铭的话，看着老人深奥的眼愣了很久才恍然大悟，他们没有证据证明诸太妃叛国，同样地，诸太妃也没有证据证明卫氏一族叛国。

梁国皇子的那封所谓的血书真假难辨，实在算不得什么证据，除此之外，再没有别的什么更有力的东西可以击垮卫氏，流言肆意一时总会被淡忘，战乱结束百废待兴，桑阳卫氏不可能不被起用。

卫家人都明白这一点，所以在交出权势时并没有多大的不舍，因为他们知道卫氏一族还会卷土重来。可是听闻安漱光的叙述后，卫之铭忽然不安。

诸太妃的手笔大到惊人，四个国家卷入战乱，数以万计的人死去，换来的结果就仅仅只是折损卫家部分势力，短暂地将卫氏挤出朝堂吗？

诸太妃只怕没那么容易放过他们。可卫家手中能依仗的军队所剩不多——这太致命。

北军素来有外调征战之职，此番对越、梁作战，损兵折将，甚至好几代卫人都因此马革裹尸。

而南军负责守备皇宫不得远调。谢愔统御了南军多年，他虽死，长子无用使南军尽数落于诸太妃之手，只是诸太妃毕竟不过是深宫妇人，南军势力错综复杂，她要在短时间内完全操控在手，不是易事。何况她若要用南军对付卫家，总须师出有名。

可卫之铭总感觉不对。诸太妃的手段绝不止如此！

他揉着眉心脑海中飞快地思考，忽然，他一掌拍在案上。

"怎么？"安潋光看着卫昉，也意识到了有些不对。

卫之铭沉默很久，面如死灰。

良久后他缓缓说："九娘子的大仇，恐怕要托付别人了。卫家已落入一个局，来不及出来了。"


从端圣宫的庭院仰望天穹，那上方的一片苍青仿佛从未变过。谢玘幼时所见的天宇和少年时抬头所见似乎并没有什么不同。

谢玘站在庭中央，默默地想。

"殿下原来在这儿。"宋内傅看见他的身影，快步走来，"奴婢四处找不到殿下，还以为殿下又去哪儿了呢。"

"内傅近来对我的行踪似乎很是在意。"谢玘转过头，目光直直撞进宋内傅眼底。

宋内傅下意识慌乱了一下，继而笑道："殿下自幼淘气，奴婢想不多费心思都不能哪。"

"我不过是看书看倦了，到庭院中歇歇罢了。"谢玘淡淡道，想了想，"我仿佛已经有许久没有出端圣宫透气了。"

"殿下过些日子再出去也不迟。"谢玘还未来得及说什么，宋内傅便试图打消他出门的念头，"战乱才息，外头乱着呢。"

"有多乱？"谢玙在她话音落地时便问。

"这……倒也不是很乱。"宋内傅含糊道，"只是诸多事物繁杂，京中人马混乱，殿下不妨安安心心地在端圣宫念书习武抚琴什么的。"

"自我幼时起，所有人都知道我终有一日会涉足政事，所以朝堂上的事，你们从来不瞒着我，还总会挑时间说与我听 ——"谢玙慢慢开口，"可是近来，我待在端圣宫却是如同与外世隔绝了一般，内傅想尽办法不让我接触端圣宫外的人事，究竟是为什么？"

宋内傅低头不语。

"端圣宫外到底乱成了什么样子？"谢玙深吸口气，问道。

宋内傅只是缄默，一言不发。她不能说，不能说此时帝都流民滋事不断，不能说他的母族被世人中伤失去了对朝堂的掌控，不能说他的表姊被逼和亲表兄惨死街头。

"内傅为什么不愿意告诉我？"谢玙几乎是在逼问，"你瞒着我是要做什么！"

宋内傅抿紧了唇，心如铁石。

"内傅……"他并非懵然无知的幼儿，他能猜到宫墙外是怎样残酷的天地，"若是内傅执意不言，我便……"

"殿下要去卫家吗？"宋内傅抬眼。

谢玙仿佛一下被人扼住了喉咙，说不出话来。

他要去卫家吗？

不，他不要去。

文姜祸、文姜祸……这个词翻来覆去地在他脑中回想，他不知道该怎样去面对那些人，他将他们视为母族的亲人，信赖了他们十余年。

若他现在站在卫之铭面前，是该唤声外祖，还是祖父？

一想到这个，便如同有把刀狠狠刺向了他的心口。

宋内傅知道他在想什么，可现在不是开解他或澄清什么的时候，她跪下朝谢玙一拜："此非常时期，还请殿下体恤奴婢苦心。"

她知道眼前这个少年已不是孩子，可是如今端圣宫外风浪咆哮，而他，的的确确是羽翼未成，也许三年后的谢玙会是能当一面的人物，但风雨来得太早，她只能尽她最后的努力为他将那些魑魅妖鬼阻隔在他的世界之外。

清安十六年四月十八，因战乱而聚集在帝都里的流民暴动，这一场暴动重创了帝都不可一世的士族，转变了萧国的未来。

因在己酉日这夜发生，因此后世的史官将这称为"己酉夜乱"。

谁也不知道这场暴乱的起因在哪里，或许这场劫难的源头来自谁的精心策划，总之就是在这一夜，那些挤在帝都窄巷间等死的流民在少数人的煽动下，斩木为兵揭竿为旗，大肆抢掠了位于帝都西北的宁永、嘉隆、和辰三条街巷——这里是帝都许多贵胄的府邸所在，那夜死在动乱中的士族不计其数。大火吞噬了朱门高阁，三日不息，待到一切结束之后，断垣残瓦昭显着几姓门阀把持朝政的时代到了尾声。

清安一朝的后期，是寒门出身的诸太妃做主宰。

她在流民暴动被平息之后，迅速用手中的南军控制住了幸存的世家子弟，然后抛出早已罗织好的罪名，譬如结党营私、擅权乱国——这些罪状以天子的名义公之于众，凭着这些罪名，诸太妃将帝都最有声望的几大士族一网打尽，在所有人都还没有反应过来之时，那些素日或高傲或风流的世家子悉数被斩，死后留下的空缺，由寒门官吏迅速填补。

清安十年诸太妃曾说服承沂侯谢惜发布过一道"求贤诏"，这道诏书广罗了寒门子弟入朝为官，曾一度致使冗官，这些人被士族排挤在中下层多时，早就对高处权力渴盼已久，在这时只要依附诸太妃，便可以飞黄腾达。

自此之后，萧国成了诸太妃的萧国，这个从平南郡来的商户贱籍，终于一步步达成了早年的野心。即便多年后史官以厌恶的笔调书写她的传奇一生时，也不忘感慨这个女子的魄力。

起初，人们以为她只是一个想要攀上天子安享富贵的女人。

后来，人们以为她想要的是天子之母的尊荣。

再后来，人们嘲笑她不自量力染指朝政。

谢惜以为她不过是被卫氏一族吓疯了的浅薄女子，自私自利地想出了惊天阴谋只为士族与敌国两败俱伤，好让自己儿子的皇位可以坐稳。

卫之铭以为她费尽心机只是要扳倒卫氏一族。

所有人，都低估了诸太妃，低估了她的野心低估了她的疯狂，最可怕的赌徒押上的也不过是自己的身家性命，可她的赌局却要付出血流成河为代价，不惜毁灭这个国家也要使她荣登巅峰。

一串一串的计划，一个关节失误，或许整个萧国和她都万劫不复，可是天都庇佑这个疯子，她赢了。

四月十八那夜，她彻夜未眠，登上皇宫西北处最高的翠璃楼远眺，她隐隐看见了火光，虽然映入她眼中的只是那么一片微弱的光亮，但她知道那其实是冲天烈焰，旧的将被焚毁，新的，诞生于她的手上。

"太妃。"邱胥小步趋来，抱着一件厚斗篷，"这儿风凉，还请太妃披上。"

"不必了。"她眼眸里的火光亮得骇人，"从今之后，我再也不会怕冷。"


高门仕宦府邸的珍奇惹人疯抢，绫罗在火中成灰，府中藏着的娇美娘子则被拖拽出了深院，流民撕开她们的罗裙锦裳，在她们精心保养的身躯上肆虐下一道道伤痕。

这样的情形，与越夷入侵时何其相似，只是曾经蒙难的人握住了屠刀，他们将刀砍向了本国的权贵。

每个人的心中都藏着魔鬼，即便是往日里任人盘剥欺压却仍老实本分的庶民。

在这场动乱中，有些人却是保持住了冷静，譬如说卢呆。

地上随处可见散落的珠宝金银，他没有去理会；前方有一伙人团团围在了一起，人群缝隙中他看见女人雪白的腿，他也不为所动。

他只有一个目标，太傅府。

卢呆要对付的，是曾经权倾萧国的卫太傅。

他赶到那里时，正好是流民杀死护府的家奴，用木桩强行撞开府门时，桑阳卫氏乃帝都第一名门，卫之铭的府邸想必有珍宝无数，何况他曾在南境开战后下令封锁边关致使许多难民被挡在了随山之外，之后再传他叛国谣言，不论真假都足以使许多因梁人而流离失所的百姓将愤怒对准他了，故而门一被打开，涌进门的人多得便使太傅府宽敞的门庭拥堵，卢呆随着众人一同挤入。

可是门庭空空，并没有卫之铭的影子。

卢呆相信自己已经足够快了，莫非卫之铭还是先得了消息逃了？

正在他犹豫着要不要上别处搜寻时，他忽然听到了琴声。

怪哉，这样的时刻，怎么还会有人弹琴。他疑心这只是自己的错觉。

卢杲仔细听了会儿，终于确信，在这一片嘈杂中，真的是有泠泠琴声。

传来琴声的是临水的藏书楼，想来这里没有什么财物，所以闯进来的人没有几个理会那座远处孤零零的高楼。卢杲按了按怀中藏着的刀，提气上楼。

他在最高处那一层看见了一个白袍的老人，背对着栏杆，自顾自地抚一张七弦琴。

卢杲是贫家出身，曾经是帝都中为了活下来而偷摸抢骗的混混中的一员，如帝都中许多普通人一样，他知道卫之铭这三个字在萧国意味着什么。

外戚出身，世家嫡子，十五入仕，历经三朝，势逼天子，权压卿相——这样的人生，是许多寻常人只能仰望却注定永远也得不到的。

卢杲一直很好奇，曾执掌萧国大权主宰万人性命的卫之铭究竟是什么模样。

现在他终于见到了这个于他而言只活在传闻中的权臣。

卫之铭身上是一身裁剪合宜的长衫，并不是官服，也不华丽，只是干净整洁，在夜里素白如月华。

卢杲抽出了刀，一步步向他走去，停在了他五步开外。

卫之铭抚琴从容不迫，七弦琴音优雅如他。

卢杲害怕有埋伏，一时不敢动。

"诸太妃让你来杀我的？"卫之铭用很淡然的口吻问他。

卢杲点了点头。

"暂且收好你的兵刃，容我奏完这一曲。"死亡迫在眉睫，可他像是听不到有人在他府邸喧闹，像是看不见眼前的刀光，此刻他如同山林中隔绝了烦忧的隐者雅士。

他指尖淌下的曲也并不悲伤，卢杲默默听着一代权臣此生最后绝响，他虽然不懂乐理，可他一个俗人也听出了琴曲开阔舒缓，仿佛是漫步在初夏微凉的庭院，看着一片浮云渐散，明月倾洒下银白的华光，风过宁和，天地清朗。

"你就要死了——"卢杲终于忍不住开口，吐声艰涩，他很奇怪为什么他此时开口都变得困难，好像不愿打扰什么，又像是觉得自己与这座书楼格格不入所以不敢出声证明自己的存在。

"我知道。"他并没有卢杲往日所见的那些贵胄一般高傲，"人生不满百。死，在生下来时就注定了。"

"你的家族也快完了!"卢杲忽然感到很愤怒,可他不知道他为什么愤怒。

"我知道。"依旧是这句风轻云淡的话,"亡的何止是卫氏一族。这是门阀贵族的劫难,亦是士族寒门间必然会出现的斗争——可惜我看不到未来。"

"你不痛心?"

乐曲终于到了尾声,卫之铭枯瘦的十指轻灵收尾,按在了弦上:"史书会记下卫氏,后人将评价功过。"他慢慢站起,扭头看着被火染红的夜空,"卫氏显赫百年,一朝覆灭也是轰轰烈烈,有什么比这样的完结更好呢?"这个家族有过肮脏有过骄傲,有过屈辱有过荣耀,"该结束了……"卫之铭轻轻微笑,卢杲看见他唇角划下了一行血,猛然意识到这个老人竟早已服下了剧毒。

真正的高傲,是到死都要维持自己那份尊严。

卫之铭最后看了眼卢杲,目光威严,接着他向后一翻,如一只白羽的鸟扑向了楼后的池塘,没入碧波中不见。

"我去后,自有小儿辈替我睁眼看天下……"这句话如薄云转瞬即散,在卫之铭坠入池中的那一刻被他轻轻吐出。


端圣宫位于北宫东北处,这座本该给历代太后颐养天年的宫殿幽静安谧。按理来说,谢玙绝对没有可能在梦中被喧闹吵醒。

可在自己母族覆灭的这一夜,他却因心悸而骤然惊起。

据说血脉至亲的人之间有时会心有感念,纵相隔千里,也有如灵犀相通。从前谢玙是不信这个的。

然而在这一夜他却莫名悲痛无比。他捂住心口,呼吸都疼得发颤。

"殿下。"室内的动响惊动了值夜的宫人,"殿下,殿下!"

任她们怎么呼唤,谢玙都没有丝毫回应,他睁着眼,双目茫然空洞,越来越浓的恐惧聚拢在这双眸中,他猛地推开这些人,赤足冲了出去。

"殿下!"

端圣宫的宫人内侍都被惊动,纷纷赶来拦他,终于将他拽在了端圣宫宫门一步之距的地方,可谢玙拼了命地挣扎:"放开我!我要出宫!"

"殿下这是怎么了？"宋内傅匆忙赶来，"殿下别吓奴婢。"

"我要出宫！我要见外祖，我要见舅父——"谢玙嘶哑着声音吼道，到最后竟有泪从眼角滑落。

"殿下不要胡闹——"宋内傅板着脸叱责，试图像曾经那样以这样严厉的口吻唬住他，可是谢玙早已不是昔日的孩子。他骤然发力蹿了出去。

"殿下！"端圣宫的人赶紧去追，可是只能眼看着谢玙的背影消失在了昏暗的夜色中。

他用尽全力地往前，是要见一眼已经错过了的人。

但来不及了，都来不及了。

命运只给人追忆的机会。

后来宫人在钟宣门附近找到了谢玙。

他僵在钟宣门前，像是有千斤重的东西拖住了他，使他难以再进一步。

若有官吏要面见天子，必经钟宣门，谢玙就是在这里遇上了从承宁宫告退后预备前往南宫官署的朝臣。

他什么都知道了。

李昱几人看见他的背影匆忙上前，他只着了件单衣，未穿鞋袜，走近后才看见他在瑟瑟发抖。

"殿下别冻坏了。"李昱快步走近扶了一把他的胳膊，正想解下身上外袍给他披上时，谢玙蓦然晃了晃，他呕出一口血，倒了下去。

之后好几天，谢玙都在半昏半醒中。御医说他是因悲而伤，怒极呕血。

昏昏沉沉时谢玙感觉总有人将极苦的汤药灌进自己喉间，他难受得想要吐出来，可他怎么也醒不来。

他不愿醒。

他意识恍惚，好像又回到了卫家在平县的庄子，庭中老树在梦里竟有满枝繁英，素白的梨花不住飘落，像是在下一场雨。他的亲人在树下或是品茗，或是抚琴，或是弈棋，还有几个顽劣地爬到了树上，对他招手："阿玙——"

"唉！"他下意识地应，不觉泪湿衣襟。

他隐约感觉有人在为他拭泪，动作那样温柔，那样熟悉。

他还听见了谁细碎的哭声，若有若无，若远若近。

他忍不住颤了颤睫，终于睁开了眼。

他看见了阿惋，阿惋还是记忆里素净清秀的眉目，仿佛一切都没有变过，时光停在了最美好的年少。

"阿惋你怎么哭了……"他看见她微红的眼眶，想起了幼年时她被严师训斥被奴仆欺凌的时候，"阿惋还是这样爱哭啊。"

阿惋握住他的手，努力挤出一个笑。

"我方才见到我外祖了，还有舅父、舅母、姨母、阿兄阿姊他们……"谢玙轻轻说，目光飘得很远，"我方才似乎做了一个很可怕的梦，我梦见他们死了，我只能在梦里见他们。"

"对，这是梦。"阿惋一面笑，一面流泪。

"真是梦？"

"是梦。"

"这样我就放心了。"谢玙握住阿惋的手，安然合上了眼，再度陷入昏睡中。


谢玙骤然病倒后，阿惋便从重裕殿匆匆赶来衣不解带地照料。她心底清楚她不该这样，她若是聪明就该在此时彻底与端圣宫撇清关系，然后向康乐宫表明忠心。

她本该是谨小慎微之人，可这世上还有一个叫谢玙的人，能够让她胆大包天。

她也该庆幸诸太妃忙着清除士族忙着朝堂夺权，所以根本无暇顾及她这一个微不足道的侄女，她才能待在端圣宫守着那人，度过最后一段既安然又揪心的时光。

谢玙的病急且凶险，就连许多御医都是束手无策，眼下他躺在病榻上，半是靠药石续命半是靠上苍赐福。

阿惋在端圣宫开始了漫长的等待，等他醒来，等他好转，或者说……等他们之间的诀别最终来临。御医说他受不得寒，所以寝殿的门窗都被紧闭，厚重的帘幔垂下，帘幔后渗入昏暗的光，她在朦胧中细细端详他的面容。

她是很熟悉他的，他们曾一同长大，青梅竹马。可是这些日子来她却恍惚有了几分陌生感，她看着他，他明明就在她眼前，总觉得他们之间已十分遥远，渐渐地，回忆都笼了一层纱，不再清晰。

病了大半月，他除了头一回睁眼时说起了卫家人，此后便绝口不提一个"卫"字，好像他已全然忘了他们。

萧墙内的端圣宫暂时安定，可阿惋终究没办法与世隔绝，她还是能时不时听到一些让她心惊的传言。

据说姑母为了成为萧国的主宰，在四月十八那场动乱平息后，再度给予士族重创，卫、姚、章、崔这几姓因各种罪名被全族株连，骄傲了数代的士族还未从流民的凶狠中缓过神来，便被诸太妃派去的人马押入了诏狱，然后被处死。朝中士族皆噤声不敢言，俯首以诸太妃为尊。

寒门则以太学博士吴将为首，迅速崛起，并成为诸太妃的助力。她彻底清除禁军中的异己，掌控了禁卫兵权，后在济云殿的皇帝御座屏风后设下了自己的座席，从此公然临朝。

诸太妃一面安置居无定所的流民，将获罪士族的田庄分给了部分流民耕种，又下令按批将更多南境逃亡来的百姓分散迁往较安定的北方各郡；另一方面安抚士族，努力在士族与寒门间营造一个平衡，一个可以供她专权的平衡。

属于诸千英的时代来临。

身为诸千英的侄女，阿惋却只觉得害怕。像是有一抹越来越重的影子压在了她的身上，她放眼望去，四周再无光明。

那日黄昏时她在谢玦服药睡下后独自回重裕殿，在路上遇上了一队人。

十余个身强力壮的卫士押送着近百名弱质纤纤的女流，另有数名宦官陪护在侧。阿惋在这些宦者中看到了熟人，掖庭令贾旺、永巷令韦丘喜、御府令左醇——她身为女官，这些人她自然认得。她还见到了邱胥。

"娘子近来似乎很爱走动哪。"邱胥笑意难测，"从前娘子总待在重裕殿半日不肯出门呢。"

阿惋心中一凛，抿了抿唇，冷声答道："我记得我似乎还有行动的自由。"

"对对对，是我多嘴了。"邱胥朝那些被押送的女人努了努嘴，"这些人才是没有自由的呢，我怎么能将娘子同这些人比。"

"这些人是……"

"罪臣女眷，入宫为奴。"

阿惋看见许多人都是蓬头乱发粗麻白裳，昔日高贵荡然无存，她们不少都在低头哀泣，被人推搡着往掖庭深处走去。

她们不再是贵女而是罪奴，押送她们的人自然格外粗暴，一路鞭笞呵斥不断，有一名女子走慢了，被一个七尺的卫士重重一推倒在地上，接着一脚踹向了她的腹部，阿惋清楚看见她吐出了一口血。

那女子索性倒在地上不再起来，仰天凄厉大笑。

"神明无眼，使小人得志！"她字字啼血。

而那卫士暴怒，用带鞘的刀重重砸向她。

"我宁死，也不愿再多留于这世上受辱！"她躲过卫士的殴打，蓦然蹿起扑向一旁的涤兰湖，纵身跃入了水中。

没有人对她的死在意太多，这行人继续前走，倒是邱胥在阿惋耳边凉凉地感慨了一声："为何要死呢，活着指不定还有复仇的一日，娘子你说是吗？"见阿惋死死地看着女子投水的方向不答话，又自顾自道，"不过说起来桑阳卫氏一族多心高气傲之辈，让卫家的女人为奴为婢，还真是生不如死。"

"方才那女人姓卫？"阿惋瞪着邱胥。

"可不是，卫家从前的奸娘子，临庆太主的第二女，卫家这一倒，太主都身陷囹圄连她也没能保住，可惜了——"

"卫家的女儿，都被充为了奴婢！"阿惋猛地意识到了这点。

"男子流放女为奴。"邱胥幽幽道。他玩味地打量阿惋的神情，"娘子想要救她们吗？可惜娘子没有这个本事。在这世上想要做什么，必须得有权——"他阴冷地笑，最后慢慢消失在了夕阳尽头。

阿惋望着他的背影，像是被浸入了冰窟。她缓缓又僵硬地转头，看向了一个方向——那是中宫所在的方位。

## 第十八章　垂死挣扎

"我记得初见时你才七岁……"阿惋慢慢开口。

"不，我那时都八岁了，七岁的是你。"谢玙躺在榻上枕着阿惋的衣袖纠正。

"有什么两样，你是年末生的，只不过比我大了两个月。"阿惋看他精神似乎尚好，继续道，"我最初见你时，若不是在宫内，还真要以为你是个轻狂的登徒子呢。"

"可我当时捂住你的眼睛，你怎么好像一点也不怕呢？"这一瞬他的眼眸剔透与多年前并无二样。

"谁说我不怕了，我当时怕得都不敢说话了。"阿惋抿唇一笑，替他掖了掖被角，"不过我想，一个孩子而已，怕是还没到做登徒子的年纪呢。"

"谁说孩子就不能做登徒子。"谢玙一本正经地反驳，"你不知道乐卿，据说他才会走路的时候就知道缠着家中模样标致的侍女了。"

"我仿佛记得是你在太学时的一位好友，是那位柳家的十郎吗？"阿惋回忆了片刻，"是十二岁还是十三岁的时候，你带着我见过他，还有崔、贺、白几家的郎君。"

谢玙点了下头："那时约好了几人在辟雍比琴艺，我原是想带你一同去引见给他们的，想让你换男装，你穿着却不伦不类，让你干脆戴着面衣见他们，你又怕羞，只好设了架屏风，让你待在屏风后见他们。"

"若说男装扮相，我可比不得阿九。当初第一次见她时，我还以为她才是真正的登徒子呢。"阿惋含笑。

"你被她轻薄，我还生了好一阵的气。后来知道对你无礼的人就是你表妹，当时我可真是啼笑皆非了好一会儿。"谢玙似有怅然，"也不知阿九现在如何了……"

阿惋安慰道："起前几日才见过她，她很好，只是对佛法似乎太醉心了些。"

"她有喜欢的东西，也是好事。"谢玙说，面上似有了几分疲倦之色。

他服下药已有好一会儿，阿惋衔着微笑道："累了吗？"

"似乎有点。"

"那你睡吧。"

"好。"

阿惋看着他安然合上了眼，过了一会儿确信他是睡着了，方小心翼翼将被他压住的衣袖扯出，又静静看了他很久很久，直到有一滴泪滑落。

她匆忙将泪拭去，最后望了一眼谢玙，推门离去。

走过庭院小径时她惊觉原来已是春暮，衣袂带起一阵轻风，便有开败了的花簌簌零落，她在一株碧桃前停下，片刻出神，折下一枝，比画着想要簪上鬓角，却最终放弃。她隐约看见花树下似乎站着那年为她折花簪花的清丽少年，定睛之后才发觉这不过是花影繁错下的幻觉。

她独自一人慢慢离开了端圣宫，步履轻得如同落花。她离去时是黄昏，除了庭中花枝又萧索了几分外，并没有什么不同。

可是阿惋在这一次离开端圣宫后，便再也没有回来。之后人生漫漫光阴长，她都未曾踏足这里。朱漆斑驳的宫门合上，将后来萧国庄顺皇后的年少回忆埋葬，之后的岁月里她固执地不肯推开这扇门，就好像这扇门不开，门内的时光就能被封冻住，那么端圣宫就还是如她记忆里的春暮，她爱的那个如玉少年就还在。


清安十六年的五月，整个萧国在为天子的大婚做准备。

历经了战乱、暴动、夺权、杀戮后，无论是官是民都渴求一个平静，立后这样的事情，正好普天同庆。

从宫中传出消息要立后，却迟迟未听闻要立哪家娘子为后，待到一切筹备完毕将行六礼之时，方昭告天下，未来的皇后是太妃的侄女。

如若是一年之前，定会引起轩然大波，可如今萧国几大士族不是覆灭便是元气大伤，没有人敢置疑诸太妃侄女是否有资格登临后位。

唯有皇帝。

他并没有用什么激烈的方式反对，他只是来到了康乐宫在自己母亲面前说了一句："帝、后，太妃留谁？"

诸太妃立时被这个儿子气得面色发青，皇帝径自离去。

邱胥算得上是看着皇帝长大的人，记得皇帝幼时还算乖巧，只是后来随着年岁渐长，与诸太妃母子情分也日渐淡薄，之后唐暗雪突然失踪，更是将他往偏执寡情的路上狠狠推了一把。他定下什么主意，没有谁可以改变，除非唐暗雪还在。

可惜，这世上最后一个可以左右皇帝心意的女人，早已成了荒郊坟茔中的枯骨。

邱胥叹息着叩开承宁宫偏殿的门。

第一眼，邱胥看见的是满地的画卷，数百张茧纸画卷上都是一个女子的背影或是侧颜，一张张一幅幅，邱胥拾起一张，认出画上的人是谁。

他小心翼翼踩着画卷间的空隙走到皇帝跟前。

在邱胥距御案只有三尺的距离时，皇帝抬起了头："在朕作画时打扰朕，该死。"

伏案挥毫的帝王说出这句话，嗓音冷得像是仲冬时的冰雪。邱胥毫不怀疑这个他看着长大的年轻人真的会一声令下将他拖出去缢死。

"奴婢只有几句话要说。"

"你什么也不必说。"皇帝干脆利落地打断他的话，同时小心又温柔地为画卷上女人的裙裾勾勒最后一笔，"太妃要什么，朕都给了，玉玺、虎符、听政之权——什么都给了她，她若想要一个皇后，册立便是。只是那个皇后是她的不是朕的。在册封大典时皇后要拜的人不会是我。"

"哪有册封皇后，天子不在的道理？"邱胥哭笑不得。

画卷的最后一笔完成，皇帝仔细端详了片刻，手一挥，那张纸便轻飘飘落在地上，覆在另外好几张画上。皇帝又铺开一张白皙细腻的上等茧纸，拈起了笔。

只是在落笔前他意识到了什么，看了眼依旧跪在他面前的邱胥，便要开口。

邱胥赶紧将方才拾起的那张画展在皇帝面前："陛下想不想知道这人的下落？"

片刻静默，邱胥听见了皇帝急促不稳的声音："她在哪？"

区区三个字，相思与恨都凝在这三个字上。

她已死了，魂归幽冥——邱胥勾起一个极浅的嘲弄笑意，将画徐徐收好，答道："陛下为何不去问您的皇后？"

"什么？"

"礼成之后，萧国新的皇后会回答陛下的问题。"邱胥说完这句话后稽首，毕恭毕敬地退下。


阿惋知道册后需要经过极烦琐的礼仪，这些日子来诸太妃派来年老的女官前来指导她礼节，她总是用心听着，面上永远带着温顺的神情。

于是那些女官都在诸太妃面前夸赞，说皇后娴雅有礼。

只有阿惋本人才清楚，她而今与一只空心的偶人没什么两样，无论身边的人说什么，她都含笑听着，却是神情恍惚心不在焉。

她常在背诵那些大典应答时出神，不知怎的思绪就回到了很多年前。往年的回忆在脑中不停汹涌，她渐渐分不清回忆与现实，有时她会以为自己仍是住在织云阁的那个孩子，一个出身不高无人疼爱的孩子，怎么突然就要成为皇后了呢？

在太妃的安排下，她回了一次家——其实对于"家"这个字眼儿她并没有什么概念，她只知道她在诸府出生，然后长到七岁便进了宫，从此宁永巷的那座被槐叶遮蔽的黑瓦府邸与她就没有什么关系了。

诸府因在宁永巷深处，又因为早些时候诸家潦倒，所以在流民暴乱中损毁并不算严重，此番更是修缮一新，在得到了两万金与侯伯封爵后，府邸上下都是一片喜色。两位姊姊也都从夫家赶来看她，拉着她的手嘘寒问暖，絮絮告诉她该怎样为人妇。这般亲密，好似她们从来都是很要好的姊妹。

阿嫂也抱着才满三岁的小侄儿来同她说讨巧话，那个孩子并不怕生，爬到了她的怀里问东问西，"姑母"这两个字叫得亲热至极。

"姑母从前都不回来瞧我们。"孩子眨着一双天真的眼。

"你若是想姑母了，可以去找姑母玩儿。"她看着小侄儿的面容，竟觉得他眉目有些像是孩提时的自己。

"姑母是要嫁人了吗？"

"不，姑母是要做皇后了。"

"做皇后？"

"和你阿父做官一样。"

"皇后难道不是要嫁皇帝吗？"孩子早慧，却也一时理不清许多事，"我阿母就是这样说的。"

"不，不一样。"她摸了摸孩子的头，"你以后就知道了。"

册封大典还有半个月时，皇后的袆衣被赶制好。银华问她要不要去看一眼，她漫不经心地把玩着新送来的步摇簪珥，点点头。

才起身，她忽然意识到了不对。

"你们退下。"她吩咐道，语速有些急。

室内的宫人俱是一愣。

"退下！"阿惋直接喝道。

虽然弄不清为什么，但阿惋这样的语调神情容不得她们抗命，纷纷行礼后小步离去，最后一个走的人不忘将门合上。

门合上后，寂静像是忽然吞没了这里。阿惋僵硬地站在原地，深深地吸了口气。

不会错的，沉水香的悠长清雅。

在她记忆中，有一个人从一出现在她生命中就伴随着沉水的气息。沉水的香味并不浓烈，却经久不散。

唯有极尽奢华雅致的端圣宫，才有沉水香常年萦绕。

她慢慢转身，他不知什么时候就站在了她身后。

视线接触的那一瞬，她眼睛一酸，接着便生了夺路而逃的冲动。

可他上前一步，拽住了她的一只手。

"听说，你要成为皇后了。"他说。

阿惋垂着头不敢去看他，眼睫颤了颤，眼泪大滴大滴地涌出。

这样的大事，怎么可能不被他知道。他尚在病中，但他依旧找着了她。

只要谢玙愿意，重裕殿外的萧墙从来不是他们之间的阻拦。

"你不要做皇后，好吗？"这是他的第二句话，隐隐带着几分哽咽。

可他并没有哭，事实上他眸中空茫一片。

阿惋想起了清安十四年时的除夕，那时他在雪夜里对她说，如果她要他答应不娶卫家表姊，他就真的不娶。

可是，阿玙，有很多承诺就算做下了，也无法兑现——她很想将这句话说出口。

他现在要她不做皇后，她可以答应，但不能做到。

她迟迟不言，握住她的那只手也就一点一点松开，阿惋抬头，看见他惨白的面容，如死灰般枯冷的眼眸。

之后是很长一段时间的无言以对。

"阿惋你想做皇后吗？"漫长的静默之后，阿惋听见他问。

沉闷终于被打开了一个缺口，阿惋如蒙大赦般摇头："我不想，不想！"

她看见谢玙微笑了一下。

"如果你不想做皇后的话……"他伸手为她擦去了眼泪，低下头，眉心抵着她的眉心，阿惋闭上眼，听见他有如梦呓般的声音，"那你跟我走吧。"

阿惋没有睁开眼，泪水肆意流淌濡湿了长睫，"不可能的……"她下意识答道。

"为什么不可能？"他打断她的话，有些孩子气地一遍一遍重复，"为什么不可能，为什么……"他搂住了她，在她耳畔轻声而又坚决地说，"每日羽林郎交接的时候守备最是松弛，我可以带你乔装然后从宝光门走，我知道那里是皇宫九门中最容易混过去的一个门。出了宫后，再从长历门出帝都，那里靠近西市，可以浑水摸鱼。出了帝都，咱们就自由了，这世上再没有谁可以把我们分开。"

他说，出了帝都就是自由……

他说，这世上再没有谁可以把我们分开……

如果离开皇宫真的可以有自由，如果他们可以相守直到两鬓苍苍，如果他们可以死后同穴而眠坟前生连理枝丫——那，此生再无所求。

阿惋被他抱着，十五六岁的年纪时，他已经比她高了半个头了。她靠在他的肩上，反手抱住了他。

"阿玙，我不能跟你走……以后，你就当我死了吧。"

她听见谢玙在笑，绝望悲凉。她从未听过这样凄然的笑声。

"连你也要离开我了……"

"我陪不了你一生一世。分别，从初见时就注定了。"阿惋努力控制着自己不要哭出声，"阿玙，你走吧，你去做你的赵王，从此我与你再没有什么关系。阿惋死了，你的阿惋死了——"

可是谢玙没有松手，他紧紧抱着阿惋，倔强执拗。

难道这样就可以不用失去了吗？不过是徒劳挣扎而已。阿惋埋在他肩头默默流泪，既看不清他的神情也不知道自己哭得究竟有多么狼狈。

"太妃请留步，娘子她、她……正在更衣！太妃！"门外响起嘈杂的脚步声，还有青玉慌张的恳求。

是诸太妃到了。

重裕殿本就是康乐宫的偏殿，诸太妃的眼线耳目又布满了这里，谢玙就算来得再隐秘，也未必能瞒得过诸太妃，何况他们二人因别离而忘情，竟没有想到隔墙有耳。

"太妃来了……"阿惋用力推开谢玙，"太妃来了，你快走！"

谢玙纹丝不动，无所顾忌亦无所畏惧。

阿惋彻底慌了，用力挣扎，可是这个与她一起长大的少年的力气比她想象中要大，她无论如何也挣不开那个怀抱。

听着脚步愈来愈近，青玉的阻拦声愈来愈无力，阿惋终于放弃，认命地闭上了眼。

门被豁然推开，大片的光亮扑来，一切都无处遁形。

阿惋在神志恍惚时感觉身上一松，然后她听见了惊叫。

睁眼，扭头，迎着刺目的夏阳，她看见谢玙手中的刀光。

谢玙握着刀柄，决然刺向了诸太妃。

这只是一瞬的事，一瞬的时间太短，短到人都来不及恐惧。

这不是诸太妃经历的第一场刺杀，她下意识地往后一倒，这一举动救了她，刀不够长，堪堪刺破了肌肤却没能贯穿心脏。

太妃身边的内侍反应了过来，一左一右上前试图制住谢玙，谢玙回手一斩，一个宦官凄厉痛呼，鲜血泼洒了一地，谢玙左足旋踢，另一个宦官则被绊倒在地。

他抓住机会再度刺向诸太妃，这个才成为萧国统治者的女人惊慌无比，在地上狼狈一滚躲开后随手扯住一个宫女的脚，那宫女倒下压在了她身上，却正好为诸太妃挡了一刀。

诸太妃抓住这一机会，抄起混乱中跌落在她手旁的妆奁向谢玙砸去，在谢玙侧头躲避时从宫女身下爬出试图逃命。

谢玙怎么会让她活下来，诸太妃喉中的"救命"还未呼出，便觉着肩上剧痛，谢玙扑上来短刀刺透她的肩胛，因惯性跌倒顺势压住了诸太妃。

这是杀死她的最好机会。

他将刀拔出，对准诸太妃的心口位置刺下。

刀尖在距诸太妃还有半寸的时候停住。

血一滴一滴，洇染在诸太妃暗花罗的衣袍。

阿惋用手攥住了刀，硬生生从谢玙手中抢回了诸太妃一命。

"阿惋！"

"你放手。"阿惋声音很平静，牢牢盯着谢玙的眼眸。

"你放手！"

阿惋没有说话。疼痛到最后便是麻木，血一股股淌下，鲜红得触目惊心。

"你放手、放手——"谢玙声音嘶哑，染了几分哭腔，"我要让她死，你放手啊！"

卫家私铸的宝刀虽算不上吹毛可断也是锋利无比，若再深一分，阿惋这双自幼抚琴的手只怕会就此毁了，再深三分，她的指头便会断掉。

可她固执地攥住刀刃，用一个可悲又倔强的姿态和她爱的那个少年对峙。

无论有过怎样亲密的过去，那些言笑晏晏的回忆，那些两无猜疑的美好，终将成灰。他们还是被推上对立的两边，各自握着刀的一端，悲怆对峙。

宫人内侍和听到声音赶过来的侍卫小心翼翼地将他们包围住，不敢轻举妄动。诸太妃还在谢玙的掌控之中，她的命悬于阿惋脆弱的十指之间。

他们屏息敛气地旁观，都有些茫然无措。

谢玙最终惨笑一声，松开了刀柄。他像是重心不稳，向后踉跄几步，反应过来的众人一拥而上将他擒住。

阿惋跪在地上，短刀哐当落地的声音惊得她一颤，她猛地抬起头来，正对上谢玙的眼眸，在被带离重裕殿时谢玙最后回头看了她一眼。那究竟是怎样的一个眼神，阿惋不记得了，也不知是她当时就没有看清，还是这段记忆在之后的岁月里被逐渐模糊，她在后来凤元殿的长夜里回忆，却只能记起谢玙一个回眸的姿态，他们之间像是隔了重重的纱与雾，什么都看不分明。

于是她也就不知道，谢玙究竟恨不恨她。


谢玙跪坐在端圣宫的偏殿，这里是他的囚笼。

室内的摆设被全部搬空，只留了一张草编的座席给他。他望着窗外，长久地沉寂，像是一尊凝在了夕阳之中的玉像。

夕阳从唯一的一扇窗外铺洒，将他的影子一点点拉长，又一点点黯淡。

他不知道现在是什么时候，他也不知道等待自己的究竟是什么。

他失败了，没能杀死诸太妃就意味着他会死，不过他也不在乎，反正他这条命诸太妃早晚会取走。卫家已经倒了，没有卫家庇护却空有赵王身份的他是最该死的人。就如同他想杀了诸太妃一般，诸太妃想必也无时无刻不想杀了他。

已经被诸太妃清洗之后的羽林郎全然忠于她，这些人先是带他去见了皇帝——毕竟他还姓谢，这既是置他死地的理由，也是最后能保护他的盾。

被押在昭宁殿时他看见了他许久不见的同父哥哥，可惜隔得太远，他并没能看清皇帝面上是什么神情。

奇怪的是在见到皇帝后他心里却是空空一片。

昭宁殿上这一对兄弟各自无言，沉默延续了很久，直到一旁的羽林卫都有些不耐之时，皇帝开口："暂押端圣宫。"

那么接下来呢，接下来要对他做什么？谢玙不知道，皇帝也不知道。

皇帝并不是掌权的人，萧国才经历过一场巨大的动荡，诸太妃在血流成河后握住了至高的权柄，可是她眼下正在生死边缘，数十名太医令为重伤昏迷的她而焦头烂额，只要她一死，帝都毫无疑问将会再掀起一阵腥风血雨。

新封了卫尉的太妃宠臣潘逸迅速将皇宫戒严，压住太妃重伤的消息，将南北宫都纳入了他的掌控之中。

这个总花天酒地的纨绔也有雷霆般的手腕。

他首先要对付的，自然是谢玙，为了替诸太妃报仇也好，为了一绝后患也罢，他不会放过这个他甚至连面都没有见过几次的少年。

可当他带兵气势汹汹杀往端圣宫时，有人拦住了他。

拦住他的只是一个女人，一个年迈却高傲威严的女人。

宋百君，庄文皇后生前内傅，端圣宫的主宰，一手抚育养大赵王的人。

"乱臣贼子，尔敢凌辱帝裔？"她在铁甲执刃的羽林郎面前毫无惧色，朗声骂道。

潘逸一瞬哑然，虽说谢玙的身世血缘扑朔迷离，可毕竟他还是赵王，惠帝名正言顺的嫡子。

"赵王意图行刺太妃——"他硬着头皮道。

"要治赵王之罪，还请陛下圣谕。"

"太妃乃赵王长辈，他这是大不敬大不孝之举。"他几乎要拔刀出鞘。

"帝王家事，轮不到你来品论是非。"

潘逸强辩不过，一怒之下抽刀架在了宋内傅的脖子上。

可两鬓斑白的老人还是一骨的高傲："你纵然杀了老身，也没有碰殿下的资格。若不想被满朝文武举国宗亲攻讦，不想被陛下治罪，老身劝卫尉最好慎重行事。"

潘逸怒极反笑，"我的确不能贸然行事——"他唰地一下收回刀，"赵王行刺庶母，必是有身边奸人挑唆，将这个女人带下拷问！"谢玙是宗亲，可宋百君，不过是一介普通人而已。

老人面上并没有慌乱之色，她理了理衣襟，从容地被羽林郎带走，自始至终都维持着她的端庄，也再没有回望一眼身后的端圣宫和那个她看着长大的少年。


羽林军赶来端圣宫时，谢玙虽说看不到，但那样大的阵仗，他总能听到的。

他垂目等待着，可最后等到的，却是兵马撤去的声音。

在寂静重归后，他感觉到的却不是轻松，而是惶恐。

他意识到必然是发生了什么不好的事，匆忙站起扑向窗子。窗是被钉死的，可窗外还有负责看守他的羽林卫，这些人并没有隐瞒消息的意思，于是毫无保留地将他们知道的一切告诉了谢玙。

短暂的沉默后他们听见囚室内激烈的挣扎之声，少年用他所能找到的一切疯了一般地去砸门窗，包括自己的拳头。

他这样疯狂的举动让守在门窗外的羽林郎都不由恐惧。

然而，这终究只是徒劳。

他将自己伤得血肉模糊，也只能力竭倒下。

谢玙在过去的十六年间很少流泪，他总以为哭泣的该是柔弱的女孩。可是现在他颓然地仰面倒在地上，任泪水决堤。

这眼泪属于弱者，这悲哀属于无可奈何之人。

说到底，谢玙只不过是个被母族庇护了十余年的寻常少年而已。他生来便有荣耀加身，可说到底他什么都不是。

夕阳一分分地淡去，月华不知何时洒在了他的眼底，映着一双了无生机的眼。

可这时忽然门被开了，邱胥如同一抹黑影无声无息地走来，他几乎与黑暗相融，唯有一双眸子，在暗处有诡异的光亮。

"太妃醒了，性命已无碍。"这是他的第一句话。

谢玙没有理他。

"太妃恩准殿下，去见宋内傅——"邱胥不怀好意地笑，"最后一面。"

这并不是什么恩赐，而是一份毒药。诸太妃就是要让谢玙难过悲恸，要让他知道肝肠寸断却咬碎了牙也无力回天是怎样的一种折磨。

谢玙感觉到仿佛有一只无形的爪子伸来，狠狠撕裂了他的心脏。他陡然瞪大了眼。

"殿下要去吗？"

谢玙过了好一会儿才能从喉中清晰吐出一个字："去。"

他爬了起来："带我去！"


宋内傅被押在暴室。

暴室是掖庭中最可怕的地方，许多的妃子、宫人，都是在这里无声无息地死去。

这里几乎密不通风，唯有高处开着小窗，灯火却亮得刺眼，陈腐的气息中杂着血腥味，让人几乎窒息。谢玙捂住胸口，感觉几乎要喘不过气来。

走在他前面的邱胥停下，回过头看了他一眼，然后让开。

谢玙看见地上躺着一个人，满身的血污，乱发遮住了面容。

他当然知道这是谁，可那一瞬他竟因害怕不敢走近，迟疑了一会儿才快步上前蹲下，想说什么，可无力开口。

他的手颤抖了很久，轻轻落下替宋内傅拂开眼前散乱的鬓发。

宋内傅的头动了动，她的眼睛眯起，看着眼前的人认了半天："皇后……"许久后她轻声说。

大概是她已到了濒死的时候，她的神志都开始不清明，将谢玙当作了她的旧主庄文皇后卫明素。

谢玙伏在地上尽量低头，柔声说："是我，阿玙……"尾音已控制不住地哽咽。

可是宋内傅再也认不出她一手养大的孩子了，她对着谢玙认真地说："皇后，奴婢尽力了，奴婢真的……尽力了……"

卫明素临终前托孤，宋百君抱着才出世的孩子发誓绝不辜负她的期望，卫明素

254

方合目。之后的十六年里，宋百君一直在尽自己的努力去兑现曾经的诺言。

她尽力了，真的尽力了。

"内傅、内傅？内傅……"

没有声息，这个谢玙最熟悉亲近的人，已经再也不能睁开眼睛。

"内傅……"少年低着头呜咽，他慢慢抱起这个老人，不顾她一身的污秽，"内傅，我错了，你醒来看看我，我错了、我错了、我错了——"

这些年他每一次任性都会换来她的责罚，可是这一次，道歉也挽不回什么了。

他害了她，可意识到这点时，已经太迟了。

他身边的人，怎么都一个个不声不响地走了呢？

他将头埋在宋内傅的肩窝，号啕大哭，直到一口血咳出，昏死了过去。

## 第十九章　中宫皇后

天子的大婚，隆重远胜庶人嫁娶，这不是两个人的婚礼，而是一个国家至关紧要的仪式。

皇后不是一个人的妻子，是国母，是中宫高高在上的象征，是一方势力的代表。

清安十六年六月十九，这是太史令推算出来的良辰吉日，阿惋在这一日着一身沉重的华服戴一头假髻珠钗，举步艰难地踩着昭明殿外的台阶往上走。盛夏的金阳毒辣，她能感到肌肤在不断渗汗，她想她或许会难受得昏过去，但这样的事情是绝不能发生的。那么多双眼睛在看着她，他们看的不是阿惋，是萧国未来母仪天下的人。

因为太过难受，她的思绪渐渐迟缓，慢慢恍惚，原本该有的悲伤反倒被压抑住了。她好像忘了她是阿惋，忘了她要成为权力的献祭品，忘了她已走到了山穷水尽，她耳边仿佛还能听到有人在唤她阿惋，是那种懒懒的、狡黠的腔调，是那副略带沙哑的少年嗓音。她的魂魄仿佛离体，悬在半空冷冷地看着玄色袆衣、黄金步摇的女子一步步在鼓乐声中走向昭明殿，被那座幽深的大殿吞没。

昭明殿内，天子临轩，百官陪位，她北向而立，木然听宗正念完策文，如数十次演练的那般下拜，称臣妾，受玺绶。

接过皇后之玺的那一刻，阿惋成为了萧国开国来第五位皇后。

在这一刻她忽然慌乱，手中的玉玺似乎如炭火般烫手，她真真正正意识到这一刻她终于彻底与过去斩断，这世上再无阿惋。她不顾礼节地蓦然抬首望向皇帝，皇帝亦冰冷地看着她。

阿惋以为，清安十六年的六月十九，她与谢玙的故事就该平静地终结，她最终认命服输地合上眼，在皇帝面前，在如同丧乐般的鼓吹声中顺从地伏身拜下，可那时的她并不知道，结局远远没有到临，平静也只是奢望。

在昭明殿里看不到端圣宫，所以她也就不知道谢玙正到了生死边缘。

卫氏一族的倾覆、阿惋的离去、宋内傅的死——这些都足以摧毁他。他在宋内傅的尸身前咳血昏迷后，本就未愈的病体再度垮掉，病势汹汹如山倒。

让赵王就这样因病而亡，是诸太妃最乐意见到的，她下令以挑唆赵王的罪名将端圣宫所有的内侍宫人押走，或处死，或罚役，再将这座宫殿封住，不许人医治，不许人探视，甚至连送食送水的人都不放入端圣宫。

这是谢玙的绝境，他终于彻底被逼到了一个孤立无援的死地。端圣宫是他的坟墓，他将在无助、绝望、孤独与恨之中慢慢走向死亡。

可是昔日高高在上的赵王，此时却连站起来的力气都没有。他看着他身边的人被一个个带走，端圣宫充斥着凄厉的哭号，他努力抬起手，想要拉住他们，然而做不到。他救不了他们，他也救不了自己。

当最后一个人被带走之后，端圣宫只剩漫长到似乎没有尽头的寂静，这寂静消磨人的希望，足以让人崩溃。他再也听不到任何的声响，渐渐开始怀疑自己聋了，后来他睁开眼，视线也愈发模糊，他想他或许是要盲了。空荡荡的殿堂只剩一扇窗，他模模糊糊记得窗外几度明暗，可他已没有足够的神智判断时间，他知道自己是快死了，被刻意遗忘、抛弃、隔绝在这里，他就这样在没有人看到的地方慢慢腐烂。当人们再度打开端圣宫封闭的门后只会看见尘埃翻滚下的骨骸，没有人会知道他究竟是什么时候咽下最后一口气的，也不会有人追究这个。

不知道阿惋在看见他的骨殖后，会不会伤心——他忽然在神志朦胧时清晰地冒出了这样的念头。

但他没有力气细想阿惋究竟会不会为他伤心。他脑中翻来覆去的都是那日她攥住刀刃时的决绝，以及那句，以后，你就当我死了吧……

是啊，阿惋已经死了，他在想什么呢，她死了——怎么再会为他伤心呢？

不知道什么时候是封后大典，册立过皇后，萧国就会多一位母仪天下的女人，这世上不会再有阿惋。

也不会再有谢玙。

端圣宫是他的坟墓，他被活埋进了墓中，就是要等待死亡。

立后之礼冗杂烦琐，在此之前阿惋曾在女官敦促下记下了每一个礼节的步骤，可她却想不起来自己是怎样一步步完成那些礼节的，恍惚之间她便成为了皇后，恍惚之间她被人引入了中宫，恍惚之间她耳边尽是喧闹所见尽是笑颜。

等她彻底清醒过来时，身边不知何时已静了，唯有一个人在这静默中走近了她。

"陛下。"她没有抬眼看那人，心不在焉地回忆自己此时该行怎样的礼。

"我以为，你是不愿做这个皇后的。"皇帝的话语间有淡淡的嘲讽。他用"我"自称，是以谢玙兄长的身份说出这一句话。

"箫韶最初见到表哥时，也没想到自己会成为皇后。"阿惋半垂着眼。

皇帝冷笑，笑得直不起身，笑声在偌大的殿堂绵绵回荡："世上可有如我们一般好笑的夫妻？你说有吗，箫韶？"

阿惋面色始终不改，不知是理所当然还是疲倦："有，自然是有的。天底下为利而买卖婚姻的太多了。"

"因为太多了，所以朕也要接受吗？"皇帝的声音忽然有些恶狠狠，"诸氏，你记好了，最好别让朕抓住什么把柄，朕很想废了你！"

"废了妾，皇后这个位子也会有别人。"

"朕知道。"皇帝无比认真地开口，"可朕就是想要废了你。"

阿惋抬起眸子，从皇帝眼中看到了浓郁的恨。

本不该这样的。

她记得她最初进宫时见到的表哥还是一个冰冷却温柔的少年，纤秀的眉宇藏着浅浅的寂寥，会叹息着对她说皇宫并不是一个好地方。幼年时她在他身边侍奉笔墨，最初那段时间手笨总将墨研坏，他皱眉，可虽是九五之尊，却在她战战兢兢的时候将墨拿过来一言不发地亲自动手。

"陛下想对付的，不是箫韶，而是所有染指后位的人，对吗？"

皇帝很久没有说话，最后似在叹息："于你们而言，那个位子是母仪天下的象征；于我而言，后位的人只是我的妻子。五岁那年我被推上帝座时，没有人问过我，愿不愿意。"

"表哥心中所想的妻子，是唐姊姊吗？"阿惋问。

这么久后，终于有人在他面前如此清晰地重新提起那个人。他看着阿惋的眼："是啊，是她。那么，她在哪儿呢？"

翠璃楼深处的黑暗、石室昏黄灯光下的大摊血渍、面容可怖的女子——这些回忆陡然涌现。阿惋的右手笼在袖中不自觉地发颤，她就是用这一只手握住了刀，第一次杀人，刀尖刺入血肉中的感觉，是她此生的噩梦。

"你为什么不说，她在哪儿？"皇帝声音急促。

告诉他我不愿同他厮守，所以我离开他去别的地方了——有一个声音穿越了漫长的光阴响在阿惋耳畔，她仿佛又看见那双似是永远含笑的眼眸，看见有人拼尽最后的力气残忍。

她死了！唐暗雪死了！因为谢珣而死，尸首在荒郊地底不为人知地腐朽，蒿草长满了她的坟头！没有人去祭奠她，沧海桑田之后风将坟土吹起，就再没有人知道曾有一个名为暗雪的人葬在那里。

"她在哪儿——"皇帝嘶哑哽咽地逼问。

阿惋盯着谢珣的眼，一个字也说不出口。

"她究竟在哪儿？"皇帝直接揪住她的衣襟，将她从席上拽起。

阿惋愣愣地与他对峙，最后一字一顿地说："不知道。"

"你骗我。"

"不知道。"

"你骗我！"

"不知道！"

皇帝怒极，用力一甩，将阿惋摔在地上，她的额角重重磕上了一旁沉重的雕花屏风。

皇帝没有再看她，推开门，头也不回，大步走了出去。

阿惋感到血的灼烫，一行行的血顺着面颊的弧度从额上滑落，不知怎的就哭出了声。


阿惋的封后，不论她本人愿意与否，总能使很多人得益。沾光的不仅是诸家的亲族，更有曾经服侍她的人。

不论是织云阁的旧人还是重裕殿的旧人，都因服侍过皇后而自以为身价倍增，他们不少人都被选入了中宫，只盼着日后能再受提携有一番作为。

这夜趁着宫中宵禁暂开，这些旧奴索性聚众宴饮相庆。

只是奇怪的是，这些人中怎么也不见昔日里阿惋身边最是伶俐好热闹的窦珠儿。

直到天色已接近黎明时，她才归来，身上有浓重的酒气。看见她的银华不由掩鼻将她拖到一旁："你这是怎么回事？"又瞪她一眼，"而今侍奉的是皇后了，可得仔细些，别再如往日一般好玩了，昨儿你去哪儿了才回来？"

平日里最是轻佻不正经的珠儿却罕有地一脸凝重，似是丢了魂一般，银华唤了她好几声后她才回过神来，紧紧攥着银华的衣袖："皇后在哪儿？"

"怎么了？"珠儿这般不安让银华感觉有些古怪。

"皇后在哪儿？"珠儿再度问道。

"在凤元殿，大概还在歇息呢，此时天都还未亮。"继而也皱起眉，往凤元殿方向望了一眼，低声对珠儿道，"你小心些，听说昨夜帝后……处得不是很好。陛下进去没一会儿便摔门而出。"

珠儿点点头，再没有解释太多，往凤元殿方向去了。


凤元殿内，阿惋已然醒了。

这中宫她并没有来过几次，可就是分外熟悉，昨晚她做了一夜的梦，梦里是夜雾弥漫的中宫，男孩孤独地走过中宫每一个角落，可是他身后并没有跟着一个年岁相仿的女孩。

很多年前，是谢玙带着阿惋第一次来到中宫。

可梦里只有孩子茕茕的背影，最后他在凤元殿停下，回首，忽然就成了少年的形貌，他对阿惋说，阿惋……

她没有办法应，因为梦里她是不存在的。

于是他大吼：我恨你！

她被惊醒，窗外是灰蒙蒙的黎明。

她打开妆奁，发现昨夜磕破的伤口已结了大块的血痂。叩门声三下，她说："进来。"

珠儿轻手轻脚走了进来，看见阿惋的伤时先是一惊，但阿惋轻轻摇头，珠儿也就不再问了，小心翼翼关上门，走到阿惋面前。

"打听到了吗？"阿惋的声音哑到出口后她自己都微微一惊。

珠儿用力点头，凑近阿惋急促开口："太妃要杀了赵王！"

阿惋瞳孔猛地一缩。

"奴婢设法从康乐宫的宦官那儿套到了消息，殿下病重，可是、可是太妃不许人去医治，不给饭食，是要让殿下死啊！"

谢玙在刺杀诸太妃失败后，阿惋就猜到她的姑母绝不会轻易放过谢玙。所以她派人暗地里密切关注端圣宫的动向，却发觉诸太妃不知何时已秘密封锁了端圣宫。她不知谢玙是死是活，心急如焚，无可奈何，唯有派遣最是口齿伶俐人脉广的珠儿去康乐宫那边打探，珠儿果然没有让她失望。

原来诸太妃是真的要杀谢玙，还是用这样可怕的法子。阿惋记起来了，谢玙同她最后一次见面时其实仍是带病之躯，沉水浅香中有缕缕清苦药味。虽不知之后他病情可有恶化，但封住端圣宫，不给饮食，他必死无疑。

"那……他怎么样了？"

"据说，命在旦夕。"

阿惋瘫坐在地。

不能急，不能哭，现在该考虑的，是她要怎么做。她飞快地思索对策，想得头痛欲裂。

她现在不能与诸太妃公然对抗，她的实力远远不够。那么，她只能去求别人，求谁呢？卫氏一族已经倒了，谢玙在这世上孤立无援。皇帝？不，皇帝不会帮他。如果是几年前的谢珣，或许还有可能因棠棣之情救这个弟弟，可是而今的谢珣寡情乖僻，阿惋不敢保证他究竟是会救谢玙，还是会杀了他，这对兄弟随着年岁渐长都懂了什么是权势的斗争，谢玙是帝座旁最大的隐患。那么……求安潋光？她忽然想起这个人来，心中狂跳。

"快，备辇，我要去长乐寺！"


长乐寺有大小佛像三百余座，常年以香火供奉，是以檀香的气息渗入进了长乐寺的一砖一瓦，浸染其中的人，仿佛也会沾染上几分宁和安然，没有谁亲眼见过佛陀度人，可身处这宁和中的人，都愿相信彼岸有极乐的净土，若抛下凡俗杂念，便能成佛。

安潋光此时便如同一尊佛，她一身素净僧衣，低眉敛目，趺坐拈花，面容安宁，诸太妃不许她真的出家，所以她也并没有剃度，一头四尺长发以粗木簪盘起，眉目恬静再无往日的锋芒逼人。

"阿姊，是要求我？"安潋光与阿惋是表姊妹，这一声"阿姊"她唤得极是亲密。

乔装出宫的年轻皇后此时满面疲倦："阿九，我求你救他。"

"你为什么要救他。"安潋光低头，把玩着手里的念珠，"救了他，他也不是你的了。"

阿惋垂眸不语。

"我若是你，手里有一块美玉，怀璧其罪不能久留，即将落入他人之手，那我宁愿摔碎了，也不与旁人。"安潋光凑近阿惋耳边，"这样，他到死都是我的，算不得失去。"

安潋光是决绝烈性之人。可惜阿惋不是她。面色素白的新后轻轻笑了笑，两行泪缓缓流出："我舍不得。"她朝安潋光稽首一拜，"求表妹救他。"

安潋光看着眼前的这个女子，久久不语。其实不用阿惋来求，她也会去救谢玙，卫氏已倒，能助她复仇的，是对诸太妃同样怀有深恨的谢玙。可是在她看来，阿惋前来求她，实在是一种愚蠢。

"阿姊，你该知道，我要救他，意味着什么？"

"我知。"苍白的唇，轻轻吐出这两字。

"阿姊不后悔？"

"我愿他活着。"即便此后的谢玙，和她阿惋再无关系。

安潋光再度缄默，最后问："若赵王他……不愿让我救，该如何是好？"

阿惋用力抿了抿唇，合上眼眸："没有什么比活下去更重要。"


那夜，阿惋听闻诸太妃最宠爱的外甥女安潋光强行闯入了被羽林卫封锁的端圣宫，带去了大夫与汤药，救回了濒死的谢玙。

听到消息时她正调琴弦，然后那夜她抚了一夜的七弦。

次日清晨，她又听闻，安潋光被召去诸太妃的康乐宫。

毕竟谢玙是诸太妃的心头刺，安潋光救了他，诸太妃怎能容忍。

可那毕竟是诸太妃同胞姊姊留下来的遗孤，诸太妃纵然暴怒，又能对安潋光做什么？

后来，听人说安潋光在诸太妃面前含泪唱了一支清商曲，是《襄阳乐》。

——女萝自微薄，寄托长松表。何惜负霜死，贵得相缠绕。

诸太妃听后，怒极而无言。

阿惋这时亦用不断渗血的手，将那支《襄阳乐》奏出——那日谢玙刀下的伤还未好，一夜抚琴伤口裂开，鲜血淋淋。

再听说，安潋光跪在了挂月殿前，固执地与自己的姑母对峙。

阿惋用几乎废掉的十指，将瑶琴的七弦，一根根地挑断。然后她对宫女说："将这把琴送去，给赵王。"

这张琴，是多年前谢玙赠她的，眼下，是该还的时候了。

她这双手，也再不能抚琴了。

从端圣宫回来的宫女没有说谢玙看到那张琴后是什么反应，只是那日黄昏时，阿惋派去挂月殿打探消息的宦官回来说，安九娘跟着赵王走了。

安潋光在日斜时，终于等到了她想要等的人。

病重的谢玙被人抬在板舆上前来，虚弱得只能半躺着。可他从板舆上伸出了手——一只消瘦苍白的手。

安潋光微笑，跪在地上，握住了那只手，从地上站起，跟着他一同离去。

阿惋听说了之后，去了挂月殿。

她的姑母正在盛怒之中，一听到门口有脚步声便抄起博山香炉砸了过去。阿惋没有躲过，趔趄了一下，顺势跪倒。

"你来做什么！"诸太妃冷笑，忽然大步冲上来，指着阿惋喝道，"你说说！说说那个孽种究竟有哪里好！你糊涂了倒也罢了，为何阿九也——"

阿惋抬眼，看见诸太妃的手指尖都在不停发颤。

"姑母是要杀了赵王吗？"她平静开口，"姑母若不想阿九成为如陛下一般的人，最好不要动赵王。"

诸太妃忽然就说不出话来了。

那夜诸太妃在恼怒与挣扎中睡下，她终究没能下令杀了谢玙。后来她做了一个很长的梦，梦里她重新见到了她的阿姊。

说来奇怪，诸夫人死后她一次也没能入梦，可这一夜，她却在梦里看到了年轻时的她。

然而她又不能确定梦里的人是她阿姊，因为在她记忆里，少年时的阿姊正带着她饥一餐饱一餐地过活，可在梦里，诸百卉一身丝罗的长裙翩然，发髻精巧妆容美好，浑然便是一个士族家的娘子，她在花树下对自己的妹妹莞尔，笑中有诸千英熟悉的暖意。

梦里的诸千英似乎哭了，她朝自己的阿姊走去，走着走着却成了一个孩子，梦里的场景忽然变暗，她陡然间又回到了平南郡儿时记忆里的破旧木屋，没有点灯的屋子在白日都暗得让人瞧不清路，她的阿姊缩在墙角，凌乱褴褛的衣衫掩不住身上青一块红一块的伤痕。看见自己的妹妹，诸百卉疲倦地笑了笑，扯了扯衣襟遮住胸口，然后朝她挥手，来。

诸千英懵懵懂懂走了过去，诸百卉从身后掏出她早就藏起来的一个用赫蹄薄纸包着的东西。

"给……"诸百卉将这塞到妹妹手里，微笑。

打开，是半张饼。

"吃吧。"

诸千英听话地撕开饼，大口大口地吞咽，泪如雨下。

她醒来时，发现自己的枕衾是一片湿的，眼睛疼得厉害。

赵王的性命，乃至萧国的未来，都取决于诸太妃的一念之间。确切地说，是取决于诸千英和安溦光的一场博弈，博得是一个"情"字。

## 尾　声

清安十六年九月，惠帝嫡子，赵王玙踏上了就藩的道路。

他的藩国早在他出世时就被选好，是最富庶的随阴、百林、棘水三郡。寻常的宗王封国不过一郡，而他独占三郡，这是他生来的尊荣。

可是现在，他不敢再享这尊荣，主动上表推去了百林与棘水的封地，只在随阴郡就藩。

昔日高高在上的赵王殿下也终究要学会低下头颅，在一个寂静的清晨，低调离开帝都，从此告别他生活了十六年的故土 —— 他生于这里，长于这里。

跟随着他一同离开的，是安潋光，与他有着相似仇恨的安潋光。

诸太妃最终还是妥协，给了他活下去的资格，这已是万幸了。从此一去他乡千万里，北宫中那些隐秘的故事、爱恋，都将被埋藏在时光下，不会再有人知道，唯有活下来的人，在梦回时偶尔悼念。

如阿惋所料，诸太妃终究还是会妥协，因为她亏欠于她。

他们在那个秋天一同离开了帝都向西而去，帝都的街与陌、人与事，还有那些爱恨羁绊，都随之远离，被抛在了身后，如一片秋时的落叶，无声无息坠落，碎裂在了车轮辘辘之下。

离去时他们都知道，他们终有一日会归来，无论是生还是死。他们也知道，当他们归来时，便不会再是少年，绚烂的时光绽于指尖，也终将凋零。

西出帝都后是崇山，在那座城池将被山影掩埋时，谢玙有回望最后一眼的冲动。

但他忍住了，还望什么呢，桑阳城中，已没有什么是属于他的了。记忆里那个素净的、恬静的人影，被他藏在了心里，谁也带不走，包括漫漫光阴。

他没能再看阿惋一眼，也就不知道，他走的那日，有一双眼眸，在城门固执地眺望他离去。

安溦光苦求多日为的是赵王后的位子——这个名分，于阿惋而言已是奢望，可她也曾跪在诸太妃面前哀求过一件事——准许她最后送他远去。

这是对九年情分的最后凭吊。她在那日脱下皇后的华服，换成往昔的装扮，在一众宫人内侍的看护下，登上了桑阳城最西端的城楼，看着赵王的仪仗默然无声地离去。枫叶红了一路，枯叶无声无息地落，铺了一路。她爱的人顺着这长路而去，最终消失在了山峦重叠之间。

她的眼睛疼得厉害，摸了摸脸颊，以为自己会哭，可是触手，并没有泪。

这个结局早在她过去的梦里被演练了成千上百次，所以她连悲伤都麻木了。

谢玙有孤身前来找她的勇气，岂知阿惋也并非怯懦之辈？其实在多年前，阿惋也豁出去过一回。

那是清安十五年的正月年初，她在一个再寻常不过的午后，几番挣扎后壮着胆子将自己装扮成了一个去南宫传令的黄门，流着冷汗蒙混通过了钟宣门来到了南宫。她不记得她费了多少周折才摸到了卫昉办公的官署，她也不记得她在门外忐忑了多久才下定决心出现在卫昉面前。

那年十四岁的少女眉目青稚身形单薄，蓦然在卫昉面前下拜，紧张得汗流涔涔。

卫昉没有诧异，轻易猜出了她的身份，笑着请她坐下品茶，和蔼亲切是长辈该有的姿态。

她知道自己面前是绝路，不敢退缩，在那个午后咬牙说出了她的请求——希望能做谢玙的妻子。

她全然不顾女儿家的矜持，放肆大胆得让很多年后的自己都心生佩服。

卫昉短暂沉默后指着窗外的蜡梅对她说，若你告诉我如何能使花开不败，我就做主为我的外甥向诸家下聘。

可是花开了，是必然会凋谢的啊，怎么可能不败。

卫昉见她绞尽脑汁思索得辛苦，便又问她，花为何会败。

她下意识答，花因冷暖适宜而开，因不宜而残。

若有法子使一年气候恒定，花能不败吗？卫昉再问。

她想了想，摇头。大概也是不能的吧。她曾听说有地方四季如春，可也没听说那些地方可以有花卉永不凋谢。

唯有一个法子可以避免花凋。最后卫昉告诉他，那便是没有枝头没有花。

连花开都没有，何来花败。

可是没有花，又如何能有这一问呢？她诧异。

这便是佛家所说的因果。卫昉告诉她。

那时她并不能懂卫昉这句话的意思，而现在，她忽然明白了。

原来一切早在很多年前已注定，因已种下，果不能改。

她因为进宫才遇上了谢玙，可她进宫是因为诸太妃一开始就打算以她为棋子，如果诸太妃没有存着以她为棋的心思，那么她就连进宫的机会也不会有。

同理，卫家不会接受一个诸姓出身的女子做赵王后，因为卫家与诸太妃之间有一场谢玙出生时就注定好了的争斗，如果一开始登上帝位的是谢玙就没有这样的争斗，可这样的话谢珣就不会是皇帝，诸家就不会得势，那她同样没资格嫁给谢玙。

未来，决定于前世，一环接一环相连，构成了所谓命。

可就算是命，那又如何？

"回去吧。"她转身，已学会了用皇后的口吻吩咐侍者。她走向巍峨宫阙，就如谢玙奔赴随阴山川。分道扬镳之后，是各自的未来。


很多年后，她又见到了他。

清安二十三年，天子病重，萧国朝政混乱。

他终于，回来了。

他登上承宁宫的殿阶，向她走来的那一瞬，她恍惚间以为是回到了少年时。

原来诀别之后，还有再见。

第一部完

267